猎人笔记

[俄]屠格涅夫 著　臧传真　梁家敏 译

目录

001 锲而不舍 译出风格

001 霍尔和卡里内奇
012 叶尔莫莱和磨坊主女人
023 马林果泉
032 小县的乡医
041 我的邻居拉季洛夫
048 小户地主奥夫夏尼科夫
065 勒高甫村
076 贝氏牧场
095 梅奇美人河边的卡西央
113 村长
126 账房
143 离群的孤狼
151 两个地主乡绅
159 列别迪扬集市
172 塔季扬娜·鲍里索夫娜和她的侄儿
184 死亡琐记

197 歌手

212 彼得·彼得罗维奇·卡拉塔耶夫

227 约会

236 施格雷县的哈姆莱特

258 切尔托普哈诺夫和聂道比斯金

276 切尔托普哈诺夫的最后日子

307 活尸首

320 轮声轧轧

334 树林与草原

341 后记

锲而不舍　译出风格

文学,是语言的艺术。古今中外有成就的大作家,都有自己的风格。优秀的翻译家也有自己的风格。当翻译家的风格与其选译的作家风格相近时,译作便会达到上乘水平,成为影响深远的名译,像傅雷译巴尔扎克,汝龙译契诃夫,都是译坛公认的典范。反之,从事文学翻译的人,如果功底不深,修养不够,仓促上阵,缺乏选译,则很难保证译作的质量,更谈不到把握风格和译出风格了。

臧传真教授是著名学者、资深翻译家。他对俄罗斯文学、英国文学素有研究,撰写过许多见解独到、有学术价值的论文,主编过《苏联文学史》,翻译过多部俄国小说,译笔严谨,为学界推崇和称道。俄罗斯著名作家柯罗连科的长篇小说《盲音乐家》的中文译本即出自他的手笔。这部译著自一九五八年由人民文学出版社出版以来,已多次再版,在文学界产生了很好的影响。

在十九世纪至二十世纪初叶的俄国作家当中,臧传真教授最喜爱的是普希金、屠格涅夫、柯罗连科、布宁和高尔基。除了柯罗连科的《盲音乐家》,他还翻译出版了普希金的《上尉的女儿》,屠格涅夫的《三幅画像》、《春潮》、《父与子》,此外,他还选译了上述几位作家的短篇爱情小说,以《幸福》为书名,由花山文艺出版社出版。臧先生所钟爱的这几位作家语言上风格相近:简洁、朴素、清新,作品题材贴近大自然,表现人生际遇富有人情味和人道主义的关切情怀。臧先生生性儒雅、文笔洗练,选择这几位作家完全合乎情理与逻辑。

后来,应出版社之邀,臧先生开始重译屠格涅夫的《猎人笔记》。作为先生的学生,我喜爱他的译著,把他的译作视为范本,常常对照原文阅读,以提高自己对语言的理解和把握能力。在先生的直接影响下,我也走上了文学翻译道路,经常就某些疑难问题向先生讨教。这一次,我更有幸先睹为快,看他的手稿,聆听先生谈译书的体会,从中受益匪浅。

屠格涅夫这部小说,原有的译本有的译为《猎人日记》,有的译为《猎人笔记》,"笔记"显然比"日记"更好。但先生却把书名译为《田猎随笔》,我觉得"随笔"胜过"笔记",却不明白为什么把"猎人"译为"田猎",于是提出了自己的疑问。先生回答说:"打猎有两种方式,去深山老林打猎,称为行猎;在乡间树林和田野上打猎,叫作田猎。作家屠格涅夫在作品中以猎人的身份出现,访问地主庄园和农家,了解乡情,从前所未有的角度接近了下层人民,因而译为《田猎随笔》似乎更贴近作品的内容,也更符合游记散文与小说故事两相糅合的叙事笔法。"想不到一个书名竟有如此的内涵。遗憾的是,此次出版,也许是因为约定俗成,仍用的是《猎人笔记》这个书名。

臧先生还把《白净草原》改译为《贝氏牧场》,我问有何依据。先生解释说:"Бежин луг,前一个词是由姓氏 Беж 构成的形容词,这个姓不是俄罗斯人的姓,是个外来姓,音译可译为'贝日'或'贝什'。后一个词的意思是'草地'、'牧场',而非'草原'(степь),两个词组合在一起,可译为'贝什家的牧场',译成'贝氏牧场'则更简练。一九九一年俄罗斯出版了此书的新版本,编者称历史上确实有个'贝氏牧场',贝氏家族的后人至今还保存着有关该牧场的文书。有关这一点,我特意加了一条注释说明情况。"听了老师的一番话,顿生无限感慨。"白净草原"流传了几十年,没有什么人提出怀疑,只有遇到了一位学养有素、译风谨严的翻译家,才把误读误解的题目改正过来。由此我想到,文学翻译绝非文字的简单转译,除了文字功底以外,它要求翻译家必须具备广博的文化知识和一丝不苟的追索精神。

有一次,谈到对屠格涅夫的认识,臧先生对我说:"就一般意义上来讲,真正的作家是社会的良心,他们是理性、自由和公正这些人类社会基本精神法则的守护者。他们依据这些精神批判社会上一切不合理现象,同时努力促使这些精神能够得以弘扬。屠格涅夫和其他杰出的俄罗斯作家一样,摆脱了政治依附地位和狭隘的个人利益或小集团利益,献身于更广大的民族利益和公众利益,作家个性的成因不仅仅取决于他的职业和政治经济地位,更主要的是源自他的社会观念和理想。屠格涅夫的作品往往一经发表,就引起争议,这和他的创作个性,和他独立观察社会现象的视角有关。"

有一次和先生聊天,我说屠格涅夫始终是个诗人,虽然他后来转向了小说创作。为了证明我自己的论点,我引用了罗亭的一段话:

"诗歌——是神灵的语言。我自己就喜欢诗。不过,诗意不仅仅存在于诗行里:诗无处不在,诗洋溢在我们四周……您看看这些树,看看这天空——四面八方都吹拂着美和生命的气息;而什么地方有美和生命,那里就有诗。"

臧先生说:"你说得很对。这段话虽然出自罗亭之口,但的确是作家发自肺腑的心声。屠格涅夫本质上是一位诗人,他的小说字里行间流淌着诗意。抒情笔法和淡淡的忧郁,是他的小说最为显著的特征。有人说屠格涅夫是现实主义作家,其实,浪漫主义才更符合他的创作个性。在《猎人笔记》一书中,作家以自由而洒脱的诗笔描绘了自然之美,讴歌了生命之美。一篇篇随笔就是一簇簇花束,采自俄罗斯的森林原野,带着晶莹的露珠,散发着泥土的芳香……"

我发现,只要谈话涉及心爱的作家与作品,臧先生脸上就会焕发出光彩,侃侃而谈,兴致极浓。他说:"你想想看,屠格涅夫笔下的人物形象该有多么鲜活!音容笑貌,简直是呼之欲出!霍尔狡猾又精明强干;卡里内奇散漫随和,又富于艺术天性;民间歌手雅可夫的歌声洋溢着不可遏制的活力,让你赞叹;月夜牧场围着篝火讲鬼怪故事的农家孩子,让你难忘……这一个个人物全都进入了俄罗斯文学的殿堂,也在世界文学宝库的人物画廊上留下了身影。"

谈到屠格涅夫的风景描写,臧先生更是连声赞叹:"屠格涅夫写景的功力,不仅让托尔斯泰叹服,许多西欧作家也推崇备至。《猎人笔记》一书中的风光描绘,真可谓出神入化!变幻的霞光、朦胧的月色、闪烁的星斗、森林、草地、溪流、出没的野兽、啁啾的鸣禽、机灵的猎犬……在作家营造的艺术世界里,处处都充满了色彩、音响、清新的气息和生命的律动。屠格涅夫的听觉和嗅觉极其灵敏,他的目光又格外锐利,似乎大自然在晨昏之间、一年四季的微妙变化,他全部都了然于心。他那支生花妙笔描绘大千世界的的确确达到了精致入微的地步!"先生的一番论述让我悟出一个道理:只有热爱,才能痴迷;只有痴迷,才能透过文字走进作家的内心世界,才能切身感受作品营造的氛围。

有一次我向臧先生讨教,请他谈谈文学翻译的方法和体会。先生沉思片刻,然后对我说:"译文学作品,最难的是译出风格。为了把握原作的总体风格,必须反复通读原作,仔细揣摩人物情感、文化背景、民族习俗、语言特色与修辞手法。只有吃透原作,才能原汁原味地再现原作的氛围、情境、意蕴与格调。文学翻译忌讳逐字逐句的死译,忌讳'字典搬家'。要知道,词在句子里是有生命的,词在字典里是死的。单凭查字典生搬硬套肯定译不好。翻译文学作品应以句段为单位,反复琢磨,融会贯通以后再落笔,增删词语,调整语序,实在是必不可少的手段。"

谈到作品的语言时,先生说:"文学作品中的语言大致可分为两种。一种是作家的叙述语言,作家讲故事,描写风景与环境,都使用这种语言。这种语言贯穿始终，风格大体上一致，要有一个总体上的认识与把握。另一种语言是人物的语言，这种语言，由于说话人的身份、修养、文化程度不同而呈现出十分复杂的状况。有的优雅、有的粗俗、有的流畅、有的啰唆。翻译家应该做到当俗则俗，当雅则雅，这里没有什么绝对的标准，一律追求达和雅有悖于小说语言的真实状况。"

我觉得臧先生的真知灼见应该写进我们的翻译教材，有志于文学翻译者读了必会从中获益。臧先生不仅精通俄语、英语，古文也有很深的造诣。这样，他在翻译时就多了一层参照，也多了一种表达手段。比如书中遇到有关契约、文书一类的文字，用流畅的古汉语译出来，无形中增加了历史感和文化色彩。我自己能读一点古文，却不会用古文写作，每想到这些就深感愧悔。

有一次我和先生还谈到了文学作品重译的问题，先生说译本具有"阶段性"，这一观点对我颇有启发。先生认为，任何一部文学作品第一部译本带有首创性，是最难的，即便存在一些缺陷，但功不可没。后来的译本能参考先前的译本，因而应当译得更好。他说自己的译本同样具有"阶段性"，他希望将来出现更完美的译本，他的译本便算完成了阶段性的任务而可以淡出或隐退。先生的见解表现了一位智慧长者的豁达与从容。

臧先生译过很多俄罗斯小说，却没有去过俄罗斯。对此，他深以为憾。他说："普希金、屠格涅夫、柯罗连科的作品陪伴我走过了几十年的光阴，我在读书时，常常神游俄罗斯，广袤的森林，茫茫的雪原，城市、乡村、教堂……种种景象呈现眼前，却原来都是书中得来的印象。有人说译文学作品最好能做到身临其境，看来我只能是心临其境了。这正所谓是身不能至，心向往之。"

三十多年前，我们在南开大学外文系俄语专业学习，臧先生为我们上课，我们全班同学都听得入迷。我们相互传阅他译的《盲音乐家》，大家都为有著名翻译家做我们的老师而感到荣幸和自豪。我比同学们更加幸运的是留校当了教师，仍然做臧先生的学生，正是在先生的指点和扶植下也出版了自己的译著。臧先生已年过古稀，依然笔耕不辍，兢兢业业，精益求精，把一本又一本优秀的外国文学名著奉献给读者。这种精神让人敬佩，让人鼓舞。

臧先生让我为《猎人笔记》写篇序言，老师信任学生，自然不便推托，因而我回忆了与先生的交往，记录了几次谈话的内容，心想这或许有助于读者对这本书的理解，对从事文学翻译的同行也有借鉴的意义。

谷　羽

霍尔和卡里内奇

任何人路经波尔霍夫县,来到兹德拉县,都会对奥廖尔省人和卡卢加省人的明显差别(在体型和气质上)大吃一惊。奥廖尔省的农民个头儿不怎么高,有点儿驼背,哭丧着脸,紧皱眉头,住的是简陋的白杨木搭盖的小屋,服着劳役①,他们不会做买卖,吃得很坏,脚上常穿草鞋;而卡卢加省代役租农民②,就大不相同了,他们住在宽敞的松木建造的房子里,个子很高,性情豪放而开朗,脸面清洁,白白净净,做点儿黄油和松焦油之类的小生意,逢集过节,便穿上大皮靴。奥廖尔的村庄(我指的奥廖尔省的东部)一般都坐落在耕地中央,紧挨着几乎成了污秽池塘的沟谷。除了几棵随时可供砍伐的爆竹柳和两三株干瘪的桦树外,一俄里内外看不见一棵小树;小茅屋接连着小茅屋,房顶尽是用沤烂的秸秆葺成的……与此相反,卡卢加省的村子,四周是成片的树林,房屋都是独立的小院,整整齐齐,屋顶是薄木板盖成的;大门锁得严严实实,后院的篱笆没有散架,更没有向外歪斜,因此不至于招引顺路踅过的猪进来做客……卡卢加省的环境,对猎人来说,也好得多。这是因为,再过五年,奥廖尔省最后的一片树林和"灌木丛林"将完全消失,连沼泽地也不会有了;卡卢加省呢,正好相反,禁伐的林带绵延数百里,沼泽地长达几十俄里,珍贵的乌鸡没有绝迹,还栖息着温

---

① 在农奴制度下,农民无偿地为地主耕种土地或从事其他劳动,就称为服劳役。
② 在农奴制度下,向地主交纳租金来代替劳役的农奴,叫作代役租农民。

顺的山鹬,忙碌的沙鸡猛然间扑棱棱振翅飞起,会把猎人和狗吓一跳,使他们又惊又喜。

有一回,我打猎来到兹德拉县,在野外碰上一位卡卢加省的小地主,和他结识了。这个人名叫波鲁德金,是个打猎迷,也算是一个好人。不错,他是有一些缺点,比方说,他向省里很多富家女郎都求过婚,遭到拒绝并吃闭门羹之后,一面伤心地向所有的朋友和熟人倾诉自己的悲哀,一面还把自己园子里的酸桃和别的生果子作为礼物送给女郎的双亲;他喜欢不厌其烦地反复讲同一个笑话,尽管波鲁德金先生本人认为这笑话蛮有意思,可是,从来没有逗得别人发笑过;他很推崇阿基姆·纳希莫夫①的作品和小说《宾娜》②;他说话口吃,管自己的狗叫作"天文学家",他把"可是"说成"可系",他在家里吃的是法国式的膳食,据他的厨子解释,这种吃法的秘诀,在于完全改变每一种菜肴的原来的自然风味,肉经这位能手一烹,便成了鱼的滋味,而鱼会有蘑菇的滋味,通心粉散发着火药的味道;汤里放的胡萝卜,都得切成菱形或者是梯形的。可是,除了这些不多的、无关紧要的缺点以外,如前所说,波鲁德金先生确实是一个很好的人。

我和波鲁德金先生认识的头一天,他便邀请我到他家里住宿。

"到我家约莫有五俄里,"他接着说,"步行去太远了,让我们先拐到霍尔家去一趟吧。"(请读者原谅我不描摹他的口吃形态了)

"那霍尔是什么人呀?"

"是我的农户……他住得离这儿不远。"

我们朝他那里去了。在林子中间,一片经过清整和精耕细作的空地上,有一所孤零零的庄子,那便是霍尔的家。他的庄子,是由几间松木造的屋子构成的,用栅栏围了起来。正屋前面,有一个由几根细柱子支撑起来的凉棚。我们进去,迎面碰到一个年轻的小伙子,二十来岁,高个子,长得挺帅。

"嘿,菲嘉!霍尔在家吗?"波鲁德金先生问他。

"他不在家,进城去了。"小伙子微笑着,露出一排雪白的牙齿,回答

---

① 阿基姆·纳希莫夫(1782—1814),俄国诗人和寓言作家。
② 《宾娜》为俄国庸俗作家马尔科夫(1810—1876)的小说。别林斯基曾给予严厉批评,称之为"呓语"。

道,"敢问要盼咐套车吗?"

"是要车,小老弟。先给我们弄点格瓦斯①来。"

我们走进屋子。整洁的圆木墙上,连一张苏兹达尔②年画也没有贴;屋角,挂着庄重的镶着银质衣饰的圣像,它前面点着一盏神灯;一张椴木桌子是不久前刨过的,擦洗得干干净净;在圆木当中和窗框两边,没有麻利的茶婆虫爬来爬去,也没有潜藏着狡猾的蟑螂。那年轻小伙子很快就出来了,手里拿着一个白色的大杯子,里面盛着满满的上好格瓦斯,还拿来一大块小麦面包,木钵子里装着十几根腌黄瓜。他把这些东西放到桌上,靠门站着,满脸堆笑,不住地望着我们。我们还没有吃完这些小吃,突然门外台阶前面有马车响动。出去看看,只见一个十五岁上下、头发卷曲、两颊红润的男孩子,驾着车,使劲地勒住一匹肥壮的带有花斑的公马。车子跟前站了一圈五六个壮实的青年汉子,模样长得都很像菲嘉。"这都是霍尔的孩子。"波鲁德金说。"都是小霍尔③,"菲嘉接着说,这时他已跟在我们后面来到台阶上,"可人还不全呢,波塔普到树林子里去了,西多尔跟霍尔老爸进城去了……瓦夏,你可当心点,"他对车夫继续说,"快点赶车送老爷去。车颠的时候,要细心点,慢悠点,别弄坏了车子,别震疼了老爷的肚子!"那群小霍尔,听到菲嘉的俏皮话,都禁不住扑哧笑了。"把'天文学家'放到车子上!"波鲁德金先生神气十足地喊道。菲嘉兴冲冲地把尴尬带笑意的狗举到半空中,然后才把它放到车子里面。瓦夏松开了马缰绳。我们的马车走动了。"这是我的事务所,"波鲁德金先生指着一所低矮的小房子,忽然对我说,"想不想进去看看?""好吧。""这事务所现在已撤销了,"他一面说,一面下车,"可是还值得一看。"事务所包括两间空屋子。看门的是一个独眼的老头子,从后院跑过来。"你好,米涅伊奇,"波鲁德金先生说,"水在哪儿呢?"独眼老头进去,立时拿了一瓶水和两个杯子转来。"请品尝一下,"波鲁德金对我说,"这是我们这里顶好的泉水。"我们每人喝了一杯,这时,老头子向我们深深鞠了一躬。"嗯,现在我们可以走啦,"我的新朋友说,"在这个事务所里,我卖过四俄亩林子给商人阿利鲁叶夫,价钱卖

---

① 格瓦斯,一种清凉饮料,一般农家常备。
② 苏兹达尔,乌拉基米尔省的一个县,出产版画。
③ "霍尔"在俄语中是黄鼠狼的意思。

得很合算呢。"我们坐上马车,过了半个钟头,来到地主宅子的院里。

"请问,"吃晚饭的时候,我问波鲁德金说,"为什么您的霍尔不和别的农民待在一起,要单独分开来住呢?"

"这是因为,他这个人,脑子很机灵。大约二十五年前,他的屋子失火烧掉了,他跑到我先父那里,对他说,'尼古拉·库备米奇,请允许我到您林子中间沼泽地里盖间屋吧。我会给您高价代役租的。''你为什么要住在沼泽地里呢?''我乐意这么着,只是您呀,尼古拉·库备米奇老爷,什么活儿也别派我干,至于租金嘛,随您定好啦。''一年交五十卢布!''那好吧。''你要当心,我可不准欠租!''那当然,不会欠租……'就这样,他就搬到沼泽地里居住了。打那时候起,人们给他起了个外号,叫霍尔。"

"那,他发财了吗?"

"发啦。现在他交我一百卢布代役租金,也许,我还要加钱。我不止一次地对他说:'你赎身吧,霍尔,喂,赎身好了!'而他这个老滑头,斩钉截铁地对我说,没法子呀,钱哪,他说,没有啊……哼,怎么会没有钱呢?"

第二天,喝过早茶,我们马上出发打猎去了。当车子从村子里穿过的时候,波鲁德金先生吩咐马车在一所低矮的小屋跟前停住,大声喊道:"卡里内奇!""马上就来,老爷,马上,"从院子里听到回话儿:"我在系草鞋呢。"我们小步慢悠悠地赶着车子;出了村子,一个四十来岁的汉子赶上来,瘦高个子,头有点向后歪,这正是卡里内奇。一看见他那张憨厚、黑黑的、有几处长着麻斑的脸,我打心眼里喜欢。卡里内奇(后来我才知道)每天陪主人去打猎,给他背猎袋,有时还得扛着枪,察看哪儿有鸟,取水、采草莓、搭帐篷,跟着马车后面跑;要是没有他,波鲁德金先生寸步难行。卡里内奇是一个顶快活、顶温顺的人,嘴边不停地哼着小曲儿,无忧无虑地四下里张望,说话带点鼻音,笑的时候眯缝起淡蓝色的眼睛,时不时地用手捋捋他那稀疏的尖形胡子。他走路不快,但步子迈得很大,稍稍拄一拄那又长又细的拐杖。这一天当中,他不止一次跟我说这说那,伺候我的时候,一点不显卑屈的样子;可是,他照料主人,就像照顾小孩子似的。当中午难以忍受的酷热逼着我们去找阴凉的地方避避的时候,他领着我们到林荫深处养蜂场去。卡里内奇给我们打开了一间小屋子,里面挂满了一束束香喷喷的干草,叫我们躺到新鲜的草堆上,他自己连忙把一个带有网眼的袋子套到头上,拿了把刀子、瓦罐和点着的木片,到养蜂场里去给我们割蜜。我们就着泉水,喝了透明的、温馨的蜜汁,便在单调的蜜蜂的嗡嗡声中和树叶的沙沙絮语中睡熟了。……突然一阵微风把我吹醒……我睁开眼睛,看见卡里内奇,坐在半掩半开的门槛上,正用刀子削一个勺子。我久久地欣赏着他那张脸——温存而明朗,像傍晚清澄的天空。波鲁德金先生也醒了。我们没有马上站起身来。走了一程远路,又经过酣睡之后,一动不动地躺在干草堆上,真舒服呀!浑身懒洋洋的,轻微的热气扑面而来,甜蜜的倦意使人不想睁开眼睛。终于,我们起身,又出去散了一阵子步,直到黄昏。吃晚饭的时候,我又谈到霍尔,还谈到卡里内奇。"卡里内奇是一个心地善良的农夫,"波鲁德金先生对我说,"一个热心肠、勤快、甘愿效劳的庄稼人,但是,庄稼活撂荒了,不能好好务农,是我把他拖累住了。他每天陪我打猎。……怎么能干庄稼活,您说呢?"我同意他说的,于是,我们躺下睡了。

第二天,波鲁德金先生得进城去,他和邻居皮丘可夫要打官司。邻人皮丘可夫耕了他的地,并且就在这块地上,鞭打了他的一个农妇。我只好一个人打猎去了,傍晚,我拐到霍尔那里。有一个老头儿在门口迎接我——秃顶、矮个子、宽肩膀,身子骨很结实——那便是霍尔本人。我好奇地望着这个"黄鼠狼"①。他的脸型很像苏格拉底②:一样隆起的长着疙瘩的前额、一样小的眼睛、一样翘起的鼻孔。我们一块走进屋里。前天见过的那个菲嘉,端出来牛奶和黑面包。霍尔在长凳子上坐下,非常沉着地抚摸着自己的卷曲胡子,同我谈起话来。他似乎觉得自己挺有身份,说话和动作都是慢慢悠悠的,偶尔,从长长的胡须下露出微笑。

我同他谈到播种,收成,农家的生活。……他对我的话好像都同意;不过后来我感到有点不好意思,我发觉,我说的并不对头……我们的谈话好像不自然,有点勉强似的。霍尔说话有时含混费解,大概是出于谨慎的缘故吧。下面就举一个我们谈话的例子:

"喂,霍尔,"我对他说,"为什么你不向主人赎身呢?"

"为什么我要赎身?现在我很了解自己的主人,我也能交得起代役租……我的主人很好。"

"取得自由,毕竟要更好一些。"我指出。

---

① "黄鼠狼",霍尔的意译。
② 苏格拉底(公元前469—399),古希腊思想家、哲学家。

霍尔从侧面看了我一眼。

"那当然。"他说。

"那么,你为什么不赎身呢?"

霍尔摇摇头。

"老爷,你叫我用什么赎身呢?"

"嘿,得了吧,老兄……"

"霍尔要是变成了自由人,"他继续低声说,仿佛喃喃自语,"凡是不留胡子的人,都成了霍尔的顶头上司啦①。"

"那你也可以把胡子剃掉。"

"胡子值什么?胡子是草呀,可以割去的。"

"这是怎么说的?"

"也许,霍尔真格儿会变成商人,商人生活过得好,还可以留胡子。"

"怎么,你现在不是在做生意吗?"

"做点儿黄油和松焦油那样的小买卖算什么……嗯,老爷,吩咐套车吧?"

"你那张嘴巴真厉害呀,人也够精明的!"我不由得想道。

"不,"我大声说,"我不要马车!我明天想在你的庄子附近走走,可以的话,我还想在你草棚里过夜呢!"

"很欢迎。不过,你在草棚里会舒服吗?我教婆娘们给你铺上床单,放好枕头。喂,婆娘们!"他站起身来,大声喊道,"这里来,婆娘们!……你,菲嘉,和他们一块去吧。妇道人家都是些笨货。"

一刻钟之后,菲嘉打着灯笼送我到草棚里去。我一头倒在香喷喷的干草上,我的狗蜷伏在我腿旁边;菲嘉向我道了一声晚安,门吱呀一声,砰地一下关上了。我很久很久不能入睡。一头母牛走到门跟前,呼哧呼哧地喷了两三口气,我的狗抖起威风地向它吼叫起来;一头猪踱过来,心思重重地哼哼着;附近某处有一匹马嘴里嚼着干草,还打着响鼻……最后,我渐渐迷迷糊糊睡着了。

天刚明,菲嘉叫醒了我。我非常喜欢这个快活、麻利的小伙子。而且,我看得出来,他也是老霍尔跟前得宠的人。他们俩常常十分亲昵地互相斗

---

① 这里所说的"不留胡子的人",指沙皇时代的官吏和绅士。当时政府严禁官吏蓄须。

嘴皮子。老头子出来招呼我。

是我在他家里住了一晚呢,还是因为别的什么缘故。总之,霍尔对我比昨天亲热多了。

"茶炊准备好了,"他面带微笑,对我说,"走,去喝茶吧。"

我们在桌子跟前坐下来。一个身体强壮的农家妇女,是他媳妇当中的一个,端来一罐牛奶。他的儿子们全体挨个儿顺序走进屋里。

"你真是儿孙满堂啊!"我向老头子指出。

"是啊,"他咬了一块糖,说,"他们待承我和老伴挺好,没有什么可以抱怨的。"

"他们都和你在一块住吗?"

"都一块住。只要他们情愿,就住着呗。"

"都结婚了吗?"

"这一个淘气鬼还没有娶媳妇,"他指着靠门站着的菲嘉,回答道,"瓦夏还年轻,不必着忙,他可以等一等。"

"干吗我要娶亲呢?"菲嘉反驳说,"我现在不是蛮好嘛。要老婆干吗?同她斗嘴,是吧?"

"呸,看你说的……我可了解你!你还戴银戒指哪……你总想跟那些村姑丫头片子鬼混是吧……'算啦,不要脸的东西!'老头子模仿丫头们的腔调说,'我了解你,你这不爱干粗活的懒家伙!'"

"婆娘有什么好处呢?"

"婆娘是干活的劳动力,"霍尔郑重其事地说,"婆娘是庄稼人的奴仆。"

"我要别人替我劳动干吗?"

"算啦,你这种人就爱损人利己。我可了解你们这号人。"

"那么,你就给我讨个老婆吧。啊,怎么?你干吗不说话呀?"

"好啦,好啦,你这油嘴滑舌的家伙。你瞧,我们把老爷吵得不耐烦了。我当然会给你娶亲的……啊,老爷,别生气,瞧,孩子年轻,还不懂事。"

菲嘉摇摇头……

"霍尔在家吗?"门外传来熟悉的声音,接着,卡里内奇走进屋来;他手里拿着一大把鲜草莓,这是专为他的朋友采摘的。老头子亲热地招呼他。

我惊奇地望着卡里内奇,我没有料到农民竟会有这样的"温情"。

这一天,我到外边去打猎,比平素晚了四个多小时,此后,一连三天,我都是在霍尔家度过的。我新结识的这两个朋友使我颇感兴趣。我不知道,我凭什么竟然赢得了他们的信任,他们毫不拘束地同我谈心。我饶有兴味地听他们谈话,观察他们。这两个朋友没有一点相似的地方。霍尔是一个积极、实干的人,有办事的头脑,一个纯理性主义者;卡里内奇同他正好相反,属于理想家,浪漫主义者,是狂热且富有幻想一类人物。霍尔讲究实际,所以,他建造房子,积蓄钱财,同主人和其他有钱有势的人处得很好;卡里内奇穿着草鞋,勉强支撑,过着清苦的日子。霍尔有一个顺从和睦、同心同德的大家庭;卡里内奇过去曾经有过老婆,很怕她,一个孩子也没有。霍尔看透了波鲁德金先生的为人,而卡里内奇则对自己的主人毕恭毕敬。霍尔喜欢卡里内奇,常常庇护他;卡里内奇也喜欢并且尊敬霍尔。霍尔很少说话,满脸堆笑,老是心里盘算着;卡里内奇说话时满腔热情,尽管不像工厂里爱打闹的工人那样能说会道……但是卡里内奇天赋有一些特长,这是霍尔本人所承认的。例如,他会咒语,念起咒来,能止血,能治惊风、狂犬病,还能驱虫;他是养蜂的能手,他手气好,吉星高照。霍尔当着我的面,请他把新买的一匹马牵到马厩里去,卡里内奇诚恳而郑重地满足了这疑心很重的老友的要求。卡里内奇比较接近大自然,而霍尔则面向人世和社会。卡里内奇不喜欢议论是非,并且盲目地相信一切;而霍尔自视甚高,甚至用玩世不恭的嘲讽态度看待人生。他见识广,知道得多,我从他那里学了不少东西,比方说,我从他的谈话当中得知,每年夏天,刈草季节开镰以前,村里就来了一辆式样别致的小马车。这车上坐着一位身穿长襟外套的人,他是来卖镰刀的。用现钱买,每把索价一卢布二十五戈比至一个半卢布纸币;要是赊账,则要三卢布纸币,一个银卢布。无疑,所有的农民,大家都向他赊账。过两三个礼拜,他又来了,来收账。农民刚刚割完燕麦,有能力付账;于是,农民和这商人一起到小酒馆里,在那里付清账款。有些地主想出点子来,用现钱把镰刀买过来,然后用同样的价钱,赊卖给农民。哪知,农民不乐意,甚至闹得情绪很坏,因为这样一来,就剥夺了他们的乐趣——用指头弹弹镰刀,听听声音,拿在手里翻来覆去地左看看右瞧瞧,向那狡黠的小市民贩子问上二十来遍:"喂,小伙计,你这镰刀不大好使吧?"还有一些类似的场面,也发生在买卖镰刀的时候,所不同的是,婆娘参加了进来,她们只管讨便宜,有时把卖主惹急了,不得不用拳头捶她们。可是,最使婆娘们吃苦头的,是下面所说的事:造纸厂的原料供应者委托一些特殊身份的人去收购破布片,这种人在有些县里被人叫作"鹰"。这号"鹰"从商人那里得到大约二百卢布纸币之后,就出发寻获猎物。但是,同他取名的那类高尚的鸟截然不同的是,他们并不公开地、大胆地出击;相反,他们却施展阴谋诡计和狡猾手段。他把自己的马车停在村庄附近某处丛林里,自己却走到人家的后院或屋后,装作是一个过路人或者干脆像一个没事的闲人。婆娘们凭着预感猜到他这号人来了,偷偷地出来和他们接头。这种交易把戏在匆忙中达成。婆娘们为了几枚铜板,不仅把所有无用的破布,而且常常连丈夫的衬衫和自己的裙子都卖给"鹰"了。近来婆娘们发现偷家里的东西很划算,她们把家里的大麻,特别是"大麻雄株"偷出来卖掉——这样一来,"鹰"的业务有了重大的扩展,相当兴旺发达!然而,农夫们也学乖了,只要发现一点可疑之处,远远听到"鹰"到来的一点点风声,便立刻迅速而果断地采取戒备和预防措施。事实上,怎不叫人痛惜呢?卖大麻本来是他们男人的事,他们也确实得卖掉它——不是到城里卖,进城得套车慢慢去,而是卖给外来的小商贩,这些商人没有称,而是用四十把作为一普特①计算——你要知道,俄罗斯人手掌是怎么样的,一把有多少,特别是,当他"使劲"的时候!像这样的故事,我,这个阅历不深,对农村生活"不知根底"的人(就正如我们奥廖尔省人所说的)听得够多的了。但是,霍尔并不总是滔滔不绝地自己说个没完,他本人也问了我许多问题。他听说我到过外国,他的好奇心被激发起来……卡里内奇也不甘落后,跟着也问起来了;但是使卡里内奇感触最深兴趣最大的,是我对大自然、崇山峻岭、瀑布、不平凡的建筑物的描述;而霍尔感兴趣的则是行政管理和国家体制问题。他总是条理分明逐一打听:"他们那里和我们这儿是一样的呢,还是另一种情况?……嗯,请告诉我,老爷,是怎样的啊?……"——"哎呀,天哪,竟有这种事!"卡里内奇在听我讲时感叹道;而霍尔沉默不语,皱紧浓眉,只是有时说上一两句:"这么说来,在我们这里恐怕行不通吧?不过,这个倒好——这样对头。"我不能把他向我打听的各种问话都转告你们,也没有必要;但是从我们交谈当中,我坚定了一个信念,恐怕读者不会料到吧,

---

① 一普特等于十六点三八公斤。

这个信念就是:彼得大帝本质上是俄罗斯人,恰恰在他的大胆改革中说明他是地道的俄罗斯人。俄罗斯人坚信自己的力量和毅力,俄罗斯人不惜牺牲自己;他很少留恋过去,而是勇敢地瞻望未来。凡是好的——他就喜欢,凡是合理的——他都接受,至于是从哪里来的——他并不在意。他的清醒的头脑甘愿嘲弄德国人枯燥无味的理性;但是,照霍尔的话说,德国人是一个不同寻常的民族,他随时准备向他们学习。霍尔凭借他自己的特殊地位和实质的独立性,他跟我谈了许多话,正如农民所说的,这在别人是压也压不出、挤也挤不来的。他确实了解自己所处的地位。我跟霍尔谈了一番话,第一次听到了俄罗斯农民淳朴、聪明的话语。他的知识,从他那方面来说,是十分丰富、渊博的;但他并不识字,而卡里内奇识字。"别看这个不务正业的人,还是认字的呀,"霍尔说,"他养的蜜蜂也从来不死的。""你让你的孩子读书认字吗?"霍尔不言语。"菲嘉认字。""那别的孩子们呢?""别的都不识字。""这是为什么?"老头子不回答我,转变了话题。不过,尽管他这人聪明过人,他却怀有许多偏见和成见。例如,他打内心深处轻视女人,高兴的时候,便嘲笑她们,挖苦她们。他的妻子是一个爱唠叨的老婆子,一天到晚围着炉台炕头转悠,嘴里不停地唠唠叨叨,不干不净地骂人;儿子们不答理她,而媳妇们却怕她怕得要命。难怪俄罗斯民谣里当婆婆的这样唱着:"你是什么样的儿子?你怎么配做当家的!你不打老婆,你不打新媳妇……"有一次我颇想为几个媳妇打抱不平,试着唤起霍尔的同情心。但是霍尔心平气和地反驳我说:"您何苦为这些小事操心呢?——让婆娘们吵架去吧……要把她们劝开——反而更不好,犯不着自找麻烦。"有时这个凶婆子打炕上爬起来,从过道里唤出看家狗,喊叫道:"过来,过来,小狗!"就用拨火棍打它干瘦的脊背,或站在凉棚底下,照霍尔的说法,朝着所有过路的人"汪汪狂叫"(骂街)。可是,她很怕丈夫,只要他一声令下,便赶快回到自己的炕上。不过,当谈到波鲁德金先生时,听听卡里内奇和霍尔的争论,倒是挺有趣的。"唔,霍尔,你不要跟我说他的闲话,"卡里内奇说。"那么,他怎么不给你做双靴子呢?"那一个反驳说。"嘿,靴子!我要靴子干吗?我是一个庄稼汉……""我也是庄稼人呀,可是你瞅瞅……"霍尔说到这里,便抬起一只脚,让卡里内奇看自己的靴子,这是用毛象皮缝的、做工很结实的靴子。"唉,你和我们不是一路人啊!"卡里内奇回答。"那,起码他也得给你一双草鞋吧,要知道,你经常陪他去打猎的呀！差不多,一天得一双草鞋吧。""他给过我草鞋钱。""不错,去年赏你了一枚十戈比的银币。"卡里内奇伤心地把脸扭过去,而霍尔哈哈大笑起来,这当儿,那双小眼睛完全隐藏起来,消失不见了。

卡里内奇歌儿唱得十分动听,他还会弹三弦琴。霍尔听他弹唱,听着听着,忽然把头歪到一边,用悲凉的调子哼唱起来了。他特别喜欢这支歌:"我的命运,你呀,命运啊!"菲嘉不放过取笑他老爸的机会,"怎么,老爷子,伤心起来了吧?"可霍尔只管用一只手托着腮帮子,闭起眼睛,继续埋怨自己的命运不好……可是,在别的时候,没有人比他更麻利能干了:他不停地拾掇拾掇这儿,摆弄摆弄那儿——修修大车呀,架架篱笆呀,查看查看挽具呀。但他并不是很讲卫生,有一次,我说他了,他回答道:"房子里住着人,就得有点气味。"

"你瞧见了吧,"我反驳他说,"卡里内奇养蜂场里该多么干净啊。"

"要是不干净,蜜蜂就不肯待在那里了,老爷。"他叹口气说。

"请问,"有一回,他问我道,"你有自己的世袭领地吗?""有啊。""离这儿远吗?""约有一百俄里。""那么,老爷,你在自己领地上住吗?""住呀。""也许,玩枪的时候多吧?""说实在的,是这样。""好啊,老爷,痛痛快快多打些野鸡吧,可村长也得常换。"

第四天傍晚,波鲁德金先生打发人来接我。真舍不得跟这个老头儿分手。我和卡里内奇一起坐上马车。"喂,再见啦,霍尔,祝你健康,"我说……"再见啦,菲嘉。""再见,老爷,再见,可别忘了我们。"我们坐车起程了。西天刚刚泛出晚霞,回光一片通红。"明天会是一个好天气。"我望了望晴朗的天空,说。"不价,明天要下雨呀!"卡里内奇反驳道,"瞧,鸭子在那边噼噼啪啪地泼水,草味浓得呛人。"我们的车子走进丛林里。卡里内奇摇摇晃晃地坐在驾座上,轻声唱起歌来,一面不时地望望晚霞……

第二天,我离开了好客的波鲁德金先生的家。

叶尔莫莱和磨坊主女人

一天傍晚时分,我和叶尔莫莱一块儿出去"守候打鸟"……什么叫作"守候打鸟",也许,不是所有的读者都明白的。诸位,请听我讲给你们听吧。

春天,在日落前一刻钟的光景,您背上枪进入丛林里,不用带狗。您可以在树林边缘什么地方找个落脚处,四面张望,查看一下子弹筒,跟同伴交换个眼色。太阳落山了,但是树林里依然闪着光亮;空气清澈而明净,鸟儿叽叽喳喳地啁啾着;青嫩的小草,闪耀着绿宝石样悦目的光影……您在等待着。树林深处渐渐昏暗起来,晚霞鲜红的光带,慢慢掠过树根和树干,越升越高,从低低的、几乎光秃的枝条移向一动不动的、正在沉睡的树梢……瞧,就是这些树梢也渐渐变得幽暗起来;绯红的天空徐徐变蓝。树林的气味浓烈起来,轻微地散出暖洋洋的潮湿气息;风吹过来,停息在您的身边。鸟儿入睡了——不是所有的鸟一下子都睡去——由于种类不同,睡下的次序也不同:最先静息的是燕雀,过一会儿是鸲鸟,后来便是鹀鸟。树林里越来越黑暗了。树木结合一起成为黑乎乎的大块头;蔚蓝的天空上,显露出最早的怯生生的羞涩星星。所有的鸟儿都睡了。只有赤尾鸟和小啄木鸟还在发出梦呓般的口哨声……瞧,这会儿它们也静息下来了。于是,在您的头顶上空,又一次响起柳莺嘹亮的歌喉;不知什么地方传来了黄鹂凄厉的尖叫声,夜莺开始了第一声晚唱。您正等得心烦意乱,猛然间——只有猎人才了解我的情感——在深幽的寂寞中传来了一种特别的咯咯声和飒飒声,听见了急速而均匀的振翅声——于是,一只山鹬姿势优美地弓着它的长嘴,从黑暗的白桦树林中平稳地飞出来,迎接您的射击。

这就是所谓"守候打鸟"。

就这么着,我同叶尔莫莱一块出去"守候打鸟"。不过,对不起诸位,我得首先把叶尔莫莱向你们做个介绍。

请您想象一下:有那么一个约莫四十五岁上下的人,高高的个头,瘦瘦的身腰,细长的鼻子,前额狭窄,灰眼睛,头发蓬松,宽嘴唇,带着嘲讽的笑意。这个人无论冬夏,都穿着一件德国样式的黄色土布外套,腰里系一根宽腰带,下身穿着蓝色的灯笼裤,头上戴着一顶羔羊皮帽子,这是一个破产地主一时高兴送给他的。他的宽腰带上,绑着两只袋子:一只在前面,巧妙地扎成两半,一半装火药,一半装霰弹;另一只袋子在后面,用来装野禽。至于棉团,叶尔莫莱是从自己那顶看来是取之不尽的帽子里掏出来的。本来嘛,他用卖野禽的钱可以轻而易举地给自己买上弹药袋和背包,但他从来想也没想过要买这类东西,继续照老法子装弹药。他装弹药时,既能避免火药有撒出来的危险,又不至于把霰弹和火药混杂在一起,其动作之敏捷熟练,令目睹者惊叹不已。他的猎枪是单筒的,装有燧石,还有猛烈的"后坐"坏毛病,因此造成叶尔莫莱的右脸比左脸肿一大块。说到他如何用这支猎枪来命中目标,连机灵鬼也想象不出来,但是他竟然百发百中。他还有一只猎犬,起个外号叫"瓦列特卡",是一头非常古怪的家畜。叶尔莫莱从来不喂它。"我才不喂狗呢,"他振振有词地说,"况且,狗是聪明的动物,它自己会找到食物。"果不其然,瓦列特卡虽说瘦得不成样子,叫漠不关心的过路人看了也不禁吃惊,可是,它照样活着,而且活得很久;不管它的处境多么可怜,可是连一次也没有走失过,事实上它也没有想离开自己主人的意思。曾经有那么一次,还在壮年时期,它受爱情的引诱出走过两天,但这种愚蠢念头很快就从它脑子里消失了。瓦列特卡最显著的特性,是它对世界上的一切都表现得不可思议的冷淡。如果这事说的不是狗,那么我可能要用"悲观"这个字眼的。它通常老是把短尾巴蜷在身子下边坐着,时不时地打着战,从来不笑(大家知道,狗有笑的功能,而且笑得很可爱)。它的样子极丑,任何一个闲着无事干的家仆,都在找机会恶毒地嘲笑它的相貌;但是瓦列特卡对待这些嘲笑,甚至挨打,都以惊人的冷静忍耐着。它常常给厨子们带来特别的快乐:当它由于自己的弱点(这种弱点不只是狗特有的)的驱使,又受到厨房里暖烘烘、香喷喷气味的引诱,把饥饿的嘴伸进厨房半开的门缝的时候,厨子们马上放下工作,大声吆喝着、叱骂着去追赶它。打猎时,它表现得不知疲倦,而且嗅觉相当灵;要是偶尔追寻到一只受伤的野兔,瓦列特卡恭恭敬敬地远远地躲开叶尔莫莱,把这只兔子拖到绿树丛中阴凉的地方,痛痛快快地吃得一干二净,连一点骨头渣也不剩,毫不理睬叶尔莫莱用种种听得懂或叫人莫名其妙的方言尽情地咒骂。

叶尔莫莱是我的一个邻居、老式地主的家人。老式地主不喜欢吃"鹬鸟"之类的野味,而习惯吃家禽。除非在特殊的场合,例如过生日、命名日、选举日的时辰,老式地主的厨子们才开始做长嘴鸟类的菜肴。此时此际,俄罗斯人会陷入特有的狂热之中,但他们又不大懂应当怎样做菜,便想出添加一些离奇的调味佐料,结果弄得大多数客人好奇而出神地眼巴巴地望着端上来的佳肴,却怎么也不敢动手去尝尝。主人吩咐叶尔莫莱每月给老爷厨房里送两对野鸡,除此之外,不管他在哪里住,怎样过活,都随他的便。人们都不要他,把他看作一个不中用的人,就像我们奥廖尔那里所说的"一条闲汉"。当然,人家照着他不喂狗那样的老规矩,也不发给他火药和霰弹。叶尔莫莱是一个很奇特的、不寻常的人,他像鸟儿似的无所用心,又爱说话儿,吊儿郎当,样子笨拙;他酷爱喝酒,在一个地方待不长久,走路的时候两腿来回摆动,晃来晃去——照他这样晃悠着,一昼夜能跑约莫五十俄里。他经受过极不寻常的、各种各样的惊险意外事故:在沼泽地里、树上、屋顶上、桥底下宿夜,不止一次被囚禁在阁楼里、地窖里、板棚里,失去了火枪、狗、最必需的衣物,遭人长时间地、狠毒地痛打——可是,过了不久,他又穿着衣服、背着枪、带着狗,回家来了。不能说他是一个快活的人,尽管他的情绪总是十分好的;一般说,他看起来像一个怪人。叶尔莫莱喜欢跟好人聊聊天,特别是在喝了酒的时候,但也不多聊,说着说着站了起来,拔腿就走。"你上哪儿去呀,鬼东西?已经是黑夜了。""到恰普里诺夫去。""你慌慌张张到十俄里外的恰普里诺夫去干吗呀?""到农民索夫龙家那儿过夜。""就在这儿过夜吧。""不,不啦。"于是,叶尔莫莱带着他的狗瓦列特卡,深更半夜摸黑穿过丛林和一片片水沟洼地去了。可是,那农夫索夫龙也许连院子也不让他进,而且,更糟的是,说不定还要狠狠地揍他一顿,教训他说:不许你来打搅正经人家。虽说如此,然而叶尔莫莱却有一些灵巧的技能,这谁也比不过他,例如春汛时期他能捕鱼,他会用手捉虾,凭嗅觉逮鸟,招引鹌鹑,驯养鹞鹰,把爱唱"魔笛"、"杜鹃飞去"……这类曲调的夜莺捉住①。只有一桩事他不会干:训练狗。因为他没有耐性。他过去曾经有过老婆。他一周才去她那里一次。她住在一间极其破旧、半倒塌的小屋里,过着勉强糊口的艰难日子,从来不知道第二天有没有饭吃,总之,一直在艰苦命运中煎熬。而叶尔莫莱这个无所用心、心地善良的人,却待她十分残忍粗暴,在家里装出一副威风凛凛、冷冰冰的样子——弄得他那可怜的妻子不知所措,不晓得怎样才能讨好他,看见丈夫的眼色不对就吓得浑身哆嗦,常常把最后一枚戈比拿出来给他打酒喝;当他大模大样地躺在炕上,像死猪一样熟睡的时候,她奴颜婢膝地把自己的皮袄给他盖在身上。我不止一次地觉察到,他无意之中露出的阴郁残暴相:当他把受伤的鸟咬死时,我很不喜欢他当时脸上那种凶狠表情。可是,叶尔莫莱从来没有在家里待过一整天;到了外边,他又变成了"叶尔莫卡"②——方圆一百俄里的人都这样称呼他,他有时也干脆这样称呼自己。连下等的家奴也认为自己比这个流浪汉优越,或许,正因为如此,大家都待他挺亲热的,农夫们起初当作乐趣去追逐他,像在野地里捉兔子似的把他抓住,不过后来又放了他,一旦得知他是个怪人之后,便不再碰他,甚至送他面包吃,跟他聊起天来……正是这样一个人,我把他找来陪我打猎,和他到伊斯塔河畔一个很大的白桦林子里去"守候打鸟"。

俄罗斯有许多河流,如同伏尔加河一样,沿岸一边是山岭,另一边是草地,伊斯塔河也是如此。这条小河蜿蜒回转,非常别致,它弯曲如蛇,没有半里地的流向是笔直的,在有的地方,从陡峭的山顶朝下看,十俄里方圆内的堤坝、池塘、磨坊和菜地隐隐在望。菜地四周是一些爆竹柳和浓密的果园。伊斯塔河里的鱼非常之多,鲈鱼尤其多(天热的时候,农夫们从灌木丛底下,用手可以捉到它们)。一些小滨鹬鸟叽叽喳喳地叫着,沿着多石的、到处是清凉的山泉河岸飞过;野鸭在池塘中央慢慢游着,小心翼翼地四下张望;几只鹭鸟伸直脖子站在河湾里峭壁底下的阴影里……我们站在那

---

① 钟爱夜莺的人都懂得这些名称:这是夜莺歌喉里最好听的"几节曲调"。——作者原注
② 叶尔莫卡——即小叶尔莫莱,"小圆便帽"的意思。

里"守候"了将近一个小时,打着了两对山鹬,想在日出以前再碰碰运气(早晨也可以"守候打鸟"),决定到附近一个磨坊里住一宿。我们走出丛林,下了山冈。河里翻滚着暗蓝色的波浪;空气里弥漫着夜间潮气,浓重呛人。我们去敲门。院子里有好几条狗都叫了起来。"谁呀?"只听见一声嘶哑、睡意蒙眬的话音。"我们是猎人,请放我们进去借宿一晚吧。"没有回答。"我们给钱哪。""我去问问主人……嗐,该死的狗!……你们还不死掉!"我们听见,这个雇工进了屋子,但很快又回到门口。"不行,"他说,"主人不让收留。""为什么不让?""他害怕啊!因为你们是猎人呀!担心你们会把磨坊烧掉。瞧,你们带着那么多弹药。""真是胡说八道!""前年我们的磨坊就烧过一次,有几个牲口贩子来投宿,不知道怎么一下子就着起火来了。""可是,伙计,我们总不能在外面过夜啊!""随你们的便吧……"他说着便走开了,靴子踏着地咯噔咯噔地响。

叶尔莫莱用各式各样不中听的话咒他。"那么,我们去村子里吧。"他最后叹着气说。但,到村子里还有两俄里……"就在这儿过夜,"我说,"就在外边露宿,夜里挺暖和的,我们花钱叫磨坊主送些麦秸来。"叶尔莫莱毫不迟疑地同意了。我们又去敲门。"你们又要干什么?"又传来雇工的声音,"已经说过了,不行啊。"我们把我们的想法,向他说明了。他进去同主人商量了一下,便同主人一道转来。边门吱呀一声开了。磨坊主出来了,他个子很高,脸面肥胖,后脑突出,肚子又圆又大。他答应了我提出的要求。离磨坊一百步远,有一个不大的、四面通风的敞棚。他们领我们到那里,把麦秸和干草送过来。那雇工把茶炊安放在河边草地上,蹲在那里,使劲地用管子吹火。……炭火着起来了,把他年轻的脸庞照得明亮。磨坊主跑过去唤醒妻子,终于,他本人提出,让我到屋里歇宿。可是,我倒喜欢留下,在露天里过夜。磨坊主女人给我们送来了牛奶、鸡蛋、土豆和面包。茶炊很快烧开了,我们开始喝茶。河面上升起来水汽,没有一丝风,四处有秧鸡在啼叫;阵阵细微的响声,从水车轮子周围传来:那是水珠从河坝的闸门渗出,打轮子的叶片上滴下来的声音。我们生起一小堆篝火。当叶尔莫莱在柴火热灰里煨土豆的时候,我趁机打了个盹。……一阵轻微的、有克制的喃喃低语声惊醒了我。我抬头一看:在火堆前边,磨坊主女人坐在倒过来的木桶上,正在和我的猎友说话。我先前从她的衣着、举止和说话语调中,就认出来她是家奴出身的女人——决不是农家婆娘,更不是小市民之

女;不过,此时此刻我才看清了她的容貌。从外表看来,她有三十来岁,清癯的、苍白的面孔,还保留着当年十分美貌的印迹,她的那双眼睛特别让我喜欢。大大的、忧郁的。她把两肘架在膝盖上,用手托着脸。叶尔莫莱背靠我坐着,不停地向火堆里添加小劈柴片。

"热尔图新地区又有兽疫流行起来啦,"磨坊主女人说,"伊凡神父家里的两头母牛都病倒了……主啊,发发慈悲吧!"

"你家的猪怎么样啦?"叶尔莫莱沉吟了一会儿,然后问道。

"活得好好的。"

"有人能送给我一只小猪该多好。"

磨坊主女人不言语,随后叹了一口气。

"您同什么人一块来的?"她问。

"是科斯托马罗夫那里的老爷。"

叶尔莫莱把几根小松枝抛进火堆里;树枝马上一齐噼噼啪啪地响起来,一股白色的浓烟扑向他的面孔。

"为啥你丈夫不让我们进屋?"

"他害怕呗。"

"瞧,这胖子,大肚皮……亲爱的,阿丽娜·季莫费耶夫娜,给我拿一小杯酒喝吧!"

磨坊主女人站起身来,消失在黑暗中。叶尔莫莱压低嗓子唱起歌来:

为找情人走远路,
踏破靴鞋有觅处……

阿丽娜手里拿着一小瓶酒和玻璃杯转来。叶尔莫莱欠起身子,划了个十字,一口气喝光了酒。"真好喝!"他接着说。

磨坊主女人又坐在木桶上。

"怎么样,阿丽娜·季莫费耶夫娜,你还是常生病吗?"

"老是有病。"

"怎么不好啊?"

"夜里总是咳嗽得难受。"

"瞧,老爷兴许睡着了,"叶尔莫莱稍稍沉默了一会儿,小声说,"你不用去找大夫看病,阿丽娜,那样会更坏。"

"我没去。"

"到我那儿待些时散散心吧。"

阿丽娜低下了头。

"到时候,我就把家里的那个,把我的老婆轰出去,"叶尔莫莱继续说……"说真格儿的。"

"您最好把老爷叫醒吧,叶尔莫莱·彼得罗维奇,您瞧,土豆烤熟了。"

"叫他好好睡吧,"我那忠实的仆人漠不关心地说,"他跑累了,睡得香啊。"

我在干草堆上翻个身。叶尔莫莱站起来,走到我跟前。

"土豆烤好了,请老爷吃吧。"

我从棚子里走出来,磨坊主女人从木桶上站起身来,想走开。我跟她谈起话来。

"你们租这个磨坊有多久了?"

"从三一节开始租的,有一年多了。"

"你丈夫是哪里的?"

阿丽娜没有弄明白我问的是什么意思。

"你丈夫是什么地方人?"叶尔莫莱提高了嗓门,重复一句。

"别廖夫人。他是别廖夫的小市民。"

"你也是别廖夫人吗?"

"不,我是老爷家里的人……过去是地主的家奴。"

"哪家地主?"

"兹维尔科夫老爷。现在我是自由人。"

"哪一位兹维尔科夫?"

"亚历山大·西雷奇。"

"你过去是不是他太太的丫环呢?"

"你怎么知道的?——过去当过她的丫环。"

我怀着加倍的好奇心和关注,定睛望着阿丽娜。

"我认识你家老爷。"我继续说。

"您认识呀?"她小声答道,垂下了头。

这里应当给读者说明,为什么我这么关切地打量着阿丽娜。我待在彼得堡的期间,一个偶然的机会,结识了兹维尔科夫先生。他身居高位,以博学和才干享有盛名。他的夫人,肥胖丰满,多愁善感,经常眼泪汪汪,而且很凶——是一个平庸而且很难相处的女人。还有一个儿子,是一个地道的小少爷,娇惯得很,并且愚蠢。兹维尔科夫的相貌不大惹人喜欢:宽宽的、四方脸庞上,狡猾地闪动着老鼠一般的小眼睛,鼻子又大又尖,向前撅着,鼻孔翻出;剪得短短的花白头发,像刷子似的竖起在布满皱纹的前额上,薄薄的双唇不停地咂动着,时时露出甜蜜的笑容。兹维尔科夫先生平时站着的时候,总是叉开两条小腿,把肥胖的两只小手插在衣袋里。有一次我碰巧跟他一块坐马车到城外去。我们闲聊起来。兹维尔科夫先生真不愧是一个既老练又能干的人,说着说着就教训起我来,极力要把我引上"真理之路"。

"我来给您指出,"他最后尖着嗓子说,"你们这些年轻人,判断和解释一切事物,总是考虑得不够周详;你们对自己的祖国了解不深;你们这些先生们对俄罗斯的一切都是陌生的,这就是事情的本质!……你们读的都是德文书。就拿现在来说吧,你一会儿对我说说这,说说那,谈到家仆……好啊,我不争论,一切都很好呀!可是,您不了解他们,不了解他们究竟是什么样的人。(兹维尔科夫先生大声擤一下鼻涕,接着又闻了闻鼻烟)打个比方,我来给你讲一个有趣的小故事:它会使您感兴趣的(兹维尔科夫咳了一声)。您也许知道,我太太是怎样的一个人。看来,很难找到比她更善良的人了,想您对这点会同意吧。服侍她的婢女过的不是一般的快乐生活——简直是住进了天堂啊……但我的妻子立下了一条规矩:出嫁的女仆不要。那样的确不大相宜:出嫁的人要生孩子呀,一忽儿这个,一忽儿那个,这样的丫环仆女怎么会好好地服侍太太,照料她的生活习惯呢?她已经顾不到这些,她心上已想不到这些。判断什么事总得合乎人之常情。嗯,有一次我们坐着马车打村子里过,这是哪一年的事——让我告诉您,不能瞎说——这是十五年前的事儿。我们在村里看见一个小姑娘,是村长的闺女,长得漂亮极啦,而且,举止风度也很可爱、楚楚动人。这当儿,我的妻子对我说:'科科——你知道吧,她平常就是这样称呼我的——我们把这小姑娘带到彼得堡去吧,我挺喜欢她,科科……'我说:'那就带走吧,我同意。'当然,村长马上跪下叩头谢恩,这样的福气,您知道,他连想也不敢想的……哦,这姑娘当然傻里傻气地哭了一阵子。这种事开头实在叫人发怵:要离开父母的老家嘛……总而言之,没有什么可奇怪的。不过,她很快便同我们惯熟了。起初让她住在婢女下房里,当然,还要对她进行教导。您想不到吧:这姑娘进步十分惊人,我妻子简直有点过于疼爱她起来,特别赏识她,后来,干脆把别人打发走,让她做自己贴身的丫环了……请您注意!……可得给她说句公道话:我妻子身边从来没有这样好的婢女,做事勤快,谦恭有礼,听话顺从——简直处处叫人称心如意。不过,说句实在的,我的妻子也过分宠爱她了,把她打扮得花枝招展似的,让她同主人在一桌吃饭,让她饮茶……你瞧,真是再好不过了!就这样,她侍候我妻子有十来年。忽然,一天早上,您想象不到吧,阿丽娜——她的名字叫阿丽娜——

进来了,没有报告就来到我的房间,扑通一声跪在我面前……我坦率地给您说,对这种事我是不能容忍的。一个人绝不能失掉自己的体面,对吗?'你要干什么?''亚历山大·西雷奇老爷,请您开恩。''什么事?''请允许我嫁人。'说实在的,我当时大吃一惊。'可你知道,傻瓜,太太没有别的丫环啊!''我会照旧服侍太太的。''胡说,胡说,太太不用出嫁的婢女的。''那,玛兰尼亚可以接替我。''我劝你不要胡思乱想!''随老爷的便吧。'我,说实话,简直气坏了。告诉您,我是这么一个人:我要说,对我施加的任何侮辱,没有比忘恩负义更严重的了……没有必要再告诉您,您知道,我妻子是怎样的一个人:她是天使的化身,说不尽的善良……看来,即使是恶人,也会可怜她的。我把阿丽娜赶出主子的房间。我想,她或许会清醒过来。您可知道,我不愿相信别人,那种阴险的忘恩负义的恶行。可是您猜怎么着?过了半年,她又来求我,提出同样的问题。这一下子,可把我气坏了,我怒冲冲地把她赶走,吓唬她,说要告诉太太。我气得要命。……但是您想想看,我有多么惊讶:过了一阵子,我妻子来找我,泪流满面,她那紧张激动的样子,把我吓了一跳。'出了什么事?'——'阿丽娜……'您要知道,我羞于说出口。'这不可能!……那是谁呢?'——'是听差彼得鲁什卡。'我气急败坏,我是这样的人……不喜欢敷衍了事!……彼得鲁什卡……没有过错,可以惩罚他一下,但在我看来,他没罪。至于阿丽娜……嗯,这,唉,唉,怎么说好呢?当然,我立即叫人把她的头发剪了,给她换上粗布衣裳,打发她到乡下去了。我妻子失去了一个好婢女,但是没有别的办法,家里不能容许这样乱七八糟的事情。烂肉最好一下子割掉……嗯,嗯,现在请您自己评评——啊,您是了解我妻子的,本来嘛,这,这……她毕竟是一个天使呀……她确实是舍不得阿丽娜的,阿丽娜心里也明白,可她不知羞耻……啊,不,您说……啊,这有什么可说的!无论如何,实在没法子呀。至于我本人,这姑娘的忘恩负义,使我伤心了好久,难过了很长时间。不管怎么说,在这号人身上,您是找不到良心和人情的!你把狼喂得再好,它还是对树林一往情深的。……这是今后的一个教训!不过,我只想证明给您……"

兹维尔科夫先生还没说完话,就把头转过去,身子紧紧地裹在斗篷里,以便以强劲的气势控制着不由自主的激动。

大概,这会儿读者该明白了,为什么我这么关注地凝望着阿丽娜。

"你嫁给磨坊主人有多久了?"最后,我向她问道。

"两年了。"

"怎么,老爷准许吗?"

"我是出钱赎身的。"

"是谁出钱的呢?"

"萨维利·阿列克谢维奇。"

"他是谁?"

"我的丈夫。"(叶尔莫莱悄没声儿地微笑一下)"是不是老爷给您谈到过我?"阿丽娜稍稍沉默一会儿接着问道。

我不知道该怎样回答她好。"阿丽娜!"磨坊主在远处喊她。她立起身来,走了。

"她的丈夫为人还好吗?"

"还行。"

"他们有孩子吗?"

"有过一个,死了。"

"怎么,是磨坊主相中了她,是吗? ……他花了很多赎金吗?"

"这个我可不知道。她会识字,在他们业务经营上……那是……很有用处的。所以,就相中了她。"

"你跟她认识多久了?"

"很久了。以前,我常到她主人家里去串门儿。他们的庄院离这儿不远。"

"你认识听差彼得鲁什卡吗?"

"是彼得·瓦西里耶维奇吗? 当然认识。"

"现在他在哪里?"

"当兵去啦。"

我们都沉默不语了。

"看来,她身体不大好啊?"我最后又问叶尔莫莱。

"哪能好呢! ……明天,'守候打鸟'保管是不错的。现在您不妨去睡一会儿。"

成群的野鸭一声呼啸,在我们的头顶上空掠过,我们听到,它们降落在离我们不远的河面上。天色全黑了,渐渐冷起来;夜莺的歌喉,响彻小树林。我们钻进干草窝里,睡熟了。

马林果泉

　　八月初,酷暑溽热叫人难以忍受。这时候,从中午十二点到下午三点钟,最执着、最专心致志的人也不能去打猎了,最忠实的猎狗也开始"舔猎人的脚后跟儿",就是说,一步一步地跟着猎人走,生病似的眯着眼睛,使劲地伸长舌头;对主人的叱责,它只卑屈地摇摇尾巴,脸上露出尴尬的表情,可是仍不肯前进一步。那次我去打猎,正好碰上这样的天气。我一直想到阴凉的地方躺一小会儿,可是我顶住了这种诱惑;我那不知疲劳的狗一直在灌木丛里拱来拱去地搜寻着,尽管它自己明明知道,这场热心的劳动不会有什么好的结果。叫人喘不过气来的闷热最终使得我不得不考虑保存我们剩余的体力和能力。我好容易拖着脚步来到伊斯塔河跟前,这条河是我宽容的读者早已熟悉的了。我从陡坡上下去,踏着湿漉漉的黄沙,向附近闻名的"马林果泉"的方向走去。这泉水从河岸上的裂缝中涌出,而那河岸早已渐渐形成狭小而幽深的沟谷了;泉水从那儿流出二十步之遥,便带着欢乐的、哗哗的响声注入河中。沟谷两边的斜坡上,蓊蓊郁郁地长满了柞树丛林;泉水周边,短短的、茸茸的小草绿茵茵一片;太阳的光芒,几乎从来不曾照到过它那清冷的、银光闪闪的水层。我走到泉水跟前,草地上放着一只桦树皮做的勺子,这是过路的农人为了方便大家而留下来的。我喝够了水,躺在阴凉处,向四面望去。这泉眼注入河水时形成一个湾汊,因此那里总是鳞波涟涟;在这水湾跟前,背朝着我,坐着两个老人。一个,结结实实的,个头儿很高,穿着一身干干净净的深绿色外套,戴着毛绒绒的便帽,正在钓鱼;另外一人——又瘦又小,穿着棉毛布做的、带补丁的破礼服,没有戴帽子,膝盖上放着一罐做鱼饵用的蚯蚓,不时地用手摸摸白发苍苍的脑袋瓜儿,仿佛不想让太阳晒着头皮。我向他定睛一瞧,认出来他是舒米希诺村的斯捷普什卡。现在,请让我把这个人介绍给读者。

离我的村子几俄里的地方,有一个大庄子叫舒米希诺,那里有一座石砌的、以圣库兹马和圣达米安命名的教堂。这教堂对面,曾经有一所富丽堂皇的地主宅第,周围有各式各样的附属建筑物、杂用房、作坊、马厩、地下室和马车库、浴室和临时厨房、客房和管理人员住的厢房、花房温室、村民用的秋千和其他多多少少有用的建筑物。在这所大宅第里,过去曾住着富有的地主老财,本来生活过得好好的,突然有一天,一场大火把这所豪华的宅院烧成灰烬。地主搬到别处去住了,庄院空旷荒废了。宽广的瓦砾废墟变成了菜园,到处堆满了砖头——以前屋基的残迹。人们将火灾后遗留下来的圆木,匆匆忙忙地搭成一间小木屋,用巴洛克式①木板做屋顶,这是十来年前特地买来为了建造哥特式亭阁用的。他们让园丁米特罗凡带着妻子阿克西尼亚和七个儿女住在这里。他们指派米特罗凡给一百五十俄里以外的老爷餐桌上供应新鲜蔬菜;让阿克西尼亚看管一头吉罗尔母牛,这头牛是从莫斯科用高价买来的,但是,很可惜,这头牛没有什么增值能力,所以,自从买来以后,不曾出过奶;阿克西尼亚还得照看一只凤头灰色公鸭,这是"老爷"府上留下来的唯一家禽;至于孩子嘛,因为年纪幼小,没有给他们安排任何工作,不过,这么一来,难免使他们彻底懒惰起来。我曾经在这个园丁家里住过两三夜,我路过的时候,顺便向他买过黄瓜,天知道不知为什么,这些黄瓜夏天长得个儿真大,有一股子难闻的、水泡的味道,黄瓜皮也又黄又厚。在他家里我第一次见过斯捷普什卡。除了米特罗凡一家,还有托福寄住在大兵独眼老婆小屋里的、年老耳聋的教会长老格拉西姆以外,在舒米希诺村,连一个家仆也没剩下了。因此,这里我准备向读者介绍的斯捷普什卡,不能当成一般平民看待,更不能把他看作家仆。

任何人,在社会上,不管什么地位,总该有一个职业吧;任何人,就社会关系来说,总该有一些吧;任何一个仆人,即使领不到工钱,至少也该得到一份所谓"口粮"吧,而斯捷普什卡,根本得不到任何补助、津贴,跟谁也没

---

① 巴洛克式(工艺)——欧洲十六至十八世纪流行的建筑物式样。

有亲缘关系,谁也不晓得他的生存。这个人甚至没有过去,没有经历,没有人谈到过他。人口调查中,恐怕从来没有登记过。关于他有一些含含混混的传闻,说他某个时候曾在某某家里当过侍仆,至于他是什么样的人,从哪儿来的,是谁的儿子,怎么成了舒米希诺村的居民,他是怎样弄到的、长久以来他一直穿在身上的那件棉毛外衣,他住在哪里,靠什么过活——对于这一切,根本没有人知道一丁点儿的信息,不过,老实说,也没有任何人对这些问题发生兴趣。那个知道全体仆人四代家谱的特罗菲梅奇老公公有一回说过,他记得,已故的老爷阿列克塞·罗曼内奇旅长出征班师返回时,用辎重车运来一个土耳其女子,要么她就是斯捷普什卡的亲人。甚至常常在节日里,按照俄罗斯古老的习俗,用面包和盐、荞麦大饼和烧酒互相祝愿和宴请的日子里——即使这种日子,斯捷普什卡也不走近摆设好的桌面和酒桶,他既不行礼,也不上前吻老爷的手,也不在老爷眼皮底下为祝老爷健康接过管家油乎乎手里倒满的酒杯一饮而尽;难免也有一个半个好心肠的人,打他跟前走过时,把一块吃剩下来的馅饼施舍给这个可怜人。在复活节,人们也跟他行互吻礼,但他并不卷起油腻的衣袖,也不从后面裤袋里掏出自己的红蛋,只管喘着气,眨着眼,并不把这红蛋献给少爷们或者太太本人。他夏天住在鸡舍后边的贮藏室里,冬天住进澡堂的更衣室,遇上严寒冰冻的日子便钻进干草棚里过夜。人们看见他已经习以为常了,有时甚至踢他一脚,但谁也不跟他说话,而他自己,似乎有生以来也没有开过口。那场大火之后,这个被遗弃的人就借住在——或者像奥廖尔人所说的,"待在"花匠米特罗凡家里了。园丁不招惹他,也不对他说:你就住在我这里吧——但也不撵他走。实际上斯捷普什卡并不住在园丁家里,他住在,具体说,蹲在菜园子里。他来来去去,走动没有一点响声;他连打喷嚏、咳嗽一声,也胆怯地用手捂着嘴;他活像一只蚂蚁,总是不停地忙碌着,悄悄地张罗着,这一切都是为了糊口,为了活命。一点儿不错,如果他不是从早到晚为了吃饭操心——我的斯捷普什卡早就饿死了。糟糕的是,早晨吃了,可不知道到晚上是否能填饱肚子!有时,斯捷普什卡坐在篱笆底下啃着一根萝卜,或者嚼着胡萝卜,或者扯一棵脏脏的白菜;有时,他把一桶水提到什么地方,呼哧呼哧地哼哼着;有时,他在沙锅底下生着火,从怀里掏出一块块黑乎乎的东西放到沙锅里去;有时,待在自己的小贮藏室里用一块小木头不停地敲打着,钉上钉子,搭盖一个放面包的板架。他一声不响地悄悄做着这一切，好像是在背地里干，人一瞧他，他就躲开藏了起来。有时，他突然两三天不见了，当然，对于他的离开，谁也不去注意……回头一瞧，他又在这里了，他又在篱笆跟前，悄没声儿地偷偷把小劈柴片儿塞进三脚架铁锅底下去了。他有一个小脸庞，黄色的小眼珠，头发耷拉到眉边，尖尖的小鼻子，大耳朵，透明，像是蝙蝠的耳朵，胡子永远是不长不短的样子，好像是两个礼拜以前刮过的。正是这个斯捷普什卡，叫我在伊斯河河边碰到了，和他做伴的还有另外一个老人。

  我走近他们，和他们打过招呼，并排坐在他们身边。斯捷普什卡的同伴我也认出来了，原来也是熟人：这便是从彼得·伊里奇伯爵家获得自由的解放农奴米哈依洛·萨维尔耶夫，外号叫作"大雾"。他住在波尔霍夫城一个患肺结核病的小市民家里，那人开了一个客栈，我经常到他那里投宿。当年，在奥廖尔省的大道上，过往行路的年轻官吏和其他闲散人员（躺在条纹羽绒褥子里面的商人们当然不在此列），直到如今还可以见到，离特罗伊茨大村庄不远的地方，有一幢两层楼的房子，是木质结构的，屋顶坍塌了，窗子钉得死死的，已经完全废弃了，歪在路边。要是在阳光明媚的大白天，看到这废墟的一切，没有比这景象更令人感到凄凉的了。彼得·伊里奇伯爵过去曾住在这里，他是一位旧时代富有的达官贵人，慷慨好客、远近闻名。那时节，全省的名流常常在他家里聚会，在家庭乐队震耳欲聋的鸣奏声中，在花炮和烟火的噼啪声中，翩翩起舞，尽情欢乐；直到现在，大概不止一个老太婆，从这荒凉的贵族邸宅旁边路过时，回想起往昔的岁月和逝去的青春，禁不住长吁短叹，缱绻不已。这位伯爵长时间地宴饮宾客，长时间地在一群卑躬屈节的门客中间迎来送往，欣悦地微笑，可是不幸，他的产业毕竟不够他挥霍终生。他彻底破产之后，到彼得堡去谋职位，没等他得到什么结果，便死在旅馆里。当时，"大雾"就在他家里当管家，还在伯爵生前，就得到了农奴解放"自由证"。这人有七十来岁，相貌端正，面容快活。他几乎时时刻刻面带笑容，今天只有叶卡捷琳娜时代的人才会这样微笑：这笑容敦厚而庄重。他说话的时候，慢慢地撅起嘴唇，又慢慢地缩回去，温柔地眯起两眼，腔调略带鼻音。他擤鼻涕也好，闻鼻烟也好，都是不慌不忙，慢吞吞地，好像在干什么正事儿。

  "喂，米哈依洛·萨维尔耶夫，怎么样？"我开头说，"钓到不少的鱼吧？"

"请往鱼屟里瞧一下吧!钓到两条鲈鱼,还有五条小不点儿……斯捷普什卡,给他看看。"

斯捷普什卡把鱼屟挪到我面前。

"你过得还好吗,斯捷普?"我问他。

"还……还……还好,老爷,马马虎虎。"他结结巴巴地回答,仿佛有几十斤重的东西压着他的舌头似的。

"米特罗凡身子好吗?"

"身体好,哪能……不好呢,老爷。"

这个一贫如洗的不幸的人,把脸扭了过去。

"鱼不咬钩啊,""大雾"说,"天太热啦!鱼都藏在树阴底下打盹儿去了……斯捷普,装上一条蚯蚓好吗?"(斯捷普什卡取出来一条蚯蚓,放在手心里,拍了两三下,安到钩上,吐了几口唾沫,递给"大雾")。"谢谢你,斯捷普……老爷,您,"他转脸对我继续说,"请问是不是出来打猎来啦?"

"你说得对。"

"那么,老爷……您的猎狗是英吉利种呢?还是弗里乌利种?"

这老头儿一碰到机会就喜欢炫耀自己:好像在说,瞧,我们这些人也见过世面呀!

"我也不清楚它是什么品种,可这条狗很好。"

"啊……您要是骑马,也带着狗吗?"

"我有两群狗。"

"大雾"微微一笑,摇了摇头。

"的的确确,有的人喜欢狗,可有的人,白给他,他也不要。照我粗浅的看法,我这样想:养狗嘛,可以说,多半是为了摆阔气……一切都要装点门面:马要气派,狗也要气派,一切都要气派。已故的伯爵——愿他在天之灵安息——说实在的,一生不好打猎,可是他却养了狗,一年也要出猎两三次。身穿饰有金银边红外套的看狗仆人们,集合在院子里,吹着铜号,这时,伯爵大人走出来,人们把马牵过来;伯爵大人骑上去,那个专管打猎的小头头把伯爵的脚放进马镫里,他脱下帽子,将缰绳放在帽子里递上去。伯爵大人啪的一声甩起鞭子,看狗仆人齐声呐喊,走出大院。那马夫骑着马紧跟在伯爵身后,他自己还用绸绳子牵着两只心爱的狗,这么着前后照看着,您明白吗……那马夫,他,高高地坐在哥萨克马鞍子上,腮帮子红扑扑的,眼珠子骨碌碌一个劲儿地转……嗯,在这个节骨眼上,当然还来了不少客人。多么开心多么光彩……啊唷,脱钩了,这家伙!"他拽了一下鱼钩,突然这么说了一句。

"听说,伯爵一辈子过得很阔气,是吧?"我问。

老头子在蚯蚓上吐了点唾沫,然后把鱼钩抛了出去。

"当然,他是一个达官贵人。可以说,常常有彼得堡的上等人物前来看望他。他们披着天蓝色的绶带,坐在桌子前面进餐。"是啊,他不愧是一个招待客人的高手。时不时地,他把我叫到跟前,对我说:"'大雾',明天我需要几条活鲟鱼,叫人给我弄来,听见了吗?""听见了,大人。"他的绣花长袍、假发、手杖、香水、上等的香囊、鼻烟壶、大幅大幅的油画,都是从巴黎订购来的。他举行起宴会来——老天爷,真够气派!焰火冲天,车水马龙!甚至排炮轰鸣。光是乐师,就有四十来口子人。他挑了一个德国人当乐队指挥,可这个德国人挺傲慢,他硬是要和老爷太太们同桌吃饭,如此这般,伯爵大人便叫人把他轰走了。他说,我的乐队就是没有指挥,也是蛮行的。这是明摆着的事:老爷的权威嘛。大家跳起舞来,一个劲儿跳到天亮,多半跳的是拉科谢兹舞和玛特拉杜尔舞……嘿……嘿……嘿……上钩了,伙计!(这老头子从水里拽出来一条不大的鲈鱼)"拿去吧,斯捷普。老爷终归是老爷,"他继续说,一边又抛出钩去,"他这人心肠倒是蛮好的。有时,他也打你——过后,他就忘了。就是一桩事不大好:他爱养姘头。唉,就是这些姘妇,老天爷,把他弄破产了。她们大多是从下等人中挑选出来的。她们还有什么不满足的呢?可是不啊,就是把全欧洲最值钱的东西都送给她们,也不见得够啊!按说嘛:为什么不好好地过舒心日子呢?——这原本是老爷的事呀……可不该弄到破产的地步。特别值得一提的是:有那么一个名叫阿库琳娜的女人,她现在已不在人世了,愿她在天之灵安息!她是一个平常人家的姑娘,西托夫村一个甲长的女儿,是一个地道的泼妇!她有时竟打伯爵的嘴巴子。她把他迷得神魂颠倒呀。她把我的侄子抓了壮丁,送去当兵,只为他一时不小心在她的新衣服上泼了点可可茶水……也不止他一个儿被她抓去当兵的啊。是啊……说过来说过去,说到底那是一个好时候呀!"老头儿深深叹息着,又补充一句,低下了头,不言语了。

"我看出来,你们老爷很严厉吧?"我沉默了一小会儿,开始问道。

"这在当时是时兴的呀,老爷。"老头摇头表示不同意。

"现在这么着就不大对头了。"我目不转睛地望着他,说。

他从侧面望着我。

"现在当然好多了。"他喃喃地说,远远地把鱼钩抛了出去。

我们坐在树阴下面,不过阴凉里也很闷热。沉闷、溽热的空气好像屏息不动了;热辣辣的脸,苦苦地在追寻风儿的抚弄,可是哪儿有风呢?太阳从蓝得幽暗的上空,投下火热的光芒;在我们正前面,对岸的河边,是一大片金黄的燕麦地,有些地方还长着艾蒿,没有一丝儿风,连一根麦穗也不曾摇晃一下。稍低的地方,有一匹农人的马齐膝站在河里,懒洋洋地甩动着湿漉漉的尾巴;在悬崖下的灌木丛下边,时不时地浮上来一条大鱼,吐出气泡,又缓缓地沉入水底,在身后留下几缕波纹。螽斯虫在红褐色的草丛里唧唧叫着;鹌鹑有气无力地啼着,鹞鹰在原野上空平稳地滑翔,常常在一个地方停停,然后又急忙拍动翅膀,张开尾巴,成扇面形状款款飞去。我们被炎热困着,一动不动地坐在那里。突然,我们身后沟谷里传来一阵响声:有人从上面向泉边走下来。我回头一望,只见一个农夫,约莫五十来岁,浑身扑满了尘土,穿着衬衣和草鞋,肩膀上背着一个柳条筐,还搭着一件粗呢上衣。他走到泉水边,贪婪地喝够了水,站起身来。

"呃,弗拉斯,是你?""大雾"瞅了瞅他,喊道,"你好哇,老弟!打哪儿来?"

"你好,米哈依洛·萨尔维耶夫。"那农夫朝我们走来,一面说,"从很远的地方来。"

"那你去哪里啦?""大雾"问他。

"去莫斯科走了一遭,有事找老爷来着。"

"为啥事?"

"央求他呗。"

"求他什么?"

"求他把代役租子减轻一点,要不,用劳役代替,或者让我搬迁到别处,怎么着都行。……我儿子死了,现在剩下我一个人,没有法子呀。"

"你儿子死了?"

"死了。我那死去的儿子,"农夫略微沉吟一下,又说,"原先在莫斯科赶马车,说实在的,以前是他代我交代役租子的。"

"难道你们现在还交代役租?"

"交代役租。"

"你老爷是怎么说的?"

"老爷怎么说?他把我赶了出来!他说,你胆子不小,竟敢直接找我来了,这事儿该管家管。"他又说,"你先得向管家报告一下才是……你叫我把你搬迁到哪里去呀?他说,你啊,先还清欠着的代役租再说。他大动肝火。"

"怎么,那你就回来了?"

"可不回来了呗。我本想打听一下,我那死去的儿子有没有留下什么财物,可是没搞清楚。我对他的东家说,'我是菲力普的父亲,'可他却对我说,'我哪里晓得你是谁呢?况且,你儿子什么东西也没有留下,他还欠着我的债呢。'这么着,我只好回来了。"

这农夫向我们讲述这一切时,面带冰冷的苦笑,好像在讲别人家的事情似的。可是他那双纤小的、瑟缩的眼睛里却噙满了泪珠儿,他的两唇在抽搐。

"那你现在咋办呢?这就回家去吗?"

"还能上哪儿去呢?只好回家。我的老婆恐怕正在两手空空地挨饿呢。"

"那你不会……那个……"斯捷普什卡忽然开口说起话来,可是,有点慌神儿,便又不言语了,开始伸手在罐子里抓弄鱼饵。

"那你去找管家吗?""大雾"继续说,有点诧异地瞅了斯捷普一眼。

"我去找他干什么?……我还欠着租金呢。我儿子死以前病了一年,他自己的代役租也没有交。……我呢,并不太伤脑筋。从我身上捞不出什么来……哼,伙计,不管你在那里怎样弄鬼——白喜欢一场:我这人向来是不领情的!(农夫大笑起来)不管他多能,金季尔扬·谢麦内奇,多么自作聪明,总归……"

弗拉斯又笑起来。

"怎么,这可不好,弗拉斯兄弟。""大雾"慢腾腾地说。

"有什么不好哇?不……(弗拉斯的话声断了)真热啊!"他一面用袖子擦脸上的汗,一面说。

"你们的老爷是谁?"我问。

"是瓦列里安·彼得罗维奇伯爵。"

"彼得·伊里奇的儿子吗?"

"是彼得·伊里奇的儿子,""大雾"回答,"故世的彼得·伊里奇,生前就把弗拉斯所在的那个村庄分给了他。"

"怎么样,他身体好吧?"

"感谢上帝,他身体蛮好。"弗拉斯回答,"他满面红光,结结实实。"

"你瞧,老爷,""大雾"转脸对我说,"派在莫斯科附近就好了,可是,派在这里就得交代役租哩。"

"一份租子要交多少钱?"

"一份租子要九十五卢布。"弗拉斯小声嗫嚅着。

"嗯,您瞧瞧,耕地少极啦,尽是些老爷的林子。"

"听说,树林也卖掉了。"农夫指出。

"喂,您瞧……斯捷普,给我一条蚯蚓……嘿,斯捷普,你怎么睡着了?"

斯捷普什卡全身抖动一下,精神振作起来。那个农夫坐到我们身边。我们大家又沉静下来。对岸有人拉开嗓子,在唱歌,歌声悲苍凄凉……我那可怜的弗拉斯愁上心头……

半个钟头以后,我们便各自分手了。

小县的乡医

秋天有一回,我到远远的野外打猎,返回来的途中,着了凉,病倒了。幸而,到了小县城的旅馆里才发起烧来,我打发人去请医生。半个钟头以后,县里的医生来了,这人个子不高,瘦瘦的,满头黑发。他给我开了一剂普普通通的发汗药,叫我贴上芥末膏,把一张五卢布钞票灵巧地掖进袖子里,于是,干咳一声,朝旁边瞟了一眼,准备马上就要回家去了,不知怎的,忽然打开话匣子,待下了。我发烧,浑身难受;预感晚上会睡不着觉,因此,巴不得有一个好心肠的人聊一会儿。茶端上来了。我的医生开口讲起话来。这个年轻人颇不傻,开口讲起话来口齿伶俐,饶有风趣。世间的事儿真怪:有的人和你长期住在一起,而且关系亲密,但没有一次坦诚地、推心置腹地讲过心里话;可有的人呢,你刚刚认识——瞧,就像念忏悔词那样,你对他,或者他对你,滔滔不绝地把心里的老底儿全都掏出来。我不明白,我在哪一方面赢得了我这位新朋友的信任——不过他,正如俗话说的,"灵机一动",给我讲了一桩很不寻常的事儿。这里,我把他讲的故事转告给关爱我的读者。我尽量用那位医生的原话来叙述。

"您不会认识吧,"他开口说,声音细弱、微颤(这是久吸别列佐夫纯烟叶的结果),您也许不认识这里名叫巴维尔·卢基奇·麦洛夫的法官吧?……不认识……嗯,没关系。(他咳嗽几声,擦擦眼睛)啊,你要知道,事情是这样的,嗯,让我再想想,那天是大斋戒节,正是融冰化冻的日子。我正在法官他那儿玩纸牌。我们的法官是个老好人,热衷玩纸牌。忽然,

(我的医生喜欢用"忽然"这个字眼儿)有人跟我说:有一个人来找您。我说,什么事?人们告诉我,那人带来一张字条——可能是病人送来的。我说,把字条给我吧。果然不错,是病人的条子。……嗯,好吧——这,您明白,是我们的衣食饭碗嘛。……事情是这样的:有一个女地主、寡妇人家给我写的字条,她说,女儿病得快死了,看在上帝老天爷的分上,请您劳驾来一趟吧,接您的马车已准备好了。唉,这倒没什么……只是她住的地方离城有二十俄里那么远,又是深更半夜,路还那样难走!况且她本人穷起来了,别指望能弄到两个卢布的出诊费,也许她只给点粗麻布和别的什么小零碎儿。可是,您清楚,医德是最重要的:人快死了。我马上把牌交给牌友卡里奥宾,回家去了。抬头一看,门口台阶前停了一辆不起眼的小马车。马是庄户人家的马——大肚子,肚子大的不得了,身上的毛——简直像毡子似的,马车夫呢,脱了帽子,恭恭敬敬地坐在那里。哼,我心里琢磨着,看来,伙计,你的主子备不住是穷光蛋……叫您见笑了,可我得告您说,我们这些穷哥儿们,凡事都得掂量掂量。……如果马车夫趾高气扬地像公爵那样坐着,不摘下帽子,还撅着胡子露出冷笑,摇晃着马鞭——那么,蛮可以多拿两张钞票!我看,今天劲儿不对。可是,我寻思再三,没法子呀,医生的责任大于一切。我拿上最必需急用的药品,便坐车去了。您相信吗?差一点儿去不成啦。路糟糕到了极点:有小河,积雪,烂泥,水坑,那边有个堤坝突然又决了口——伤透了脑筋!好容易总算到了。小房子矮矮的,屋顶是草盖的。窗口亮着灯,看起来人家在等候。一个戴着压发便帽的、体面的老太太,过来迎接我。她说,'救救我吧,人快要死了。'我说,'请不要着急……病人在哪儿?''请劳驾到这边来。'我抬头一瞧:小房间倒挺干净的,墙角里放着一盏灯,床上躺着一个二十来岁的姑娘,昏迷不醒。她在发高烧,呼吸困难——得的是热病。跟前还有两个女孩子——是她妹妹,吓得惊魂失魄的,她们泪流满面告诉我说,'昨天还好好的,饭吃得很香,今天早上嚷嚷头疼,到傍晚突然成了这个样子……'我还是照样说,'请不要着急'——您明白,这是医生分内的事——我开始看病。我给她放了血,叫人给她贴上芥末膏,开了一瓶药水合剂。这当儿,我注意望着她,看呀,看呀——啊,天哪,我还没有见过这样俊美俏丽的脸……一句话,是个绝色的美人儿!我充满了怜惜她的心。她的面容多么妩媚呀!她的那双水灵的眼睛……谢天谢地,瞧,她安静些了;她出了汗,看起来是清醒过来了,四处张望,笑了笑,用手擦了一下脸……她的两个妹妹弯下腰问她:'你觉得怎么样?''不要紧,'她说,翻身转过脸去……我一看——她又睡着了。我说,好吧,现在该让病人安静一下啦。于是,我们大家蹑手蹑脚地走了出去,只留下一个侍女随时照应。客厅里桌子上已经摆上了茶炊,还放了一瓶牙买加酒:对于我们医生来说,这是必不可少的。他们给我端上茶,留我过夜……我答应了,这时候能到哪里去呢!老太太不住地叹气。我说:'您这是怎么啦?她会好起来的,请放心好了,最好您也去休息一下,现在已经一点多了。'——'要是有什么动静,请您教人叫醒我。''好吧,好吧。'老太太走了,姑娘们也回自己的屋里去了。客厅里给我搭了一张床铺,我躺下了,只是睡不着——你说怪不怪!真叫我受不了。我的病人老在我脑子里面转悠。我终于忍不住了,猛然站起来,心想,我要去看看,病人怎么样了?正好她的卧房和客厅连着。啊,我起来,轻轻地打开房门,可我的心跳得很厉害。我瞧见:侍女睡着了,张开嘴巴,还打着呼噜呢,该死的!那病人的脸朝我躺着,两手伸开,可怜见的!我向前走近……她突然睁开两眼,盯着了我!'你是谁呀?是谁?'我慌了神儿。我说,'不要怕,小姐,我是医生,来看您啦,您这会儿怎么样?''您是医生?''是医生,是医生呀……您母亲把我从城里请来,我给你放了血,小姐,现在请您安歇吧,过两三天,上帝保佑,我们会把您治好的。'——'唉,是啊,是啊,医生,不要叫我死啊……求求您,求求您啦。''您怎么啦?愿上帝保佑您!'我心里暗想,她又在发烧了。我摸摸她的脉,没错儿,是在发烧。她定睛望着我,突然抓住我的手。'我要告诉您,为什么我不想死,我要告诉您,我要告诉您……现在这里就咱们俩啦,只不过请您不要告诉别人……请您……'我弯下腰,她把嘴唇贴近我耳边,她的头发扎着我的脸颊——说实在的,那阵子我简直晕头转向啦——她开始向我喁喁低语……我什么也没有听清……唉,她是在那儿说胡话吧……她嘟嘟囔囔,叽里咕噜,说的有点不像俄语,说完以后浑身打战,头倒在枕头上,伸出一个手指吓唬我。'小心点,医生,不要给别人说……'我好不容易才使她安静下来,给她喝了水,叫醒了侍女,就出去了。"

这当儿,医生又使劲地闻了闻鼻烟,愣愣地待了一小会儿。

"可是,"医生继续说,"等到第二天,出乎我的意料之外,病人的病没有减轻。我想了想,又反复考虑,突然决定留下来,尽管还有别的病人在等我。……您知道,对病家漫不经心是不行的,这么着,以后行医会倒霉的。然而,第一,这位女病人病情确实很危险;第二,说实在的,我本人也很喜欢她。同时,我对她们全家人都有好感。她们虽然不富有,已经没有什么家产了,但她们很有教养,可以说,是不多见的……她们的父亲很有学问,是个著作家,当然,最后在贫困当中死去,但是,他使孩子们受了很好的教育,身后留下了很多书籍。不知道是不是这个原因,我才满腔热心在病人身边忙个不停呢,还是由于其他什么缘故,我说不清楚。不过,我敢说,这一家人,简直像亲人一样关爱我。……这时候,道路更加泥泞不堪,一切交通,可说是完全断绝了,甚至到城里去弄药都十分困难……而病人一直不见好转……过了一天又一天,一天又一天……于是……这时……(医生沉默了一小会儿)真的,我不知道,该怎样对您说……(他又闻起了鼻烟,清理了一下嗓子,喝了一口茶)我直截了当告诉您吧,我的病人……该怎么说好呢……嗯,她说不定是爱上了我……或者,不,并不是爱……而是,不过,真格儿的,这怎么说呢……(医生低下头,脸红了。)"

"不,"他煞有介事地继续说,"说什么是爱上了!我该有自知之明,我算老几呢。她是一个有教养的女孩子,聪明,有学问,而我呢,连自己本行的拉丁文也忘得一干二净了。至于长相嘛(医生微微一笑扫一眼自己),看来,也没有什么值得夸耀的。不过,上帝并没有把我生养成一个傻瓜,我还不至于把白的叫作黑的,我多少心里还算明白。比方说,我很清楚,阿列克山德拉·安德烈叶夫娜——她的名字就叫阿列克山德拉·安德烈叶夫娜——是对我有了感情,但这不是爱,应该说,这是一种友好的感情和尊重罢了。虽然她自己也许在这当中说错了话,但是,您可判断一下,她当时的情况是怎样的啊……何况,"这位医生显然有点心慌意乱,断断续续地、一口气说完这番话,然后又补充道,"看起来,我的话有点语无伦次……大概,您也听不明白……那么,请让我一五一十地告诉您吧。"

他将那杯茶一饮而尽,然后慢声细语地絮絮谈来。

"嗯,不错,是这样的。我的病人的病越来越重了。因为您不是医生,先生,所以,您不能理解,我们这些做医生的心情,特别在一开始就预料到这病是治不好了。自信心一点也没有了!突然胆小起来,简直有口难言。你好像感到,你把自己知道的东西全忘得一干二净了,仿佛你的病人不再相信你了,又好像别人已觉察到,你已经手忙脚乱;人们已不大愿意向你报告病情,大家都在皱着眉头斜眼看你,交头接耳嘀嘀咕咕。……唉,真糟糕!你心里琢磨,一定有什么治这病的对症药,只要把它找到就好了。啊,是这药吗?试试看——不,不是它!你还没有等药物发挥效果的时候又换了样……一会儿用这种药,一会儿又用那种药。你情不自禁地拿出药典来……心想,它可能在这里,是在这里!说实在的,有时是不假思索随便翻翻书;心想,碰碰运气吧……可是,这会儿,病人眼看就要死了;别的医生说不定会救活他。你会说,必须来个会诊才行;我自己可负不起这责任。此时此刻,你看上去竟成了一个笨蛋!不过,日后,你也渐渐地习以为常了,觉得没有什么了。人死了——不是你的错,因为你是按照常规办事的。不过,常常使你感到更为痛苦的是:眼睁睁地看着病家对你盲目地信任;而你自己深感实在无能为力。阿列克山德拉·安德烈叶夫娜一家正是这样信任我:她们甚至连想也不曾想,她们的女儿正处在危险中。我这方面,也在宽慰她们,说不要紧,可我自己的魂儿早吓得飞到九霄云外了。更为不幸的是,道路偏偏又那样泥泞,为了取药,弄得马车夫天天在路上奔波。我连病人的房门也不出,不能丢下她不管,您要知道,我把种种可笑的传闻、有趣的事儿讲给她听,我还同她一起玩纸牌。我整夜整夜地守着她。老太太热泪盈眶地不住地感谢我;可我心里说:'我并不值得你谢。'我向您坦白——现在也没有什么好隐瞒的——我爱上了我的女病人。阿列克山德拉·安德烈叶夫娜也对我有了感情:除了我,她常常不让别人进她的房间。慢慢地她开始同我聊起天来,问我,在哪里念书?生活情况怎样?我的亲人有谁?我同什么人来往?尽管我觉得不应当让她说话,要是禁止她,您知道,我可办不到。我时不时地抓挠自己的头,心里说:'你这是在干什么?强盗?……'可她却拉着我的手,握着不放,眼睛瞅着我,久久地、久久地端详着,然后扭过头,叹口气,说:'您多么善良啊!'她的两手热得烫人,眼睛大大的,昏沉无神。'是啊,'她说,'您很善良,您是个好人,您跟我们的邻居不同……不,您不是那种人……怎么直到现在我才跟您认识呀?''阿列克山德拉·安德烈叶夫娜,请您静静,'我说,'说实在的,我觉得,我不知道我有什么地方值得这般信任我……不过,看在上帝面上,您一定得安静下来……一切都会好起来的,您的病会好的。'可是我得告诉您,"医生向前弓一弓腰,扬扬眉毛,继续说,"她们和邻居不常来往,是因为她们同小户人家合不来,自尊心又妨碍她们和富人交往。我跟您说,这一家人十分有教养——所以,您知道,我很荣幸认识这一家人。她只让我照顾她服药。……这个可怜的人儿,在我的搀扶下,坐起来,接过药服下,瞪大眼看着我……我的心房怦怦跳起来。然而,她的病却一天天地沉重了,越来越沉重了,我想,她会死的,一定会死。您信吗?我恨不得自己躺到棺材里替死,她母亲和妹妹们都在盯着我,眼巴巴地望着我……看来,对我渐渐地失去了信心。'怎样了?要紧吗?''不要紧,没事儿!'怎么说没事呢,我简直是昏头了。嗯,有一天夜里,我又守在病人身边。那个侍女也坐在那里,呼噜呼噜地打鼾。……对这样一个怪可怜的丫头不能过于苛求,她实在累坏了。阿列克山德拉·安德烈叶夫娜这一晚上觉得很不好受,烧得很厉害。她躺在床上,翻来覆去,折腾了半夜;后来,好像是睡着了,至少躺着不见动弹了。墙角里圣像前边,一盏长明灯,荧荧发光。我坐在那里,耷拉着脑袋,你看,也在打盹儿呢。突然,好像有谁碰我一下,我扭过脸儿来。……我的天哪!阿列克山德拉·安德烈叶夫娜把眼睛睁得大大地直瞪着我……嘴巴张着,脸颊烧得通红通红的。'您怎么啦?'——'医生,我会死吗?''哪儿的话,快别这么说!'——'不,医生,不,我求求您,不要对我说,我的病能好……不要说……要是您知道……我说,请看上帝面上,不要对我隐瞒病情!'她的呼吸很紧促。——'要是我真的知道,我一定要死……那么,我会把我心里话全都告诉您,全部!'——'阿列克山德拉·安德烈叶夫娜,您说哪儿去啦?'——'听我说,我一点也没睡着,一直瞪着眼瞧着您……看在上帝面上……我相信您,您是个好心人,您是个正派人,为了圣灵神明——我恳求您啦,请您给我说实话吧!您要知道,这一点对我是多么的重要……医生,看在上帝面上,请告诉我,我的病危险吗?'——'怎么对您说好呢,阿列克山德拉·安德烈叶夫娜——别胡思乱想啦!'——'看在上帝面上,我求您啦!'——我不瞒您说,阿列克山德拉·安德烈叶夫娜,您的病的确很危险,不过上帝仁慈……'——'我要死啦,我要死啦……'她好像挺高兴似的,脸上显得快活起来;我吓了一跳。'别怕,别怕,我一点儿也不怕死。'她突然稍稍仰起身子,用胳膊肘支撑着。'现在……嗯,现在我可以告诉您,我打心眼里深深感谢您,您是一位善良的老好人,我爱上您啦……'我痴痴地望着她,头昏脑涨的;您瞧,我心里真有点发怵……'您听见了没有,我爱您……'——'阿列克山德拉·安德烈叶夫娜,我哪里配得上您呀?'——'不,不,您没有懂我的意思……

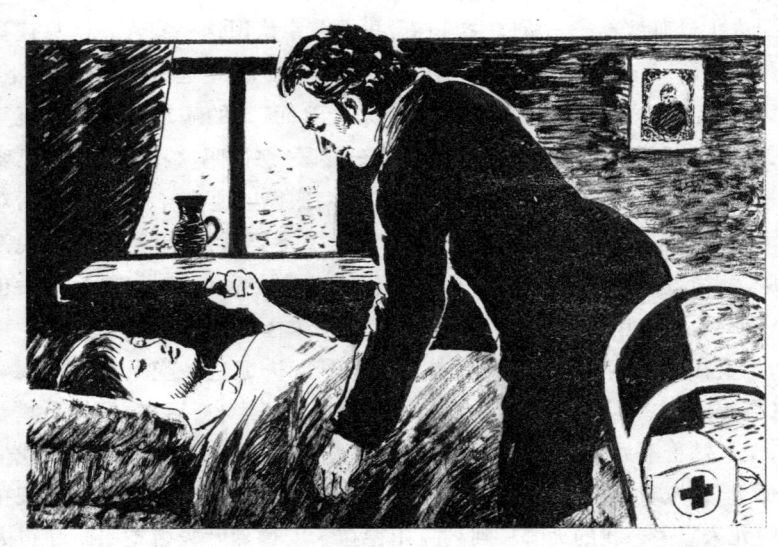

你呀,不明白我的心……'突然,她伸开两臂,抱住我的头,吻起来……您信吗? 我差一点喊叫起来……我扑通一声跪下,把头埋在她枕头里。她怔怔地一言不发,她的手指在我头发上颤巍巍地抖动;我听见,她哭了。我想法安慰她,向她保证……我,真的,不知道当时对她说了些什么。我说:'阿列克山德拉·安德烈叶夫娜,您会把侍女吵醒的……我谢谢您……您放心……请您静下来吧。'——'得啦,管它哩,'她不停地说,'去她们的吧,嘿,醒来也好,进来也好——都不打紧,反正我要死啦……那你为什么这样胆小,有什么可怕的? 抬起头来……也许,您不爱我,也许,我弄错了……真是这样,请您原谅我。'——'阿列克山德拉·安德烈叶夫娜,您说哪里去了? ……我是爱您的,阿列克山德拉·安德烈叶夫娜。'她定睛直愣愣地看着我,张开手臂。'那你就拥抱我吧……'我给您说句心里话,我简直不晓得,那天晚上,我怎么没有发疯。我觉得,我的病人在糟践自己,我看出来,她神志不大清醒,我还明明知道,要不是她发觉自己快死了——她是不会想到我的,想想看,白白活了二十五岁,还没有爱过人,一下子死了,不是一件可怕的恨事吗? 难怪她十分痛苦,正因为这个,她在绝望之中才抓住我不放——现在您明白了吧? 她两手抱住我不松手。我说:'请您宽恕我吧,阿列克山德拉·安德烈叶夫娜,您也要怜惜自己,多多保重。'——她说,'有什么好怜惜的? 反正我是要死了……'她不断地重复着这句话。'要是我知道,我还会活下去,还能和文质彬彬的小姐们在一起,我会感到很尴尬,准会害羞的……可现在又有什么关系呢?'——'是谁跟您说过,您要死啦?'——'嗨,别说啦,得了吧,你瞒不过我,你不会撒谎,你瞧瞧你自己。'——'您的病会好的,阿列克山德拉·安德烈叶夫娜,我会治好您的病,我们要征求您母亲大人允诺……我们将结为夫妇,过幸福生活。'——'不,不可能,您已经确切地告诉了我,我要死啦……你答应过了……你跟我说过……'我很难过,种种原因使得我痛苦万分。试想,生活中有时会出一点点小事儿,看上去并不值一顾,但确实很令人难受。她忽然想起问我的名字,不问姓,就问名字。真倒霉,我的名字正好叫特里丰①。是啊,是啊,我的名字叫特里丰,特里丰·伊凡内奇。在她家里,平常大家都管我叫大夫。我无可奈何,只好说,'我叫特里丰,小姐。'她眯起眼睛,摇摇头,用法语咕哝了一句什么——唉,大概是什么不中听的话——接着就笑了笑,笑得也不大自然。就这样,我差不多陪她度过了整整一个夜晚。天亮了,我才拼命跑了出去。我再去她房间的时候,已经是中午,吃过茶点了。天哪,天哪!我简直认不出她来了:她的模样比死人还难看。我敢发誓,千真万确,到现在我还不明白,我完全不晓得,当时我是怎样经受住了这个磨难。三天三夜,我的病人在做垂死挣扎……多么难熬的夜晚啊!她对我说了多少心里话啊!……到了最后一个晚上,您想想看——我坐在她身旁,不住地祷告,只求求上帝做一件事:我说,快把她带走吧,同时也把我一起带走……突然,老母亲一下子闯了进来……因为昨晚我对她母亲说过,没有什么希望了,病人很不好,不妨请牧师来。这时,病人一见母亲进来,便说:'啊,好,你来啦……你瞧瞧我们俩,我们相爱了,两相许了心愿。'——'她在说什么?医生,她怎么啦?'我愣在那里,呆若木鸡。我说,'她在说胡话,她在发烧……'——'算了吧,哪儿的话,你刚才可不是这么说的,你还收下了我的戒指……你装什么蒜呢?我妈妈心眼好,她会体谅的,她能理解,我快死了——我干什么要撒谎,把手伸过来给我……'我跳起来,跑了出去。不用说,老太太心里捉摸到了。

"不过,我不想再讲下去使您伤感了,说实在的,我一想起这事来,心里就万分难过。我的病人第二天就不在人世了。愿她在天之灵安息!

---

① 特里丰——按照俄罗斯的古老的习俗,特里丰是个不太吉祥的名字。

（医生这句话说得很急促，还叹了口气）她临终前，叫家里人都出去，只留下我一人在她身边。她说，'请您原谅我吧，我，也许，对不住您……是病啊……不过，请您相信，我一生中从没有像爱您那样，爱过别人……可别忘了我……好好保存我的戒指啊……'"

医生扭过脸去，我拉起他的手握住。

"嗨，"他说，"说点别的什么吧，或者，咱们赌点小钱，玩会儿纸牌好吗？您清楚，我们这号人，不配有这种高尚的感情。我们这些人只希望孩子不哭不叫、老婆不吵不闹就万事大吉了。打那以后，如常言所说，我明媒正娶，结了婚。……是啊……我娶了一位商人的女儿，从娘家带来七千卢布陪嫁。她名叫阿库琳娜，倒是和我的大名特里丰很般配①。可我得告诉您，这个婆娘很凶，幸好她整天睡觉……还玩牌吗？"

我们坐下来，玩一戈比一筹码的纸牌。特里丰·伊凡内奇赢了我两个半卢布——他走得很晚，赢了钱，心里得意得很。

---

① 阿库琳娜这个名字也很俗气。

我的邻居拉季洛夫

秋天，古老的椴树园圃里，常常栖息着山鹬鸟儿。在奥廖尔省，这一类园子多得是。我们的祖先，在选择宅地的时候，一定要拣两俄亩好地，辟作栽有椴树林荫道的果园。过了五十来年，多则七十年，这些庄园，这些所谓"贵族老巢"的宅院，逐渐从地面上销声匿迹了；房屋倒塌了，或者拆卖了，砖砌的附属建筑物变成了一堆堆瓦砾，苹果树都枯死了，成了木柴，院墙和篱笆早就不见踪影了。只有那些椴树，依然枝叶繁茂，现在，面对着四周耕种了的田地，它们正向我们的这些浪荡子孙念叨着"久已长眠的父兄"的轶事。如此积年的老椴树——真是上好的树种啊……连俄罗斯农夫的无情的斧子也舍不得去碰它。椴树的叶片不大，但它粗壮的枝条伸向四方，树底下永远是一片阴凉。

一天，我和叶尔莫莱在野外转悠着去打山鹬，看见旁边有一个荒芜的园子，便向那儿走去。我刚刚进了林子，一只山鹬啪的一声从灌木丛中振翅飞起；我开了枪，刹那间，一声尖叫，在我左边几步远的地方传来，从树叶掩映中，闪露出来一个年轻姑娘惊骇的脸庞，倏地又不见了。叶尔莫莱跑到我跟前，说："您怎么在这儿打枪啊？这里住的是一位地主呀。"

我正要回答，我的狗神气活现地刚刚准备把死鸟衔回来，就在这时，忽听见一阵急促的脚步声橐橐而来，一个留着小胡子高个头的人，从林子深处出来，满脸愠怒，站在我面前。我一再道歉，说了说自己的姓名，并建议把我在他领地上打死的鸟儿送给他。

"也好，"他对我笑笑说，"我就收下您的鸟儿，不过有个条件：您得在我家吃饭。"

说实在的，我很不乐意他的邀请，可是，又不能拒绝。

"我是您的近邻，这儿的地主，姓拉季洛夫，也许听说过吧。"我刚刚结识的朋友说，"今天是礼拜天，我家里的菜会蛮不错的，要不，我也不便邀请您呀。"

我说了几句在这种场合该说的客套话，就跟随他去了。我们沿着一条不久前清扫过的小径，很快从椴树林中出来；走进菜园。老苹果树和枝叶繁茂的醋栗树丛之间，长着一棵棵圆圆的卷心菜，又白又绿，颜色鲜艳。高高的、埋在地里的木桩上，一圈一圈地缠绕着啤酒花的蔓儿；熟透了干燥的豌豆荚儿，密密麻麻地、散乱地挂在菜园畦里插的棕色树条上；大而扁圆的南瓜，左一个，右一个，滚在地里；黄瓜一个个黄灿灿的，从扑满尘土的有棱角的叶片下面耷拉下来；篱笆近旁，高高的荨麻迎风摆动；有两三处地方，还生长着一簇簇昔日的花草——皱叶金银花、接骨木花、野蔷薇，这是从前"花坛"残存的踪迹。这儿有一个不大的养鱼池，里面的水，殷殷发红，黏糊糊的；在它旁边，露出一口水井，四边一汪汪的，尽是些小水洼儿。这些水洼里面，有几只鸭子忙不迭地戏水，趔趔趄趄地向前扭动着身子；一只狗，身子哆哆嗦嗦，眯起眼睛，啃着草地上的骨头；一头花斑毛色的母牛，懒洋洋地在嚼地上的青草儿，不时撅起尾巴，甩打着自己瘦骨嶙峋的脊背。小径转了个弯儿；一栋灰色房子从粗大的爆竹柳和白桦林后面闪现出来，屋顶是木板盖的，台阶歪歪扭扭，房子显得有点老旧了。拉季洛夫停下脚步。

"不过，"他直盯盯地温和地瞅着我的脸，然后坦率地说，"我现在不想再请您了，说不定，您不很情愿上我们家里来，要是那样……"

我不等他把话说完，就向他保证，相反，能到他家吃饭，我打心眼里高兴。

"那好，请便吧。"

我们走进屋。一个身穿蓝粗呢长外套的小伙计，出来站在台阶上迎接我们。拉季洛夫马上命他给叶尔莫莱拿酒来，我的猎人冲着这位慷慨施主的后背毕恭毕敬地鞠了一个躬。我们穿过前厅，那里墙上贴着五颜六色的图画，挂着几个鸟笼；来到一间小屋——这便是拉季洛夫的书房。我卸下猎装,把枪倚在墙角里;身穿长外套的小伙计连忙给我掸掸身上的尘土。

"现在请到客厅里来吧,"拉季洛夫亲昵地说,"我介绍您跟我的母亲见见。"

我随他进去。在客厅里,长沙发上坐着一个矮小的老太太,她身穿咖啡色的连衣裙,戴着白色的女帽,脸色慈祥,面部稍瘦,眼神畏怯而忧郁。

"嗯,妈妈,我来介绍一下,这位是我们的邻居某某先生。"

老太太欠了欠身子,向我点点头,她的两只干瘦的手,舍不得离开那袋子一般的粗毛线手提包。

"您光临敝地有多久了?"她问,忽闪忽闪地眨着眼睛,声音微弱、轻柔。

"来了没多久。"

"您打算在这里长住吗?"

"我想待到冬天吧。"

老太太沉默不语了。

"这位,"拉季洛夫指着一个又高又瘦的人,接着对我说。不知怎的我进客厅的时候没有看见这个人,"这位是费多尔·米赫依奇……喂,费佳,给客人表演表演你的拿手好戏吧。您怎么躲到墙旮旯儿去了?"

费多尔·米赫依奇马上从椅子上站起来,从窗上取了一把破旧不堪的小提琴,拿起琴弓儿,不是像人们通常那样拿着弓柄,而是拿着弓弦的正当中,把琴顶在胸口,闭上眼睛,边跳舞,边唱歌,琴儿吱吱轧轧地响起来。他看上去已经有七十来岁,长长的粗布外套,可怜巴巴地耷拉在他那干瘦的、瘦成一把骨头的肢体上。他跳起舞来:只见他那小小的谢顶的秃脑袋一阵儿起劲地摇晃着,一阵儿又好像走了神微微地抖动着,脖子露出青筋,向前伸出,踢踢踏踏在原地跺着脚步,有时候,弯下膝盖,显得很吃力。从他那没有牙齿的口腔里,发出了瓮瓮的衰老声音。拉季洛夫大概从我面部表情上猜出来,费佳的"技艺"并没有使我感到多大快慰。

"好,老人家,行啦,"他大声说,"你可以去享受一下吧。"

费多尔·米赫依奇立即把小提琴搁在窗台上,先是对我这个客人鞠了个躬,接着向老太太,再向拉季洛夫点头哈腰,然后就出门去了。

"他过去也是个地主,"我的新朋友又说,"曾经很有钱,可是破产了,家业荡尽了——现在只好住在我这里……他当年可算是省里一号头面人物,他把人家有夫之妇拐走了两个,家里养着好几名歌手,他自己也擅长唱歌跳舞……啊,要不要酒?饭菜已摆上了。"

一位年轻的女郎,就是我在花园里仓促中瞥见的那位,走进房里。

"这是奥莉娅!"拉季洛夫轻轻扭过头,说,"请多多关照……来,我们吃饭吧。"

我们走进饭厅,坐下。我们从客厅里出来,刚要入座的时候,看见费多尔·米赫依奇正在"享受",他小眼睛发亮了,鼻子微微泛红,唱着歌:"胜利的雷声轰隆隆地响!"他们在饭厅角落里小桌上,给他安排了一份单独的餐具,连桌布也没有铺。这可怜的老头儿不讲清洁卫生,因此,总是让他离大家稍远一点儿。他划过十字,叹了口气,狼吞虎咽地吃起来。饭菜确实不坏,因为是礼拜天,照例少不了哆哆嗦嗦乱动弹的果子冻和"西班牙风"(一种甜点心)。席间,拉季洛夫——这位曾经在步兵团服役十年又到过土耳其的人,滔滔不绝地讲起往日的旧事来;我聚精会神地听他讲,一面又悄悄地偷看奥莉娅。她长得并不算很美,但是,她那坚毅而又安详的面部表情,宽阔而又白皙的前额,一头浓发,特别是她一双深棕色的眼睛,虽然小,但很聪明,明亮,炯炯有神,使得任何人,要是处在我当时的地位,都会惊讶不止的。她好像对拉季洛夫的每一句话,十分注意地用心听着;从她脸上的表情看,这不是什么一般的关切,而是一种痴情的缱绻。论年龄,拉季洛夫可以做她的父亲;可他对她称呼"你"①,不过,我立刻猜到,她并不是他的女儿。拉季洛夫在谈话中,提到他已故去的妻子——"就是她的姐姐"——他指了指奥莉娅,补充说了一句。可她,刷地脸红了,垂下了眉眼。拉季洛夫不言语了,接着就改换了话题。老太太席间一言不发,几乎没吃什么东西,也不招待我这个客人。她的面容上,现出一种畏葸和绝望的神色,露出老年的忧郁表情,叫人看了,心里怪不好受的。饭快吃完的时候,费多尔·米赫依奇过来正要向主人和客人献"颂词",但拉季洛夫瞥我一眼,叫他不必多嘴了;这个人用手在嘴上抹了一下,眨眨眼,鞠了一个躬,又坐下了,不过这回只坐到椅子半边上。饭后,我和拉季洛夫来到他的书房里。

人们当中,要是强烈地而经常地热衷一种思想,或者迷恋某种痴情、爱

---

① 俄罗斯人称呼中,"您"表示客气和尊重,"你"表示惯熟、亲近或不客气。

好的时候,在他们待人接物方面,很容易看到一种共同的、表面上相似的东西,不管他们的品性、能力、社会地位和教养如何不同。我越是观察拉季洛夫,我就越觉得,他正好属于这一类人。他侃侃而谈地讲到农业,讲收成,割草农活,谈到战争,县里的传闻和近期选举,他谈话当中,从从容容,情趣盎然,可是突然唉声叹气起来,他用手抚摸着脸,倒在椅子上,好像一个人,被繁重的工作弄得疲惫不堪的样子。他那善良而温存的灵魂里好像贯穿着、充盈着单一的感情。使我不胜惊讶的是,我在他身上,一点也看不出他对下列事有任何热情或兴趣:无论是食品,酒,打猎,库尔斯克省的夜莺,癫癫狂狂的鸽子,俄罗斯文学,溜蹄赛马,还是匈牙利舞步,纸牌,打台球,跳舞晚会,到省城和大都市旅游,以及对造纸厂,甜菜糖厂,装修得金碧辉煌的亭榭,茶道,倔强调皮的边套马匹,腰带系在腋下的胖马车夫,还有那:不知怎的便脖子一扭,就眉飞色舞、两眼睨视、神气十足的马车夫……"这个人到底算什么地主!"——我想。然而他绝不装腔作势,认为自己是一个郁郁寡欢、抱怨命运的人;相反,他对每一位邂逅相逢的人,都表现出一视同仁的亲切和殷勤以致愿意卑躬屈节相交的情意。当然,您会同时感到,他不大可能同别人成为好友或真心接近,之所以不能,并不是因为他在一般情况下不需要任何人;而是因为他的生活中的方方面面,暂时处于内向的缘故。我仔细观察拉季洛夫,怎么也看不出,不管现在或过去,他曾经是个幸福的人,他也算不得是个美男子;但是,却有一种超乎寻常的魅力蕴含在他的眉梢,在他的笑意中,潜藏在他身姿中,——是的,就是潜藏。正因为如此,所以,我想更近地了解他,喜欢他。当然,有时,他身上会现出地主老财和草原侉子的德性来。然而,他毕竟是一个好人。

我和他刚刚谈起新任的县长,门口忽然听到奥莉娅的声音:"茶准备好了。"我们进了客厅。费多尔·米赫依奇照旧坐在窗子和房门中间的角落里,卑怯地盘着两腿。拉季洛夫的母亲在织袜子。窗子开着,从园子里飘来秋天的凉意和苹果的芳香气息。奥莉娅忙着斟茶。我比吃饭时更加凝神地注视着她。她像小县城里的一般姑娘那样,不大爱说话,不过,至少我没有发觉,她故意想说几句什么好听的话,同时给人带来空洞、乏味的烦闷感觉。她不装腔作势:不为了心里充满一言难尽的感慨而唉声叹气;她也不故作姿态:她不骨碌碌地在鬓角下挤眉弄眼,更不露出想入非非、莫名其妙的嫣然笑容。她的目光安详而平静,好像一个人享过无限幸福或经受大难之后,平静下来,正在休息一般。她的步态,她的举止,坚定果断,轻盈自如。我对她颇有好感。

我同拉季洛夫接着又聊起来。我已经记不起来了,我们不知怎么忽然谈到一种人人共知的情况:即微不足道的小事,往往比最重要的大事,给人的印象更为强烈。

"不错,"拉季洛夫慢条斯理地说,"我亲身经历的正是这样。您知道,我是结过婚的。时间不久——才三年,我的妻子就难产死了。我想,我也不会比她活得多久;我悲痛极了,万分伤心,可是,我哭不出泪来——好像真格的要发疯。我们照老规矩,给她穿好衣服,把她放在案子上——就在这间屋里。请来了神甫,又请来了几个教堂执事,他们唱起挽歌,祈祷,焚香;我在地上磕响头,竟然没有挤出一滴泪珠儿。我的心如石头一般——冰硬,我的头也发昏——全身沉甸甸的。头一天就这样过去了。您相信吗?夜里我竟然睡熟了。第二天,我来到妻子跟前——那正是夏天,太阳光明晃晃的,从她的脚跟照到头顶。——突然我看见……(说到这里,拉季洛夫情不自禁地打了个寒战)您想怎么着啦?她有一只眼没全闭上,眼角爬了一只苍蝇……我颓然倒在地上,昏了过去,清醒过来,我放声大哭,哭呀,哭呀,哭个不停——怎么也控制不住自己的感情……"

拉季洛夫沉默不语了。我看看他,又望望奥莉娅……我永远忘不掉她那会儿的面部表情。老太太把袜子放到膝盖上,从手提包里掏出手绢,悄悄地擦着眼泪。费多尔·米赫依奇忽然站起来,拿起他的那把小提琴,用嘎哑、粗犷的嗓音唱起歌来。他大概心里想叫大家高兴高兴,可是,当我们刚刚听到他一出声,便浑身直打哆嗦,拉季洛夫马上止住他。

"不过,"他接着说,"过去的事终究过去了;过去的事追不回来,何况,最后……在现今这个世界上,一切都会好起来,这好像是伏尔泰[①]说的吧。"

"是啊,"我说,"那当然。而且,一切不幸,都可忍受,再困难的逆境,没有不能摆脱的。"

"您这样认为?"拉季洛夫又说,"嗯,也许您说得对。记得,我在土耳其那阵儿,躺在医院里,已经半死不活了:我害的是伤口感染热病。唉,

---

① 伏尔泰(1694—1778),法国十八世纪著名作家、思想家。

我们的住处实在叫人不敢恭维——当然,那是战时啊——就这样,还得谢天谢地哪!忽然,又运来好多伤病号——把他们放到哪里呢?医生跑到这儿,跑到那儿——总找不到地方。于是,来到我跟前,问医士:'还活着吗?'那人答:'早晨还活着哩。'医生弯下腰,听听:我还在呼吸。这位老兄可不耐烦了。'这个家伙真是混账,'他说,'人就要死了,一定要死了,还在那里垂死挣扎,拖延时间,占着位置,妨碍别人呀。'——'嗨,'我暗自嘀咕:'你可坏事了,要完蛋啦,米哈依洛·米哈依雷奇……'可是,我恢复了健康,活过来了,您瞧见的,一直到现在我还活得好好的。可见,您说的话是不错的。"

"我的话在任何情况都是对的,"我答道,"如果您那时真的死了,您总算摆脱了倒霉的逆境。"

"那当然,那当然,"他接着说,用手使劲地拍了一下桌子……"凡事只要下决心……处在逆境算什么?……干吗要耽搁、要拖延……"

奥莉娅匆匆忙忙地站起来,出去上花园了。

"喂,费佳,来跳个舞吧!"拉季洛夫喊叫一声。

费佳纵身而起,用颇有讲究而又别致的步子在房间里跳起来,这正是大家所熟悉的《山羊》,在驯养的狗熊身边迈着舞步。他同时唱着小曲:"瞧,我家大门口呀……"

门外传来快走二轮马车的轧轧声,过不多时,一个高个子、宽肩膀、身子硬朗、结实的老头儿——小户地主奥夫夏尼科夫进屋来。……啊,奥夫夏尼科夫是一个非常出色而又奇特的人物,读者如果同意,我将在另一篇文章里专门谈他。不过现在,我这里要补充说明的是:第二天,天刚黎明,我和叶尔莫莱就出发打猎去了,打完猎就回家了;过了一个礼拜,我才到拉季洛夫那儿去,可是,他和奥莉娅都没在家;又过了两个礼拜,我听说,他抛下老母,突然失踪了,带着小姨子不知到哪儿去了。全省哗然,风言风语,都在谈论这件事;此时此刻,我才完全弄懂:拉季洛夫谈话时,奥莉娅脸上的神情变化。她那张脸,那阵子的表情不只是怜悯,而且充满妒火哪。

我离开乡下之前,去看了一次拉季洛夫的母亲。我在客厅里见到她,她同费多尔·米赫依奇正在玩"耍傻瓜"——一种纸牌游戏。

"您儿子有消息吗?"——我终于鼓起勇气问她。

老太太哭了起来。我以后再也没有向她问过拉季洛夫的情况。

小户地主①奥夫夏尼科夫

亲爱的读者,您想象看,有那么一位七十来岁的老人,胖胖的,高个子,脸庞有点像克雷洛夫②,一对明亮而机灵的眼睛,在眉毛下闪动,神气十足,说话不紧不慢,走路慢慢腾腾,这就是我要向您介绍的奥夫夏尼科夫。他穿着一件宽松的蓝色常礼服,袖子很长,纽扣一直扣到上边,脖子上系着淡紫色的绸围巾,皮靴擦得锃亮,还带有穗子;外表乍看起来,颇像一个有钱的商人。他的一双手挺好看,柔软而白净,他在谈话当中,时不时地摆弄自己衣服上的纽扣。奥夫夏尼科夫的那副神情:傲气十足,慢慢悠悠,聪敏机智,懒懒散散,还有他那种直爽和固执劲儿,使我不由地想起彼得大帝以前时代的贵族风范……老辈子的无领大袍③,对他倒很般配。他可算是上个世纪遗老中的一个人物。他的邻居们都很尊敬他,同他交往,引以为荣。同辈份的小户地主们,都很崇拜他,远远地向他脱帽致敬,为他自豪。一般说来,现在我们那里的小户地主,很难把他们同农民区别开来:他们的经济状况甚至比农民更坏,牛犊长不好,喂的只有荞麦,马儿要死不活的,挽具不是皮制的,而是绳编的。但是,奥夫夏尼科夫却是一般常规的例外,虽然

---

① 小户地主(одноДворцы)——俄国农奴时代,下等小官吏后裔出身的小地主,土地不多,有时蓄有极少量农奴,或雇佣工人,但得与农民同样负担赋税徭役。一般生活并不富裕。旧译"独院地主",欠妥。
② 克雷洛夫(1769—1844),俄罗斯著名寓言作家。
③ 无领大袍——俄罗斯古时的一种长袍,男女皆穿。这里作者强调主人公属于老派人物。

他够不上是一个富翁。他单独和妻子住在一起,小房子舒适而洁净,用的仆人不多,给他们穿俄式服装,管他们叫作长工。这些人还替他耕种田地。他不把自己充作贵族,也不装成地主的架势,他从来不如常言所说的"忘乎所以",他不在主人第一次邀请时便贸然坐下,有新来的客人进门,他一定从座位上站起来,态度尊严,庄重亲切,使得客人不由地向他深深鞠躬。奥夫夏尼科夫遵守着古老习俗,并不是出自迷信(他心怀坦荡,无拘无束),而是习惯成自然。例如,他讨厌带弹簧的马车,因为他认为这种车子不稳当;他出门时,喜欢坐跑车,或者坐带皮垫子的、小巧玲珑的马车,亲自驾着那匹良种枣红跑马(他养的是清一色的枣红马)。他的马车夫,是一个面颊红红的年轻小伙子,头发剪成垂发弧形,身穿浅蓝色粗呢外套,戴着劣质的羊皮帽子,腰里扎条皮带,恭恭敬敬地坐在他身边。奥夫夏尼科夫向来饭后要睡一觉,每星期六洗一次澡,读的尽是些宗教书(读书的时候,煞有介事地在鼻梁上架起圆形银边眼镜),习惯早起早睡。不过,他的胡子刮得干干净净,头发剪成德国发式。他对客人十分亲切殷勤,但不向他们深鞠躬,不手忙脚乱,也不用各式各样的干果和腌制食物招待客人。"太太!"他慢吞吞地说,也不站起来,只是稍稍向她扭过头去,"拿点什么好吃的东西款待客人吧。"他认为把粮食卖掉是一种罪过——因为,谷物是上帝的恩赐。一八四〇年,到处闹饥荒,物价飞涨,这时,他把自己的全部存粮和储藏都分给了附近的地主和农民;第二年,他们千恩万谢地用实物偿还了他。常常有左邻右舍到奥夫夏尼科夫这里来,请他评判是非,排解纠纷,大家几乎总是心服口服地服从他的评判,听信他的劝说。许多人多亏了他,才最终划定了田边地界……后来,因为有两三次同女地主打交道时,发生了误会,他声明,今后绝不参与女流之辈间的任何调解。他特讨厌匆促忙乱,紧张着急,以及老娘儿们的喋喋不休和"无事忙"。有一天,不知怎么的,他家里突然失了火。一个长工气急败坏地向他跑来,喊道:"着火啦!着火啦!"——"喂,你喊叫什么?"奥夫夏尼科夫若无其事地淡淡地说,"把帽子和手杖拿来……"他热衷于驯马,喜欢亲自出去遛马。有一次,一匹烈性子的比曲格大马①载着他飞跑下山,直奔溪谷。"嗨,得啦,

---

① 比曲格马,一种良种大马,是在沃龙涅什省远近闻名的"赫列诺夫"(从前奥尔洛娃伯爵夫人的养马场)一带繁育的。——作者原注

得啦,别再跑啦,我的年幼的小马驹儿,你要摔死呀?"奥夫夏尼科夫温和地对它说,一眨眼间,他本人、连同那辆竞走马车以及后面坐的小孩和马一起,飞也似的跌进深沟。幸而,沟底淤着一堆一堆的细沙。谁也没摔坏,只有那匹比曲格马一条腿脱了臼。"你瞧,"奥夫夏尼科夫从地上爬起来,仍然用平静安详的语调说,"我不是跟你说过来着。"他找的老伴儿和他很投脾气。塔佳娜·伊丽伊奇娜·奥夫夏尼科娃是一个高身量、爱摆架子、沉默寡言的女人,脖子里老是围着一条咖啡色的绸子头巾。她对人冷淡,可是,不仅没有人抱怨说她严厉,而且相反,许多穷人都把她称作好妈妈和恩人。她面容端正,大大的眼睛黑亮黑亮的,薄薄的嘴唇,这一切,直到如今说明她当年有着出色的美貌。奥夫夏尼科夫没有孩子。

读者已经知道,我是在拉季洛夫家跟他认识的。过了两三天,我去拜访他。他正好在家。他坐在大皮沙发上,正在读《圣徒行传》。一只灰色猫趴在他肩头打着呼噜。他照例殷勤而郑重地来招待我。我们攀谈起来。

"卢卡·彼特罗维奇,请您如实地说真话,"在谈话中间我顺便说,"在您看来,以前,您当年那个时代,是不是好一些?"

"我来告诉您,有些方面确实好一些,"奥夫夏尼科夫回答,"那时候我们生活比较安定,比较富裕,确实的……可是,无论如何,还是现在要好些,到您的儿孙那一代,将会更好,愿上帝保佑。"

"卢卡·彼特罗维奇,我本来以为,您要跟我夸耀一番旧时代呢。"

"不,旧时代没有什么值得大加赞美的。举例子说,您现在这个地主,跟您已经故世的祖父一般,同样是地主,可是已经不会再有那样威风的权势了!当然,您本人压根儿也不是那种人。当前,是另外一些大人先生们、老爷太太们在压制我们;可是,要想摆脱这种桎梏,看起来是不可能的。兴许,再难的事,也有个了结,总会熬到出头的日子。不,我年轻的时候司空见惯的那些东西,现在总算再也看不到了。"

"是哪些?请您举个例子?"

"好吧,我还拿您的祖父①作例子来说说吧。他是一个仗势欺人、炙手可热的人!他可把我们这种人欺侮得够苦啦。您也许知道——自己的田

---

① 祖父(gegymka)——在俄语中,"祖父"和"外祖父"是同一词。如果作者确指屠格涅夫的家事,这里应为外祖父。因为屠格涅夫的外祖父和生母均以残暴出名。

地,您怎么不知道呢——从切普雷金到马利宁一带那片耕地吧?……这块地你们现在种着燕麦呢……要知道,这地本来是我们的——千真万确是我们的。是您祖父把它从我们手里抢走的;有一次,他骑马出来,用手一指,硬说:'这是我的领地',就据为己有了。我已去世的父亲(愿他在天之灵安息!),是一个正直的人,性子很急,忍受不下这口气——是呀,谁能心甘情愿失掉自己好好一片土地呢?——于是向法院告了状。可只他一个人递了呈子,别的人没跟上——他们胆小怕事。这样,就有人向您祖父报告,说,彼得·奥夫夏尼科夫在控告您;说您抢走了他的地……您的祖父立刻打发他的猎师巴乌什带一大帮人到我们家里来。他们把我的父亲抓走,带到你们的世袭领地那里。我那时候还是一个不懂事的小毛孩子,光着脚跟在他后面跑。您猜怎么样啦?……他们把他带到你家,拉到窗子底下,棒打鞭抽起来。您的祖父站在阳台眼睁睁地看着,您的祖母坐在窗下,也冷眼瞅着。我的父亲大声呼喊:'老太太呀,玛丽娅·瓦西里耶夫娜,替我讲个情吧,你们饶了我吧!'可她,若无其事地抬抬身子,瞪着大眼瞧着。后来,他们硬逼我父亲答应放弃这块地皮,还叫他感谢他们把他活着放回去。这么着,这块地就归你们了。您去问问你家的农民,人们管这块地叫作什么?管它叫作棍子地,因为是用棍子夺去的。所以说,我们这些小老百姓,对旧制度没有什么好留恋的。"

我不知道,该怎样回答奥夫夏尼科夫才好,也不敢抬头瞧一下他的脸。

"那时候,我们那里还有一个邻居,姓科莫夫,名叫斯捷潘·尼克托波利奥内奇。他千方百计地折磨别人,把我父亲可害苦了。他是个酒鬼,整天喝得醉醺醺的,还好宴请客人;他一喝够了酒,便开口用法语说一句:'ce son(好啊!)'①,然后舔一下嘴唇——便撒起酒疯来了,就是神仙也受不了!他派人把左邻右舍全都请来。他的马车早就预备好了,停在那里;你要是不来——他就马上气势汹汹地闯到你家里……真是一个怪人!他清醒的时候,倒不说谎;他要是一喝醉——便吹起牛皮来,说,他在彼得堡有三幢楼房,一幢是红色的,有一个烟囱,第二幢是黄色的,有两个烟囱,第三幢是蓝色的,没有烟囱;说他有三个儿子(其实他没结过婚),一个儿子在步兵里,第二个儿子在骑兵队,第三个嘛,什么也不干……他还说,每个儿

---

① Ce son——即法语 C'est bon,"好啊"之意。

子各自住一幢房子,海军军官常去大儿子家拜访,将军们去二儿子那里,英国人到小儿子家去。说到这里,他站起身来,叫道:'祝我大儿子身体健康,他是我最孝顺的儿子!'——说着,说着,便哭了起来。如果有人胆敢拒绝喝酒,那可不得了。他说:'我要枪毙你,不许殡埋!……'要不然,他突然一跃而起,大声呼喊:'上帝的子民们,跳舞吧,你们自己好好乐乐,也让我开心开心!'那好吧,你就拼命跳吧,累死也得跳。他把自己农奴的女孩子们折磨得够呛。常常,叫她们通宵达旦地齐声唱歌,谁的嗓门最高,就给谁奖赏。要是她们累了懈怠起来——他就用两手抱着头,伤心叹气:'唉,我这孤苦伶仃的孤儿!大家把我这个有爱心的人儿遗弃了啊!'马夫们立即采取措施使女孩子们打起精神来。我父亲呀,不知怎的,被他喜欢上了。有什么法子呢?差一点把我父亲送进棺材里,幸亏他死了,要不然,我父亲真格儿活不成了,他喝醉了酒,从鸽子棚上跌下来摔死的。……您瞧瞧,我以前的邻居都是些什么样的人!"

"时代不同了,变样了!"我表示。

"是啊,是啊,"奥夫夏尼科夫点头承认,"嗨,还是那句话:老辈子贵族老爷们更加挥霍无度,生活奢侈得多。更别说那些达官贵人了,我在莫斯科可见得多了。听说,现在这些人在那里已经销声匿迹了。"

"您去过莫斯科?"

"去过,以前去过,很久以前了。我现在七十三岁啦,去莫斯科那阵子,我才十六岁。"

奥夫夏尼科夫叹了一口气。

"您在那里,都见过什么样儿的人?"

"我见过很多达官贵人,各种各样的都见过;他们经常宾客满门,那阔绰劲儿,叫你赞叹,叫你吃惊。不过,没有一个人,能比得上已故的阿列克塞·格里戈列维奇·奥尔洛夫(切斯明斯基)伯爵。我那时候经常见他,我有一个叔叔给他当管家。伯爵他老人家住卡卢加门附近的沙鲍洛夫卡大街。这才真算个显赫的达官贵人!那气派、那风采,那种温文儒雅,那种对下情的体贴,简直难以想象,无法描述。他身材魁梧,站在那里,你看他:劲头十足,两眼有神!要是你不了解他,没有接近他的时候——你对他的确害怕,胆怯;可是你一旦接近了他,就像太阳一样使你感到温暖,你就觉得浑身畅快。他亲自接近每一个人,他对任何事物都爱好。他自己驾车赛马,和大家一起赛跑;他从来不立即超越别人,不难为别人,不拦截别人,只有快到终点时才赶过去;可他还是那样一团和气——安慰对手,夸奖他的马好。他养的跟头鸽是最最上等的。时常,他到院子里,坐在安乐椅上,命人把鸽子放飞;到处都站满了仆人,房顶上也是,他们举着枪,防备鹞鹰。伯爵脚跟前,放着一个盛水的大银盆;他在水里看鸽子。成百上千的穷人和乞丐都靠他吃饭……他施舍了多少钱财啊!可他发起火来——简直是雷霆万钧。真吓死人哪,但是不必惊慌:一眨眼工夫——他就笑了。他举行起宴会来——把全莫斯科的人都请到,人人吃醉!……他又是一个绝顶聪明的人!曾经打败过土耳其人哪。他还喜欢摔跤;他从图拉,从哈尔科夫,从坦波夫,从全国各地弄来好多大力士。要是他把谁摔倒了,——就奖赏那个人;谁要是把他摔倒了——赏得更多,还亲吻一下……还有,当我待在莫斯科的那阵儿,他发起了一次俄罗斯不曾有过的猎犬捕兽竞赛会:他邀请全国打猎爱好者到自己家里做客,定好日子,以三个月为期限。于是,大家都聚集一起。带来了许多猎狗和猎手——嘿,来了大队人马,简直像军队!先是大摆宴席,尽情吃喝,然后出发到城外。大家都跑来看热闹,真是万人空巷!……您猜怎么着?您祖父的狗超过所有的狗,跑到最前头。"

"是不是美洛维德卡那条狗?"

"是美洛维德卡,是美洛维德卡……这当儿,伯爵开始求他,说,'把你的狗卖给我吧,要什么都行。'——'那不行,伯爵,'他说,'我不是商人,没用的破布头也不卖。但是,为了表示尊敬,连老婆也甘心情愿让出来,可就是美洛维德卡不能给人……我宁肯自己当俘虏。'阿列克塞·格里戈列维奇反而夸奖他一番,说:'我就喜欢这号人。'您的祖父用马车把狗驮回去了。后来这狗死的时候,乐队奏着哀乐,把它埋在花园里——殡埋的是条狗呀!还立着一块刻有铭文的墓碑。"

"照您这么说,阿列克塞·格里戈列维奇没有欺压过任何人啊。"我表示。

"事情往往是这样的:只有无能小辈,常常趾高气扬。"

"那个巴乌什人怎么样?"我略微沉吟一会儿,又问道。

"您听说过美洛维德卡的事儿,怎么会没听说巴乌什呢?……他是您祖父打猎和驯养猎犬的管事头头儿。您祖父对他关爱的程度不亚于爱美洛维德卡。他是一个不要命的莽汉,不管您祖父盼咐他干什么——他立刻就完成,即使滚刀子也不怕……他喊叫一声,唆使猎犬追逐野兽——于是林子里一片呼啸,噪音回响,久久不停。可是他有时闹起别扭来,便从马背上跳下来,躺倒地上耍赖不起来……要是猎狗听不到他的声音——那就没治了!它们丢下新的野兽足迹不管了,给什么好东西也不去追赶了。哎哟,您祖父就发火了!'不吊死这个无赖,我就不活了!我要把这个反叛——坏小子的皮剥了!我要把这个恶煞的脚后跟的筋抽了,穿到他喉咙里,我来拉着!'可是最后收场总是:他派人去问他想要什么,为什么不吆喝猎狗去追野兽了?巴乌什碰到这种情况,一般都要求喝酒,喝完酒,站起来,又大声地吆喝起猎狗来了。"

"您,卢卡·彼特罗维奇,看样子也喜欢打猎吧?"

"的确,我打心眼里喜欢——可不是现在,现在吗,我打猎的时代过去啦,可我年轻的时候……您是明白的,由于身份的关系,不大好意思。我们这号人不便与贵族攀比。一点不错,我们这些人当中,也有的人,爱喝个酒,没有什么本事,成天的跟老爷们套近乎……这有什么意思!……不过是自取其辱、自讨没趣罢了。人家给他一匹瘦马,还是瘸腿蹩脚的;时不时地把他的帽子抹下来,扔到地上;人家扬起鞭子,像抽马一样,轻轻地打在他身上;可他呢,仍然满脸堆笑,并逗别人发笑。这样不好。我来告诉您:越是身份低的人,越要自重,不然,正好是糟践自个儿。"

"是啊,"奥夫夏尼科夫叹了一口气,继续说,"我活在世上,光阴如流水一般过去了,现在时代变了。特别在贵族里边,我看到变化很大。地产少的小地主——或者去谋个职位干干,或者不待在原来的老地方了;土地多的人呢——那就大变样啦,很难认出他们了。在划地界的当中,这号大地主我见得可多啦。我不得不说给您听。看见他们那样和气,那样懂礼貌,我打心眼里高兴。只不过有一点我感到莫名其妙:他们学了那么多学问,说起话来有条有理,叫人听了,心悦诚服;可是对现实问题,却一窍不通,甚至对自己的利益,也不会照料:连他们自己家里的农奴、管家,都任意捉弄他们,坑害他们。您大概认识亚历山大·伏拉季米罗维奇·科罗列夫吧——他能不算个真正的贵族吗?他人长得挺帅,很有钱,在什么'大学堂'里念过书,好像还到外国地面游历过,能说会道,温文尔雅,见了我们便同大家伙握手。您认得他吗?……那好,您就听我说吧。上个礼拜,我们应经纪人尼基福尔·伊利奇之约,聚到别廖佐夫卡村上。经纪人尼基福尔·伊利奇对我们大家说:'诸位先生,该划地界了;我们这个地区比别处都落后了,这是不光彩的。我们干起来吧。'于是,我们着手工作。照例得讨论讨论,争辩一番;我们的代理人执意不肯。可是,首先闹起来的是奥夫钦尼科夫·波尔菲里……这人凭什么要闹呢?……他自个儿连一寸土地也没有:他是受他兄弟的委托来划地界的。他大声嚷嚷着:'不行!你们哄不了我!不,你们碰上的不是那种人!把地图拿过来!把土地测量员给我叫来,把叛徒找到这儿来!'——'您到底有什么要求?'——'哪里有这样的傻瓜!嘿!你们以为,我会马上说出自己的要求吗?……不,把地图都拿过来,就这么着!'他自己用手在地图上啪啪地不住拍打。这一下子可狠狠地惹火了玛尔法·德米特列夫娜。她大喊大叫道:'您怎么胆敢败坏我的名声?'——'我吗,'他说,'把您的名声拿来给我的栗色母马都不值。'好容易给他喝了马德拉酒,才使他安静下来。他没事了——别人又闹起来。可我那可爱的亚历山大·伏拉季米罗维奇·科罗列夫呀,他坐在房角里,咬住手杖上头的籀儿,只管不住地摇头。我觉得很难为情,叫人受不了,真想溜掉。要说,他这人对我们有什么想法呢?一转眼,我的亚历山大·伏拉季米罗维奇站起身,做出要讲话的样子来。经纪人连忙过来,说:'诸位,诸位!亚历山大·伏拉季米罗维奇要讲话了。'不能不夸奖这些贵族:大家马上安静下来了。于是,亚历山大·伏拉季米罗维奇开始发言了,他说,我们似乎忘记了,我们为什么要聚会;又说,划定地界,尽管对业主有利,这是不可争辩的,但实际上,制定这个办法,究竟是为什么呢?——它是为了减轻农人的负担,使他们干起活来更顺当些,使他们能负担得起赋税劳役;不然的话,像现在那样,他们不知道自己的地在哪里,常常赶牲口到五里之外去耕种——要向他们追罚赋役也不可能。接着,亚历山大·伏拉季米罗维奇又说,地主不关心农民的福利,是有罪的;还说,归根结底,正确、理智地判断一下,他们农民的利益和我们地主的利益是一致的:他们过得好——我们也好;他们苦,我们也倒霉……所以,为一些小事,争论不休,不好好商量,太不应当,太不通情达理了……他说呀,说呀……说得多好啊!句句说到心窝儿里去了……贵族们都耷拉下来脑袋;我呢,真格儿的,感动得差一点流泪。说真的,他讲的这番话,在古书上是找不到的。……可是,结果怎么样呢?他自己的四亩长满苔藓的沼泽地怎么也不肯让出,也不愿卖掉。他说:'我要叫家人把这块沼泽地弄干,开办一个现代化的毛纺厂。'又说:'我已经选定了这个地点作厂址;关于这件事我有自己的考虑……'要是这件事是真的,倒也罢了;可是实际情况是怎样的呢?事实上,只是因为亚历山大·伏拉季米罗维奇的邻居安东·卡拉西科舍不得给科罗列夫的管家一百卢布纸币的缘故。我们就这样没把事情办成,散去了。直到如今,亚历山大·伏拉季米罗维奇还自以为是正确的,仍旧喋喋不休地谈论着他的毛纺厂,可是,并不着手排干这块沼泽地。"

"他自己的领地和产业,治理得怎么样呢?"

"一律采用新办法。可农民并不赞成——没有必要听他们的。亚历山大·伏拉季米罗维奇干得不错。"

"怎么,卢卡·彼特罗维奇?我原以为,您很守旧呢。"

"我吗,是另一码事。我既不是贵族,也不是地主。我的那点产业算得什么?……我又没有别的什么财源门路。我尽量做得公正守法——就谢天谢地啦!年轻一代的贵族老爷们不喜欢旧的一套制度,我双手赞成他们……现在,该是讲情理的时候了。只有一点很不对头:年轻人太爱自作聪明了。他们对待农民,好像在玩弄洋娃娃,翻来覆去地摆弄一阵子,弄坏了,就丢到一边了。于是,农奴出身的管家,或德国籍的管家又把农民控制在自己的手心里。哪怕有一个年轻的老爷能做出样子,叫别人看看:瞧瞧,他说,应当这样操办!……这种情况会有什么结果呢?难道说,我就这样死了,也看不见新秩序建立呀?有一句话是怎么说的?'旧的已除,新的未生!'"

我不知道,该怎样回答奥夫夏尼科夫。他回头瞥我一眼,向我身边靠靠,继续小声说:

"您听说过华西里·尼科拉依奇·柳鲍兹沃诺夫的事吗?"

"没有,没听说过。"

"请您说说看,有一桩事真怪!简直把我弄糊涂了。这是他的农民讲出来的,不过,我不明白他们话的意思。您知道,他人还很年轻,不久前,他母亲死了,继承了一份遗产。于是,他来到自己这份领地里。农民聚拢一起,瞧一瞧自己的主人。华西里·尼科拉依奇就出来见他们。农人们一看——你说怪不怪——主人穿着棉绒裤子,活像一个马车夫,可皮靴是带镶边的;穿的衬衫是红色的,长大褂也是马车夫穿的式样;留着一口小胡子,头上戴着怪里怪气的小软帽,脸也是怪模怪样的——说他喝醉了吧,又不像醉,反正,不大正常。'你们好啊,伙计们'他说,'愿上帝给你们赐福。'农人们向他深深鞠躬——只是一声不响:要知道,他们有点胆怯。而他呢,好像也慌神了。于是,他开始向他们讲话,他说:'我是俄罗斯人,你们也是俄罗斯人,我爱俄罗斯的一切……我的灵魂是俄罗斯的,我的血也是俄罗斯的……'这当儿,突然间,他发出命令:'喂,子弟们,唱一首俄罗斯民歌吧!'农人们两腿直打哆嗦,吓傻了。有一个胆大的唱了起来,但马上又蹲在地上,藏在别人的背后……叫人奇怪的是:我们这里有这么一些地主,是一些天不怕地不怕的主儿,名声在外的浪荡公子,千真万确的;穿得跟马车夫差不多,自己混到人群中跳民间舞,弹吉他,和家仆下人一起唱歌、喝酒,跟农夫们一块儿吃吃喝喝;可是,我们这位华西里·尼科拉依奇却像未出嫁的大闺女似的,总是在看书,或者写字,不然,就大声吟唱赞美歌曲,跟谁也不讲话,腼腼腆腆,悄没声儿地在花园里散步,好像心里苦闷或忧愁似的。原先的老管家起初见他怕得要命:他在华西里·尼科拉依奇来这里以前,挨门挨户跑遍了所有农家,向大家鞠躬赔礼——显然,这只猫心里有数,它明白吃了谁家的肉啦!农民们也满怀希望,心里在想:'哼,伙计,等着吧!就要查办你这宝贝啦;你要当心,你这老财迷……'但是,相反,结果是——怎么给您说呢?连上帝也搞不清楚,后来竟会这样!华西里·尼科拉依奇把他叫到跟前,面红耳赤,呼吸急促,说,'你在我这里,办事可得公道,不能压制任何人,听见了吗?'可是,再也没有亲自接见过这个管家!他居住在自己的领地里,好像是外人似的。好啦,那管家长嘘了一口气,放心了,农人们再也不敢到华西里·尼科拉依奇那里求他,他们害怕。还有一件事够奇怪的:这位老爷向农民点头致意,一团和气地看着他们——而他们却吓得胆战心惊。先生您说说,这事怪不怪?……莫非是我糊涂了,老了,不中用了,还是怎么的——我搞不清。"

我回答奥夫夏尼科夫说,柳鲍兹沃诺夫先生,说不定有病。

"有什么病?胖乎乎的,他的脸上,我的天,长满了大胡子,别看他年纪轻轻的……不过,谁知道他呢?"(奥夫夏尼科夫深深地长叹一口气)

"好吧,不谈贵族啦。"我又开口说,"卢卡·彼特罗维奇,您给我讲讲小户地主的情况怎么样?"

"不,免了吧,不必了,"他慌忙说道,"真的……满可以给您讲讲……

干吗,算了吧!(奥夫夏尼科夫摆摆手)我们还是来喝茶吧……农民,终归是农民,可是,说实在的,我们该如何是好呢?"

他沉默不语了。茶端上来了。塔佳娜·伊丽尼奇娜从原来的座位站起来,坐在我们近处。这天晚上,她有好几次悄悄地出去,又悄然无声地回来。房子里一片寂静。奥夫夏尼科夫大模大样地、慢腾腾地一杯又一杯地喝他的茶。

"米佳今天到我们家来了。"塔佳娜·伊丽尼奇娜小声说了句。

奥夫夏尼科夫皱起眉头来。

"他来干吗?"

"他来赔礼,求您原谅。"

奥夫夏尼科夫摇摇头。

"喂,您说说,"他转过脸来,对我继续说,"教我怎样应付那些亲戚们呢?人们不可能没有亲戚……不料,上帝居然也赏给我一个侄儿。这小子很有头脑,聪明伶俐,没得说的;也有学识,不过我指望不上他。他本来在政府供职——可他辞职不干了:说是没有提升他……莫非他是贵族?就算是贵族,一下子也升不成将军哪。现在可好,没有了工作……这倒不算什么——哪晓得他竟干起讼棍来了!替农民写状子啦,写呈文啦,教唆乡警们,揭穿土地测量员的鬼把戏,常到小酒馆里走动,结交的尽是些三教九流、小市民和旅店里勤杂工那样的人。眼看不就要惹祸吗?区、县警察局局长不止一次地威吓他。幸亏他人很诙谐,会开玩笑,逗得他们乐呵呵的,可是后来又给人家找麻烦……好啦,他是在你那小屋里坐着吗?"他转脸对妻子,补充说。"嗯,我了解你,你原是一副菩萨心肠,老是护着他。"

塔佳娜·伊丽尼奇娜垂下头,笑了笑,脸红了。

"嗯,真是的,"奥夫夏尼科夫继续说……"你啊,把他宠坏了!好,叫他进来吧——真是的,看在贵客面上,我饶了这个蠢材……好,叫他来吧,去叫吧……"

塔佳娜·伊丽尼奇娜走到门口,叫了声:"米佳!"

米佳是一个高高的、身材匀称、头发卷曲的小伙子,约莫二十七八岁,他走进房来,一见我在这里,便在门口站住了。他身上穿的衣服是德国式的,但是垫肩的尺寸大得很不合体,这明显证明,剪裁的人不仅是俄罗斯人——而且做工也是地道的俄罗斯裁缝呢。

"嗯,过来,过来,"老头子说,"有什么不好意思?你要谢谢你伯母,你得到原谅了……啊,先生,我来介绍一下,"他指着米佳,继续说,"这是我的亲侄儿,可我怎么也管教不好他。而现在,到了极不好办的时候啦!(我们互相躬身致意)那么,你说,你在那里闹了什么乱子?他们为什么要告你,你说呀?"

显然,米佳不想当着我的面,说明情况和替自己辩解。

"伯父,过后跟您说吧,伯伯,"他嘴里咕哝着。

"不,不要过后再说,现在就说,"老头子继续说,"我知道,你在这位地主先生面前不好意思:那不更好吗?——你就悔恨改过吧。说呀,你说呀……我们在听着呢。"

"我没有什么可羞愧的。"米佳摇了摇头,振振有词地说,"伯伯,请您评评理。列舍季洛夫村有几个小户地主来找我,说:'老弟,帮帮忙吧。'——我说,'什么事?'——'事情是这样的:我们的粮仓本来好好的,实在再好不过了,忽然来了一个官员:说是被派来检查粮仓的。他们检查以后,却说:你们的粮库很混乱,有严重的缺陷,我得向上级报告。'——'哪里不对呢?'——'这个我心里有数。'他说。我们聚在一起,本来商量好,决定送给那个官员一笔钱,哪晓得普罗霍雷奇老汉出来阻止,说,这么着,只会使这种人更贪婪。看来,真是这样?也许,不至于惩治我们……我们就听了这老汉的主意,那官员却动怒了,写了状子,提出控诉。现在就要求我们出庭答话。'——'那,你们的仓库确实没有问题吗?'——我问。'上帝见证,没有问题,还贮藏着法定数量的谷物……'——我说,'既然如此,你们就不必害怕'——于是,我替他们写了一张状子……现在还不知道,谁胜谁负……于是,就为这事有人到您这儿告我——事情是明摆着的:任何人总是先顾自个儿的利益。"

"是啊,任何人都是这样,可显见得不是你,"这老头子小声咕哝着……"你现在跟舒托洛莫夫村的农民们在鼓捣些什么名堂呢?"

"您怎么会知道了?"

"明摆着,我是知道了。"

"这件事我也做得对——还是请您评理吧。舒托洛莫夫村农民的邻居别斯潘金代耕了他们四俄亩田地。这人说,这地是我的。而交代役租的人却是舒托洛莫夫的农民。他们的地主到国外去了——您说说,谁来给他们撑腰呢？这块地,毫无疑问是他们的,自古以来就立了契交给他们租种的。于是,他们来找我,说:给我们写个状子吧。我就写了。别斯潘金知道了,威胁我说:'我要把米佳这小子的骨头拔出来,或者,干脆把他的脑袋砍掉……'我倒要瞧瞧,看他怎样砍我的脑袋,不过,脑袋到现在还好好的。"

"嘿,不要瞎吹了:你那脑袋免不了要遭殃哩,"老头子说,"你这人彻底发疯了不是!"

"啊,伯伯,不是您自己亲口对我说过……"

"明白,明白,你要我多说什么?"奥夫夏尼科夫插嘴道,"不错,一个人应当做人正直,还应该帮助身旁的人。有时候,甚至连自己都不要顾惜……莫非你真的这样做了吗?是不是有人把你要邀到酒馆里,请你喝酒,向你鞠躬,说:'德米特里·阿列克谢依奇,老兄,帮一把吧,我们一定要酬谢你'——于是,把一块银元或五卢布钞票偷偷地塞给你,是吧?你说,有这事没有?"

"在这方面我确实不对,"米佳低下头回答说,"可是我没有拿过穷人的钱,也没有昧过良心。"

"这会儿不拿,等你手头艰难了——就会拿。不做昧心事……哼,你呀!看来,你总在庇护好人!可是,你忘了鲍尔卡·佩列霍多夫?是谁为他奔走?是谁庇护他?嗯?"

"佩列霍多夫自己有错,活该受罪,的确……"

"侵吞耗费了公款……这是闹着玩儿的吗?"

"可是,伯伯,您想想看,他穷,还有一大家子人……"

"穷,穷……他酗酒,赌博——就这么着!"

"他因为悲伤,才喝酒的。"米佳压低嗓子说。

"他因为悲伤!嗯,既然你这样热心肠,就该帮他一把,不该跟这个醉汉一块儿上酒馆。他这人嘴皮子说得好听——这有什么稀罕!"

"他这人是个大好人哪……"

"你的熟人都是好人……怎么样,"奥夫夏尼科夫扭过脸,接着对妻子说,"送给他了吗?……嗯,就在那儿,你是知道的。"

塔佳娜·伊丽尼奇娜点了点头。

"这些日子你跑哪里去了?"老头子又说。

"进城了。"

"没准儿是在那里打台球,喝喝茶,弹吉他,跑官府衙门,躲在后屋里写状子,跟商家子弟玩闹,是吧?……你说呀!"

"差不多,是这样,"米佳笑着说……"哎呀,对啦,差点儿忘了,安东·帕尔费内奇·方季科夫请您礼拜天去他家吃饭。"

"我才不到这个大腹便便的家伙家里去呢。上的鱼是名贵的,而放的黄油却是臭烘烘的。去他的吧!"

"我还碰见了费多霞·米哈伊洛夫娜。"

"哪个费多霞?"

"就是买了米库利诺那片地的地主、加尔片钦科家的那一位。费多霞正是米库利诺村人。她交了代役租,在莫斯科当裁缝,每年交一百八十二个半卢布,从不拖欠……她有好手艺:在莫斯科订货多,生意好。可是,现在加尔片钦科写信硬把她叫回来,不让她离开,又不派她活干。她有意想赎身,跟主子说了,可他却不表态。伯伯,您老人家跟加尔片钦科熟识,请您向他讲讲人情、说句话,好吗?……费多霞愿意出一笔大钱赎身。"

"是不是使唤你的钱?是不是?嗯,那好吧,我跟他说,我去说。可是我不晓得,"老头子心怀不满地继续说,"这个加尔片钦科,求上帝宽恕他吧,是个吝啬鬼:他收购期票,放印子钱,买卖地产……是谁把他弄到我们这边厢来的?嗨,这些该死的外乡人!你不会很快地得到他的答复的,不过,试试看吧。"

"伯伯,那就请您帮忙吧。"

"好吧,我去办办看。不过,你得当心,要留神哪!好了,不要分辩了……上帝保佑你,上帝保佑你……往后你可得小心,不然的话,米佳,你可真的要栽跟头了——真的,要倒霉了。我可不能老替你担当一切呀……我自己也没有什么权势。嗯,去吧,上帝保佑你。"

米佳出去了。塔佳娜·伊丽尼奇娜跟着他出去。

"给他喝茶吧,娇惯他的太太,"奥夫夏尼科夫在她背后喊着……"这小伙子不傻,"他继续说,"心眼也好,只是我替他担心。……啊,对不起,我拿这些小事耽误您这么久的时间。"

前屋的门开了。一个身穿丝绒常礼服的、矮个子、头发花白的人走进来。

"啊,弗拉茨·伊凡内奇!"奥夫夏尼科夫大声叫道,"您好,近来好吗?"

亲爱的读者,请让我把这位先生也介绍给您认识认识。

弗拉茨·伊凡内奇·列让(Lejeune)是我的邻居。这个奥廖尔省的地主,以很不寻常的方式获得了俄国贵族的荣誉称号。他的父母是法国人,生于奥廖尔城,当年他是一名鼓手,随从拿破仑的军队,远征俄罗斯。起初一切顺利,我们这位法国佬昂首挺胸走进莫斯科。但是在归途中,可怜的列让先生冻得半死不活,鼓也没有了,落入了斯摩棱斯克农民的手中。斯摩棱斯克的农民把他弄到空荡荡的呢绒厂厂房里关了一夜,第二天一大清早,便把他带到堤坝附近的一个冰窟窿跟前,请这位"de la grande armee"(大军)的鼓手赏脸,就是要他钻到冰层底下。列让先生不能同意他们的提议,自己却用法国话来说服农民,放他回奥廖尔去。"在那里,messieurs(先生们),"他说,"住着我的母亲,une tender mère(慈爱的母亲)。"可是,农民们大概不知道奥廖尔城的地理位置,继续要他沿着弯曲的格尼洛捷尔卡河顺流而下,去做水下旅行。说话间,便轻轻地推搡他的颈部和脊背,鼓励他下去,忽然传来一阵马车的铃声,这下子使列让高兴极了,接着,一辆大雪橇从堤坝上驶来。这辆雪橇套着三匹黑鬃黄褐色的维亚特种马,高耸的后座上铺着颜色鲜艳的毛毯。一位身穿狼皮大衣、胖胖的、红光满面的地主坐在雪橇上。

"你们在那里干什么?"他问农民们。

"我们在淹一个法国佬呢,老爷。"

"啊!"地主淡淡地应了一声,扭过脸去了。

"Monsieur! Monsieur!(先生,先生)"那可怜的倒霉蛋喊道。

"哼,哼,"穿狼皮大衣的人,带着责备的口吻说,"你跟随着讲十二种语言的一伙人来到俄罗斯,该死的,还烧了我们的莫斯科,偷走了伊凡大帝钟楼上的十字架,可现在,却喊着'麦歇,麦歇(先生,先生)!'这会儿,夹着尾巴,不再神气了?这才是恶有恶报……走吧,菲勒卡!"

马儿走动了。

"啊,等一等!"地主又说道……"喂,你,麦歇(先生),你晓得音乐吗?"

"Sauvey moi,sauvey moi,mon bon monsieur(救救我吧,救救我吧,我的

好先生)!"列让恳求说。

"你瞧,这般蕞尔小国的子民们!连一个懂俄语的人也没有!缪叙克,缪叙克,萨维,缪叙克?(音乐,音乐,你董音乐吗?)懂吗?喂,你说说看!孔普连内?萨维,缪叙克,武?(听明白了没有?你懂音乐吗?)钢琴,茹埃,萨维?(你会弹吗?)"

列让终于弄明白了地主要说些什么,于是,肯定地点点头。

"Oui,monsieur,oui,oui,je suis mus'cien,je joue tous les instruments possibles! Oui,monsieur……Sauvey moi,monsieur!(是呀,先生,是,是,我是一个乐师,我会弹各种乐器!是啊,先生……救救我吧,先生!)"

"好吧,算你走运,"地主表态说,"伙计们,把他放了,赏给你们二十戈比打酒喝。"

"谢谢,老爷,谢谢,您请,把他带走吧。"

列让被安排在雪橇上,坐下。他大喜过望,乐得喘不过气来,他哭了,哆嗦着,向地主、车夫、农民们鞠躬道谢。他身上只穿了一件挂着粉红带子的绿色绒衣,可天寒地冻,冷得够呛。地主悄悄地冷眼瞧了一下他那发青的、冻僵了的肢体,便把这个不幸的人儿裹在自己的皮袄里,带他回到家里。仆人们跑过来,急忙使这个法国人暖和起来:给他吃饱了肚子,穿上几件衣服。地主领他去见自己的女儿们。

"瞧,孩子们,"他对她们说,"我给你们找来个教师。你们老是缠着我,说:教我们音乐和法国话吧。这不,我给你们找来个法国人,他还会弹钢琴呢……嗨,麦歇,"他指着一架破旧的钢琴说(这钢琴,是他五年前从一个卖花露水的犹太人那里买来的),"表演一下你的技艺吧:茹埃(弹吧)!"

列让勉强坐到椅子上,神不守舍,心快停止跳动了:因为,他有生以来,还没碰过钢琴呢。

"茹埃,茹埃(弹吧,弹吧),"地主一直在怂恿他。

这个倒霉蛋照敲鼓的样子,拼命地打着琴的键盘,胡乱地弹了一阵儿……"我满以为,"他事后说,"我的救命恩人会抓起我的衣领,把我扔出门外。"可是,令这位被迫即席演奏者不胜惊讶的是,这地主等了一会儿,却赞许地拍了拍他的肩膀。"好,好啊,"他说,"我看出来,你是内行,现在,去休息休息吧。"

大约两个礼拜以后,列让从这个地主家里,转到另一家有钱、有学问的人那儿。这人很赏识他那愉快而温顺的性情,让他和自己的养女结了婚。从此,他担任了公职,成了贵族。后来,他把女儿嫁给奥廖尔省的一个地主——洛贝赞耶夫,一个退伍的龙骑兵兼诗人,他自己也迁到奥廖尔省来定居了。

　　这时进来的正是这位列让,或者,像现在大家通常称呼他的那样——弗拉茨·伊凡内奇。他和奥夫夏尼科夫是很要好的朋友。

　　也许,我在小户地主这儿坐得太久了,叫读者感到不耐烦了。那我便见好就收,不再絮叨了。

勒高甫村

"我们到勒高甫村去一趟吧，"读者早已熟识的叶尔莫莱，有一天对我说，"我们在那里可以打到很多野鸭。"

虽然，对一个真正的猎人来说，野鸭并没有什么特别的吸引力，可是，眼下没有别的野禽可打（时令是九月初，山鹬还没有来，在野外去追逐沙鸡，我已经感到腻烦了），于是，我就听了我的猎手的话，到勒高甫去了。

勒高甫是草原上的一个大村落，有一座十分古老的圆顶石砌教堂，还有两间磨坊，建在一片沼泽地的罗索塔小河上。这条小河，距离勒高甫村大约五俄里，形成了一个宽阔的泊洼儿，四边和中间一些地方，长满了茂密的芦苇——奥勒人管它叫作马叶尔草。就在这个大泊洼里，在芦苇环绕的湾汊里或是僻静地方，栖息着无数的、品种繁多的鸭子：有野鸭，小野鸭，细尾鸭，小水鸭、潜鸭以及别的种类。常常有一小群鸭子，在水面上飞扑、翱翔，枪声一响，鸭群像浓云一般腾空而起，猎人情不自禁地用手抓着帽子，拖长声音惊叫道："啊——呃！"我跟叶尔莫莱本打算沿着这泊洼儿前去，然而，一来因为鸭子是胆小的水鸟，不到岸边上来；二来，即便有掉队的、没经验的小水鸭中了我们的子弹丢了性命，我们的猎狗也无法到密不透风的马叶尔草丛深处弄到它。因为，狗尽管有高尚的献身精神，但它们不会游泳，也不能涉水，只能让锐利的芦苇叶扎伤自个儿的宝贵鼻子罢了。

"这样不行，"叶尔莫莱终于说，"没有别的法子：得弄一条小船来……我们回勒高甫村去吧。"

我们去了。我们还没有走几步,一条干瘪难看的癞皮狗从浓密的爆竹柳里向我们迎面跑来,它后面跟着一个中年汉子,这人中等身材,穿着一件十分破旧的蓝褂子、黄背心、灰裤子,裤脚马马虎虎地掖进有破洞的长筒靴里,脖子里系了一条红围巾,脊梁上背着一支单筒枪。当我们的几只狗,以它们这种动物所特有的、惯用的中国式礼仪①同新相识嗅起的当儿,那新朋友显然有点胆怯,夹着尾巴,竖起耳朵,挺直大腿,龇着牙,身子迅速转了一圈。这时候,一个不相识的陌生人向我们走来,恭恭敬敬地鞠了一个躬。从外表上看,他有二十五岁上下,他一头长长的褐色头发,浓浓地涂着格瓦斯②,一绺一绺地直直地垂在肩上,一对褐色的小眼睛和蔼可亲地一眨一眨地闪动着,他的脸上,大概是牙痛的关系吧,包着一块黑巾,浮现出甜蜜的笑容。

"让我做个自我介绍,"他用柔和的、奉承的语调说道,"我是这里的猎人,叫符拉季米尔……听说您老人家大驾光临,要到我们这儿泊洼一带打猎,特来效劳,如果不嫌弃的话。"

这猎人符拉季米尔的讲话口吻,不折不扣地活像扮演情侣小生角色的年轻地方演员。我答应了他的好意,不等走到勒高甫村,便对他的身世一清二楚。他是一个赎身的解放了的家奴,幼年时期学过音乐,后来当过主人的听差,知书识字,我看出来,他读过一些闲书,现在呢,就像俄罗斯大地上生活着的许多人一样,手里没有一文现钱,没有固定职业,差不多是靠老天爷的施舍过日子。他说话非常文雅,显而易见,是在炫耀自己的儒雅风度;再说,他无疑是一个追逐女性的能手,并且,多半是成功的,这因为,俄罗斯女孩子们都喜欢甜言蜜语。言谈之间,他让我知道,他有时常常拜访附近的地主,还到城里做客,会玩牌,同大城市的人有交往。他很会笑,笑得巧妙,笑容表现各有不同;特别是,当他用心听别人讲话的时候,他嘴唇上露出那样谦恭、矜持的微笑。他听您讲话,完全同意您说的,可是又不失掉自尊心,仿佛让您明白,他会适时表达自己的意见的。叶尔莫莱是一个没受过教育的粗人,更谈不上是"文弱书生",开始对他称呼起"你"来。然而,请看,符拉季米尔却带着嘲讽的冷笑对他说:"您哪……"怪有意

---

① 过去,俄罗斯人认为,中国的礼仪十分繁复,故有此语。
② 当时,俄罗斯农民常用格瓦斯(一种清凉饮料)涂发。

思的。

"您为什么包扎一条帕子?"我问,"牙疼?"

"不是呀,"他答道,"这是一时不小心造成的很坏结果。我有一个朋友,是一个好人哪,可他不是猎人,从来没打过猎,这事常见。有一天忽然他对我说:'我的好友,带我去打猎吧:我很想见识见识这玩意儿的滋味。'当然,我不好拒绝老朋友的请求,我就给他弄一支枪,带他打猎去了。我们痛快地打了好大一会儿猎,后来,想休息一下。我坐在树底下,他呢,在树对面,开始摆弄枪,并举起对我瞄准。我请他放下,可是他没经验,没听我的话。突然砰的一声枪走火了,于是,我失掉了下巴和右手的食指。"

我们到了勒高甫村。符拉季米尔也好,叶尔莫莱也好,两人都认为,要是没有船,是没法打猎的。

"苏乔克倒有一只平底船①,"符拉季米尔说,"可我不清楚,他把它藏在哪里了?得先去找他一趟。"

"找谁?"我问。

"这儿有一个人,外号叫'苏乔克'②。"

符拉季米尔带着叶尔莫莱,找苏乔克去了。我跟他们说,我在礼拜堂那边等他们。我在墓地里看坟,偶然看见一块发黑的四方形刻有铭文的碑碣,有一面是法文:《Ci gît Théo‑phile Henri, vicomte de Blangy》(亨利·德奥菲尔·勃朗奇伯爵之墓),另一面是俄文:"法国臣民勃朗奇遗体葬于此碑石之下,生于一七三七年,卒于一七九九年,享年六十二岁",第三面写着"愿他安息",第四面写着:

> 碣石下长眠着法兰西侨民,
> 出身名门望族,才华出众,
> 为妻子、全家被戮痛哭流涕,
> 离开暴君施虐的祖国远行;
> 来到俄罗斯沿海一带地方,
> 暮年得到好客的优厚庇荫;

---

① 用旧船板钉成的小木船。——作者原注
② "苏乔克"——意为"小树枝"。

教养儿童,慰藉家长双亲……
上帝保佑他灵魂在此安息。

这时,叶尔莫莱、符拉季米尔和那个有"小树枝"奇怪外号的人来了,才打断了我的思绪。

苏乔克("小树枝"),光着脚,衣衫褴褛,蓬头垢面,看起来有六十来岁,大概是一个被辞退的家仆。

"你有小船吗?"我问。

"船是有。"他用嘎哑的破嗓子回答,"不过,破得很厉害。"

"怎么啦?"

"脱了胶,还从铆眼里,掉了好些铆钉。"

"这有什么打紧!"叶尔莫莱接口说,"可以用麻絮塞住嘛。"

"那当然,是可以塞住。"苏乔克同意道。

"你是干什么的?"

"地主老爷家的打鱼的。"

"你这个打鱼的是怎么搞的,你的船破成那个样子?"

"可我们这儿河里,并没有鱼。"

"鱼不喜欢沼泽地里发臭的水。"我的猎人正经八百地指出。

"啊,"我对叶尔莫莱说,"去弄些麻絮来,把船修好,要快点。"

叶尔莫莱去了。

"我们或许不至于沉底吧?"我对符拉季米尔说。

"这就要看运气了,"他答道,"无论如何,先得弄清楚,这个泊洼深不深。"

"它不深,"苏乔克说,他说话有点怪,好像没睡醒似的,"水底下净是烂泥和水草,整个泊里都长满了草。不过,也有深坑。"

"那么,如果说草太密,"符拉季米尔说,"划起来就有困难。"

"平底小船怎么划呢? 要撑篙。我跟你们一块去,我那儿有竹竿,要不,用铲子也行。"

"铲子不好使,恐怕,有的地方,够不着底儿。"符拉季米尔说。

"的确,是不好使。"

我坐在坟头上,等候叶尔莫莱。符拉季米尔出于礼貌,躲到一边,也坐

下了。苏乔克仍站在老地方,低着头,照老习惯,把两手背在身后。

"请你给我说说,"我开口道,"你在这里当渔夫有多长时间了?"

"七个年头了。"他回答道,身子抖动了一下。

"原先你干什么来着?"

"当马车夫。"

"是谁把你从马车夫降格儿的呢?"

"新的女主人。"

"哪个女主人?"

"买我们的那个呗。您恐怕不认识:就是阿琳娜·季莫费夫娜,很胖……不年轻了。"

"为什么她突然想起来派你去当渔夫?"

"谁知道她呢。那时,她从自己的世袭领地——坦波夫,来到我们这里。她吩咐全体家仆集合,然后出来见我们。我们先上前吻她的手,她倒没怎么的:没有生气……这之后,便挨个儿问我们:是做什么的,干什么工种? 轮到我跟前,她问道:你是做什么的? 我说,我是马车夫。——'马车夫? 嗨,你算什么马车夫? 你瞧瞧自己:你能当马车夫吗? 你不配当马车夫,你给我当渔夫吧,把胡子剃了。我来的时候,你得给主子餐桌上供鱼,听见了没有?'从那时候起,我就算是渔夫了,——她还说,'你可得注意,把我的水塘整治得好点……'可是,叫我怎样把它整治好呢?"

"你们原先的主人是谁呢?"

"原先是谢尔盖·谢尔盖依奇·佩赫捷列夫的家人。我们这些人,是他从上辈子承袭下的。可是,他掌管我们并不久,总共才六年。我就是在他那儿当了马车夫……不过不是在城里——而是在乡下,城里他还有别的马车夫。"

"你从年轻时候,就一直当车夫吗?"

"哪里,当什么车夫! 归了谢尔盖·谢尔盖依奇以后,打那时才成为车夫,以前我是做饭的,也不是城里的厨子,是乡下做饭的。"

"你跟谁当做饭的呢?"

"跟以前的主子,跟阿法纳西·涅费迪奇,就是谢尔盖·谢尔盖依奇的伯父。是他,是阿法纳西·涅费迪奇买下了勒高甫村。而他侄子,谢尔盖·谢尔盖依奇承继了这块领地。"

"这块领地是从谁那儿买来的呢?"

"从塔佳娜·瓦西里叶夫娜那儿买的。"

"哪一个塔佳娜·瓦西里叶夫娜?"

"就是前年死的,住在波尔霍夫城附近的那一位。……不对,是住在卡拉契夫附近,还是个老处女呢。……没有嫁过人。您不认识吧? 我们原是她父亲瓦西里·谢苗内奇的家人,后来归了她。她掌管我们好多年头……有二十来年。"

"那么,你是跟她当厨子的喽?"

"起初是当厨子,后来又当咖啡师。"

"当什么?"

"咖啡师。"

"这叫什么职务?"

"不晓得,老爷。我在餐室里干活,管我叫安东,不再叫库兹马了。这是女主人的吩咐。"

"那你原来的名字叫库兹马呀?"

"是库兹马。"

"你一直总干咖啡师吗?"

"不,不总是,也当过戏子。"

"是吗?"

"可不是嘛,当过呀……还登过台呢。我们的女主人在家里组了一个戏班子。"

"你扮演过什么角色呢?"

"您说什么?"

"你在戏班子里干吗来着?"

"您不知道?他们拉我去,给我化装;我打扮好了就出场,看情形,或者叫我坐着,或者站着。他们教我怎么说——我就怎么说。有一回装扮一个瞎子……他们在我每只眼皮底下,放了个圆圆的豌豆粒。……可不是嘛!"

"后来又干什么呢?"

"后来又干厨子了。"

"为什么又把你降格,去做厨子呢?"

"因为我的兄弟逃走了。"

"嗯,那你在第一个女主人父亲那里干什么呢?"

"干过各种差使:起初当小厮,马夫,园丁,后来又当管猎犬的狗倌。"

"狗倌?……你会骑着马驯狗?"

"会骑着马,带着猎犬追逐,还跌伤过呢,连马一块儿摔倒了,马受了伤。我们的老老爷非常严厉,叫人把我打了一顿鞭子,又把我充发到莫斯科,到一个鞋匠那里当学徒。"

"怎么当了学徒?莫非你当狗倌的时候已不是小孩子了吗?"

"我那时候已经二十多岁了。"

"二十岁的人,还当什么学徒?"

"那,没什么,既然老爷吩咐了,那就能行。好在,他不久就死了——他们又把我弄回乡下。"

"你什么时候学会了厨师手艺的呢?"

苏乔克仰起他那黄瘦的脸,苦笑了一下。

"难道这还用学吗?婆娘们都会做饭啊!"

"啊,"我说,"你呀,库兹马,你这一辈子真见过世面了!既然你们这里没有鱼,现在你当渔夫有什么可干的呢?"

"老爷,我才不抱怨呢。谢天谢地,幸亏派我当了渔夫。要不,你看,有一个人跟我一样,也是老头儿,叫安得烈·普佩尔,女主人却派他到造纸厂里当汲水工去啦。主子说,白吃饭不干活是有罪的……那个普佩尔还一直盼望主子开恩呢:他有一个表侄儿在主人账房里当管事的,答应向女主人说说。哼,说什么情呀!……可我亲眼看见普佩尔给他侄子磕头来着。"

"你有家吗?娶过媳妇吗?"

"没有家,老爷,没娶过亲。过世的塔佳娜·瓦西里叶夫娜(祝她升天堂)不许任何人结婚,坚决不准。她常说:'我不是一直独身的吗?胡闹什么!他们要怎么的?'"

"现在你靠什么过活呢?能领到工钱吗?"

"老爷,什么工钱……有口饭吃——就谢天谢地了!我很知足。愿上帝保佑女主人长命百岁!"

叶尔莫莱回来了。

"船修好了,"他一本正经地说,"去拿竹竿吧——你这个!……"

苏乔克跑着拿竹篙去了。在我同可怜的老头儿谈话的过程当中,猎人符拉季米尔一直带着鄙视的浅笑冷眼瞧着他。

"这人是个傻瓜,"苏乔克走后,他说,"一点文化也没有,地地道道的乡巴佬儿,大老粗。他够不上称作家仆……他全是吹牛……他哪里能当戏子呢,老爷你想想看!您白白为他操心啦,白费了精神跟他说话儿!"

过了一刻钟,我们坐进苏乔克的平底船里(我们把几只猎狗留在小屋里,交给车夫伊叶古齐尔看管)。我们在船上很不得劲儿,可是我们猎人凑合惯了,向来不怎么挑剔。苏乔克站在船的最后——粗圆的那一端,撑着"篙";我和符拉季米尔坐在船的横梁上,叶尔莫莱坐在前面船头上。船虽然用麻絮塞过,水还是很快渗到我们脚底下。幸好,天朗气清,风和日丽,水泊静得仿佛沉入了梦乡。

我们的船,划得非常慢。老头子吃力地把长篙从泥淖里拔出来,这竹篙上缠满了泊底水草的青丝;睡莲茂密的圆叶子也妨碍着我们的小船行进。最后,我们好不容易来到长满芦苇的地方,这一下子,可热闹起来啦。鸭群发现我们这些不速之客突然在它们地盘上出现,惊恐万状,轰的一声"冲出"水塘,嘎嘎乱叫腾空而起,这时枪弹齐声向它们射去;于是,这些短尾巴的禽鸟在空中骨碌碌地翻着跟头,噼噼啪啪地落到水面上——煞是好看!我们当然不可能把中弹的鸭子都弄到手:轻伤的钻进水里去了,有些被打死的,掉进了茂密的马叶尔草丛里,连叶尔莫莱那双锐利的眼睛也找不见它们。尽管如此,快到中午的时候,我们的小船仍然装满了一船野鸭。

叶尔莫莱感到莫大欣慰的是,符拉季米尔的枪法很不高明:他在每次射击失败之后,就觉得不对劲儿,翻来覆去地查看、吹吹枪筒,感到迷惑不解,最后,向我们解说他没有打中的原因。叶尔莫莱打枪,同往常一样,还是百发百中。我呢,照例打得非常糟糕。苏乔克不住地用从小侍候主人惯了的那种眼色瞧着我,有时还喊道:"那边,那边还有一只鸭子!"而且,他时时地在脊梁上搔痒——不是用手,而是使肩头摆动。天气非常好:一团团白云高高地、轻轻地飘浮在头顶,云影清晰地映在水面上;芦苇在四边飒飒作响;池塘一处处,如钢板那样,在太阳下闪闪发光。我们正要返回村里,突然发生了一桩很不愉快的事情。

我们早已发觉,水一直慢慢地不断渗进平底船里来。符拉季米尔被指派用勺子把水舀出去;这勺子是被我那有先见之明的猎人从不留神的农妇那里偷来的,以防万一。符拉季米尔没有忘记自己的职责,这中间,事情还算顺当。打猎正要结束的时候,野鸭好像向我们告别,成群结队地飞起来,我们几乎来不及装弹药。在开枪射击的紧张时刻,我们顾不到我们平底船的状况——突然,叶尔莫莱猛地一动(他使劲把身子倚在船舷上,尽力想把一只死鸭子捞上来),我们的破船一歪,灌满了水,大摇大摆地沉到水底了,幸亏不在深处。我们大叫一声,可是迟了:刹那间,我们陷进水里,水已经漫到齐脖子深,四处浮着死鸭子。现在我一想起当时的情景:我的同伴们吓得脸色惨白（当时我的面色大概也不会红润）的样子，禁不住哈哈大笑。可是，在那种时刻，老实说，我不可能想到发笑。我们每个人都把枪举到头顶上，苏乔克呢，大概一向惯于模仿老爷们的举动的缘故吧，却把竹竿高高地举起来。叶尔莫莱最先打破沉默。

"呸，真糟糕！"他向水里啐了口唾沫，咕哝道，"会出这种意外！都怪你，你这个老家伙！"他气呼呼地，冲着苏乔克说——"你这船算是什么船？"

"对不起。"老头子嗫嚅道。

"还有你，你倒好，"我的猎人扭过头来，冲着符拉季米尔，继续说，"你东张西望，干什么来着？为什么不去舀水？你，你，你……"

可是，符拉季米尔已经答不出话来：他像一片树叶，不停地颤抖，上牙磕打着下牙，无意识地微笑着。他能说会道的好口才，他那文质彬彬的礼貌，他扬扬得意的自尊心，都消失得无踪无影了！

那蹩脚的平底船在我们脚下轻轻晃动……刚刚沉船的刹那间，我们觉得挺凉的，但我们很快就习惯了。当最初的恐惧过后，我回头一望：离我们十步开外，四处长满了芦苇，在老远处，越过芦苇顶端，才能看见对岸。"糟啦！"我心里暗想。

"我们该怎么办呢？"我问叶尔莫莱。

"让我们看看，想想法子再说；总不能在这里过夜吧。"他答道。"给你，把枪拿好，"他对符拉季米尔说。

符拉季米尔乖乖地听从着。

"我去找找浅滩，"叶尔莫莱满有把握地接着说，好像任何泊洼或水塘都有浅处似的——他接过来苏乔克的竹竿，小心翼翼地探着水底，一径向岸边去了。

"你会游水吗？"我问他。

"不，不会。"他的话声从芦苇后头传来。

"啊，那样会淹死的，"苏乔克淡淡地说，原来，他所担心的不是出危险，而是怕我们发火；现在，他可完全放心了；只是时不时地大声喘粗气，仿佛是，他不觉得有什么必要来改变他的境遇。

"真的淹死了，也是徒劳无益。"符拉季米尔郁郁不乐地埋怨道。

过了一个多钟头，还不见叶尔莫莱回来。这一个钟头，简直是度时如年。起初,我们不断地喊叫着,同他打着招呼,后来他渐渐地不大答应我们的呼叫了,最后,完全听不到他的声音了。村子里撞响了晚祷的钟声。我们之间沉默不语,并且尽力避免互相对视。鸭子在我们头顶翱翔;有的甚至打算落在我们旁边,可突然又向上腾飞,如俗话说的,"扇起翅膀",在鸣叫声中盘旋飞去。我们开始觉得,浑身有点僵硬发麻。苏乔克眨巴着眼睛,好像困了似的。

后来,真叫我们喜出望外,叶尔莫莱总算回来了。

"喂,怎么样?"

"我到了岸边,浅滩找到了……我们去吧。"

我们正准备立刻出发,他呢,先从泡在水里的衣袋里取出一条绳子来,把死鸭子的脚捆绑在一起,然后用牙咬住绳子的两头,慢慢地向前走去;符拉季米尔跟着他,我跟在符拉季米尔后边。苏乔克走在队伍的最后。这里离岸边约有两百步远,叶尔莫莱勇往直前地走去,(他路记得很牢)间或叫喊几声:"向左,右边有坑!"或者:"向右,左边会陷下去……"水有时候漫到我们脖子上,可怜的苏乔克因为个头比大家都矮,呛了两三次水,吐出泡沫来。"嘿,嘿,嘿!"叶尔莫莱大声吼他,于是,苏乔克使劲地往上蹿,摇晃着两只脚,蹬了蹬,终于跳到浅地方,然而,在紧急的最困难时刻,他仍然不敢抓住我的大衣衣襟。我们弄得筋疲力尽,浑身湿漉漉的全都是泥,最后终于到达岸边。

大约两个钟头以后,我们千方百计把衣服弄干,坐在大草棚里,准备吃晚饭了。马车夫伊叶古齐尔是一个行动迟缓、步履蹒跚的人,动作慢吞吞的,凡事小心谨慎,好像整天睡不醒似的,他站在大门口,热心地招待苏乔克吸鼻烟(我注意到,俄罗斯的车夫们一见如故,马上就要好起来)。苏乔克狠命地闻着鼻烟,弄得一阵阵直恶心:满口唾沫,咯咯地不停咳嗽,可他显见得心满意足,十分痛快。符拉季米尔样子萎靡不振,头歪到一边,很少说话。叶尔莫莱把我们的枪拿过来擦着。那些猎狗忙不迭地摇摆着尾巴,等着喝燕麦粥;马儿在敞棚里踢着蹄子,放声嘶叫……夕阳西下,残照余晖返射过来,四面散开,织成宽阔的殷红光带;金色的云朵在天空徐徐飘散,变得越白越细,活像梳洗过的羊毛……这时,只听得村里传来了阵阵歌声。

贝氏牧场[①]

    七月的一天,天朗气清,只有天气长时期平稳的时节,才碰上这样的好日子。从清晨起,天空一片澄明,朝霞泛出温馨、柔和的淡胭脂色,而不是像燃烧的火焰那样殷红。太阳从一朵狭长的云彩下面冉冉升起,清新明亮,一会儿又坠入淡紫色的雾霭中。这时的太阳不像是炎热的干旱季节——那样如火如荼一般热辣辣的;也不像雷雨来到之前——那样暗红色,昏沉沉的;而是璀璨可爱,亮晶晶的。白云上端的细边,舒展拉长开来,闪闪发光,像小银蛇似的,这光彩宛如磨炼过的银器的亮光。……但,突然又迸发出闪烁摇晃的光芒——于是,一轮雄伟的光体愉快地、庄严地、飞也似的喷薄升向高空。快到中午的时分,常常又有一大片镶着柔软的白边的、圆圆的、高高的、金灰色的云团浮现天际。这些云团,像小岛似的,散布在无边无际四下泛滥的河流当中,周遭环绕着清澈见底的靛蓝色的支流,它们待在原处,几乎一动不动,在远处天边,这些云团慢慢蠕动着,拥挤在一起,它们缝隙间的蓝天已经看不见了;不过,它们也变得和天空一样湛

[①] 俄罗斯一九九一年出版了一种《猎人笔记》新版本。据该书编者称:已发现牧场主贝逊家族后人保存的字据——一七九一年立的有关该牧场继承一事的文书;可以断定,这个地方应叫作"贝逊家族的牧场"。过去有人译成"白静草原",或"白净草原",显系误译,曲解作者原意。该牧场位于姆岑斯克县,切尔尼区,纳米特科沃村,距离屠格涅夫庄园仅十三公里(参阅刘季星编译:《屠格涅夫散文集》译注,辽宁教育出版社,一九九八年)。

蓝，因为它们全身都充满了光和热。天边的颜色迷蒙清淡，微带浅紫色，整天没有变化，四周也是一样；天上看起来没有一处阴沉昏暗，雷雨还没有凝聚起来；不过，有的地方一缕缕浅蓝色的带子，从高空向下悬起：那儿正洒着几乎看不清的蒙蒙细雨。到傍晚，这一大团云彩渐渐消散了，最后的几片，好似烟雾一般朦胧不清、乌黑昏沉，经落日的余晖一照，一团一团的，现出玫瑰红的鲜艳色彩。在太阳安详地升起、又静静落下去的地方，鲜红的光晕不久便消失在渐暗的大地上，这时，太白金星出现在高空，它悄悄地一闪一闪地眨着亮光，宛如有人小心地擎着蜡烛挪步一样。这种天气的日子，一切色彩都显得很柔和、清亮，但不鲜明，一切都带有某种动人的温馨印痕。这些日子里，天气往往十分炎热，田野里斜坡上有时溽暑蒸人，但是一阵风吹来，便把积聚的暑气挥散、驱走，旋风——那是天气平稳的明显征候——卷起高高的白色风柱，穿过耕地，一路袭来。干燥、清洁的空气里面，散发着苦艾、割倒的黑麦和荞麦的气味，甚至在入夜前一个钟头，您还觉不出来有一点点潮气。这样的天气，正是农人所盼望的收割庄稼的天气……

　　有一次，我去图拉省契伦县打松鸡，正好碰上这样的天气。我发现了，并且打到了好多野禽，我的猎袋装得满满的，压得我的肩头怪难受的，可是，一直等到晚霞逐渐消失，西沉的太阳不再光芒四射但是还相当明亮，凉森森的阴影开始浓重地四面扩散的时候，我才决心回去。我快步穿过一大片长长的灌木丛林，爬上小山冈，想不到我看见的，不是我意料中的熟悉的平原，那里右边有一小丛橡树林，远处还有一座矮矮的白墙教堂，而且是完全陌生的、另一个新去处。我的脚下，绵延着狭长的谷地，一片茂密的白杨树林，像是峭壁似的，耸立在那里。我迷惑地站住了，朝四面一望……"啊呀，"我想起来了，"我走错路了，这不是我要去的地方，太偏右了。"我对自己的迷误不胜骇然，赶忙下了山冈。那时立刻有一种令人感到难受的、凝结不动的潮气包围了我，我仿佛下了地窖似的；谷底长得又高又密的野草上面，全是湿漉漉的，看起来像平展的桌布，白花花一划铺到那里；在这上面行走，真有点发憷。我赶快转过来，向左拐，顺着白杨树林的边沿走去。那沉睡的白杨林树梢上，已经有蝙蝠飞翔，神秘地在暮色苍茫的空中盘旋、抖动；一只迟归的小鹞鹰敏捷地掠过高空，匆匆地赶回巢里。"只要我能走到那一头，"我心里琢磨着，"马上就能找到路了，可我已经走了一里上下的冤枉路!"

我好不容易终于走到树林的尽头,可是那里并没有路:只见一片未曾砍过的矮矮的灌木林展现在我面前,后面远处有一片荒凉空旷的原野,遥遥相望。我又站住了。"这是怎么回事?……我走到哪里去了?"于是我想了想,今天这一天是怎么走的,走过哪些地方……"咳!这不是帕拉欣灌木丛吗?"最后,我不禁失声叫道,"没错儿!就是它,肯定是辛杰耶夫小树林呀……我怎么会走到这里来了?走那么远哪?……奇怪!现在又得朝右拐了。"

我穿过灌木林,向右走去。这时,夜幕像雷雨前的乌云一般开始降临大地,廓张开来,看来,冥冥的黑夜同暮霭一起已四处弥漫,甚至从高处倾泻下来。我踏上了一条人迹罕到的、杂草丛生的小径;我沿着这条小路走去,细心地觑着前方。四周很快黑暗下来,沉静下来,只有几只鹌鹑时不时地啼叫几声。一只不大的夜鸟,扑着柔软的翅膀,悄没声儿地、低低地冲了过来,差一点碰撞着我,然后惊慌地潜藏到旁边去了。我从灌木丛里走出来,沿着田塍,向野地走去。我已经不大容易分辨清远处的景物了,四边的田野恍恍惚惚地发白,在它后面,阴霾的黑暗不断升起,每个瞬间都在大团大团地凝聚;越来越迫近了。我的脚步,在凝结的空气中橐橐地发出低沉的响声。灰白的天空又呈一片蓝色——不过,那已是夜空的蔚蓝了。满天星光灿烂,闪烁颤动。

以先我当成小树林的地方,原来是一个黑乎乎的圆形山丘。"我这是到了什么地方了啊?"我又大声重复叫道,第三次停住脚步,疑惑地望着我的黄斑猎狗、英国种的强卡,它无疑是四足动物当中顶聪明的一个。但是,这只顶聪明的四足动物只管摇摇自己的尾巴,忧郁地眨眨疲惫的眼睛,并没有给我一点点有用的启示。在它面前我感到羞愧难当,便拼命地向前跑去,我似乎恍然大悟,明白过来应该往哪边走。于是我绕过小山丘,不觉走进一片并不很深、四面耕耘过的凹地。一种奇怪的感觉向我袭来。这块凹地外形很像颇为周正的、边缘倾斜的大锅;锅底,竖立着几块白色的大石头——它们仿佛聚到这里来开秘密会议似的——这里万籁俱寂无声、偏僻荒凉,天穹平坦地、怛郁地悬在这片土地上,情景如此凄清,我的心不由得抽紧了。有一只小动物在石头中间微弱地、悲哀地尖叫一声。我急忙转身爬上了小山丘。到这时为止,我还没有失去找路回家的希望,可是现在,我终于确信，我是彻底地迷路了，我一点儿也辨认不出完全陷入黑暗中的附近地段了，我只好凭借着星星的方向，大胆地一直向前走去……我艰难地拖着两腿，如此这般走了将近半个小时。我觉着，有生以来还没有来过这样荒凉的地方：到处看不见一星点儿火光，听不到一丝儿声响。一个平缓的山坡，接连另一个山坡，无垠的原野，接连着绵亘的原野，灌木丛仿佛突然从地里钻出来，矗立在我鼻子的跟前。我一直走呀走啊，已经打算在什么地方躺一躺等待天明，突然发现我来到一个令人胆战心惊的深渊边沿。

我急忙缩回已经抬起的那条腿，透过微明的朦胧夜色，看见远处有一片辽阔的大平原。一条宽阔的河流，绕着这片平原成半圆形，从我脚下蜿蜒而去，河水时而迷茫地闪耀着锃亮的反光，显现出它的流向。我突然发现，我站的小山丘很陡，原来下边是几乎垂直的峭壁，它那巨大的轮廓显现在蔚蓝的太空中，黑压压一大片，特别显眼，就在我的脚底下，在峭壁和平原形成的角落里，在这静止得像黑乎乎的镜面一般的大河旁边，也正好在山丘的峭壁下面，有两堆火挨个儿点着，冒着烟气，吐出红色的火苗。火堆周围有人蠕动，身影幢幢，时不时地清晰地照亮了一个卷发的小脑袋前半边的轮廓……

我终于弄清楚了我来到了什么地方。这是一片草地，在我们这一带颇有名气，叫作贝氏牧场。……不过，转回家去，无论如何是不能够了，尤其是在这时候——深更半夜里，何况我的两条腿也累得发软了。我决定向火堆跟前走去，加入我认为是牲口贩子那伙人当中去，等天亮再说。我走下去还算顺当，但是我的手还没放开我抓着的最后一根树枝，忽然两只白色的毛茸茸大狗，恶狠狠地一声狂吠向我扑来。火堆那里传来孩子们响亮的声音，有两三个孩子忙不迭地从地上站起身来。我对他们发问的喊叫，回了话，应了一声。他们向我跑来，马上喊住了那两只狗——看来，我的强卡的出现特别使它们吃惊，于是，我到他们那儿去了。

我弄错了，我原以为，围着火堆的这一群人是牲口贩子呢。其实，他们是附近村子里守夜看马的农家孩子。我们那一带，在炎热的夏天，人们常常把马赶往草地放牧：因为，白天那些苍蝇和牛虻使它们不得安宁。天黑以前把马群赶出来，天亮的时候再赶回去——这对农家的孩子来说，无疑是逢年过节般的一大乐事。他们不戴帽子，穿一件旧的半截皮袄，骑在飞驰的劣马上，手舞足蹈，高高地一颠一纵，放声哈哈大笑，伴随着愉快的呐喊,向前奔去。飞尘如轻烟一般,扬起黄色的圆柱,掠过大路,均匀的马蹄声远远传向四方,马匹竖起耳朵狂奔着,有一匹枣红色的长鬃马,翘起尾巴,不断地变换着踢开脚步,它那乱蓬蓬的鬃毛上沾了些牛蒡种子,这马飞快,跑在众马的最前面。

我告诉孩子们,说我迷路了,就坐在他们身边。他们问了问我从哪里来,便不再言语了,给我腾出了一些空隙来。我们稍稍简短地聊了几句。我就躺在一棵树皮被牲口啃光的小树底下,抬头四处张望。景色奇妙极了:火堆旁边,有一个圆圆的、浅红色的光环在颤动着,它迎上黑暗,仿佛要消逝似的;忽然火焰熊熊地燃烧起来,不时向这个光环外围投来急遽的反光;纤细的火舌舔了一下柳树光秃的枝条,倏地熄灭了;于是,那细长的黑影霎时突然出现,一径扑向火苗底部:这说明,黑暗在与光明搏斗。有时,在火焰较弱,光环缩小的当儿,从簇拥逼近的黑暗中忽然探出一个马头来,它是枣红色的,长着弯曲的白鼻梁,或者,这马头竟然是纯白色的,一边凝注地、毫无表情地瞅着我们,一边急急忙忙咀嚼着长条青草,又低下了头。蓦地这光影又骤然不见了。只隐约听见,马儿继续在嚼着青草并打着响鼻。从照亮的地方看暗处,很难辨清那里的情状,附近的一切,四面好像被遮了一层黑黝黝的帷幕。不过,远处,天边,还可以隐约看见丘陵和树林的长长的影影绰绰的轮廓。幽暗、明洁的天空,显得神秘而壮丽,它高高地悬在我们头顶上空,高远庄严,辽阔无限。你深深地吸着这种别有风味的、醉人的新鲜气息——俄罗斯大地夏夜的气息,心胸不由地涌来一阵甜美的感觉。四外,一片阒寂,几乎听不到一点声音……只是近处河里,偶尔突然响起大鱼泼水的响声,弄得岸边的芦苇被冲来的波浪轻轻激荡,发出微弱的沙沙声……只有那两堆篝火仍然轻轻地哔哔啪啪地响着。

孩子们围着篝火坐着,那两只想要咬我的狗也蹲在那儿。它们对我来这里,一直耿耿于怀,这会儿,无精打采地眯缝着眼睛,斜眼瞅着火光,有时带着很不一般的自尊感狺狺嗥叫几声,起初是狂吠,后来变成轻轻地尖叫了,它仿佛对自己的愿望不能实现感到愤愤不平。这里共有五个孩子:费佳,巴甫鲁沙,伊留沙,柯斯佳和万尼亚(我从他们的谈话中,得知了他们的名字。现在,让我把他们介绍给读者)。

第一个孩子,名叫费佳,年龄最大,估摸有十四岁的样子。这是一个身材很帅的孩子,面容略嫌瘦小,长得挺漂亮,一头淡黄色的卷发,一双亮晶晶的眼睛,脸上总是挂着一半像是愉快、一半像是毫不在意的笑容。从种种迹象看来,他属于富家子弟,到野外来放牧,并不是生活所迫,而是为了好玩。他穿一件镶黄边的印花布衬衫;一件崭新的不大的厚呢上衣,当作斗篷,马马虎虎地披在瘦小的肩膀上,眼看就要滑下来;浅蓝色的腰带挂着一个小梳子。他穿的那双浅腰靴子正经八百是他的——不是阿爸的。第二个孩子叫巴甫鲁沙,一头散乱的黑发,灰眼珠,宽颧骨,面色苍白,长有麻子,嘴巴挺大,端端正正,头大得像俗话说的如啤酒桶一般,身子矮矬敦实,笨笨拙拙的。这小伙子外表有点丑——这是明摆着的——然而我还是挺喜欢他的:从外表上看,他很聪明伶俐,开朗爽快,说起话来,声音蛮有力量。他穿着不大起眼儿:他的全部服装只是一件平平常常的麻布褂子,以及一条打补丁的裤子。第三个孩子,叫伊留沙,相貌很一般:鹰钩鼻子,长脸,高度近视,脸上露出一种迟钝的、病态的忧愁表情;紧闭的双唇纹丝不动,紧皱着的眉头也不展开——他好像有点怕火,一直眯着眼睛。从压得低低的小毡帽底下,耷拉着几绺焦黄的、有点泛白的尖细发辫,他不时地用手把毡帽朝下拉拉,去盖耳朵。他穿了一双新草鞋,脚上打着包脚布。用一条粗绳子,在腰上缠了三圈,精心地束紧他那洁净的黑色袍子。他和巴甫鲁沙,看外表都不过十二岁。第四个孩子,名叫柯斯佳,年龄有十来岁;他那忧郁、沉思的目光,引起了我的注意。他的脸盘不大,瘦瘦的,长满了雀斑,下巴有点尖,像松鼠的似的;嘴唇显不出来;然而他那双大大的、乌黑的、水汪汪的眼睛却给人以奇特的印象;那双眼睛,好似要向你说点什么知心话,但是用言语(至少是他嘴头上)却表达不出来。他个子小,身体弱,穿得很破。最后一个,叫万尼亚,我起初没有注意到他:他躺在地上,安静地把身子蜷在一张鼓鼓囊囊的席子下面,只是偶尔露一露他那长着淡褐色头发的脑袋。这孩子最多不过七岁。

　　这么着,我躺在旁边的一株小灌木下面,瞪眼瞧着孩子们。其中一堆火上面,吊着一只小锅,锅里煮着"马铃薯"。是巴甫鲁沙在照看这只锅,他跪在地上,不时地用小木片搅拌那锅里滚开的水。费佳歪躺在地上,解开上衣的前襟,用胳膊肘支撑住身子。伊留沙坐在柯斯佳身旁,还是老样子,紧张地眯缝着眼睛。柯斯佳脑袋稍稍耷拉着,眼睛直盯盯地瞅着远方。万尼亚蜷伏在席子底下,一动也不动。我假装睡着了。渐渐地,孩子们又开口谈起话来。

一开始,他们东聊西扯,说起明天要干的活儿,又谈起马来;可是,费佳突然想起来什么,似乎是重新提起中断了的话题,猛地扭过头来向伊留沙问道:

"喂,你真个儿看见过宅神爷①?"

"没有,没看见过,怎么能让你见到它呢?"伊留沙答道,嗓音很低,有点嘎哑,他说话的声音,与他脸上的表情,真是不谋而合,神乎其神的,"不过,我听说过……也不只我一个人听说过。"

"那宅神总待在你们那儿什么地方?"巴甫鲁沙又问。

"在旧的打浆场里②。"

"这么说,你们常到那造纸厂里去啦?"

"那还用说,是常去。我和哥哥阿夫玖什卡在工厂里当磨纸工。"

"真瞧不出——原来你们是工人呀!"

"喂,那,你是怎么听说的呢?"费佳问。

"是这样的。有一回,我和哥哥阿夫玖什卡,还有费多尔·米海耶夫斯基,还有那斜眼的伊万什卡,还有家住在红丘的另一个伊万什卡,还有一个伊万什卡·苏霍鲁科夫,另外,还有别的几个伙伴,总共有十来个孩子——就是整整一个工作班都聚齐了。那天,我们得在打浆场过夜,本来,用不着非在那里过夜不可,可工头纳扎罗夫不让我们回家,他说,'你们这班小伙子们,回家干吗?明天活儿多着呢,我说,小伙子们,就别回去啦。'这么着,我们都留下了,大伙儿睡在一起,这会儿,阿夫玖什卡就打开话匣子,开口说,小伙子们,要是宅神来了咋办?……还没有等他把话说完,突然间有谁在我们头顶上面走动,可我们是在下面躺着,它呢,在上面,在轮子旁边走。我们听见,它走的时候,脚底下的板子都压弯了,踩得咯吱咯吱直响,瞧,它从我们头上过去了,那水呀,忽然冲着轮子流起来,哗啦啦地响,推动轮子,轮子也响了,转动起来,可是水宫③的闸门本来是关得好好的呀。我们真纳闷:是谁把闸门掀开,叫水流出来了呢,可是,轮子转了一小会儿,转了转,就停住了,瞧那家伙,又走到上边的门口,沿着楼梯下来

---

① 宅神——俄罗斯民间传说,家家户户都有宅神,是一种迷信。
② "打浆场"是造纸厂里的一个车间,工人在那里汲纸浆。——原注
③ 水流到轮子上经过的地方,称为水宫。——原注

了,听它向下走的响动,好像是不慌不忙的样子,它把扶梯踩得咚咚直响……嗯,那家伙走到我们跟前门口,在那儿停了一会儿——那门忽然间一下子大开了。我们吓坏了,瞧瞧——什么也没有……又一瞅,忽然看见一只大桶上的格子框①动起来,浮到上面,浸进水里,一会儿又在空中晃来晃去,好像有人用它涮什么,接着又放回原处。后来,另一只桶的钩子从钉子上掉了下来,随后,又挂到钉子上了,然后,好像有人来到门口,忽然咳嗽起来,那咳声,真像山羊咩咩地大声叫唤。……我们吓得跌跌撞撞地挤成一堆,你推我搡,互相往身子底下钻……那会儿我们可真吓得够呛!"

"瞧,真是的!"巴甫鲁沙说,"它干吗要咳嗽呢?"

"不知道,也许是怕潮。"

大伙儿都沉默不语了。

"喂,"费佳问,"马铃薯煮熟了没有?"

巴甫鲁沙捏捏马铃薯。

"没有,还生着呢……听,有鱼翻水的声音,"他把脸扭过来,冲着河面,接口说道,"兴许是条梭鱼……瞧那边,有一颗小星星划过去了。"

"不说那了,来,哥儿们,我给你们说个事儿,"科斯佳细声细气地说,"你们好好听着,那是前两天爸爸亲口给我讲的。"

"好吧,我们听听。"费佳鼓励说。

"你们认识加夫利拉,镇上的那个木匠吧?"

"嗯,认识呀。"

"你们知道吗?为什么他老是不快活,总是闷不作声,你们知道为啥?我来告诉你们,为什么他不快活:爸爸跟我说,哥儿们,他去老林子里采榛子。走到林子里,迷路了,不知道转悠到哪里去了。他走呀,走呀,哥儿们哪,了不得,怎么也找不着路啦,这时候天黑透了。他索性坐在大树底下,心说,等天亮再走——坐在那里,打起盹来。他正打瞌睡呢,忽然听见有人叫他。睁开眼瞅瞅——没有人哪。他又打起盹来——还有人叫他。他又睁开眼,一瞧:在他跟前树枝上坐着一个美人鱼,在上边摇摇晃晃,向他招手,叫他过去,那美人鱼拼命地笑,大笑不上……那阵儿月亮明晃晃的,亮极了,照得大地亮亮堂堂——哥儿们,什么都看得一清二楚。她招手叫他,

---

① 用来舀纸浆的网状物。——原注

她坐在树枝上,浑身上下,明亮雪白,好像一条鳊鱼,或者像鲌鱼,要不,像一条鲫鱼,白花花、亮晶晶的。……那木匠加夫利拉,可真吓呆了,哥儿们,那美人鱼呢,只管哈哈大笑,向他招手,叫他过去。这当儿加夫利拉正要站起来,听美人鱼的话过去,哥儿们呀,准是上帝点化了他:叫他在胸前划十字……可是,划十字该多难啊,哥儿们,他说,手硬得像石头似的,转不过弯来。……唉,真难哟!……他一划十字,哥儿们,那美人鱼就不笑了,突然又哭起来……她哭啊,哭啊,哥儿们,用头发擦起眼睛来,可她那头发绿油油的,就跟咱们这边的大麻一样。加夫利拉瞪眼瞧着她,瞧了又瞧,便问她:'林妖呀,你哭啥子?'那美人鱼便对他说:'人啊,要是你不划十字呀,你会和我快活地过一辈子;现在我哭,我伤心的是,因为你划了十字,不止我一个人悲伤,我也叫你一辈子不开心。'哥儿们,她说完,就不见了,这时,加夫利拉马上清醒过来,明白该怎样走出老林子。……从那时起,他就一直不快活。"

"真怪!"大家都不言语,过了一小会儿,费佳说,"这个老林子的妖精,怎么会伤害一个基督徒的心灵呢,他不是没听她的话吗?"

"说的是呢!"科斯佳说,"听加夫利拉说,她的小嗓子细极了,可声音又悲极了,像癞蛤蟆的叫声。"

"是你爸亲口说的吗?"费佳继续问。

"是他亲口说的。我睡在高板床上,全都听见了。"

"你说怪不怪!他干吗不快活?……要知道,她喜欢他,这才叫他。"

"对,是喜欢他呀!"伊留沙接着说,"可不是嘛,她想胳肢他,给他搔痒痒儿。那些美人鱼呀,就爱干这个。"

"这一带说不一定也有美人鱼妖精?"费佳说。

"不会,"科斯佳回答,"这里地气洁净,地势开阔,宽宽敞敞。有一点不好——离河太近。"

大家都不做声了。突然,有一个冗长的、响亮的声音传来,这声音有点儿像什么人的痛苦呻吟。那是一种含糊不清、无法解释的夜声。这种夜声往往出现在夜色深沉、万籁俱寂的时辰,从下面向上发出,滞留在半空中,尔后慢慢地四下扩散,最后,似乎沉寂下来。仔细听听——好像什么声音也没有,然而确实在响。仿佛有一个人在天边久久地、不住地呐喊,另一个人在树林深处,用尖细的呵呵笑声回应他,接着,又有一阵微弱的、咝咝的啸声掠过河面。孩子们面面相觑,打了个寒战……

"太可怕了,上帝保佑我们吧!"伊留沙小声嗫嚅道。

"嘿,你们这些胆小鬼!"巴甫鲁沙大声叫道,"怕什么?看看,马铃薯可熟了。"(大伙儿朝锅跟前凑近点,开始吃热气腾腾的马铃薯,只有万尼亚不动弹)"你怎么啦?"巴甫鲁沙说。

可是他并没有从席子底下钻出来。小锅里的马铃薯很快就吃得一干二净,空空的了。

"小伙子们,听说了没有,"伊留沙又开口道,"前两天,我们瓦尔纳维茨那儿出了事?"

"是在堤坝上吗?"费佳问。

"对,对,就在那座冲坏了的堤坝上。那是个常闹鬼的地方。地面不洁净,又很偏僻。四边都是洼地,沟谷,沟里常常有蛇。"

"喂,到底出了什么事?你说呗……"

"是这么一回事。费佳,也许你还不知道,那里刚刚埋了一个淹死的人,那是老早以前,池塘里的水很深的时候淹死的,不过他的坟还能看见,也只是刚刚露出地面,是一个小土丘。就在前天,管家把猎犬手叶尔米尔叫来,吩咐他道:'叶尔米尔,你去邮局一趟。'我们那里总是打发叶尔米尔去邮局跑腿,叶尔米尔这人,把他的狗全都作践死了,不知为什么,狗在他手里总长不好,简直从来就养不活,不过,他这个猎犬手却是一个好人,样样活都拿得起。这回叶尔米尔又去邮局了,在城里磨蹭了一阵子,返回时喝得醉醺醺的。当时,天已黑了,不过,那天是个亮堂的夜晚,月色明朗。……叶尔米尔骑着马越过堤坝:因为这里是他必经之路。他正要过坝,这个猎犬手叶尔米尔呀,忽然瞧见:那个淹死鬼的坟上有一只小羊羔,一身卷曲的白毛,蛮好玩的,在那里转来转去。叶尔米尔这会儿心里琢磨:'不如把它逮住,要不,就白白迷失了',于是,他下了马,把小绵羊抱到怀里。……那小羊羔倒没怎么的。叶尔米尔走到马跟前,可那马朝他直瞪眼睛,打着响鼻,摇晃脑袋,他把马喝住,抱住小羊羔骑上马,把羊放在身子前面,继续向前赶路。他看着羊,那羊也直眉瞪眼地瞅着他。这猎犬手心里直发怵,他心里说,我还没见过羊这样直愣愣地盯住人不放呢,可也没什么,他就摸弄起它的毛来,嘴里说着:'咩,咩!'那羊突然龇着牙,也向他叫唤:'咩,咩!'……"

说这事儿的孩子的话音还没落,那两只狗忽地一跃而起,齐声狂吠,蹿出火边,消失在黑暗里了。这一下子把孩子们可吓坏了。万尼亚向上一蹿,从席子底下钻了出来。巴甫鲁沙一声呐喊,扑上前去,追狗去了。狗的叫声很快远去了……忽听得有一群受惊的马匹乱纷纷奔腾的声音。巴甫鲁沙大声叫道:"阿灰!阿黑!……"过了一小会儿,狗的叫声寂静下来,巴甫鲁沙的声音也离远了……又过了不大一会儿,孩子们迷惑不解地面面相觑,好像担心有什么事情将要发生……忽然传来一匹奔马的马蹄声;那马跑到火边蓦地站住了,只见巴甫鲁沙手抓马鬃,敏捷地翻身下马。紧跟着,那两只狗也蹿到篝火的亮地里,吐出红红的舌头,立时蹲在那儿不动了。

"那边怎么啦?出什么事了?"孩子们问。

"没什么,"巴甫鲁沙冲着马挥了挥手,回答道,"好像是狗闻到什么味儿了。我想,许是狼吧。"他的胸脯急促地起伏着,淡淡地补充说。

我禁不住满怀喜悦地打量起巴甫鲁沙来。此时此刻,他是多么的可爱啊。他的脸并不漂亮,但因骑马快跑,生龙活虎般,流露出勇敢的刚毅与坚定的决心。你想,他这孩子,两手空空,不拿棍棒,在黑夜里,毫不迟疑,一个人骑上马去赶狼。……"多么讨人喜爱的孩子啊!"我望着他,心里念叨着。

"你们看见过狼吗?"胆小的科斯佳问。

"这里常有狼,多得是,"巴甫鲁沙答道,"不过,到冬天,它们才出来祸害人。"

说罢,他又蜷着身子,蹲在火堆前边了。他朝地下一坐,把手搭在一条狗毛茸茸的后颈上,那只狗受宠若惊,扬扬得意,带着感激自豪的神情,斜眼看着巴甫鲁沙,好长时间没把头转过去。

万尼亚又钻到席子底下去了。

"伊留沙,你给我们讲的事儿,多么怕人呀,"费佳说。他这个农家富户的孩子,伙伴当中,总是他带头先说话(不过,平常他很少开口,生怕降低自己的身份似的),"不巧,那只狗也神差鬼使地叫了起来……不错,我听说,你们那个地方不清净,阴气太重。"

"是瓦尔纳维茨吗?……那还用说!常闹鬼!听说,有人在那儿不止一次看见以前的老主人——那过世的老爷。说他穿着长袍,不住地唉声叹气,在地上踅来踅去,寻找什么东西。有一回,特罗菲梅奇老爷子碰见了他,问他:'伊凡·伊凡内奇老爷,您在地上找什么呀?'"

"他问他了吗?"费佳感到不胜惊讶,插嘴说。

"对,是问他了。"

"噢,这回特罗菲梅奇可真了不起……呃,那人怎么说的?"

"他说,'我在寻找断锁草',他瓮声瓮气地说。""伊凡·伊凡内奇老爷,你要断锁草干吗用?""他说,'那座坟把我压得够呛,特罗菲梅奇;我想逃出来'……"

"有这等事!"费佳说,"看来,他还没有活够。"

"奇怪!"科斯佳说,"我以为死人只有在荐亡节才显形呢。"

"死人随时会显形的,"伊留沙蛮有把握地说,我看出来,这孩子对村庄里的迷信传闻,比别人知道得更多,更清楚……"不过,在荐亡节,你就可以看见这一年轮到要死的那个活人。只要到夜里,你坐到教堂门口的台阶上,一直朝着大路张望。在你面前走路经过的那个人,就是今年该死的人。就在去年,我们那儿乌里扬娜大娘就去过教堂台阶上来着。"

"喂,她看见什么人了吗?"科斯佳好奇地问。

"怎么没有。起初,她在那儿坐了很久,很久,谁也没看见,什么也没听见……仿佛只听见一条狗汪汪直叫,叫呀,不知在什么地方叫……忽然,她看见:一个男孩,光穿着一件衬衣,在路上走。她仔细一瞅——那不是伊凡什卡·费多谢耶夫在那里走吗……"

"是春天死的那个吗?"费佳插嘴道。

"正是他。他走着,连头也不抬……乌里扬娜认出他来了……后来,再一看:又有一个女人在走。她仔仔细细,打量过来,打量过去——哎呀,天哪!那不是她自己,乌里扬娜本人在那里走吗?"

"真是她吗?"费佳问。

"千真万确,正是她自己。"

"怎么,可她还没死呀?"

"这一年还没过去哩。可你瞧瞧她,魂儿早已不守舍了,不像个人样子了。"

大家都不出声了。

巴甫鲁沙朝火堆里扔一把干树枝子。火苗一下子着了起来,树枝噼噼啪啪响着,冒着浓烟,马上变黑了,打起了弯;烧着的那一头翘了起来。火焰忽闪忽闪抖动着,红光四射,上头更亮堂。忽然,不知从哪里飞来一只白鸽子——直扑光圈,周身浴在红红的光晕里,惊慌失措地打了个旋儿,拍着翅膀,飞走了。

"这只鸽子准是找不到自己的窝儿了,"巴甫鲁沙解释着,"现在只好飞到哪里算哪里,就在那儿过夜,等到天亮呗。"

"嗨,巴甫鲁沙,"科斯佳说,"这是不是一个真魂儿上了天呢?"

巴甫鲁沙又拿一把树枝子扔到火堆里。

"也许是吧。"最后他才说。

"巴甫鲁沙,你说,"费佳开口道,"你们沙拉莫伏那儿也看见过天兆①吗?"

"是不是太阳不见了,没了,对吧?当然见过啦。"

"大概你们都吓得要命吧?"

"不光是我们。我们那个老爷,尽管事先提前跟我们说过,你们可要看见日食了,可是,天一黑下来,听说,他自己也吓得要死。在仆人住的下房里,那个厨娘,天刚一暗,你猜怎么着,她就抓起炉叉,把砂锅瓦罐统统敲碎,扔进炉灶里,说,'现在谁还吃饭哪,世界末日到了。'弄得汤水流了一地。哥儿们呀,我们村子里,还传着这种谣言,说是,白狼要遍地跑,要吃人哪,猛禽快飞来了,那个'特里什卡'②要出世了。"

"特里什卡是什么人?"科斯佳问道。

"你咋不知道?"伊留沙热心地继续说,"喂,兄弟,你是哪儿来的,连特里什卡也没听说过?你们村里人都是家里汉,简直是一些大门不出的人!特里什卡——是个神奇的家伙,眼看就要来了;这家伙很神,他来了,你逮也逮不住他,对他毫无办法:他就是那样一个奇怪的家伙。比方说,有些农民想逮他:拿棍子去追他,把他围住了,可是他有遮眼法——他挡住了人们的眼睛,引开他们的视线,使他们自己互相打起来。再比方,要是把他关在牢里——他会请你拿勺子给他喝点水;等勺子一拿来,他马上就钻到里边,不见踪影,找不着了。要是用铁链子把他锁起来,他的手掌一鼓劲,那铁镣

---

① 我们那里的农民,把日食叫作"天兆"。——原注
② 迷信传说中的"特里什卡",大概指的是世界末日前出现的反基督的家伙。——原注

就散架,掉在地上了。听着,就是这个特里什卡要到城市和乡村走一遭;是他,特里什卡,狡猾的家伙,要来诱惑基督徒众人了……嗨,可是你对他毫无办法……他就是这样一个又神又诡的家伙。"

"是啊,"巴甫鲁沙从容不迫地慢慢继续说道,"他就是这样一个人。我们那儿的人那会儿正等他出现。老人们讲,天兆一出,特里什卡就来了。于是天兆——日食出现了。人们纷纷上街,跑到野外,等待什么事情发生。你们要知道,我们那儿地势开阔,四下里都看得见。大家瞧啊,瞧啊——突然从大村那边出来一个人,顺着山坡走下来,那人样子古怪,脑袋很出奇……大伙齐声喊叫起来:'哎呀,特里什卡来了!哎哟,特里什卡来了!'——人们四散逃窜!我们的村长钻进沟里;村长太太被大门卡住身子,趴在门洞底下,拼命喊叫,吓得她家的狗,挣脱铁链子,跳过篱笆,跑到树林里去了;还有那库济卡的老爹道罗菲奇,跳进燕麦地里,蹲在那里,连忙学着鹌鹑叫起来,他说:'兴许,那个仇恨世人的杀人魔王会可怜小鸟的。'瞧,大家都吓成了什么样子!……可走来的这个人哪,却是我们那里制木桶的匠人瓦维拉:他新买来一只木桶,他把这空桶扣在头上,就这么地走来了。"

孩子们都笑了起来,接着,又沉默了一会儿——人们在旷野里闲聊的时候,常会出现这种情形。我向四边望望:夜色庄严、凝重;午夜干燥的暖意,取代了薄暮湿润的凉爽,长夜笼罩在沉睡的原野上,宛如悬挂起来的软账;这个当儿,要等到清晨传来最早的喁喁声,窸窣声和簌簌声,离黎明洒下最初的晨露,还有不少时候呢。天空没有月亮:这时候,月亮出来很晚。天上繁星金光灿烂,交相辉映,仿佛朝向银河,缓缓流淌,真的,望着它们,你就隐隐约约地感到地球在飞速地、不停地运转……忽然从河面上,接连两次,传来一声奇怪的、尖锐的、痛苦的喊叫,过了一会儿,又在远处回响着……

科斯佳哆嗦了一下,"这是什么?"

"这是苍鹭叫呢。"巴甫鲁沙平静地回答。

"苍鹭叫,"科斯佳重复着……"巴甫鲁沙,昨天晚上我听说了一桩事,"他稍稍沉默一会儿,又接着说,"也许你知道……"

"你听说什么了?"

"我听到的,是这么一回事。有一回,我从石岗到沙什基诺去;起初我在我们那边榛林里走,后来路过牧场……知道吗?就在沟谷转陡弯的地方,那里有一个深水坑,里面长满了芦苇;我正顺着这个水坑走着呢,弟兄们,忽然我听见那里有人在呻吟,声音十分悲伤,真是悲伤呀:呜——呜……呜——呜……!可把我吓坏了,哥儿们,天色很晚了,声音那么凄惨。我差一点哭出声来……这究竟是什么呢?嗯?"

"就在前年夏天,有盗贼把守林人阿吉姆淹死在这个水坑里了,"巴甫鲁沙说,"兴许是他的魂儿在哭诉。"

"原来是这样,弟兄们,"科斯佳说,把他本来很大的眼睛睁得更大了,"我原先不知道阿吉姆淹死在这个坑里了,所以,我还不太怕。"

"不过,听说,那里有一些很小的癞蛤蟆,"巴甫鲁沙继续说,"叫起来可够凄惨的。"

"是蛤蟆吗?不对,不是蛤蟆……它们怎会是……(河面上又有苍鹭在叫)嗨,你看它!"科斯佳禁不住说,"真像是林妖在叫啊。"

"林妖不会叫,它是哑巴,"伊留沙接口道,"它只会拍巴掌,啪嗒啪嗒的……"

"你见过林妖那东西,是吧?"费佳用嘲笑的口气,打断了他的话。

"没有,没见过,谢天谢地可别让我见到它,不过,有人见过。前几天,我们那儿有一个农人被它迷住了,它勾着他走,在树林走,走来走去,老是在一块林间空地里打转转……直到天亮,好不容易才回到家里。"

"那他是看见它了?"

"看见啦。农民说,那东西站在那里大极了,大极了,黑乎乎的,身上裹得严严的,好像躲在树背影里,看不大清楚,又好像背着月亮,它那一双大眼向前瞪着,瞪着,不住地眨眼,眨眼……"

"哎呀,妈呀!"费佳身子轻微哆嗦了一下,耸了耸肩膀,不觉大叫一声,"呸!……"

"为什么世上会出这种坏家伙?"巴甫鲁沙说,"真是的!"

"可别骂,小心点,它会听见的。"伊留沙说。

又是一阵沉默。

"看哪,看哪,哥儿们,"突然听万尼亚的童音在嚷嚷,"看天上的星星啊——真像是一群一群的蜜蜂挤在一起!"

他那红润的小脸蛋从席子底下探了出来,用小拳头支着下巴,一双大而沉静的眼睛,慢慢地向上瞭望。所有的孩子们都举头仰望天空,久久不低下来。

"喂,万尼亚,"费佳亲切地说,"你姐姐阿妞特卡身体好吗?"

"好。"万尼亚答,话音有点含糊不清。

"你问问她,为什么不找我们来玩呢?……"

"不知道。"

"你跟她说,叫她来玩吧。"

"我说。"

"你告诉她,我有一件礼物要送给她。"

"给我不?"

"也送给你。"

万尼亚嘘了一口气。

"算了,我不要。还是给她吧,她的心眼儿可好着哩。"

万尼亚又把头枕在地上了。巴甫鲁沙站起来,把空锅提在手里。

"上哪儿去?"费佳问他。

"去河边打点水:大伙儿想是渴了。"

两只狗爬起来,跟在他身后。

"小心点,可别掉进河里!"伊留沙冲着他背影喊叫。

"哪能呢?"费佳说,"他会留神的。"

"对,他会留神的。不过,常常会出各种意外,比方说,他刚弯下腰去打水,这当儿,水怪一下子抓住他的手,把他拽到水里。后来人们会说,这小伙子自己落水了……其实哪里是掉下去的,……瞧那边,他钻到芦苇里去了。"他侧耳听听,补充说。

芦苇确实被拨拉开了,就像我们那里人常说的那句口头语:芦苇"飒飒地"响起来了。

"是真的吗?"科斯佳问,"那个傻女人阿库丽娜掉到水里以后,就疯啦?"

"就是从那时候疯的……现在你瞧她成什么样子了?!听说,以前还是一个美人呢,是水怪把她的容貌毁了。水怪兴许没有料到,大伙儿很快就把她救上来了,可是它,在水底把她毁了。"

(我不止一次见到过阿库丽娜。这个女人瘦得怕人,身上围着破布片,脸色黪黑,像煤炭似的,目光浑浊,龇着牙,一连几个小时老是在大路那头原地踏步,瘦骨嶙峋的手紧紧捂住胸口,像笼中野兽那样,慢慢地变换着脚步。不管跟她说什么,她什么都不懂,只是一阵一阵地抽搐似的哈哈大笑。)

"有人说,"科斯佳继续说,"阿库丽娜跳河,是因为情人欺骗了她。"

"就是为了这个呗。"

"你还记得瓦夏吗?"科斯佳伤感地补充说。

"哪个瓦夏?"费佳问。

"就是淹死的那个,"科斯佳答道,"正好就淹死在这条河里。他这孩子多好啊!唉,真是一个好孩子!他母亲费克丽斯塔多么疼他呀,多么爱她的瓦夏啊!她,费克丽斯塔,好像有一种预感:他要在水里遭难。夏天,经常,一碰上瓦夏和我们这帮小伙伴去河里洗澡——她就浑身发抖。别的婆娘们一点也不在乎,只管端着洗衣盆,悠悠忽忽、大摇大摆向河边走去,可费克丽斯塔呢,把洗衣盆撂在地上,立即喊她儿子:'回来,回来呀!我的心肝!喂,快回来,我的小鹰宝贝!'他到底怎么淹死的,只有天晓得。有一回,他在河边玩耍,她母亲也在那儿,在搂干草,忽听得,水里有人咕嘟嘟地吐气泡儿——仔细一看,瓦夏的帽子在水面上漂起来了。从那时起,费克丽斯塔神经就出了毛病,她常常走来,躺在她儿子淹死的那个地方,哥儿们,瞧,她一躺在那儿,就唱起小曲儿来——记得不,就是瓦夏常唱的那支歌——她唱呀,唱,哼哼唧唧地唱,唱着唱着,大哭起来,哭哭啼啼地向上帝诉苦……"

"瞧,巴甫鲁沙回来了。"费佳说。

巴甫鲁沙端着满满的一锅水,走到火堆跟前。

"嗨,小伙子们,"他停顿了一下,开口说,"那儿情况有点不对劲啊。"

"怎么啦?"科斯佳忙问。

"我听见瓦夏的声音啦。"

骤然间孩子们都哆嗦起来。

"你说什么?你说什么?"科斯佳嘟嘟囔囔地问。

"千真万确。我刚刚弯下腰打水,忽然听见瓦夏的声音叫我,那声音好像是从水底下发出来的:'巴甫鲁沙,巴甫鲁沙呀,到这儿来吧。'我赶忙退到一边,不过,总算把水打回来了。"

"哎哟,天哪!哎哟!我的老天爷!"孩子们不约而同地划起十字,说。

"这是水里的鬼怪在喊你,巴甫鲁沙,"费佳补充说,"我们刚刚还在说他,说瓦夏呢。"

"唉,这不是什么好兆头啊。"伊留沙慢吞吞地说。

"嗨,没什么,管它呢!"巴甫鲁沙果断地说,又坐下来。"人啊,命该怎么着,是逃不脱的。"

孩子都默不作声了。看得出,巴甫鲁沙的话深深地触动了大伙儿的心。他们在火堆前面铺排一番,像是准备睡觉。

"这是什么?"科斯佳抬起头,突然问道。

巴甫鲁沙仔细听听。

"山鹬飞过来了,在叫唤。"

"它们朝哪儿飞呀?"

"它们要飞到说是没有冬天的地方。"

"可真有这种地方吗?"

"有啊。"

"远吧?"

"远哪,远哪,要越过暖和的海洋。"

科斯佳又叹了口气,闭上了眼睛。

自从我来到孩子们跟前,已经过了三个多钟头了。月儿终于露出来了,我没有立时发现它的出现,因为,月牙儿又小又细。这月色晦暗的夜晚,似乎和以前一样,依然那样壮丽……不久之前高高地悬在碧空的无数繁星,这会儿,已垂挂到黑魆魆的大地边缘了;四野一片阒寂,就像黎明前的那阵宁静:万物都坠入深沉的、凝滞的凌晨酣梦中。空中好像重新弥漫着浓重的潮气,这时已闻不到别的什么强烈气味了……啊,多么短暂的夏夜呀!……孩子们的说话声,与篝火一起停息了……两只狗也打起瞌睡来;我借着微弱的、暗淡的荧荧星光,依稀看见,马儿也耷拉着脑袋卧下了……昏昏的睡意向我袭来,我也转入了梦乡。

突然感到,脸上拂过一丝沁人的凉意。我睁开眼睛:天已黎明了。朝霞的红光还没有在天际出现,不过东方已泛出鱼肚白色了。四外依然模糊不清,朦朦胧胧,但,万物已经依稀可辨了。灰白色的天空,顿时亮了起来,冷起来,变蓝了;星星时而闪烁着淡光,时而隐隐约约消失了;地上湿漉漉的,树叶上有一层盈盈的水气,有的地方已响动起来什么动静,传来了话声,那轻微的晨风开始在大地上翩然拂动。我的身体,也随着这阵微风,轻轻地、愉快地颤动。我倏地站起来,向孩子们身边走去。他们躺在快要熄灭的篝火四边,睡得死沉沉的,只有巴甫鲁沙微微欠起身子,定睛瞅了我一眼。

　　我向他点了点头,就顺着晓雾迷蒙的河岸走回家去。我还没有走出两俄里之遥,突然感到我身外四处洒满了清新的、热情的晨光:这光波,开始是鲜红的,到后来成了殷红的,又变成了金色的。它光芒四射,在辽阔、湿漉漉的草场上,前边,在刚泛绿意的小山冈上,从这片树林到那片树林上,后边,在尘土飞扬的大路上,在闪闪发光、红彤彤的灌木林上,在薄雾弥漫、幽幽发蓝的河面上……万物开始活动起来,苏醒过来,歌唱起来,喧闹起来,说起话来了。大颗大颗数不清的露珠,像是光彩夺目的金刚石一般,闪闪发出红光。迎面传来了悠扬的钟声,那声音清亮、明快,仿佛被早晨的凉气冲洗过一番似的,突然,好多匹休息过来的、劲头十足的马群,由我熟识的那些孩子赶着,从我身旁疾驰而过。

　　我得补充一句,就在这一年,巴甫鲁沙死了,实在令人痛惜。他不是淹死的,而是坠马——摔死的。可怜见的,多么好的孩子啊!

梅奇美人河边的卡西央

　　我坐着一辆颠簸的小马车,打猎回来。夏日阴天的溽热,使我憋闷得喘不过气来(谁都知道,这种日子,有时要比晴天更热得难受,特别是没风的时候)。我在车上打着盹儿,摇晃着身子;干裂的、嘎嘎直响的车轮,在碾坏了的路上轧轧滚动,从那里,不停地扬起白色的细微尘埃,我愁苦地忍耐着,任由那灰尘随意飞溅我的全身——突然,我的车夫显得非常焦急,他那惊慌失措的动作引起了我的警觉。原来,此刻以前,他比我瞌睡得更沉。他扯了扯缰绳,在车夫驾台上忙乎起来,时不时地朝一边望望。我向四周打量一下。我们的马车正在一片广阔的、垦种过的平原上行驶;一垄垄不高的、也已开垦了的丘陵,形成非常平缓的斜坡,一起一伏地,蜿蜿蜒蜒向平原伸去;放眼望去,可以看见五俄里远近的荒凉旷野,远处,一丛丛小小的白桦树林,用自己圆齿形的树梢,影影绰绰,挡住了几乎笔直的地平线。一条条狭窄的小路,迤迤逦逦,一忽儿,绵亘田野间,一忽儿,隐没洼地里,一忽儿,又环绕小山丘蜿蜒而去,我们前头五百步的地方,正好有一条小路和我们走的大路相交叉,我看见那里有一队人马在行进。原来,我的马车夫眺望的正是这个。

　　这是出殡的行列。队伍的最前边,有一个神甫,坐着一辆单个马套的车子,正在缓步前进;那教堂执事坐在他的身旁赶着车;马车后面走着四个光头的农人,抬着盖白布的棺材;两个农妇跟在棺材后边。有一农妇,她那尖细的嘤嘤悲泣声传到我耳边;我仔细听了听:她正在念念有词地哭诉她那忽高忽低的、单调划一的、伤心绝望的哭声,在空旷而又凄清的原野上,悲悲切切回荡着。马车夫连忙催马前进;他想抢先赶在出殡行列的前头。可不,路上碰见死人——是不祥之兆。果不其然,在死人的灵柩还没有到达大路跟前,他成功地超越了他们,把车赶了过去,然而,我们还没走出百步远,那马车猛然剧烈地震动一下,便朝一边歪去,险些翻车。车夫勒住正在奔跑的马匹,摆了摆手,啐口唾沫。

"那儿出了什么事?"我问。

我的马车夫一声不吭,不慌不忙地翻身下了马车。

"到底怎么啦?"

"马车的中轴断了……烧坏了。"他哭丧着脸答道,悻悻地突然摆弄起来边套马身上的套具,弄得那匹马狠命地摇晃一下,差一点摔倒,可是总算站稳了,打了个响鼻,抖了抖身子,悠闲自在地用牙齿在自己前腿上啃痒起来。

我下了车,在路上站了一会儿,恍恍惚惚有一种迷惑不解的不快之感袭上心头。右边的轮子几乎完全压折了,车底下,只剩轮毂,它好像绝望地、默默无言地吃力地向上顶住。

"现在该怎么办呢?"我问道。

"都是那些人的过错!"我的车夫用鞭子指着出殡的人说。那队伍这会儿已经上了大路,朝我们这边过来了,"长时间以来,我早就察觉到,"他接着说,"这兆头可准啦——碰上死人……就是不吉。"

他又去搅和那匹拉边套的马儿。这马看他心情不好,气势汹汹,坦然站在那里一动不动,只是偶尔温顺地摇摇尾巴。我来回踱了一会儿,又站在轮子前面。

这时,死人的灵柩迎面赶上了我们。这凄凄惶惶、悲悲切切的队伍悄没声儿地下了大路,打我们马车跟前慢慢过去,拐进草地了。我和马车夫一齐摘下帽子,向神甫鞠躬行礼,跟抬棺材的人觑着眼对看一下。他们艰难地跨着步子,宽阔的胸脯高高地起伏着。跟在棺材后边的两个农妇当中,有一个年纪老的,面色苍白,她呆板的面庞,虽然由于过度悲哀变了形容,但仍然保持着严肃与庄重。她默默无言地走着,不时地举起一只干瘦的手摸着凹陷的薄嘴唇。另一个农妇,年轻得多,约莫有二十五岁的样子,两眼哭得红红的、饱含湿润的泪水,脸面哭得肿起来了,她走到我们面前时,止住了哭声,用袖子挡住脸……可是,当灵柩一越过我们,又上了大路,这时,她那悲苦的、摧人心肝的哭声又响起来了。我的马车夫默默地目送那一颠一颠的棺材过去,向我扭过头来。

"这是木匠马尔登在出丧,"他说,"就是里亚巴村的那个人。"

"你怎么知道的?"

"我从那两个婆娘那儿认出来的。那老的——是他娘,年轻的——是他媳妇。"

"他是病死的,还是怎么死的?"

"对,是害热病死的……就在前天,管家派人去请医生来着,可医生不在家……这木匠可是个好人;好喝口酒,真是个好木匠哪。瞧,他的婆娘哭得多伤心……嗨,自然啦,婆娘的眼泪不值钱。婆娘的眼泪不过是水……是啊。"

他弯下腰,从边套马的缰绳下边爬过去,两手抓住轭。

"可说,"我问,"咱们该怎么办呢?"

我的马车夫,先用膝盖顶住辕马的肩部,把轭摇了两下,整理好辕鞍,然后又从边套马的缰绳底下爬了出来,顺手推了推马面,走到车轮子跟前。他走到那儿后,目不转睛直勾勾地瞧着那轮子,慢腾腾地从上衣的衣襟底下,掏出一个桦树皮做的鼻烟盒,慢慢地打开系着皮带的盒盖,又慢慢地把两根肥嘟嘟的手指头伸进烟盒里(那两根肥指头勉勉强强能塞进去),捻了一点鼻烟,先歪着头把鼻孔凑过来,一顿一顿地闻起来,每闻一次,总要发出长长的呼哧呼哧的喷嚏声,然后,难受地眯起来或者眨巴着充满泪水的眼睛,于是,深深地沉思起来。

"喂,怎么样?"最后我又问。

我的马车夫小心地把烟盒放进衣袋里,没有用手,只是甩动一下脑袋,就把帽子抖到眉头上,心思忡忡地爬上驾驶座。

"你上哪儿去呀?"我问他,不免有些惊异。

"您请坐好吧。"他平静地答,抖起缰绳。

"可我们怎么走呀?"

"可以走。"

"可车轴……"

"您坐您的吧。"

"那车轴不是断了……"

"断是断了,可到移民新村还能走到……当然,得一步一步地向前挨。瞧,树林子后边,朝右的方向就是新村,叫尤季内村。"

"你觉着,我们的车子能到得了吗?"

我的马车夫不大乐意回答我的话。

"我还不如步行呢。"我说。

"随您老人家的便吧……"

于是,他扬起马鞭,马儿走动了。

我们好不容易总算到了新村,尽管右边的车轮勉强在动,并且,非常奇怪地不住打转儿。在一个小土岗上,它险些掉了下来;我的马车夫扯开嗓门恶狠狠地吆喝着,我们才顺顺当当地下了山冈。

尤季内村全村只有六间低矮的小农舍。这些农舍大概并没有建造多久,你看,尽管有些院子还没有围好篱笆,可是,已经显得东倒西歪的样子。我们的车子驶进新村,没有碰见一个人影儿;一路上连鸡呀、狗呀也没见到一只;只有一条秃尾巴黑狗,在我们眼前,匆匆忙忙从一个干涸的洗衣槽里跳了出来,(它大概是渴坏了,去那里找水喝的)看见我们,连一声也没叫,便慌慌张张地钻进大门洞里了。我走进一户农家小屋,推开过道的门,招呼一声房主——可是没有人答应。我又喊了一声,只听见另一扇门里有一个饿猫喵喵地叫。我抬脚踢开了门:一只瘦猫在黑暗中闪着绿色的眼睛,从我身边溜了过去。我把头探进屋里,一看:那里黑乎乎的,烟雾腾腾的,空荡荡的。我出来回到院子里,那里也空无一人……栅栏里有一头小牛在哞哞地叫着;一只跛脚的灰鹅,一瘸一瘸地拐到一边去了。我又进了第二家农屋——那里也没有一个人。我朝院子里走去……

院子里,洒满了光明耀眼的阳光,院中央,在特别暖和的太阳地里,躺着一个人,脸趴向地面,用褂子蒙着头,在我看,像是一个孩子。离他不几步远的草棚下面,在一辆破烂不堪的小马车旁边,站着一匹套着破旧套具的瘦小马儿。一缕缕的阳光,透过腐朽的棚顶的小孔射了进来,照到蓬松的、枣红色的马毛上,显出不大的、光亮的杂色斑点。近旁,高高地挂了一只鸟笼,白头翁鸟在那儿叽叽喳喳叫个不停,它们从自己悬在半空中的鸟巢里悠然自得地、还带着几分好奇心向下张望。我走到睡觉的人跟前,唤他醒来……

他抬起头,看见我,立即跳将起来……"什么,你要什么?怎么啦?"他睡眼惺忪地喃喃道。

我没有马上回答他:原来他的相貌把我吓了一跳。想想看,这个大约五十来岁的矮子,一张小脸,黑黑的,满是皱纹,小鼻子尖尖的,眼睛是棕色的,小得几乎看不见,一头卷曲的、黑油油的浓发,活像蘑菇的帽顶那样,四下展开,盖在他的小脑袋上。他的身子十分瘦弱,他的目光是那么的特别和古怪,简直没法用言语来形容。

"你有什么事?"他又问起我来。

我告诉他,是怎么回事。他一边听我讲,一边慢悠悠地眨着眼睛,不住地打量着我。

"喂,能不能弄到一个新车轴呢?"我最后说,"我会给钱的。"

"你们是干什么的?是猎人吧?"他用眼光从头到脚打量着我,问道。

"是打猎的。"

"你们准是打天上的鸟儿……林子里的野物来着?……杀上帝的鸟儿,流无辜的血,你们不觉得有罪吗?"

这个古怪的小老头儿说起话来慢条斯理的。他的语调使我十分惊异。他的声音不但显不出一点衰老的味道,而且非常甜美,充满青春的活力和近似女性的柔和。

"我这儿没有车轴,"他稍稍沉了一会儿接着说,"这个怕是不合套儿(他指了指自个儿的小马车),你们的马车想必是大车子。"

"村里能找到车轴吗?"

"这儿哪里称得上村子?……这里谁都没有车轴……何况,也没有人在家,大伙儿都干活去了。你们干脆走吧。"他说着,忽地又躺在地上。

我压根儿没有料到,结果竟会是这样。

"喂,老头儿,"我说,顺手拍拍他的肩膀,"劳你驾,帮个忙吧。"

"你们老老实实去吧!我累了,赶车上了一趟城。"他一边说,一边把褂子拉上来蒙住头。

"请你帮一把吧,"我继续说,"我……我会给钱的。"

"我不稀罕你的钱。"

"拜托啦,老头儿……"

他仰起上半身,把两条细麻秆儿似的瘦腿盘在一起,坐起来。

"要不,我领你到伐木场地①试试。有买卖人在那里买了我们的林子——真作孽,把林子砍去,盖了一个栈房,让上帝惩罚他们吧。在他们那儿兴许可以弄到车轴,定做一个,或者买现成的都行。"

"太好了!"我高兴地叫了起来,"好极啦!……咱们去吧。"

"橡木车轴,是好木料的。"他继续说,并不起身。

"到伐木场有多远?"

"三里地。"

"不要紧,我们可以坐你的小马车去呗。"

"那可不行……"

"走吧,"我说,"走吧,老爷子! 嘿,马车夫在村口正等着我们呢。"

这老头子不大情愿地站起身来,随我到村里街道上去了。我的马车夫气呼呼地正在那儿不自在呢,因为,他想给马饮水,但是井里水很少,而且味道难喝,要知道,对马夫来说,饮马是最要紧的头等大事……然而,当他一看见这老汉,便龇牙咧嘴笑了,向他点点头,招呼他道:

"啊,卡西央! 你好哇?"

"你好,叶罗菲,你这个老好人!"卡西央答道,话音有点忧伤。

我马上把他的主意说给车夫听。叶罗菲表示同意,就把马车赶进院里。当车夫经过周详考虑以快动作卸马的时候,这老汉肩靠着门站在那里,满脸不高兴地一会儿瞧瞧他,一会儿又看看我。他好像满腹狐疑:我看,他对我们突然来访,感到很不自在。

"也把你给迁过来啦?"叶罗菲在卸马轭的当儿,突然问起他来。

"把我也迁来了。"

"嗨!"我的马车夫哼哼哈哈地说,"你知道吗? 马尔登,就是那个木匠……你说不定认识略波伏的马尔登吧?"

"认识。"

"嗨,他死啦。我们刚才在路上碰见他的灵柩来着。"

卡西央浑身打了一个哆嗦。

"死了吗?"他说了声,便垂下了头。

"对,死了。你怎么不去给他治治呢,嗯? 人家都说,你会治病,你是

---

① 伐木场地,指森林中间砍伐树木的地方。——作者原注

个医生哪。"

我的马车夫显然在寻他开心,挖苦他。

"这是你的马车,是吧?"他向马车耸了耸肩头,接着说。

"是我的车。"

"嘿,这马车……瞧这马车!"他反复说,抓起马车的车辕,差一点没把它翻个底朝天……"这车!……你们平常赶什么车到伐木场地去呢?……可我们的马是套不上这种车辕的,我们的马儿个头高大,这个,算什么玩意呢?"

"那我不知道,"卡西央答,"你们坐什么车去,要么就套这头牲口吧。"他叹了口气说。

"套这牲口?"叶罗菲接口道,于是,他走到卡西央那头不像样的蹩脚小马跟前,轻蔑地用右手中指戳了戳这马的脖子。"咦,"他用责备的口吻又说,"睡觉了,这孬种!"

我叫叶罗菲赶快把这匹马套上。我自己很想同卡西央一块到伐木场地去一趟,为的是那里常常有松鸡可打。马车备好了,我带着狗,胡乱凑合着坐在那树皮垫起来的翘棱的车底板上,卡西央呢,他缩成一团,和以前一样,还是哭丧着脸,坐在车沿前头的木杆上。——这时,叶罗菲走到我身边,鬼鬼祟祟地小声跟我说:

"老爷,您同他一块去,做对了。知道吗?他是一个疯疯癫癫的怪人,人家给他起了个外号叫跳蚤。我不明白,您怎么会同他沟通了……"

我本想向叶罗菲说明,到现在为止,我觉得卡西央是一个很通情达理的人,可是,我的车夫马上又用同样的口吻接着说:

"可您得留点神,看他是不是会带您到那个地方去。至于车轴呢,您可要自己亲自选,拣结实一点的轴拿……喂,跳蚤,"他大声叫着,"你们那里能弄到面包吃吗?"

"找找看,也许能弄到。"卡西央答,他的手一拽缰绳,我们的车滚滚开动了。

我感到十分惊奇的是,他那匹破马,跑得倒很不赖。一路上,卡西央哑然不语,对我的问话,爱搭不理的,或有气无力的,回答得不大痛快。我们很快就到了伐木场地,又找到了那里的栈房——一座高高的木房子,它孤零零地建在沟谷上。那沟谷被匆匆忙忙垒起来的堤坝拦住了,里面积满了水,成了池塘。我在行栈里遇见了两个商人模样的年轻伙计,他们的牙齿雪一样白,眼睛里充满热情,说起话来蜜一样甜,言语灵活、流利,脸上挂着甜蜜的、狡诈的笑容。我向他们买了一个车轴,然后出发去伐木场地了。我以为卡西央会待在马车跟前,等着我呢,可他突然朝我走来。

"喂,你要去打鸟?"他说,"是吧?"

"是啊,要是碰上的话。"

"我跟你一块去……行吗?"

"可以,怎么不行呢?"

我们出发了。——伐过树木的林中空地,离这儿大约有一俄里远。说实在的,我观察卡西央的工夫,比照看我的狗的时间还多得多。难怪人家管他叫"跳蚤"来着。他满头黑发,毫无遮掩(其实,他的头发可以代替任何帽子),在丛林中一闪一闪地忽隐忽现。他走路很快,好像总是跳着走,他不时地弯下腰去,采摘什么青草,然后揣到怀里,嘴里咕咕哝哝,鼻子里哼哼唧唧,用一种疑问的、奇怪的眼神,不住地打量着我和我的狗。在低矮的灌木丛里,"在小草小棵里",在伐木场地里,常常潜伏着一些灰色的小鸟儿,它们时不时地从这棵树飞到那棵树上,啾啾呜叫着,忽然又匆匆忙忙地隐藏到林中深处了。卡西央模仿鸟语,同它们的叫声互相呼应,一只鹌鹑幼鸟,飞到他脚底下,啼啭几声又飞走了——他也跟着那鸟,在后边啾啾叫着,一只百灵鸟鼓起双翅,响亮地放开歌喉,从他头顶上飞下来,卡西央便和着鸟的歌声唱起来。这当中,他跟我,还是一句话不说……

天气好极了,比原先还要好,可是,暑热却不退。高高的、稀薄的云彩,在明净的天空缓缓飘动,微黄透白,像是暮春的残雪,扁平狭长,像是放下的风帆。这一片片云朵上的彩色花边,蓬松轻柔,像棉花一样,时时刻刻都在慢慢地、眼看得见地变化着:它们渐渐消融,这些云彩呀,却没有投下一点阴影。我和卡西央在伐木场地上转悠了好长时间。萌蘖抽出的嫩枝,还没有长到一俄尺高,用自己细柔的、光鲜的小茎,缠绕着黢黑的、低矮的树桩,树桩上面,贴附着边缘呈灰色的树瘤,圆圆的,形状像海绵,就是那种能熬成火绒的树瘤。树桩中间,草莓伸出粉红色的卷须;蘑菇也在这儿密密麻麻地聚集着。被烈日曝晒的蔓长的野草,不住地绊住我们的脚;小树上微泛红色的嫩树叶,到处闪烁着强烈的金属亮光,简直使人眼花缭乱;一串串浅蓝色的野豌豆花,遍地都是,闪光耀眼;金色的毛茛花萼,半紫半黄的蝴蝶花,四处开放,鲜艳夺目;露出明显车轮痕迹、长着一片片红色小草的荒芜小路旁边,散放着有几俄丈高的一堆堆柴垛,由于风吹雨淋已经发了黑;狭斜的长方形的淡淡阴影从那儿投来——别处再见不到暗影了。微风一阵阵拂过——一阵儿又偃息了;突然径直扑面吹来,仿佛起劲表演似的——一切都在愉快地飒飒作响,四处都在摇曳、摆动;蕨类植物柔韧的顶端,婀娜多姿地晃来晃去——它兴冲冲地在迎接这阵微风……不过,瞧这风又停息了,一切又寂静了。一些草螽,好像有很大怨气,恶狠狠地吱吱叫着——这种没完没了的、撩人心烦的、枯燥的声音催人昏昏欲睡。这叫声正好和中午的酷热互相配合,它好像是溽暑所生,被暑气从灼热的大地里召唤出来似的。

  我们连一窝小鸟的影儿也没撞上,后来,便来到新开的伐木场地。在那儿,新近伐倒的白杨,伤心地躺在地上,把青草和小灌木压在身下;有几棵树的叶子还是翠绿的,但已经蔫了,从僵直的树枝上憔悴地耷拉下来;而另外一些白杨树的叶子却完全枯焦了,卷曲起来。在发亮、湿润的树桩旁边,有一堆堆新锯的淡黄色木片,散发出一种别具风味的、非常诱人的、苦涩的气味。远处,在小树林旁边,响着斧头砍树的沉闷声音;时不时地,便有一棵枝叶繁茂的大树,张开手臂,好像鞠躬似的,神气活现而又慢吞吞地倒了下来……

  好久、好久,我没有发现什么野鸟儿;后来,从长满苦艾的一大片茂密的柞树丛林中,飞出来一只秧鸡。我开了枪,它在空中翻了个身儿,一头栽了下来。卡西央听到枪响,赶紧用手捂住眼,在那里一动也不敢动,直到我又装好枪药,捡起来秧鸡。我远远地走开了,他才走到死鸟落地那儿,弯腰看着溅了几滴鲜血的草地,摇摇头,胆怯地向我瞅了一眼……随后,我听见他喃喃地咕哝道:"罪过!……唉,真是罪过!"

  烈日炎炎,暑气蒸腾,最后,我们只好躲进树林里。我立即坐到一丛高高的榛树下面,那树上头,长着一株细嫩的、匀称的槭树,摇曳多姿地伸开自己轻柔的枝条。卡西央坐到一棵砍过的白桦树的粗树墩上。我两眼望着他。树叶在高处微微拂动,它那稀疏淡绿的光影,在卡西央随便披着深色褂子的瘦弱身子上,在他的小脸上徐徐地来回移动。他连头也不抬。他的沉默使我感到不耐烦,我便仰身躺下,开始观赏远处明亮天空中的景色,在那里,一丛丛树叶纷繁迷离地互相交错,仿佛在表演把戏。将身儿平躺在树林子里,举目仰望高空,该是多么赏心悦目的事儿啊!您会觉得,您在望着无底深渊的汪洋大海,这海,在您的"身下"向四面开阔地展开,而树啊,并不是从地面朝上生长,却好像是庞大植物的根垂直向下,坠落到明镜般的波涛中;树上的叶片啊,在阳光下,有时晶莹剔透,像绿宝石一般;有时光影浓聚,凝成金黄,几近墨绿。远处,撑起一根细嫩的树枝,它的末端,挂着一片孤零零的树叶,那片叶子,一动不动地映现在一团蔚蓝天空透明的光晕下,它的旁边,另有一片叶子也在晃动,很像深水中的鱼儿戏水跳跃似的,但它的这种摇摆仿佛是自发的,不是风儿吹动的。一团一团的白云,像是仙境中的水底岛屿一般,缓缓飘浮,徐徐移动。可是突然之间,这片海洋,这璀璨透明的天空,这洒满阳光的树枝和叶片——这一切,一下子悄悄流动起来,闪光般地颤抖起来;于是,掀起一缕清新的、颤巍巍的窸窣声,颇像突然涌来的细波轻浪的频频击水汩汩的声。您不要动——您只需放眼眺望:您心里该是多么快活,多么恬静,多么甜蜜,简直难以用语言形容。您请看哪,那深邃的、清澈的蓝天使你嘴唇上不由地浮上笑容,这笑容同苍穹一样纯洁,仿佛是天上白云徐徐掠过;另外,同白云一起,心头缓缓泛起一连串的幸福回忆;您不禁感到,您的目光向前愈去愈远,把您引进那安谧、放光的深处,但视线又离不开这高处,这深处……

"老爷,啊,老爷!"突然,卡西央用自己响亮的嗓音说道。

我感到诧异,坐起身来;直到如今,他还不曾好好地回答过我的问话,而此刻,忽然自己发起问来了。

"干什么?"我问。

"呃,你干吗要打鸟呢?"他说,用眼直瞪着我。

"什么干吗?……秧鸡嘛——本来是野味,可以吃嘛。"

"你打鸟可不是为了吃呀,老爷,你才不会吃它呢!你是为了取乐才打鸟的。"

"想必是,你自己也吃鹅、鸡之类的家禽吧?"

"那些禽鸟,是上帝规定叫人吃的,可秧鸡呢,是林中的自由鸟。不只是它,还有好多好多,例如树林里的各种野物,田野里和河里的动物,沼泽里和草地上的、天上的和地下的生物——杀死它们都是罪过的,让它们在大地上活到头吧……而人的食物上天另有安排;给人另有吃的,喝的,比如面包——上帝的恩赐——天降的雨水,还有祖先传下来的家畜。"

我听了十分惊异,抬头望着卡西央。他说话流利自然,可他并不咬文嚼字儿,他的话语,沉静中有激昂;谦恭里带自尊,时不时地还闭一闭眼睛。

"照你这么说,宰鱼也有罪啦?"我问他。

"鱼的血是冷的,"他信心十足地说,"鱼是哑巴动物。它不知道惧怕,也不懂得快乐,鱼是不能言语的动物。鱼没有知觉,它身子里的血也不是活泛的……血嘛,"他停顿一下,接着说,"血是圣物!血见不得天上的太阳,血要避开光明……把血暴露在光天化日之下,那是天大的罪孽,是罪大恶极,失魂落魄……唉哟,天大的罪孽!"

他叹了口气,垂下头来。说实在的,我瞧着这个古怪的老头儿,感到万分惊讶。他的话,不像庄户大老粗说的,普通老百姓说不出这样的话,贫嘴的、能说会道的人也说不来。他说的这种话,是经过深思熟虑、胸有成竹的——既郑重而又不平凡……我还没有听到过有人这样说话。

"卡西央,请你告诉我,"我开口说,眼睛一直瞟着他那张微微涨红的脸,"你是干什么营生的?"

他没有马上回答我的问话。他的目光不安地眨了一小会儿。

"我照着上帝的旨意过日子"他最后才说,"至于营生嘛,我不干什么。我这人没有出息,自小就很不懂事;要是能干些活,就干点什么。不过,我是个很差劲的伙计……我哪里成呢!身体不行,又笨手笨脚的。嗯,一开春,我就捉夜莺呗。"

"捉夜莺?……你刚才不是说,凡是林子里的动物,野地里的动物,还有别的地方的生灵,都碰不得吗?"

"当然,杀不得;应当让它们自自然然地死去。就拿木匠马尔登来说吧:马尔登确实活了些年,但是活得不太久,便死去了,他的老婆现在很悲痛,伤感丈夫和年幼的孩子……没有一个人,一个生灵,能免一死。死不会远走高飞,你想逃也逃脱不了,但也不该帮死……我不会杀夜莺——绝不会!我捉它们,不是要叫它们去受苦,不是弄死它们,而是叫人开心,让人们得到安慰和快乐。"

"你去过库尔斯克捉夜莺吗?"

"我去过库尔斯克,看情况,有时候走得更远些。我常常在沼泽地里,或在四面都是森林的野地里过夜,我独自一人,露宿野外,露宿荒郊:那里有鹬鸟啼啭争鸣,那里有兔子聒耳喧闹,那里有野鸭嘎嘎直叫……我晚上留神察看,早上仔细谛听,天亮时我就撒网在灌木丛林之中……有时候夜莺唱得那么叫人心酸,声音那么甜美哀怨……真够凄惨的。"

"你捉了它们去卖钱吗?"

"我卖给好心人。"

"你还干啥事呀?"

"什么干啥事?"

"干什么营生?"

这老头不言语了。

"我什么营生也不干……我不是干活的好手。不过,我认识字,会读。"

"你认识字啊?"

"识字会读。上帝和好心人帮了我。"

"你有家吗?"

"没有,没有家。"

"怎么?……是不是家里人死了?"

"不是的,是这样,我这辈子不走红运。这是上帝的安排,我们大家行事都得听上帝的,但做人一定得正直——这才是正道!要合上帝的心思才行。"

"你有亲人吗?"

"有的……不过……是这么着……"

这老头子张口结舌,扭扭捏捏,不知怎么说才好。

"请你告诉我,"我开口道,"我刚才听到,我的马车夫问你,说什么,你为什么不去把马尔登的病治好?难道你会治病吗?"

"你的马车夫是个正派人,"卡西央沉吟一下回答道,"可毛病也不少。人们管我叫医生,可我算什么医生!……谁个能治病呀?全得靠上帝。有一些……草儿呀,花儿呀,确实有效验。拿鬼针草来说吧,就是对人有益的草药,车前草也是,说起这些草治病有效,有什么不好意思呢?!要知道,这都是些圣草,是上帝恩赐。嗯,别的草就不是这样了,它们也有益,但又有害,说起它们就罪过。除非祷告一番……嗨,当然也有一些这类的咒语……信则灵,谁信——谁就能治好病,"他放低声音,补充一句。

"你什么药也没有给马尔登吃吗?"

"我得信儿太迟了,"老头儿答道,"可又管什么用!人的命,是天生注定的。马尔登木匠寿命短,在世上活不长,早已注定了的。不,凡是在世上活不久的人,太阳也不像对别人那样,来暖和他,就连面包对他也无益——好像冥冥之中要召他回去……那是错不了的,愿他在天之灵安息!"

"你们迁到我们这里,有多久了?"我沉吟了一小会儿,问道。

卡西央身子猛然一震。

"不,不久,约莫四年啦。老主人在世的时候,我们一直住在原先的老地方,可是少东家把我们迁过来了。我们的老主人心肠好,是个善人,愿他灵魂升天!可是,少东家当然也做得对,看来,只好如此。"

"你们以前住在哪里?"

"我们是梅奇美人河那里的人。"

"离这儿远吗?"

"大约一百俄里地。"

"嗯,那里好些吧?"

"好……好些。那里地势开阔,有河,我们老辈子都住在那里,可这里地面窄巴,干旱缺水……我们在这里日子过得很难。我们原先的地方,梅奇美人河那儿,有山,你爬上小山,爬上去一看——哎呀呀,瞧见了什么?嗯?那河呀,草场呀,还有树林,那边有一座教堂,再过去,那边哪,尽是成片的草场。一眼望不到边呀,远着哩。哟,望得多么远哪……你看哪,看哪,啊呀,太棒了!啊,这里土壤确实好些:沙质黏土,庄稼人都说,是好的黏土呀,不过,对我来说,到处都有足够的面包吃。"

"喂,老爷子,你说实话,也许,你想回故乡去吧?"

"是啊,想去看看。不过,到处一样,都好。我是一个没有家室的人,坐不住的人。干吗呢?老在家里闲待着?那么,出门走走,到外边逛逛,"他提高嗓门,接着大声说,"身子会轻松得多,真的。太阳照见你,上帝能更清楚地看着你,歌儿也唱得顺口些。你瞧,那儿的草长得多好哇,嗯,你看准,采它一把。这儿有流水,比方说,是泉水吧,圣水呀,你看好,就喝个够吧。天空的一群一群的小鸟唱得多好听呀……可那库尔斯克外缘还有大片草原,这成片的草原啊,真叫人惊奇,叫人欢欣鼓舞,叫人心旷神怡,真是上帝的恩赐!人们传说,这些成片的草原延伸到温暖的海边,那儿,生活着一种叫声好听的鸟儿'加马云',不管是秋天,还是到了冬天,那儿树林子永不落叶,银树枝上长满金苹果,人人生活富裕,个个为人正直……哎,我恨不得马上去那儿呀……是啊,我去过的地方还少吗!我到过罗姆内,到过辛比尔斯克——多好的城市啊,还到过莫斯科——那里有金色的教堂圆顶,我去过号称'乳母'的奥卡河,去过'鸽子'茨纳河,去过'母亲河'伏尔加,见到过许许多多、善良的基督徒们,游历过好多名城……哎,我真想去那边……啊……曾经……不只我一个负罪的人……还有好多别的基督徒脚穿草鞋,浪游世界,去寻求真理……是啊!……待在家里干吗呢?人间不平,世上哪有正义啊?就是这么回事……"

最后几句话,卡西央说得很快,有点模糊不清,后来,他又说了一些,我甚至一点没听明白,这当儿,他脸上的表情那么怪模怪样,我情不自禁地想起了那个"疯疯癫癫的怪人"的称呼来。他低下了头,咳了一声,仿佛从大梦中清醒过来。

"瞧,多好的太阳哟!"他慢声细语地说了一句,"上帝给了多好的恩赐啊!树林里多么暖和呀!"

他耸耸肩膀,沉默不言语了,然后漫无目的地抬眼望望,便轻声唱起小曲来;我分辨不出那慢调歌子的全部唱词,只听清了下面两句:

  人家叫我卡西央啊,
  外号又叫"跳蚤"呀……

"嗨,"我想,"这是他自个儿编的吧……"他突然打了个寒噤,不作声了,眼睛怔怔地盯住树林子浓密深处。我扭过头来,一眼瞧见八岁上下的一个农家小姑娘,穿着一件无袖的蓝小褂子,头上包着花格头巾,裸露的、晒得黑黑的胳膊上挎着一只篮子。她,大概,万万没有料到会遇到我们,如常言说的,"撞上"我们。她凝然不动地站在翠绿的榛树丛林里,待在浓阴覆盖的草地上,她两只乌黑的眼睛怯生生地瞅着我。我还没有来得及好好看她,她立刻藏到一棵大树后边了。

"安妞什卡!安妞什卡!不要怕,到这儿来。"老头儿疼爱地大声叫她。

"我怕呀。"传来一声尖细的童音。

"不要怕,不要怕,到我跟前来。"

　　安妞什卡默默不语,离开隐身的树背后,悄没声儿绕了一个小圈儿,她两只小脚,踩在茂密的草窝里,几乎没有一点儿声响,随后打老头儿身边的密林里走出来。这小姑娘不像乍一看的八九岁,我刚才只注意到了她身材矮小,其实有了十三四岁。她的身子又小又瘦,但体态很匀称,颇有点灵气,她那美丽的脸庞和卡西央的面孔有惊人的相似之处,尽管卡西央够不上一个美男子。他们有同样清癯的脸庞,有同样奇特的眼神,那眼神,显得狡黠而信任,沉思而敏锐,甚至,连举止动作的姿势也是一模一样的……卡西央用眼睛前后左右打量了她一番。她侧身站在他旁边。

　　"咋的,采蘑菇来着?"他问。

　　"是,采蘑菇来了。"她答,羞涩地嫣然一笑。

"采到的多吗?"

"多呀。"(她飞快地扫我一眼,又微微一笑)

"有白的吗?"

"也有白的。"

"叫我看看,叫我看看……"(她抽出胳膊,放下篮子,把盖蘑菇的牛蒡大叶子撩开一半)"嘿,"卡西央弯下腰,看着篮子说,"太好了!安妞什卡,真棒!"

"卡西央,这是你的女儿吧?"我问(安妞什卡的脸稍稍红了一阵)。

"不,嗯,是亲戚,"卡西央装着无所谓的样子,"好啦,安妞什卡,去吧,"他立刻又接着说,"去吧。路上看着点儿……"

"干吗让她步行回去呢?"我打断了他的话,"我们可以叫她坐车……"

安妞什卡脸刷地红了,红得像罂粟花似的,她两手抓住篮子的绳子,惊慌不安地瞧着这老头子。

"不,她能走回去,"他话声里还是那样满不在乎的样子,"哪里,……她会走回去……去吧。"

安妞什卡匆匆忙忙地走进树林。卡西央目送着她,怔怔地望着她的背影,然后低下头来,开心地笑了一下。这么长时间的笑容,他对安妞什卡说的不多的话语,他和她谈话的语调,这一切,里面蕴含着不可言传的深情的慈爱和温馨。他又望了望她去的方向,又欣然一笑,然后,摸了摸自己的脸,摇了几下头。

"你为什么快快地把她支走了?"我问他。"我本想买她点蘑菇呢……"

"您要是想买,反正可以到家里买嘛。"他回答我,第一次用尊称"您"这个字眼儿。

"你家这小姑娘好漂亮、多可爱呀!"

"不……好说……是啊……"他支支吾吾地回答,从此刻起,他又跟先前一样,沉默不语了。

我看出来,即使你想方设法使他再开口说话,也是枉费精力,我只好去伐木场地了。这时,暑热稍稍退了些,不过,打猎不顺当,或者,就像猎友们所说的"不走运",弄得我只打了一只秧鸡和买了一个新车轴回到移民村来。当马车开进院子的时候,卡西央忽然转过身来对我说话。

"老爷,老爷啊,"他说,"我对不起你,是我念咒把你的野禽轰走了。"

"怎么回事?"

"我会念咒。虽然你的狗受过良好的训练,又是一条好狗,但它无能为力。你想想看,人啊,人有多能耐,是吧?瞧,人把一头畜生,训练成什么了?"

我本想说服卡西央,告诉他"念咒"驱鸟是不会灵验的,又一想,这是白费力气,因此,我对他没说什么。况且,这当儿,车子霎时进了院子大门。

小屋里没见到安妞什卡,她不在家,她早就回来过了,把采来的一篮子蘑菇放下走了。叶罗菲安好了新车轴,不过,劈头盖脸地对这个新车轴苛刻而不公正地褒贬一通;过了一个钟头,我们就出发了。临行的时候,我留给卡西央一点钱;他起初不肯收,后来想了想,接过来在手心里掂掂,揣到怀里了。在我们相处的最后这个钟头里,他几乎连一声也没吭,他像先前那样,倚着大门站着,不屑答理我的马车夫对他的数落,并且和我告别时,态度十分冷淡。

我刚一回来,便注意到,叶罗菲又怏怏不快起来。……这也难怪,村子里弄不到一点吃的,饮马的水又叫人恶心。我们出发了,他坐在驾车台上,从他的后脑勺上,也可以看出他的不满情绪,他很想跟我聊聊,但等我率先开口问他的时候,他却只限于咕咕哝哝地抱怨几句,以及对马儿说些训斥的,有时相当刻毒的话。"这叫村庄?"他嘟囔道,"哼,还算什么村庄!要点儿格瓦斯——连格瓦斯也没有……哎哟,老天爷!水呢——呸!(他大声啐了一口)黄瓜也罢,格瓦斯也罢——一概没有。你呀,"他朝右面拉边套的马儿,大喊一声"我知道你的脾性,你这鬼头!你想偷懒不是……(于是,他抽这马一鞭。)马现在耍滑起来了,原先牲口都是老实听话的……嘿,嘿,你还东张西望咋的……"

"叶罗菲,我问问你,"我说,"卡西央这人怎么样?"

叶罗菲没有立即回答我:他向来是一个深思熟虑、不慌不忙的人,但是我马上猜到,我的问话使他感到高兴和慰藉。

"跳蚤吗?"停了一会儿,他拉了拉缰绳,开口说,"他是一个怪人:简直是一个疯子,像他这样怪的人,很难找到第二个。比方说,他就跟我们这匹马似的一个模子,倔极啦,就是说,不听使唤。不过,当然,他哪里是个干活的人——身体很虚弱——可是,总归……他自小就这么着。起初,他跟自己的叔伯们跑运输——拉脚,他们让他驾三套马车,后来,他烦了,不干了。于是,他在家里待着,可他在家里也坐不住,他就是这么一个不安分的人——的确,活像一只跳蚤。他遇上的主人,谢天谢地,幸而是个好心人——不勉强他。从那时起,他就到处游荡,像一只没人管束的羊似的。天知道他有多怪:有时像树墩子木头一样,一句话不说,可有时猛然说起话来,啰啰唆唆——谁知道,他在说些什么。还有个人样吗?当然,不像样。是个不通人情的人。可是,小曲儿唱得蛮好。是啊,歌儿唱得真棒——不赖,不赖。"

"他真的会治病吗?"

"治什么病?他哪里会治!嗨,他这种人哪!不过,他确是给我治好了瘰疬腺病……他哪里能治病!这人够呛——很蠢"——他沉默了一会儿,又补充说。

"你认识他很久了吗?"

"我早就认得他了。我们都是梅奇美人河那里的人,一同住在塞乔甫卡,做过邻居。"

"那么,那个安妞什卡是谁?就是我们在树林子里碰见的那个小女孩,是他的亲属吗?"

叶罗菲扭过头来看着我,龇牙咧嘴地笑起来。

"嘿!……是的,算是亲属吧。她是个孤儿,没有妈,也不知道谁是她妈。嗯,想必沾亲带故吧,瞧,长得很像他……她就住在他那儿。她是个很机灵的小女孩,没得说的,真是一个好姑娘,他呀,那老汉,疼她疼极了,姑娘是好。而且,他呀,信不信由你,正想教安妞什卡读书识字呢。真格儿的,他真会这样干的:要知道,他这个人真够个别的。他这人没有常性,甚至不通人情……嘻嘻!"马车夫忽然打住了自己的话,勒住马,朝一边弯着腰,开始闻起味来。"像是烧焦的煳味儿?不错!这些新车轴真要我的命……看来,我不知在哪儿没弄好……要不要打点水来,正好那儿有个小池塘。"

叶罗菲从车座上慢慢爬下来,解下水桶,跑到水池旁边,把水打了回来,当他听到水浇到轮轴上发出的嗞嗞声时,开心极啦……在不过十俄里的路程当中,他竟然对烧热的轮轴浇了六次水。等我们回到家里,已经薄暮冥冥、夜色苍茫了。

村　长

有一个跟我认识的青年地主,是一个退伍的近卫军军官,住在距离我的庄园约有十俄里的地面上,他的名字叫作阿尔卡季·巴甫勒奇·宾诺奇金。他的领地里,栖息着许多野禽,他家楼房是由法国建筑师设计建造的,他的仆从下人都穿着英国式仆役服装,他还经常举行丰盛精美的家宴,殷勤招待客人,尽管如此,人家并不情愿到他家里去。他这个人很精明,并且很能干,受过良好的教育,任过公职,在上层社会厮混过,现在呢,又把自己的田产家业操持得红红火火。阿尔卡季·巴甫勒奇,用他自己的话说,他这人很严厉,但待人公平,关心下人的福利,就是惩罚他们,也是为了他们好。"对待他们这些人,应当像对孩子那样,"他一有这样的机会,就说,"他们愚昧无知,moncher;il faut prendre cela en considération"①。他本人,在遇到躲不掉的不愉快的场面时,他尽量避开暴躁,以及过激的行为,他更不喜欢提高嗓门,只是伸出手来指点着,慢条斯理地说:"老兄,我不是请你关照一下吗?"或者:"你怎么啦?朋友,自觉点可以吧"——碰到这当口儿,他不过轻轻咬咬牙齿,撇撇嘴唇而已。他个头儿不高,风度翩翩,长得很帅,手和指甲整洁美观,他的面颊和嘴唇红红的,显得他身体健康。他常常放声大笑,毫无顾忌,他眯起明亮、棕色的眸子,露出亲切、和蔼的姿态。他穿着十分讲究,并且很入时;他从法国订阅书报、画册,但他不大喜欢读

---

① 法语:亲爱的,应当考虑这个。

书,一本《永远流浪的犹太人》①费了九牛二虎之力才勉强读完。他是玩纸牌的高手。总而言之,阿尔卡季·巴甫勒奇可算是本省最有教养的贵族和最令人艳羡的才郎。女士们为他神魂颠倒,特别赞赏他的气质风度。他待人接物异常谨慎,甚至像猫一样处处小心翼翼,他有生以来从未卷入任何风波,虽然一有机会他总要露一手——让胆小的人有点难堪,无地自容。他极端嫌恶不正当的社交——生怕有损自己的名誉,但在开心的时刻,却自称是伊壁鸠鲁②的崇拜者,尽管他把哲学说得一无是处,称之为德国学者的雾中之食——不切实际,有时干脆说它是胡言乱语。他也爱好音乐;他玩纸牌时,常哼哼唧唧地唱起曲子来,歌儿唱得颇有情致,他还记得《卢西阿》和《松那普拉》③歌剧中的几段曲牌,可总是调子取音过高。每年冬天,他要到彼得堡去。他家里收拾得整洁极了,连马车夫们也慑于他的威严,每天不仅把马轭、上衣擦洗得干干净净,而且把自己的脸也洗个清爽。阿尔卡季·巴甫勒奇的仆从家人们确实个个愁云满面,眉头不展,但是在我们俄罗斯,愁眉苦脸和睡眼惺忪是很难分清的。阿尔卡季·巴甫勒奇讲话的声调柔和悦耳,有板有眼,仿佛他每一句话,从那潇洒的、洒了香水的胡须下吐出来时,颇为得意似的;他还常常用好多法语穿插其间,诸如:"mais c'est impayable"④,"mais comment donc!"⑤等等之类。尽管如此,我却很不情愿去拜访他,要不是他那里有松鸡和山鹬的话,也许我就和他完全断绝来往了。在他家里,使你感到一种莫名其妙的憋闷感:心神不定,惶惶不可终日;尽管生活安排得很舒适,但也不能使你愉快,每天傍晚,当一名身穿带有纹章纽扣的浅蓝色号衣的仆人来到您身边,低声下气、谄媚地给您脱长靴的时候,您不禁感到,如果您面前不是这个面色苍白、瘦骨嶙峋的老仆,突然换了一个颧骨非常宽大、鼻子出奇扁平的年轻壮小伙子的话(这人刚刚被主人从田间唤回,穿着不久前赏给他的土布褂子,那件衣裳的衣缝竟有十来处拆线了),您将会有说不出的高兴,即使他在给您脱靴

---

① 《永远流浪的犹太人》系法国作家欧仁·苏(1804—1857)所著长篇小说。
② 伊壁鸠鲁——古希腊哲学家(公元前342—前270),主张人生享乐为上主义。
③ 《卢西阿》和《松那蒲拉》是意大利作曲家尼采蒂(1797—1848)和贝里尼(1802—1835)所作的歌剧。
④ 法语:真有趣呀!
⑤ 法语:可不是!

子的时候,有连您的小腿一起拔掉的危险,您也会甘心承受……

虽然我对阿尔卡季·巴甫勒奇没有什么好感,可是有一天我不得不在他家住了一宿。第二天清晨大早起,我就吩咐套车离开,可他不放我走,非叫我品尝一下英式早餐不可,于是带我到他的书房。和茶一起,端上来了:肉饼、嫩煮蛋、奶油、蜂蜜、干酪之类。两个戴着洁净白手套的仆人勤快而肃然地、无微不至地侍候着我们。我们坐在波斯式的长沙发上。阿尔卡季·巴甫勒奇穿着宽松肥大的绸裤,黑色丝绒短褂,戴着一顶漂亮的、有蓝穗子的平顶圆帽,拖着一双没有后跟的中式鞭鞋。他一面品茶,一面微笑着,端详着自己的指甲,吸着烟,把靠枕垫在腰际,总之,情绪极佳。阿尔卡季·巴甫勒奇饱饱地用完早餐,显得心满意足,给自己斟上一杯红葡萄酒,刚送到唇边,突然皱起眉头来。

"为什么酒没有烫?"他用非常刺耳的声音问其中一个仆人。

那仆人慌了神,好像钉子把他钉在那里,吓呆了,脸色发青。

"我在问你哪,伙计?"阿尔卡季·巴甫勒奇平心静气地继续问,两眼直盯着那人。

那个倒霉蛋仆人不知所措地站在那儿,手里直拧餐巾,一声也不敢言语。阿尔卡季·巴甫勒奇沉着脸,垂下眼睛,心里盘算着,冷冷地斜着眼看着他。

"Pardon, mon cher①",他得意地笑笑,又亲热地用手摸摸我的膝盖,接着,又逼视着那仆人,"嗯,你去吧。"他稍事沉吟,补充说,然后拧起眉毛,按了一下铃。

进来一个胖子,那人面色黑黄,黑头发,低颔头,眼睛浮肿得使眼眯了起来。

"费多尔②的事,去处置一下。"阿尔卡季·巴甫勒奇淡淡地慢声细语地说。

"是,老爷。"胖子回答,退了出去。

"Voila, mon cher, les désagréments de la campagne. ③" 阿尔卡季·巴甫勒奇怡然自得地表白道,"您要上哪儿去啊? 请待一下,再稍坐一会儿吧。"

"不,"我回答道,"我该走了。"

---

① 法语:对不住,失礼了,先生。
② 刚才被质问的仆人名字。
③ 法语:您看,尊贵的先生,乡下生活常出些不愉快的事。

"还要去打猎啊？哎呀,我对你们这些猎人真没办法！现在您要去哪儿？"

"到略波伏去,离这里四十俄里开外。"

"去略波伏？哎,我的天,既然如此,我陪您一块去吧。略波伏离我的领地希比洛夫卡有五俄里,我又好久没有去过那里了,老是抽不出时间。现在正好凑巧,您今儿白天到略波伏打猎,晚上到我的领地来。Ce sera charmant①,我们一起吃晚饭——我们带一个厨子去——您就住在我那儿。太好了！太好了！"他不等我回答,又说,"C'est arrangé②。喂,谁在那里？吩咐下去,给我们套车,快点。您还没去过希比洛夫卡吧？我不大好意思请您在我村长的小木房子里住宿,不过,我知道,您是不大在乎的,到了略波伏,您也许会在草棚子里过夜呢……走吧,开车吧！"

于是,阿尔卡季·巴甫勒奇唱起来一支法国抒情歌儿。

"嗯,也许您还不知道,"他摇晃着腿,继续说,"我那儿的农民,在交代役租啦。颁行宪法了——有什么办法呢？不过,他们还能规规矩矩地交代役租金。说实在的,我早想叫他们改成劳役租③,可是土地太少！我真奇怪,他们怎么会勉强糊口呢？得,C'est leur affaire④。我那里的村长很能干,une forte tête(精明着哩),是个栋梁之材！您待会儿见了就知道了……真的,机会难得呀！"

毫无办法。本来要早上九点动身,可是到下午两点我们才出发。猎人朋友们一定会理解我急不可待的心情。阿尔卡季·巴甫勒奇,如他自己所说,一有机会,都要骄纵、享乐一番,携带了无数的床上用品、食物、衣服、香水枕垫和各种化妆用品,这些宝贝,对一个节俭财迷、克己自持的德国佬来说,足足够他用上一年。车子每回从山上驶下的时候,阿尔卡季·巴甫勒奇总要对车夫发出简短、严厉的训示,从他的这些话中,我敢断言,我的这位朋友是一个地道的胆小鬼。尽管如此,我们这次旅行还十分顺利;只不过在一座不久前修过的桥上,厨子坐的那辆马车翻了,车子的后轮轧住了

---

① 法语:好极啦。
② 法语:说定了。
③ 劳役租,代役租——农民为地主劳动或耕种,作为地租,称劳役租。而交纳货币或实物作为地租,叫代役租。
④ 法语:这是他们的事。

他的腹部。

阿尔卡季·巴甫勒奇发现他自己家里的卡列姆①翻了车,这一惊吓非同小可,连忙叫人去问:手伤着了没有?当他得到满意的回话后,立即放心了。由于这一切,我们在路上走了很长时间,我和阿尔卡季·巴甫勒奇坐在一辆马车上,快到旅途终点时,我心里厌烦得无法忍耐了,尤其是,在旅程的最后几个钟头,我的那位朋友精神不济了,表现出自由放任、毫不在乎的态度。我们终于到地点了,不过到的地方不是略波伏,而是一直到他的希比洛夫卡来了;不知怎么搞的,竟然弄成这个样子。这一天绝不可能去打猎了,无可奈何只好让命运安排了。

那厨子比我们早到几分钟,显而易见,他已经把一些事安排好了,该通知的人都通知了。所以,我们的车子一进村子栅栏门口,大管家(村长的儿子)就来迎接我们,他是一个身材很高、体格健壮、头发红黄的庄稼汉子,骑着马,没戴帽子,穿着新做的粗呢裤子,敞着怀。"索夫龙哪儿去啦?"阿尔卡季·巴甫勒奇问他。这管家先是忙不迭地跳下马来,向主人深鞠一躬,说道:"您好,阿尔卡季·巴甫勒奇老爷。"然后,昂起头,抖擞精神,禀报说:"索夫龙上彼罗夫去了,已经派人去叫他了。""那好,你跟我们来吧。"阿尔卡季·巴甫勒奇说。那管家出于礼貌,把马牵到一边,翻身上马,让马小步跟在车子后面,帽子在手里捏着。我们的马车穿过村子前进。有几个坐着空荡荡四轮大车的农夫撞见了我们,他们从打谷场过来,唱着歌儿,身子一颠一颠,两条腿悬空晃荡着;可是,一眼望见我们的马车和管家,立时不吱声了,肃然摘下冬帽(可当时正是夏天),挺起身子,似乎是在听候吩咐。阿尔卡季·巴甫勒奇亲热地向他们点点头。我们的到来,很明显,弄得全村上下人心惶惶,惊恐万状。穿着方格土布裙子的婆娘们,朝那些不懂事、或者过分热心的狗扔小劈柴,使劲地砸它们;一个大胡子长到眼睑底下的瘸老汉,把那匹还没饮足水的马从井台上拉到一边,不知为什么在它肚子上打了一下,就待在那儿弯下腰鞠躬行起礼来了。身穿半截长裤的孩子们,哇哇哭着朝屋里跑,一不小心肚子趴在高门槛上,耷拉着脑袋瓜子,把脚向上翘得老高,就这样飞快地连滚带爬地骨碌进门洞里,滚进黑乎乎的穿堂中,再也不见他们露面了。连母鸡也慌慌忙忙加快步子钻进门洞

---

① 卡列姆——是一八二〇至一八四〇年间,巴黎著名厨师,曾写过几部有名的食谱。

里,一只胆大包天的公鸡,挺着黑缎子坎肩似的胸脯,高高撅着快翘到鸡冠跟前的红尾巴,来到路口,正打算高声啼叫,忽然感到情况不妙,一下慌了神,落荒而逃了。村长的房舍远离众家,独立一隅,坐落在翁翁郁郁的大麻田中间。我们的马车停在这座房子门口。宾诺奇金①先生站起身来,潇洒地脱掉斗篷,走出马车,和蔼可亲地四下张望。村长的老婆出来迎接我们,深深鞠躬,然后,走上前去吻主人的手。阿尔卡季·巴甫勒奇让她吻个够,然后抬步上了台阶。在穿堂的黑暗一角,站着她儿媳——管家的妻子,也弯下腰鞠躬,但不敢过来吻手。在一间所谓冷室②里——穿堂右边——有两个女人在那里手忙脚乱地忙活着,她们正把一些破烂儿从那儿清走,空罐子啦,发硬的破皮袄啦,盛油的瓦罐啦;还有一个摇篮,那里塞了一堆破布、躺着一个穿花衣服的婴孩。她们正在用浴室的树枝拂尘掸着灰尘。阿尔卡季·巴甫勒奇打发她们出去,在圣像下面长凳上落了坐。马车夫他们把大大小小的箱子和各种用品搬进屋来,小心翼翼地把他们穿着笨重靴子的脚放轻点儿。

这当间儿,阿尔卡季·巴甫勒奇向管家询问起收成、播种和其他庄稼活儿。管家的回话还令人满意,不过带点有气无力的样子,话也说得笨嘴笨舌的,就像是用冻僵的手指去扣外套的纽扣那样不利索。他站在大门口,时时警戒着,留心察看着,给匆忙过往的仆人让路。我透过他那壮实的肩头上看得见,村长的老婆正在穿堂里边暗地里捶打谁家的一个农妇。忽然,四轮大马车轧轧响声传来,它停在台阶前,村长进来了。

阿尔卡季·巴甫勒奇赏识的这位能干的栋梁之材,个头儿不高,宽肩膀,灰白头发,体格健壮,红鼻子,浅蓝色小眼睛,还长着扇面似的大胡子。这里我顺便发点议论:自从大俄罗斯立国以来,尚无一例发福致富的人不留大胡子的;有些人,本来一辈子只留着稀稀的尖胡须——可突然间,瞧呀,大胡丛生,遮满颜面——这些毛毛儿不知哪儿来的!那村长,显见得,在彼罗夫喝得有点醉意了:脸浮肿得够劲儿,身上有一股子酒味儿。

"哎呀,您老,我们的好爷,大恩人哪,"他有板有眼、拖着唱曲般的腔调说道,脸上露出万分感动的表情,眼看泪珠儿就要飞迸出来了,"好容易

---

① 宾诺奇金——阿尔卡季·巴甫勒奇的姓。
② 冷室——即从来不生炉火的房间,一般夏季使用。

把您盼到了!……让我吻手。老爷,让我吻手,"他又补充说,早把嘴唇撅出去了。

阿尔卡季·巴甫勒奇满足了他的请愿。

"喂,索夫龙老弟,你的营生搞得怎么样?"他亲热地招呼他。

"嗨,您老,我们的好爷啊!"索夫龙大声嚷嚷着,"营生怎么会不好呢!是啊,您老,我们的爷,您呀,我们的恩人,您大驾光临我们这个小村庄,使我们幸福极啦,一辈子受用不完啦!荣耀归您,阿尔卡季·巴甫勒奇,上天保佑您!托您老的福——万事如意!"

说到这里,索夫龙沉静了一会儿,眼巴巴地望着老爷,好像感情又冲动起来(同时,酒劲儿也在发作),又一次地请求吻手,说话的腔调儿拉得更长了:

"啊,您老,我们的好老爷,大恩人……咳,真是的,我欢喜得快发疯了……千真万确,我亲眼见着大人,还不敢相信是真的呢……咳,您老啊,我们的好爷!……"

阿尔卡季·巴甫勒奇向我瞟了一眼,淡淡一笑,然后问我:"N'est-ce pas que c'est touchant?"①

"是啊,阿尔卡季·巴甫勒奇老爷,"饶舌的村长继续说,"这是咋说?老爷,您来,怎么没事先通知我一声儿,我太难过了。今儿晚上您在哪儿过夜呢?瞧这里多脏,到处是灰尘破烂……"

"没关系,索夫龙,没关系,"阿尔卡季·巴甫勒奇笑容满面回答说,"这里挺好。"

"哎呀,我们的好爷——好不好看对谁说,对我们这般庄稼汉说,这里挺好,可是,对您……啊,您哪,我们的好老爷……大恩人,啊,您哪,我的好老爷……请原谅我这个糊涂奴才,我发疯了,真的,昏头昏脑,成了个大傻瓜啦。"

这时,端上了晚饭,阿尔卡季·巴甫勒奇开始用餐。老头子把儿子撵了出去——说他身上有股子气味。

"喂,老哥,地界划定了没有?"宾诺奇金先生问道,他显然在学着庄稼人的腔调,同时,朝我挤眉弄眼。

---

① 法语:是不是,这很叫人感动?

"地界划好了,老爷,全靠您的恩典。前天就造好了清册。赫勒诺夫那边的人开头不大同意……是啊,老爷,他们执意不肯。他们要求这个……要求那个……天晓得,他们究竟要求什么,他们是一群傻瓜,老爷,他们都是蠢人。我们呢,老爷,遵照您的旨意,向他们致了谢,还酬劳了中介人米科莱·米科拉伊奇,一切都是照您的吩咐办的,老爷,您怎么吩咐的,我们就怎么做,做的时候,知会了叶各尔·德米特利奇,都得到了他的同意的。"

"叶各尔向我报告过了。"阿尔卡季·巴甫勒奇正色说道。

"可不,老爷,叶各尔·德米特利奇报告过了,可不。"

"那么,这样一来,你们现在满意了吧?"

索夫龙期待的正是这一句话。

"哎呀,我们的好老爷,大恩人哪!"他又拉长腔哼唧起来……"那还用说吗……我们的好老爷,我们日日夜夜在为您祈祷上帝啊……当然,土地是少了一点……"

宾诺奇金打断了他的话:

"嗯,好啦,好啦,索夫龙,我知道,你是我的尽心的仆人……那么,粮食打得怎么样?"

索夫龙长吁了一口气。

"唉,老爷,粮食打得不怎么好。这么着,阿尔卡季·巴甫勒奇老爷,我这就向您报告,这里出了一件小事儿。(于是,他两手一摊,凑近宾诺奇金先生,弯下腰,眯起一只眼睛)我们地界上发现了一具尸首。"

"怎么的?"

"我自己也纳闷儿,老爷,我们的好爷,准是仇家在捣鬼。幸亏,是在靠近别人地界边上发现的,不过,凭良心说,确实是在我们的地面上。我趁事儿还没泄露,马上叫人把它拖到别人的地界里,还派人去看守着,又嘱咐咱们的人,不许声张。为防万一起见,我向警察局局长打点过了,我明说了来龙去脉怎么一回事,请他吃过茶,又酬谢他一番。老爷,您觉得怎么样?这事儿就落到别人头上了,不然的话,一具死尸得出两百卢布——才能了事呢。"

宾诺奇金先生听了他村长玩弄的鬼花招儿,喜上眉梢,大笑不止,向他频频点头满意,一再对我说:"Quel gaillard, ah?"①

---

① 法语:你看他多么能干,是吧?

此时,院外已夜色沉沉了;阿尔卡季·巴甫勒奇命人收拾餐桌,拿来干草。仆人给我们铺好床单,放好枕头,我们躺下来。索夫龙领了第二天日程安排的吩咐,回到自己下处安歇去了。阿尔卡季·巴甫勒奇临睡之前,还发表了一点议论,大谈俄罗斯农民的优良品质,同时告我说,自从索夫龙管事以来,希比洛夫卡的农户就没有欠过一文钱的租金。……这当儿,更夫敲起了梆子,不知谁家一个婴孩,显然还没培养成自我牺牲的精神,在屋内什么地方哩哇哇啼哭起来……我们睡着了。

第二天清晨,我们早早起身了。我本来打算马上去略波夫打猎,可阿尔卡季·巴甫勒奇想叫我参观他的领地,把我留了下来。我自己也颇想亲眼证实一下索夫龙这个大能人的高尚品质和出色成就。村长来了,他穿一件蓝色外套,扎着一条红腰带。他的话比昨天少得多,但是两眼直盯盯地锐敏而凝神地注视着老爷的脸,答话条理清楚,精明贴切。他带我们一起去打谷场。索夫龙的儿子,身材高大的管家,从各种迹象看来,这人十分愚蠢,他也跟在我们后面;另外,地保费道塞伊奇,也加入了我们的行列。他是一个退伍的老兵,长着络腮大胡子,面部表情非常古怪,似乎他很久以前受了一场大的惊吓,从那时起,神志再没有清醒过来。我们参观了打谷场,干燥棚,禾捆烘干房,杂物间,风磨,牲口圈,秧苗圃,大麻田;确实,处处都井然有序,只是农民们人人愁容满面,使我有点迷惑不解。除了实际用场,索夫龙还考虑到了美化环境,所有沟渠四边都栽上了爆竹柳,打谷场上一垛一垛的谷物当间,留了一条条小道,上面铺着细沙;风车上安装着风信子,形状像一只张开大口,吐出红舌头的狗熊,在砖砌的牲口圈墙上,安着希腊门楣画之类的装饰,下面有这样的白粉题字:"此乃家畜院是也。于壹仟捌佰肆拾岁建设于希比洛夫卡庄"①——阿尔卡季·巴甫勒奇心花怒放,得意极了,用法语对我大谈特谈代役租制的优点,但,他同时又指出,劳役租制对地主更有好处——不过,计较不了这许多啦!……他开始给村长出主意:他谈了些怎样种土豆,怎样给牲口备饲料之类的话。索夫龙用心听着老爷的指点,有时还提点意见,可是已不再用好老爷啦、大恩人啦这类的词儿恭维阿尔卡季·巴甫勒奇,而只是一个劲儿地说,他们的土地太少,不妨再买些。"也好,那就买吧,"阿尔卡季·巴甫勒奇说,"用我的名义买

---

① 这个题词原文有多处拼写错误,显系粗通文墨的农人所撰。译时故意曲写。

好啦,我不反对。"索夫龙听了这话不再言声儿,只摸了摸胡子。"这会儿不妨到林子那边看看。"宾诺奇金先生提议。于是,立即有人为我们牵来乘用的马匹;我们骑上马到树林里去了,或者,照我们那里的说法,到"护林禁伐区"去。我们看到,这"禁伐区"里,林木茂密、景象荒僻,为此,阿尔卡季·巴甫勒奇对索夫龙着实夸奖一番,拍拍他的肩膀。宾诺奇金先生对于造林方面,持有一般俄罗斯人的看法,于是,他给我讲了一桩照他说是非常非常有趣的事例,说的是,有一位好开玩笑的地主,为了开导他的护林人,把那人的胡子拔掉了一半,以此证明:砍伐是不能使树林长得茂盛的……可是,在其他方面,索夫龙也好,阿尔卡季·巴甫勒奇也好,两个人都不反对新办法、新设施。回村子的路上,管家领我们参观一下他最近从莫斯科订购的扬谷机。这扬谷机性能确实很好,可是,要是索夫龙早知道,在这最后的闲逛当中,有一件多么不愉快的事在等着他和他老爷,大概,他宁愿和我们一起待在家里也罢。

是出了这么一桩事儿。我们刚离开杂物间,便看到下面的情景:离门口儿不几步,有一个脏水坑,三只鸭子在那里无拘无束地戏水,这水坑旁边站着两个农夫:一个是六十岁上下的老汉,另一个是二十来岁的小伙子,两人都穿着打补丁的麻布小裈儿,光着脚丫儿,腰里系着绳子。地保费道塞伊奇费尽九牛二虎之力在他们跟前斡旋着,如果我们在杂物间里多待一会儿,也许就把他们劝走了,但是,这地保一看见我们,就垂手直挺挺地站在那里,原地不动了。管家咧开大嘴,目瞪口呆,攥住莫名其妙的拳头,也站在那里。阿尔卡季·巴甫勒奇皱起眉头,咬紧嘴唇,走到两个求见人的跟前。两人默默地跪下向他磕头。

"你们要怎么的?有什么要求?"他厉声问道,话里带点鼻音。(两个农夫面面相觑,一言不发,只是像避光似的眯缝起眼睛,呼吸紧促起来)。

"这是咋回事儿?"阿尔卡季·巴甫勒奇紧接着说,随即转脸问索夫龙,"是哪一家的?"

"托波列叶夫家里人。"村长慢悠悠地说。

"喂,你们什么事儿?"宾诺奇金先生又说,"你们没有舌头吗?你说说,你有什么要求?"他向老头儿点了点头,又说,"别怕,傻瓜。"

那老头子伸出了自己深褐色的、皱皱巴巴的脖颈,歪歪扭扭地咧开发青的嘴唇,嗓音嘶哑地说了句:"请您给我们做主,老爷!"说着,再一次拿额角碰在地下叩头。那青年农夫也磕起头来。阿尔卡季·巴甫勒奇傲慢威严地瞧着他们的后脑勺,昂起头来,叉开两腿站住。

"怎么回事?你要告谁?"

"可怜可怜我们吧,老爷!让我们喘口气儿……我们被折磨苦死了。"(老头儿说话很吃力)

"是谁折磨你来着?"

"就是索夫龙·亚科夫里奇啊,老爷。"

阿尔卡季·巴甫勒奇沉吟不语。

"你叫什么?"

"安底钵,老爷。"

"他是谁?"

"我的小儿子,老爷。"

阿尔卡季·巴甫勒奇又沉默了一会儿,撅起小胡子。

"嗯,他是怎么折磨你来着?"他说,眼睛透过胡须瞅着那老汉。

"老爷,家给他彻底毁了。老爷,两个儿子本来还没轮上,就给他抓了壮丁,拉去当兵了,现在又要抓老三啦。老爷,昨天把最后一头牛从我家拉走了,还打了我的老婆子——就是这位大爷他干的(他指着管家)。"

"啊!"阿尔卡季·巴甫勒奇哼了一声。

"不要把我们家全给毁了,恩主。"

宾诺奇金先生紧皱双眉。

"这事怎么说?"他低声问村长,表情不满。

"禀告老爷,他是个醉汉,"村长第一次使用敬语回答,"还是个懒鬼,不肯干活。欠缴租子快五个年头了。"

"索夫龙·亚科夫里奇答应替我交纳租金,老爷,"老头儿接着又说,"快五年了,交了租,交了租啊——就把我当奴隶使唤,老爷啊,还有……"

"那么,你为什么要欠租呢?"宾诺奇金厉声问道。(老头垂下头)"兴许是爱喝酒,老在酒店里厮混吧?(这老汉正要张口说话)我了解你们这些人,"阿尔卡季·巴甫勒奇急躁起来,继续说道,"你们就是成天喝喝酒,躺在炕上睡觉,让老实巴交的农人替你们干活,是吧?"

"还是个蛮不讲理的痞子。"村长在主人的话中插了一句。

"嗯,这是很自然的事儿。情况总是这样;这事儿叫我碰见不止一次了。一年到头,游手好闲,撒野浪荡,现在却跪下来磕头。"

"老爷,阿尔卡季·巴甫勒奇,"老头子绝望地说,"可怜可怜吧,开恩吧,——我哪里会是痞子啊?我在上帝面前发誓,我实在无法忍受了。索夫龙·亚科夫里奇嫌恶我,为什么那么烦我——让上帝评判吧!我们家硬是给他毁了,老爷……就连最小的儿子……就连这个……(老头儿的黄眼睛里,涌出了泪水,那泪珠儿从皱巴巴的眼边夺眶而出)。可怜可怜吧,老爷,开恩吧……"

"何况,不止毁了我们一家呢。"那年轻的农夫刚要开始说……

阿尔卡季·巴甫勒奇勃然大怒:

"谁问你来着?啊?没问你,你就闭嘴!……这成何体统?住口,听见没有!你给我闭上嘴巴!……啊唷,天哪,简直是反啦。不行,伙计,我可不许造反……在我这里……(阿尔卡季·巴甫勒奇上前跨了一步,大概忽然想起我在跟前,连忙扭过脸来,两手插在裤袋里)Je vous demande bien pardon, mon cher,"①他说,露出很不自然的笑容,语音压得很低,"C'est le mauvais côté de la médaille②……嗯,好啦,好啦,"他接着说,也不正眼看那两个农夫,"我会吩咐下去……好啦,去吧。(农夫并不站起)嗯,不是对你们说过啦……好啦。你们走吧,我会吩咐下去的,听见了没有?"

阿尔卡季·巴甫勒奇转过身来,背朝他们。"总是不知足。"他哼唧了一句,大踏步回去了。索夫龙跟随在他身后。地保直勾勾地瞪大两眼,那模样,好像准备跳到很远的地方。管家把鸭子从水坑里轰走。那请愿求见的农夫们,在原地又站了一会儿,两人面面相觑,然后拖着脚步,连头也不回,趔趔趄趄回家去了。

约莫两小时之后,我来到了略波伏,准备打猎;跟我同行的名叫安巴季斯特,是我原先认识的一个庄稼人。在我离开宾诺奇金先生之前,他一直悻悻然,对索夫龙很是恼火。这会儿,我便向安巴季斯特问起希比洛夫卡村农人的情况,谈起了宾诺奇金先生,问他认不认得那里的村长。

"是索夫龙·亚科夫里奇吗?……咋不认得!"

"他这人怎么样?"

---

① 法语:请原谅,尊敬的先生。
② 法语:这现出了奖牌的反面。

"是一条狗,畜生,不是人,像他这样的走狗,走到库尔斯克,也找不着第二个。"

"这是怎么说?"

"要知道,希比洛夫卡村只不过名义上是那个地主……他姓什么,那个宾金(宾诺奇金)的田产,实际上,掌管这村子的不是他本人,而是索夫龙。"

"真的吗?"

"他拿它当自己的财产掌管着。那里的农民个个欠他的债。他们像雇农一样替他做苦工,指派这个去赶车,打发那个去干什么……把人折磨得够呛。"

"他们的田地好像不多吧?"

"不多?光是在赫勒诺夫,他就租了八十俄亩地,在我们那儿,租了一百二十亩,加起来有整整二百亩。他不光经营土地,他也贩卖马匹、牲口、柏油、奶油、大麻,还有别的,五花八门……他这人很精明,很能干,发大财了,这老奸巨猾的家伙!可恨的是——他动不动就打人。他是禽兽——不是人;都说他是一条狗,恶狗,就是恶狗。"

"为什么人们不告他呢?"

"说得好!老爷才不管这些呢!只要不欠租子,别的事与他何干?啊?你去试试看,"他略微停顿一下,又说,"你去告吧。他就把你……是啊,你去试试吧……不,他会叫你瞧瞧他的厉害……"

于是,我想起了安底钵的事儿,把我见到的情况告诉了他。

"瞧吧,"安巴季斯特说,"现在,他会把他咬死,要把他活活一口吞了。这会儿,管家正打他呢。你想,这个倒霉蛋儿真可怜!为什么受这种罪!……他在村会上,跟他,跟那个村长,吵了嘴,恐怕是忍无可忍了呗……这有什么大不了的!可他就害他,把安底钵苦害得够狠的。现在眼看把他要折磨死了。是啊,他就是这样一条恶狗,走狗——愿上帝宽恕我口孽——他心里清楚,哪些人好欺负。对那些有钱、气粗点儿的,人多势众点儿的农家老头们,他连碰也不敢碰一下,这个秃鬼,可这回他却要起威风,厉害起来了。所以安底钵的儿子们还没轮到,就给他抓了壮丁,拉去当兵了。这个蛮横的恶棍,骗子,走狗,求上帝原谅我口孽!"

接着,我们出发打猎去了。

账　房

　　那正是秋天。我背着猎枪在野外转悠,已经有好几个钟头了,大概傍晚之前我是不能赶回库尔斯克道上的大车店了,我在那儿停放了一辆三驾马车候我。寒冷的蒙蒙细雨从大清早起一直像老处女似的毫不怜惜地不停地纠缠着我,终于使我不得不到附近去找个临时避雨的地方。正当我考虑朝哪个方向走的时候,忽然豌豆地旁边有一处低矮的棚屋映入我的眼帘。我朝棚屋走去,向草檐下面一望,瞥见一个老人,虚弱不堪,立刻使我联想起鲁滨逊在他孤岛山洞里发现的那只垂死的山羊。老人蹲在那儿,眯着他那对黯淡无光的小眼睛,兔子一般急切而又小心地(这可怜的老头儿已经没有一颗牙齿了)嚼着干硬的豌豆粒,在嘴里不断地把豌豆粒滚来滚去,他心神专注地吃他的东西,竟没有注意到我的到来。

　　"老大爷!嘿,老大爷!"我说道。他停止了咀嚼,高挑起眉毛,使劲地把眼睛睁开。

　　"什么?"他嘶哑着嗓音,含糊不清地问道。

　　"近处有村子吗?"我问。

　　老人又津津有味地咀嚼起来。他没听清楚我的话。我提高了嗓音,大声重复了一遍我的问话。

　　"村子?……你有什么事?"

　　"找一个避雨的地方。"

　　"什么?"

"避雨的地方。"

"啊！"（他搔了搔他那晒黑了的脖颈）"嗯，好吧，你这么走，"他突然间说起来，胡乱地挥动着双手，"这样……沿着矮树林走——你看，走着走着——你会看到一条路，你不要走这条路，而要向右拐，一直走，一直走，一直向右……嗯，那儿就是阿纳尼耶沃村。要不，你也可以到西托夫卡村。"

我费很大劲儿才听明白老头儿的话，他的髭须妨碍着他，弄得话语含糊不清，舌头也不那么听使唤。

"你是哪个村子的？"我问他。

"什么？"

"你是哪个村子的？"

"是阿纳尼耶沃村的。"

"你待在这儿干什么？"

"我在这儿做看守。"

"那你看守什么？"

"看守豌豆呗。"

我禁不住笑了起来。

"真的！——你多大年纪啦？"

"不知道。"

"你眼睛不好使吧，我猜。"

"什么？"

"你眼睛不好使吧，我猜。"

"是不好使。有时候耳朵什么也听不见。"

"这样你怎么能当看守呢，嗯？"

"唉，这要问管事的了。"

"管事的！"我想道。我不无怜悯地凝视着这可怜的老人。他在怀里摸索了一会儿，从里面掏出一块粗硬的面包，他用力地抽搐着他那已凹陷下去的双颊，像个小孩子似的咂巴起来。

我朝小树林方向走去，向右转弯，按照老人指点的路一直向右拐，向右，终于来到一个大村子，这村庄有一座新式的石砌教堂，带有柱廊，还有一座宽敞的地主宅子，也是带柱廊的。离村子还有一段距离，远远地透过细密的雨丝，我看到了一座杉木板顶的、带有两个烟囱的农舍，比村里其他农舍高一些,很可能是村长的住宅。我迈步朝那里走去,希望在这座大屋里找到茶炊、茶、糖和不太酸的奶酪。我带着我那只冻得哆哆嗦嗦的狗,踏上台阶,走进过堂,推开门,却没有看到普通农舍里该有的陈设,只看到几张堆满文书的桌子,两只红漆橱柜,几只沾满墨迹的墨水瓶,笨重的锡制吸墨水用的砂匣,长长的羽毛笔等物品。在一张桌子旁坐着一个约莫二十岁的年轻人,他面容浮肿,带有病态,长一对很小的眼睛,前额肥大,满脸鬈毛。他身穿一件普通的灰色土布外衣,领子和腰部已被磨得油光光的。

"您有什么事?"他问我,他像一匹马被人出其不意地拉了一下鼻子,猛然抬起头来。

"这里是管家住……还是……"

"这儿是主人的总账房,"他打断我的话,"我是值班的。您没看见那块牌子吗?我们特别钉了一块牌子。"

"这儿有什么地方可以烘干衣服吗?村子里谁家有茶炊?"

"茶炊怎么会没有呢,"穿灰色外衣的年轻人神气地回答道,"你到季莫费伊神父那儿去吧,或者到仆人下房去,要么去找喂家禽的阿格拉费娜也行。"

"你这糊涂蛋,是在跟谁说话哪?就不能让我好好睡一会儿吗?笨蛋!"隔壁传来一声喊叫。

"来了一位先生,问哪儿可以烤干衣服。"

"什么样的先生?"

"我不认识,那位先生带着一条狗和猎枪。"

隔壁房间床架嘎吱响了一声。门开了,走出来一个五十岁左右的男人,又胖又矬,长着公牛般的短粗脖子,两眼凸出,脸蛋滚圆,油光满面。

"您到底有什么事?"他问我。

"想把这身衣服烘干。"

"这儿不是地方。"

"我不知道这儿是账房;不过,我愿意付钱……"

"嗯,这样或许能行,"这矮胖子回答道,"您请到这边来。"(他把我领进另一个房间,但不是他出来的那个房间)您看这儿行吗?"

"很好……能给我弄壶茶来,还有奶酪,行吗?"

"当然可以,马上就送来。这会儿请您脱下衣服休息一下吧,茶水马上就准备好。"

"这儿是谁的庄园?"

"是洛斯尼亚科娃夫人的,就是叶连娜·尼古拉耶夫娜。"

他走出门去。我环屋打量一下:隔开房间和账房之间的板壁跟前,摆着一只很大的皮沙发,还有带皮坐垫的两只高靠背椅子,分别放在开向街道的唯一窗子两侧。墙上贴着绿底粉色图案的壁纸,上面挂着三幅很大的油画。一幅画上画着一只戴蓝色颈圈的塞特猎犬,边上有一行题词:"这是我的慰藉";猎犬的两脚前面画着一条河,河对岸的一棵松树下,蹲着一只竖起耳朵的兔子,这兔子比例过大,和整幅画极不相称。另一幅画,画的是两个老人正在吃西瓜,后面远远的地方,有座希腊神殿柱廊,上面刻着"如意殿"。第三幅画画的是一个侧卧着的半裸体的女人,膝盖画得红红的,两只脚后跟画得很肥大。我的狗迫不及待地,使尽气力爬进沙发底下去,沙发下面灰尘显然多得要命,这狗接连打了几个很响的喷嚏。我走到窗前,从地主宅院到账房之间那段过街的斜坡路上,铺了些木板——这个防备措施是很有用的,因为这里是黑土带,还经常下雨,四边的道路非常泥泞。在背靠大街地主宅院的附近总能见到来来往往的人们,这是地主庄园一般常见的现象,身着褪色印花布连衣裙的姑娘们,步履轻盈地走来走去,家仆们在泥泞中艰难地移动着脚步,时而站立不动,心事重重地搔搔脊背;甲长的马拴在那里,懒洋洋地甩动着尾巴,同时高高地昂起头来啃着栅栏;母鸡咯咯叫着;几只生病的火鸡也在不停地呼应鸣叫。在一间黑暗而又破败的屋子门口,大概是浴室吧,那里台阶上,正坐着一个健壮的小伙子,怀抱吉他,满怀豪情地唱着一支人们熟知的抒情歌曲:

  我要离开这繁华的地方
  去领略那沙漠的荒凉……

那矮胖子走进我的房间。

"茶马上就要给您送来了。"他面带愉快的微笑对我说。

那个穿灰色外套在账房值班的小伙子,正在一张旧牌桌上安放茶炊、茶壶、垫着破碟子的茶杯、一罐鲜奶油、一串火石一般坚硬的波尔霍夫圆饼干。矮胖子出去了。

"他是做什么的?"我问那值班的小伙子,"是管家吗?"

"不是,先生。他以前是总出纳,但是现在已升为账房主管了。"

"难道你们没有管家吗?"

"没有。有一个领头的总管,叫米哈伊拉·维库洛夫,但是没有管家。"

"那么有主事的人吗?"

"有的,是个德国人,林达曼多尔,也叫卡尔洛·卡尔勒奇,只是他管不着家里的事。"

"那么究竟谁主事呢?"

"我家太太自己。"

"原来这样。你们账房里做事的人多吗?"

小伙子想了想说:

"有六个人。"

"都是谁呀?"我问道。

"嗯,首先是瓦西里·尼古拉伊奇,总出纳;其次是彼得,一个记账员;彼得的兄弟伊凡,也是一个记账员;另外一个伊凡,还是记账员;科斯肯金·纳尔基佐夫,也是个记账员;还有我——有很多人,数也数不清。"

"我想你家太太家里有许多仆人吧?"

"不,没有多少。"

"那么,到底有多少人?"

"我想总共大约有一百五十个人。"

我们两人沉默了片刻。

"我猜,你的字写得很不错吧,嗯?"我又开始问了。

小伙子咧开嘴巴笑起来,他走进账房,拿来一张写满字的纸。

"这是我写的。"他说道,脸上仍然挂着微笑。

我看了一下;在一张呈灰色的四开纸上,漂亮的字体醒目地写着下面的字:

指　　令

阿纳尼耶沃村村长总账房指令总管米哈伊拉·维库洛夫。

第二〇九号。

命你接此指令后立即调查:昨夜有人醉酒后闯入阿纳尼耶沃村花园,唱着黄色小调吵醒法籍家庭女教师安瑞尼夫人。守园人所干何事? 谁在园中守夜,竟容许此等不良事件发生? 着即详查,并将调查结果速报总账房。

账房主管,尼古拉·赫沃斯托夫

这份指令上盖着一个很大的图章:"阿纳尼耶沃村总账房印";指令下面写着批示:"切实执行,叶连娜·洛斯尼亚科娃。"

"这是你家太太亲笔批的吧,嗯?"我问道。

"是的,她总是亲自批的。没有她的签字,指令不能生效。"

"那么,现在你要把这个指令送到总管那里吗?"

"不,先生,他会亲自来看这指令的。就是说,指令读给他听,他不识字。"(值班人又沉默了一会儿)"怎么样?"他追问了一句,得意地微笑着,"写得好吗?"

"写得很好。"

"我必须告诉你,这指令不是我起草的。科斯肯金在这方面很在行。"

"什么? 你的意思是说,你们的指令先要有人起草吗?"

"咋的? 不能不打草稿就直接写上去。"

"你拿多少工钱?"我问。

"三十五卢布,另有五卢布是靴子钱。"

"你满意吗?"

"我当然满意。不是随便任谁都能来账房做事的。说实在的,我来,是上帝的安排呀,是的,我叔叔在这里当差。"

"你过得还好吧?"

"是不坏,先生。不过,说实话,"他叹息一声继续说道,"比如说,在商人那里找个事做,我们这些人的日子会更好过些。在商人那里,我们这些人日子好过得多。昨天晚上,一个商人从韦涅夫那儿到我们这边来。……他的伙计跟我念叨了许多……是的,用不着说,好得很,好着哩。"

"怎么? 商人给的工钱更多吗?"

"哪能呢! 唉,如果你跟商人要工钱,他会把你撵走的。跟商人那儿干活得讲信用,得小心负责。他会给你吃,给你喝,给你衣服穿,什么都给你。只要你把他伺候好——他就多给你。……你还要工钱干吗？真是！根本不需要钱嘛！商人也跟我们一样,过着俄罗斯式的简单生活;要是你跟他一块出门上路——他喝茶,你也喝茶;他吃东西,也有你吃的。商人……怎么着都行,商人可跟绅士大不相同。商人从不撒赖,生气了,打你一下也就完事了。他不数落你,也不嘲笑你……但是跟地主老爷在一起可就惨啦！他对什么都不如意——这也不好,那也不对。你给他端一杯水或拿来吃的东西,'哎哟,这水有怪味,食物也馊啦！'你只需把东西端出去,在门外待一会儿,再端进来。'嗯,现在好啦,好,没有味儿啦。'至于那些太太们,我跟您说,她们更难伺候！……特别是那些小姐们！……"

"费久什卡！"账房屋里传来矮胖子的声音。值班人快步走了出去。我喝了杯茶,在沙发上躺下睡着了。我睡了两个小时。

我醒来后,想站起来,但是懒得动弹,我又闭上眼睛,却睡不着。账房隔壁的屋子里,有人在低声说话,我情不自禁地倾听起来。

"是这样,是这样,尼古拉·叶列梅伊奇,"一个声音在说,"确实是这样,不能不考虑到这个,是的,当然！……哼！"(讲话人咳嗽了一声。)

"你要相信我,加夫里拉·安东内奇。"矮胖子的声音在回答,"难道我不知道这里做生意的规矩吗？你自己琢磨看。"

"您要是不知道,还有谁知道呢,尼古拉·叶列梅伊奇？您在这儿可以说是最顶事的人哪。那么,到底该怎么办呢?"我不熟悉的那个声音继续说道,"我们该怎么办呢？尼古拉·叶列梅伊奇,我很想听听您的意见。"

"什么怎么办,加夫里拉·安东内奇？这么说吧,这件事全看您了,您似乎不那么热心。"

"没这话,尼古拉·叶列梅伊奇,您说哪儿去啦！我们是做买卖的,讲生意经,我是买主。价钱可以商量。尼古拉·叶列梅伊奇,您说说看。"

"八个卢布。"矮胖子有板有眼地说道。

听到有人叹了一口气。

"尼古拉·叶列梅伊奇,先生,您要价太狠了。"

"加夫里拉·安东内奇,不能再少了,当着上帝的面也要这样说,不能再少了。"

紧接着一阵沉默。

我悄悄坐起身来,透过板壁的缝儿朝里看去。矮胖子背对着我坐着。他对面,坐着一个约莫四十岁的商人,身子很瘦,面色苍白,看上去好像擦了一层植物油似的。他不停地捋着胡须,忽闪忽闪地眨巴着眼睛,翕动着嘴唇。

"今年的庄稼长势真不赖,"他又开口说道,"我从沃罗涅什坐车来,一路都在欣赏长势喜人的庄稼,真算得上是头等一流的啦。"

"当然,庄稼长得是不错,"账房主管回答道,"可是有句话您知道吗?加夫里拉·安东内奇,秋天长势好,春天难预料。"

"确实,的确是这样,尼古拉·叶列梅伊奇,一切都由上帝做主,您刚才说的是大实话,先生……也许,您的客人这会儿该醒了吧?"

矮胖子转过身来……听了听……

"没有,还睡着呢。不过,他也许……"

他走到门前。

"没醒,他还睡着呢。"他又说了一遍,然后回到座位上。

"说吧,该定什么价,尼古拉·叶列梅伊奇?"商人又开口了,"这笔生意也该结了。好啦,尼古拉·叶列梅伊奇,就这么着吧,"他继续说道,不停地眨着眼睛,"两张灰票一张白票①给您,那边(他朝主人宅院的方向点了点头),给六个半卢布,拍巴掌说定了,怎么样?"

"要四张灰票。"账房主管回答道。

"给三张吧。"……

"四张灰票,不要白的啦。"

"就三张,尼古拉·叶列梅伊奇。"

"三张半,一戈比也不能再少了。"

"三张,尼古拉·叶列梅伊奇。"

"别说啦,加夫里拉·安东内奇。"

"你这人真不好说话!"商人嘟哝着说,"我还不如跟太太本人说呢。"

"随您的便,"胖子回答道,"早就该这样。其实,您何必给自己添麻烦呢?那样不更好吗!"

"唉,算啦,算啦,尼古拉·叶列梅伊奇。怎么马上就发脾气了!我不

---

① 帝俄时代的纸币,灰色纸币面值为五十卢布,白色纸币面值为二十五卢布。

过是说说罢了。"

"不,到底要怎么样……"

"得啦,人家跟您……跟您,说着玩儿的。好吧,就依你,三张半吧,真拿你没办法。"

"给四张也应该,我这傻瓜,太性急了点。"胖子抱怨说。

"那就给主子那边六个半卢布吧,——粮食卖六个半卢布能行吗?"

"就六个半吧,已经说定了。"

"那么,咱们拍巴掌为定吧,尼古拉·叶列梅伊奇。"(商人伸开五指,拍了一下账房主管的掌心)"再见,上帝保佑!"(商人站起来。)

"那么,尼古拉·叶列梅伊奇,老兄,我现在就到太太那里去拜见她,我这样对她说,'尼古拉·叶列梅伊奇已经跟我讲好价钱,说定六个半卢布。'"

"您一定要这样说,加夫里拉·安东内奇。"

"现在请您收下钱吧。"

商人递给账房主管一沓纸币,深鞠一躬,摇一摇头,用两个指头捏起帽檐,耸了耸肩,扭动着身躯,走出去了,靴子有节奏地发出嘎吱嘎吱的响声。尼古拉·叶列梅伊奇走到墙跟前,我影影绰绰地看见,他在数商人给他的纸币。这时,一个红头发,长着浓密络腮胡子的人从门口探进头来。

"怎么样?"那人问,"一切顺利吗?"

"顺利。"

"多少钱?"

胖子悻悻地向他摆摆手,指指我的房间。

"噢,好!"那人回应着,不见了。

矮胖子走到桌旁坐下,打开记账簿,拿出算盘,开始上下拨拉起算盘珠来。他用中指而不是用食指拨动,这样显得更气派一些。

值班人进来了。

"有什么事?"

"西多尔从戈洛普廖克来了。"

"哦,叫他进来吧。等一会儿,稍等等……先去看看刚才来的那位老爷是还在睡着呢,还是醒了。"

那值班人蹑手蹑脚地走进我的房间。我把头放在当枕头用的猎袋上,闭上眼睛。

"他还睡着呢,"值班人回到账房里,悄声说道。

矮胖子嘴里小声咕哝着什么。

"好,就叫西多尔进来吧,"他最后说道。

我又一次坐起身。我看到一个三十岁左右的高个子农民走进门来——这个男人身体很壮,面颊红润,长着棕色头发,留着卷曲的短胡须。冲着圣像画十字祈祷,然后向账房总管鞠一个躬,两手捏着帽子,笔直地站在那里。

"你好,西多尔。"矮胖子一边说,一边拨拉着算盘珠。

"您好,尼古拉·叶列梅伊奇。"

"嗯,路上好走吗?"

"好走,尼古拉·叶列梅伊奇,不过有点儿泥泞。"(这农民嗓门不高,慢吞吞地说着)

"你媳妇身体好吗?"

"不好咋的!"

农民叹了口气,一只脚向前移了移。尼古拉·叶列梅伊奇把笔夹在耳朵上,擤了擤鼻涕。

"喂,你为啥事来的?"他接着问道,把他的方格手帕放进衣袋里。

"是这么着,尼古拉·叶列梅伊奇,他们问我们要木匠。"

"嗯,难道你们当中没有木匠吗?"

"怎么会没有木匠呢,尼古拉·叶列梅伊奇,谁都晓得,我们那儿是林场。但是现在正是活儿忙的时节,尼古拉·叶列梅伊奇。"

"活儿忙!挤不出时间!依我看,你们就是一心想替外人干活,不情愿为自己的女主人效劳。活儿还不是一样的!"

"活儿当然是一样,尼古拉·叶列梅伊奇,可是……"

"怎么?"

"就是工钱……给得太那个……"

"嫌少?把你们都惯坏了,你算了吧!"

"还有,尼古拉·叶列梅伊奇,本来只是一个星期的活,可是他们却拖延一个月。一会儿木料不够,一会儿又叫你到花园里小路上除草。"

"这又怎么不行?太太就喜欢发号施令,咱们说这些没用。"

西多尔沉默不语了,两只脚替换着踏在地上。

尼古拉·叶列梅伊奇歪着头,又专心致志地拨起算盘来。

"我们农民哥儿们,尼古拉·叶列梅伊奇……"西多尔终于又开口了,支支吾吾地吐着每一个字"给您老捎话来……嗯……您看这儿。"(他把大手伸进怀里,从里面掏出一个红边方巾包着的东西。)

"你怎么啦?傻瓜,你疯了不是?"矮胖子急忙打断他的话。"得啦,到我那儿去吧,"他继续说道,几乎要把不知所措的农民推搡出去,"到我家去找我老婆……他会给你沏茶喝的,我待一小会儿就回去。去吧。不要嘀咕,跟你说,快去吧。"

西多尔走了。

"唉……真是个笨蛋!"账房总管朝着他的背影嘟囔着,不住地摇头叹息,接着又拨拉起算盘珠来。

忽然,从外面传来一阵喊叫:"库普里亚!① 库普里亚!库普里亚不要逞能!"这喊声一径迫近到门口台阶上来;不一会儿,一个面带肺病面容的矮个子男人走进账房,他长着一个特长的鼻子,一双呆滞的大眼睛,态度傲慢,神气十足。他身穿一件老式的磨破了的旧礼服,配着长毛绒衣领和极小的纽扣。他肩上背着一捆木柴,五个家仆围在他身边,一起喊着,"库普

---

① 库普里亚,对库普里扬的蔑称。

里亚！库普里亚不要再得意！叫库普里亚当烧火工啦，库普里亚去烧锅炉啦！"可是穿长毛绒衣领旧礼服那个人对身边人们发出的叫喊声毫不理睬，神态自若，面不改色。他迈着整齐的四方步走到炉子跟前，放下肩头的木柴，直起腰，从裤子后口袋里取出鼻烟盒，瞪着眼睛把掺着烟灰和干三叶草烟末塞进鼻孔里闻起来。这群闹哄哄的人进来时，矮胖子先是皱紧眉头正准备从座位上站起来，但是当他弄清楚是怎么一回事时，他笑了笑，便叫他们不要嚷嚷。"这儿有个打猎的人，"他说，"在隔壁房间正睡觉呢。""什么样的猎人？"有两个人异口同声地问。

"一位地主老爷。"

"噢！"

"让他们起哄吧，"穿长毛绒领子大衣的人挥动着双臂，"只要他们不碰我，我还在乎什么呢？他们把我弄来去烧锅炉了。……"

"叫他当烧火工！烧锅炉！"众人兴冲冲地齐声大叫。

"这是太太的吩咐，"他耸了耸肩继续说道，"可是你们等着瞧……也会叫你们当猪倌的。不过，我可是个裁缝，还是个蛮不错的裁缝，我在莫斯科最好的裁缝店里学过徒，给将军们缝过衣服，我这本事谁也夺不走。你们逞什么能呢？有什么能耐？你们是一群懒鬼，吃白饭的寄生虫，还有什么呢？就是把我赶出去，我也不会饿死，我也不会完蛋，请给我一张身份证，我会交足代役租，让主人满意。可是你们怎么样呢？你们会像苍蝇一样死掉，就是这么着！"

"你尽是胡说八道，"一个麻脸的、淡黄发的小伙子插嘴说，这人打着红领结，衣袖肘全磨破了，"你带着身份证出去干过活，可是主人没收到过一戈比代役租，你自己也没挣到什么钱，好不容易拖着两腿回到家里，从那时起，一直穿着这件破大褂过日子！"

"唉，真是，我该怎么办呢？康斯坦丁·纳尔基济奇！"库普里扬回答道，"一个人要是坠入情网——这个人就算毁了，完蛋了！你先有我这样的经历，康斯坦丁·纳尔基济奇，你才能回过头来教训我！"

"瞧你爱上谁啦！——一个现眼的丑八怪！"

"别价，不能这么说，康斯坦丁·纳尔基济奇。"

"谁会相信你的话？你知道，我见过她的。去年在莫斯科，我亲眼见过她。"

"去年她样子确实有点难看,"库普里扬说道。

"不要乱扯了,各位,"一个高个子男人用漫不经心的轻蔑语气开口说。这人挺瘦,满脸粉刺,头发卷曲还抹了一头油,大概是主事的家仆:"让库普里亚·阿法纳瑟奇给我们唱支歌吧!来,唱吧,库普里亚·阿法纳瑟奇。"

"好啊,好啊,唱吧!"别的人也随声附和着。"好哇,亚历山德拉!——库普里亚被难住了,不用说。唱吧,库普里亚……你是个好样的,亚历山德拉!"(仆人们为了表达亲昵的感情,称呼男人时往往用阴性词尾①)"唱起来啊!"

"这儿不是唱歌的地方,"库普里亚坚决地答道,"这里是主人的账房啊。"

"这跟你有什么关系?兴许你有意想当记账员吧?"康斯坦丁粗野地嘲笑他,"肯定是这么回事!"

"什么事都得听主子的旨意。"这可怜的人说。

"瞧,瞧,原来他盯上这个位置啦,噢,噢,哈!"

众人全都哄堂大笑起来,有几个人甚至高兴得跳起来。笑得最响的是个十五岁的男孩子,大概是仆役中头面人的儿子,他身穿带铜纽扣的西装背心,系着淡紫色领带,肚子已高高地鼓起来了。

"过来,跟我们说实话,库普里亚,"尼古拉·叶列梅伊奇显然很开心,得意地问道,"当烧火工好不好,这活儿很腻歪人吧?"

"尼古拉·叶列梅伊奇,"库普里扬说道,"你是我们这儿的账房主管,确实,这没什么可说的,但是要知道,你也有过倒霉的时候,也住过农家的小木屋。"

"你小心点儿,不要忘记了自己是老几,"矮胖子语气有点激愤,"人家是跟你这个傻瓜开玩笑呢,你这个傻瓜,应该知趣儿,人家肯搭理你,你应该感激人家才是。"

"我是说溜嘴了,尼古拉·叶列梅伊奇,请你原谅……"

"说溜了嘴,没有什么。"

门开了,一个小厮跑进来。

---

① "亚历山大"是男名,"亚历山德拉"为女名。

"尼古拉·叶列梅伊奇,太太要见您。"

"谁在太太那里?"他问那小厮。

"阿克西尼娅·尼基季什娜,还有一个从韦涅夫来的商人。"

"我马上就去。你们这些人,伙计们,"他用恳切坚定的口吻继续说道,"最好还是跟这位新被任命的烧火工一起离开这里吧,如果那个德国人突然闯进来,他要向上面告状的。"

矮胖子整了整自己的头发,用几乎完全被衣袖掩盖着的手捂着嘴巴咳嗽一声,系好衣扣,大步迈出门,见女主人去了。不一会儿,屋里这群人还有库普里扬也随着出去了。只留下我那个老相识,值班人。他正要动手削羽毛笔,却坐在椅子上睡着了。几只苍蝇趁机落在他的嘴边,一只蚊子在他的前额上舒展开肢体,不急不忙地把它叮人的刺插进他松软的肌肉里。那个长着络腮胡子和红头发的男人又在门口出现,他朝里面望了望,然后扭动着难看的身躯走进账房。

"费久什卡!唉,费久什卡!总是睡觉。"红头发人说。

值班人睁开眼睛,从椅子上站起身来。

"尼古拉·叶列梅伊奇到太太那儿去了吗?"

"去了,瓦西里·尼古拉伊奇。"

"啊!啊!"我想道,"原来他,就是总出纳呀。"

总出纳开始在房间里踱来踱去。与其说他是在踱步,倒不如说他有点像猫似的溜来溜去,他肩披一件窄下摆的黑色旧燕尾服,一只手放在胸前,另一只手不停地摆弄那条系得高高的、紧紧的、马鬃毛织的领带,头不自然地来回转动着。他脚穿小山羊皮制的皮靴,没有响声,走路很轻。

"亚古什金地主今天来找过您。"值班人又说道。

"啊,来找我,他说什么了?"

"他说他今晚到秋秋列夫那里去等您。他还说,'我要跟瓦西里·尼古拉伊奇谈点事情,'但是谈什么事他没有说,他说,'瓦西里·尼古拉伊奇该会知道的。'"

"嗯!"总出纳一面说,一面走到窗口。

"尼古拉·叶列梅伊奇在账房里吗?"从前室传来响亮的问话声。一个高个子男人迈进门槛走进来。他显得满脸怒气,面孔长得不大周正,但富于表情,有一些豪气,穿着很整洁。

"他不在这儿吗?"他问道,迅速朝四周打量一下。

"尼古拉·叶列梅伊奇在太太那儿,"总出纳答道,"告诉我,您想要什么,帕维尔·安德列伊奇,您可以跟我说……您到底要什么?"

"我要什么?您想知道我要什么?(总出纳难为情地点点头)我要教训他一顿,这个不要脸的胖家伙,这个卑鄙无耻、挑拨是非的小人!……我要给这个搬弄是非的家伙一点颜色看!"

帕维尔一屁股坐在椅子上。

"您在说些什么,帕维尔·安德列伊奇!冷静点儿……您难道不害羞?别忘了您是在说谁呀,帕维尔·安德列伊奇!"总出纳结结巴巴地说。

"我在说谁?他当上账房主管,关我什么事?没有什么好说的,竟然用这样一个人当主管!这简直是把山羊放进了菜园子里!"

"算了,算了,帕维尔·安德列伊奇,安静点儿!别提啦……尽说这些鸡毛蒜皮的事干吗呀?"

"这么说,狐狸大嫂也在开始卖乖啦?我等着他!"帕维尔气呼呼地说着,一拳砸到桌子上。"瞧,他来了!"他朝窗外瞅了一眼,又说道,"说曹操,曹操就到。我正恭候大驾呢!"(他站起身来)

尼古拉·叶列梅伊奇走进账房。他得意扬扬,脸上放光,但是一瞥见帕维尔·安德列伊奇,又有点神色慌张起来。

"您好,尼古拉·叶列梅伊奇,"帕维尔·安德列伊奇意味深长地说着,不慌不忙地迎上前去,"您好啊?"

账房主管没有回答。门缝里,出现了商人那张脸。

"怎么,您难道不愿屈尊回答我的问题吗?"帕维尔追问道。"但是,不……不,"他随后又说,"不是这样,大喊大叫跟破口大骂是无济于事的。不,您最好心平气和地告诉我,尼古拉·叶列梅伊奇,您为什么要苦害我?您为什么想毁了我?说呀,说出来吧。"

"在这儿跟你讲不明白,"账房主管回答时不免有点紧张,"况且不是时候。但是我必须说,有一点我弄不懂:你凭什么认为我要害你,或者说我想毁掉你?想想看,我怎么能害你呢?你又不在我的账房里做事。"

"那还用说,"帕维尔回答道,"这还不够吗?可是您为什么要耍花招呢?尼古拉·叶列梅伊奇?……我说的是什么意思,您心里明白。"

"不,我不明白。"

"您明白,您的确是明白的。"

"不,上帝作证,我不明白!"

"还对天发誓呢?唉,既然话说到这儿,那么您说,您怕不怕上帝?您为什么不能让那可怜的姑娘活下去呢?您想叫她怎么的?"

"你在说谁啊?"矮胖子装模作样地惊讶道。

"嘿!说谁您不知道哇?我说的是塔季扬娜。您该惧怕上帝——您为什么要报复?您应该感到羞耻:您是有老婆的已婚男人,孩子都跟我这般大了,我的情况就不同啦……我是说,我想娶她,我的行为光明正大。"

"这件事怎么能怪我呢,帕维尔·安德列伊奇?太太不会准许你结婚的,这是她主子的意思!这跟我有什么关系?"

"怎么,您不是一直在跟那个老恶婆,那个女管家串通在一起吗?嗯?您不是一直在那里说三道四吗?告诉我,您不是在用各种流言蜚语诽谤这个无助的姑娘吗?我要说,不是您的关照,她哪儿会从洗衣工的位置弄到厨房里去干粗活!不是多亏您的恩典,她哪能挨打,穿粗布衣裳呢?……您好不害臊,不要脸皮——您这老家伙!您知道,眼看着您要中风,随时都会瘫痪……您得跟上帝好好坦白了。"

"您骂吧,帕维尔·安德列伊奇,您骂吧……看您能骂多久啊!"

帕维尔突然大发雷霆。

"什么?你竟敢吓唬我?"他愤怒地吼道,"你以为我怕你,不,伙计,您别看错了人,才不怕你呢!……我到哪儿都能挣饭吃。可是你就不行啦!你只能待在这儿,传点闲话啦,偷鸡摸狗啦……"

"太张狂了!"账房主管打断他的话,他也开始沉不住气了,"你这个药店打杂的,不过是个药店打杂的,一个没有本事的庸医,听他说的——呸!倒像一个什么了不起的人!"

"是的,是药店打杂的,要不是我这个药店打杂的,你现在早就烂在坟地里了……真不该给你治好病,见鬼了。"他又咬牙切齿地蹦出一句话。

"你治好了我的病?不,你是想毒死我,你让我吃芦荟叶汁①,"账房主管不等他说完便说道。

"只有芦荟叶汁对你的病有效,不给你吃该怎么办?"

---

① 芦荟,一种植物,用芦荟叶汁可制成泻药,大剂量服用会中毒。

"芦荟叶汁是卫生部门禁用药,"尼古拉接着说,"我要去控告你……你想把我毒死——就是这么回事!只是上帝没让你得逞。"

"嘘,算啦,算了吧,先生们。"总出纳开口道。

"你走开!"账房主管声嘶力竭地大叫着,"他想毒死我!你明白吗?"

"我必须跟您……听我说,尼古拉·叶列梅伊奇,"帕维尔用绝望的口气说道,"我最后一次求你了! ……你把我逼到这个地步,——我实在忍无可忍了。别再难为我们了,懂吗?否则,上帝作证,咱们俩总会有一个要倒霉的!"

矮胖子勃然大怒。

"我不怕你!"他喊叫着,"你听见没有,你这乳臭未干的小子?我整过你父亲,把他制得服服帖帖——这就是例子,小心点儿!"

"别提我父亲,尼古拉·叶列梅伊奇。"

"滚开!你是什么人,要对我发号施令?"

"我告诉你,就是别提我父亲!"

"我也告诉你,别忘了你是谁!……不管你认为太太多么需要你,要是太太从我们两人中挑一个的话,你甭想待得住,乖乖!谁也不许造反,记着!"(帕维尔气得浑身发抖)"至于那个女工,塔季扬娜,她活该……你等着,还有更好的事等着她呢!"

帕维尔举起拳头冲上前去,账房主管扑通一声重重地跌倒在地板上。

"把他铐起来,把他铐起来,"尼古拉·叶列梅伊奇呻吟着说道……

我不打算描述这幕场景的结局了:我担心,会不会伤害了读者的感情。

当天我回到家里。一个星期以后,我听说女主人洛斯尼亚科娃把帕维尔和尼古拉都留了下来,但却把姑娘塔季扬娜打发走了,显而易见,用不着她了。

离群的孤狼

　　一天晚上,我独自一人乘比赛用轻便马车打猎回来。离家还有八俄里的路程,我那匹牝马在尘土飞扬的路上精神抖擞地奋蹄疾驰,还时不时地喷着响鼻,竖起双耳,那只疲倦的狗紧紧挨着马车后轮,如同被拴在那里一样。暴风雨就要来临了,前面的天空上,一大片紫色的乌云从树林后面缓缓升起,我头顶上一团长长的灰色云彩在飞舞,直压到我的面前,柳树摇曳着,不安地飒飒低语。令人窒息的燥热突然变得潮湿而阴冷。黑暗快速地浓浓凝聚起来,我抖动缰绳策马前行,马车奔向一条山谷,越过早已干涸的灌木丛生的河道,又爬上山坡,驶向森林的深处。我面前的道路在榛树丛覆盖下蜿蜒伸展着,此刻已完全湮没在黑暗之中;我艰难地前进着。古老的橡树和酸橙树那坚硬的树根,连续不断地交错于两条深深的辙沟上——大马车轮子压出的车辙使得轻便马车行驶时上下颠簸着,我的马开始东倒西歪地跌撞行进。一阵狂风突然在空中呼啸而过,树木咆哮着,粗大的雨点接连不断地拍打着树叶;随之一道闪电,一阵霹雳雷鸣,大雨瓢泼而下。我继续行走着,但很快被迫停住脚步;马陷进泥里了。我眼前黑得伸手不见五指。我总算在一片开阔的灌木林之中找到了避雨处。我蹲下来,遮住脸,耐心地等待着暴风雨过去。突然,透过一道闪电,我看到路上一个高高的人影。我开始急忙凝神盯着那个方向。——那个人影再次出现,好像是从我的马车附近的地里冒出来似的。

　　"你是谁?"一个清脆响亮的声音问道。

"喂,你是谁?"

"我是这儿的看林人。"

我说出我的名字。

"噢,我知道您!您是要回家吗?"

"是的,可是你看,这么大的暴风雨……"

"是,是一场暴风雨。"那人答道。

一道泛着白光的闪电,从头到脚照亮了看林人的身影,紧随其后是一声轰隆巨响,雨势加倍猛烈了。

"雨不会很快停的。"看林人继续说道。

"那怎么办呢?"

"如果您愿意的话,我可以带您到我的棚屋去。"他结结巴巴地说。

"那谢谢您的关照。"

"请您坐上车吧。"

他走到牝马前,抓住马嚼子,把马车从泥地里拉出来。我们上路了。马车摇晃着,就像"海上孤舟"一样,我紧紧地抓着马车的坐垫,呼唤着我的猎狗。我那可怜的牝马在泥泞中艰难地移动着,时而滑跤,时而跌倒;看林人幽灵般地在车辕杆左右两边晃动,照料着马车,我们走了很长一段时间,我的向导终于停住脚步了。"先生,我们到家了。"他轻声说道。栅栏门嘎吱响了,几只小狗汪汪叫着迎接我们。我抬起头来,借着一道闪电的光亮,我看到一个宽敞的院落,中间有一座小木屋,院落四周围着栅栏。从一个小窗口透出昏暗的光线。看林人把马车拉到台阶前停下来敲门。"来了!来了!"我们听到一个尖细的声音;随后一阵赤脚走路声,门闩吱呀一声打开了,一个腰系镶边小围裙,约莫十二岁的小姑娘手提灯笼出现在门口。

"给这位先生照路,"看林人对她说,"我把您的马车安顿在马厩里。"

小姑娘看了我一眼,走回屋去,我随后跟了进去。

看林人小木屋里只有一间顶棚低矮的房间,被烟熏得黑乎乎的,里面既没有高铺,也没有间壁,看上去空荡荡的。墙上挂着一件破旧的羊皮袄,条凳上放着一支单筒猎枪;墙角堆着一摞破烂衣服,灶台旁摆着两只大瓦罐。桌子上点燃着一支松树明子,火光忽明忽暗,闪烁不定。小木屋正中一根长横杆的一端,垂吊着一只摇篮。小姑娘熄灭灯笼,坐在一只小板凳上,左手拨弄着松树明子,右手开始晃动摇篮。我环视四周——心沉了下去:夜晚闯进农夫家里不是件令人愉快的事。摇篮里的婴儿吃力而急促地呼吸着。

"这儿只有你一个人吗?"我问那小姑娘。

"嗯。"她小声说,声音小得几乎听不见。

"你是看林人的女儿吧?"

"是。"她小声说。

门嘎吱一响,看林人低着头迈进门槛。他从地上拿起灯笼,走到桌前,点燃蜡烛。

"看来您是不习惯用松树明子吧?"他说着,甩甩卷曲的头发。

我看看他。我很少见过如此英武的汉子。

他身高肩阔,体魄健美。淋湿的家织麻布衬衣下面显露出强健的肌肉,下颏上卷曲的黑色胡须半遮着他那坚毅而极具男子汉气魄的面孔;相连着的浓眉下面,有一双不大的褐色眼睛,无畏地注视着前方。他双手轻松地叉在腰间,站在我面前。

我向他表示谢意,然后询问他的姓名。

"我叫福马,"他回答道,"不过绰号叫'孤独的狼'①。"

"噢,你就是'孤独的狼'啊。"

我更加好奇地审视着他。我打叶尔莫莱和其他人那里,经常听到有关看林人孤独的狼的传说,周围地区的农夫们像怕火一样地惧怕他。按照他们的说法,世界上还没有出现过如此尽职尽责的人。"他不让人拿走一把灌木枝。无论是在午夜,还是在其他任何时候,他都会像落雪一样,无声无息地出现在你面前,你休想抵抗住他——他强壮而又像魔鬼那样精明……你无论如何也无法贿赂他,送酒行不通,送钱也无济于事;他不会陷入任何圈套。有些人曾不止一次想置他于死地,但是不行——他们从没有成功过。"

这些都是邻近的农夫们对他的评论。

"原来你就是孤独的狼,"我重复道,"我听别人提起过你,老弟。他们

---

① 在奥廖尔省用"孤独的狼"这个名字,指离群索居的,不与他人交往的人。——作者注释

说你对任何人都不留情面。"

"我是尽我的职责,"他神情阴郁地答道,"吃主人的饭,不为主人做事是不对的。"

他从腰带上解下一把斧头,开始劈起松树明子来。

"你没有老婆吗?"我问他。

"没有。"他回答着,用力挥动着斧头。

"我想,她是死了吧?"

"不……是的……她是死了。"他又说了一句,然后转过脸去。我不作声了,他抬起头来看看我。

"她跟一个偶然过路的城里人跑了。"他带着苦涩的笑容说。小姑娘低垂下头,婴儿醒来后哭开了。小姑娘走到摇篮跟前。"来,给他吃吧,"孤独的狼边说边把一只脏奶瓶塞到小姑娘手里。"她把孩子丢下了。"他指着婴儿,继续小声说着。他走到门口,转过身来站住了。

"像您这样的先生,"他接着说,"是不喜欢吃我们的面包的,可是除了面包,我——"

"我不饿。"

"唉,您只是这样说。我本该烧好茶炊的,可是我没有茶……我去看一看您的马怎样了。"

他走出去,啪的一声把门带上。我又一次环顾四周。这小木屋叫我觉得更加凄惨。污浊苦辣的烟味呛得我喘不过气来。小姑娘坐在小板凳上,既不动也不抬头,只是时不时地摇动一下摇篮,胆怯地把滑落下来的围裙拉回到肩上,赤裸的双腿垂着,一动也不动。

"你叫什么名字?"我问她。

"乌莉塔。"她说,忧伤的小脸儿垂得更低了。

看林人走进来,坐在条凳上。

"暴风雨快要停了,"经过一阵短暂的沉默,他说道,"如果您愿意,我就领着您走出树林。"

我站起来,孤独的狼拿起猎枪,查看了一下猎枪的火药盒。

"那是做什么用的?"我问道。

"林子里常有人捣乱……他们正在砍伐牝马峡谷边的树。"为了回答我带着疑问的目光,他补充着。

"你在这儿就能听见吗？"

"我站在院子里就能听见。"

我们一起走了出去。雨已经停了。远处仍然聚集着一团团浓重的乌云。天空中时不时地闪现出狭长的闪电白光；但头顶上，夜空的湛蓝已处处可见；透过稀疏的疾速退去的流云，满天繁星眨着眼睛。暴风骤雨打湿的树林也开始在黑暗中展现出轮廓。我们倾听着，看林人摘掉帽子，低着头……"在那儿！"他突然冒出一句，伸出一只手，"瞧他选了这么一个夜晚。"可我却除了树叶的沙沙响声，其他什么也听不见。孤独的狼把马牵出马厩。"不过，也许，"他又大声说道，"这样我会抓不着他的。""如果你同意的话……我跟你一起去。""当然同意，"他回答说，又把马送回马厩，"我们这就去抓住他，然后我再送您走。咱们走吧。"我们出发了，孤独的狼在前，我跟随在后面。只有天知道他是怎么认出路来的，尽管他有一两次停住脚步，那也只是为了听清楚斧头砍树的声音。"那儿，"他低语道，"你听见了吗？听见了吗？""什么？在哪儿？"孤独的狼耸耸肩。我们走进峡谷中；风这会儿停了，有节奏的斧头砍树声清晰地传进我的耳朵里。孤独的狼瞥了我一眼，摇了摇头。我们穿过湿漉漉的蕨丛和荨麻继续往前走，只听到一阵舒缓而沉闷的响声……

"他把树砍倒了。"孤独的狼嘟囔道。这时，天空变得越来越晴朗，树林中透出一缕暗淡的光。我们终于走出了峡谷。

"在这儿等一下。"看林人对我耳语道。他弯下身子，把枪举过头顶，便消失在灌木丛中。我开始紧张地倾听着。透过不住呼啸的风声，我似乎听见附近发出的微弱声音，那是斧头小心翼翼地砍倒灌木的声音，车轮轧轧的响声，还有马打着响鼻的声音……

"你往哪儿跑？站住！"孤独的狼突然发出钢铁一般的雷鸣吼声。又听到一声哀叫，就像落入陷阱的兔子似的。……一场搏斗开始了。

"你这坏家伙，你跑不了，"孤独的狼气喘吁吁地说，"你甭想跑掉……"我连忙朝发出响声的方向跑过去，一步一跌地赶到他们搏斗的地方。孤独的狼正忙着降服小偷，用一条宽腰带把他的双手反绑在背后。一棵被伐倒的树横放在地上。我走近了。孤独的狼直起身，把那人拉了起来。这时我看到了一个衣衫褴褛，胡须蓬乱，全身被雨浇湿的农夫，一匹可怜巴巴的小马，身上半遮着一块硬草席，旁边有一辆破陋的马车停在那里。

看林人一言不发,那农夫也沉默不语,只是不停地摇着头。

"放了他吧,"我在孤独的狼耳边小声说,"我来赔钱。"

孤独的狼一声不吭,左手抓住马鬃毛,右手抓着农夫的腰带。"转过身来,你这小人!"他严厉地说。

"那儿还有把斧头,请拾起来吧。"农夫喃喃地说道。

"当然,干吗要丢下呢?"看林人说着拾起斧头。我们又动身了。我在后面走——雨又开始淅淅沥沥下了起来,很快变成滂沱大雨。我们好不容易才走到小木屋跟前。孤独的狼把抓到的小马拉到院子当中,把那农夫领进屋子,松了松绑他的宽腰带,让他坐在墙角。那个已在灶台边正要入睡的小姑娘跳了起来,开始惊恐不安,一言不发地望着我们。我在长凳上坐下。

"啊,这雨下得真大!"看林人说道,"您只好等雨停了再走。您是不是躺一会儿?"

"不,谢谢。"

"要不是老爷您光临,我就把他关在贮藏室小屋里了,"他指着农夫继续说道,"可是您看这门闩——"

"让他待在这儿吧,别碰他了。"我打断他的话。

农夫抬起眼睛,偷偷地看了我一眼。我在内心发誓,无论如何要把这个可怜的苦命人放掉。他一动不动地坐在板凳上。灯笼的光亮使我能看清他那张疲惫而布满皱纹的脸,下垂的黄眉毛,不安的眼神,瘦骨嶙峋的肢体……小姑娘躺在他脚边的地上,又陷入熟睡。孤独的狼坐在桌旁,双手捧着头。蟋蟀在角落里嚁嚁叫着……雨水滴滴答答落在屋顶上,顺着窗户流下来;我们都默不作声。

"福马·库兹米奇,"农夫突然断断续续用粗哑含混不清的声音说道:"福马·库兹米奇!"

"什么事?"

"放了我吧。"

孤独的狼没有回答。

"放我走吧……我是因为饿极了,才干这种事,放我走吧。"

"我知道你们,"看林人语气严肃地反驳道,"你们全村的人都一样——都是小偷。"

"放我走吧,"农夫重复着说,"我们的管家,把我们给毁了,就是这么回事——放了我吧!"

"是给毁了,的确!但谁也不该去偷。"

"放我走吧,福马·库兹米奇……不要害我。您自己清楚,您的管家,是不会饶过我的,会把我吃了,就这么着。"

孤独的狼转身走开了。农夫全身发抖,好像发烧一般痛苦挣扎。他摇晃着脑袋,呼吸也不那么均匀了。

"把我放了吧,"他绝望地重复着。"把我放了吧,看在上帝的分上,放了我吧!我会赔钱的,真的,这都是饿的呀!孩子们饿得直哭,您自己知道的,我们的日子过得很艰难,真的。"

"怎么说你也不该去偷。"

"还有我的马,"农夫接着说,"我的可怜的小马,至少……我们只剩这头牲口啦……把它放了吧。"

"告诉你,我不能放你走。我做不了这个主,否则,我要受处分的。也不能把你们给惯坏了。"

"放我走吧!都是因为穷,福马·库兹米奇,因为穷——不是为了别的——放了我吧!"

"我知道你们!"

"噢,放了我吧!"

"喂,跟你说有什么用?安静点儿坐下,不然我可要……你没看见有位老爷在那儿吗,啊?"

可怜的农夫垂下了头……孤独的狼打了个哈欠,头趴在桌子上。雨还在不停地下着。我在等待着,不知要发生什么事。

突然间,农夫挺直了身子,他双眼冒着火星,脸也涨得通红。"好吧,你就来吧,来把我吃了吧,把我掐死吧,"他开口说话了,眉头紧蹙,嘴巴歪扭着,"来吧,你这该死的杀人魔王,你是在喝基督徒的血啊,你喝吧!"

看林人转过身去。

"我在跟你说话哪!你这野蛮人,吸血鬼,听见没有!"

"你是喝醉了还是怎么的,怎么骂起人来了?"看林人说道,有点发蒙。"你疯了不是,嗯?"

"喝醉了!并没有花费你的钱,你这可恶的杀人魔王——你这畜生,畜生,畜生!"

"啊,你呀……我可要揍你!……"

"那又怎么样,反正一样,我是完了,没有了马,我能干什么?杀了我吧——反正结果都一样,甭管是饿死还是被杀死——反正是一样,都死了吧——老婆,孩子……把我们立刻全杀了吧。可是你等着,我们不会放过你的!"

孤独的狼站起身来。

"打吧,打吧,"农夫还在咆哮着,"打吧,来,打呀!"(小姑娘急忙从地上跳起来,目不转睛地盯着他)"打呀,打呀!"

"闭嘴!"看林人怒喝道,朝前跨了两步。

"算了吧,福马,算了吧,"我喊道,"放了他吧……由他去吧。"

"我就是要说,"那个不幸的人继续说道,"反正都一样——怎么也是个死——你这杀人凶手,你这畜生,你的死期还没到……可是等着瞧吧,你不会神气多久啦,有人会把你绞死,你等着!"

孤独的狼紧紧抓住他的肩膀。我冲上去帮助那农夫……

"您别管,老爷!"看林人对我喊叫道。

我哪里害怕他的威吓,正要举起拳头,但是令我感到惊讶的是,他一下松去了绑在农夫胳膊上的宽腰带,按住后脖颈,给他戴上帽子,打开门,把他推了出去。

"带上你的马快滚吧!"他在农夫身后叫喊道,"但是你小心点儿,下一次……"

他回到小木屋,开始在角落里翻找东西。

"喂,孤独的狼,"最后我说道,"你真教我没有想到,我看出来了,你是个大好人。"

"唉,别说啦,先生,"他烦躁地打断我的话,"请不要说出去这件事。不过我最好还是现在就送您走吧,"他又说道,"我想您是不会等到雨停下来……"

院子里传来农夫马车车轮滚动的声音。

"他走了!"他轻声低语道,"下一次我可不放过他……"

半小时以后,他在树林边与我道别。

两个地主乡绅

亲爱的读者们,我已经荣幸地向你们介绍了我的几位邻居,现在让我利用这个合适的机会(对于我们作家来说,一切机会都是合适的)再向诸位介绍两位绅士,过去我经常去他们那里打猎——他们非常值得尊敬,是心地善良的人,在邻近地区受到普遍的敬重。

首先,我要说的是退役陆军少将维亚切斯拉夫·伊拉里奥诺维奇·赫瓦伦斯基。诸位不妨想象一个身材颀长的成年男子,他过去体态健美,到现在已经略显发福,但是一点不显衰老。正如人们所说,他正值盛年。不错,他那往日长得十分端正,如今仍然十分俊逸的面庞已经显露出些许变化。他的双颊松弛下垂;眼角边密布着许多条放射状的皱纹;几颗牙齿,像普希金作品中萨迪所说的那样,已经不存在了;他的浅褐色的头发——至少,是他头上还留有的那些头发已经变成了淡紫色,而这要完全归功于一种药水,那是他从罗苗马市上冒充亚美尼亚人的犹太人那儿买来的;但是维亚切斯拉夫·伊拉里奥诺维奇有着从容的步态,洪亮的笑声,走起路来,踢马刺发出叮当的响声,捋着胡须,最后还口口声声称自己是个老骑兵,其实我们大家都知道,真正的老人从来不说自己老。他常常穿着一件礼服外衣,纽扣一直扣到上面;浆过的硬领子外面打着高高的领结,下身穿着军队式样的有枝状花纹的灰色裤子;帽子低扣在前额上,露出整个后脑勺。他是个脾气温和的人,但有些相当古怪的观念和习惯。例如他对身无分文和地位卑微的贵族,从不甘心同他们平起平坐。跟这些人说话时,他总是把面颊一侧紧贴在浆硬的白衬衣领上,斜睨着他们,继而突然转身,一言不发,显然用冷眼凝视着他们,头发下所有的头皮都动了起来;甚至讲话的词儿和腔调,说出来也不一般。例如,他绝对不说"谢谢你,帕维尔·瓦西里奇",或者"请到这边来,米哈伊洛·伊万内奇"而是说"谢啦,帕尔·阿西里奇",或者"这儿来,米尔·万内奇"①。对于社会地位低下的人,他的行为更是古怪;他从来不看他们,在使他们理解自己的愿望和指令之前,他总是用一种迷惘恍惚的神态,接连不断地重复同一句问话:"你叫什么名字?……什么,你叫什么名字?"他以极度刺耳的尖叫声把重音放在"什么"这第一个词②上,这使他说的俄语句子倒像是鹌鹑的叫声。他十分挑剔,又极端吝啬,却把田产管理得一团糟;他选了一个退役的军需官,一个极度愚蠢的小俄罗斯人③做他的管家。不过,在管理田产方面,我们当中任何一个人都比不上某位彼得堡的显贵,他从自己管家的报告中得知,在他领地上晾晒谷物的小棚子经常遭受火灾,因此他损失了许多粮食,他就下了一道严格的命令:今后在火灾完全熄灭之前,不准将成捆的谷物放进棚子里。就是这位大人物曾经想出一个绝妙的主意,在自己的土地上种植罂粟,因为经过简单计算便可以得知,种植罂粟比种植黑麦能多卖钱。所以种植罂粟的收益会更大。还是他,让女奴们戴上一种冠状头饰,那是根据从彼得堡寄来的式样做成的,直到现在,这些农妇都还戴着这种头饰,不过只是戴在头巾上面……不过,我们还是回过头来接着说维亚切斯拉夫·伊拉里奥诺维奇吧。维亚切斯拉夫·伊拉里奥诺维奇十分贪恋女色,每当他在本县县城街道上散步时,一旦看到漂亮女人,他总是要很快地追上去,但步态也很快变得一瘸一跛的,那种情景煞是奇妙好看。他很喜欢玩纸牌,但总是同身份比他低的人一起玩儿,这些人一口一个"阁下"地奉承他,而他却由着性子尽量吹毛求疵,大声地训斥他们。当他偶尔同省长或其他显要人物玩牌时,他的样子就发生了奇迹般的变化:他满脸堆笑,点头哈腰,察言观色,总是做出兴高采烈的表情,即使输了牌,也绝不抱怨。维亚切斯拉夫·伊拉里奥诺维奇书读得不多,每当看书时,他总是不停地上

---

① 把"谢谢你,帕维尔·瓦西里奇"说成"谢啦,阿西里奇",把"请到这边来,米哈伊洛·伊万内奇"说成"这儿来,米尔·万内奇"都有蔑视对方的意思。
② 在俄语中,"什么"是在句首,即"第一个词"。
③ 小俄罗斯人,旧时对乌克兰人的蔑称。

下抖动着髭须和眉毛，好像脸上自下而上翻滚着一层层波浪。特别是当维亚切斯拉夫·伊拉里奥诺维奇碰巧阅读《评论报》①上各个栏目的文章时（当然要有客人在场了），他脸上这种起伏的表情尤其明显。在省里竞选中，他担任着相当重要的角色，但是因为吝惜金钱，他婉拒了首席贵族的荣誉称号。"先生们，"他经常对推举他担任这一职务的贵族们说，语气中充满着傲慢和自负，"我非常感谢诸位的好意，但我已决意在清寂中度过我的休闲时光。"他说这番话时，头向左右摇晃着，然后威严地扬起脸，翘起下巴，整整领带。他年轻时，给某位大人物做过副官，关于这位大人物，他只是提及他的教名和父名。人们都说，他不仅仅只是做副官分内的事，例如，他还曾经身着仪仗队服装，扣着风纪扣，在浴室为他的上司搓背——当然，这只是传闻，不可全信。不过，赫瓦伦斯基将军不喜欢谈及他的军旅生涯，这的确是件怪事。他似乎从未参加过战争行动。赫瓦伦斯基将军单独住在一所小房子里，从未享受过婚姻生活的乐趣，因此人们至今认为他还是个未婚男士，甚至是一个条件优越的未婚男士。不过他有一个大约三十五岁的女管家，黑眼睛，黑眉毛，体态丰满，面色红润，上唇有着胡须样的绒毛，她平时穿着浆过的衣服，每逢星期天，还要套上棉布袖子。在邻近绅士们欢迎省长和其他显贵的宴会上，正是维亚切斯拉夫·伊拉里奥诺维奇最得意之时：此时他显得十分优雅得体。每当这种场合，他不是坐在省长右侧，就是坐在离省长不远的座位上，宴会开始时，他总是极力做出一副威严的姿态，上身靠在椅背上，他转动脑袋，却用高傲的目光扫视着周围客人们浆硬的衣领；可是宴会快要结束时，他开始松懈下来，向各方面的客人们微笑着（从宴会开始他就面对省长微笑着），有时甚至提议为他所说的"我们星球的装潢品"女性而干杯，赫瓦伦斯基将军在上级巡视，教堂集会，展览会等所有隆重的公众聚会中尽显风采，在教堂中还没有人以他这样的风采接受上帝的赐福祈祷。在教堂聚会结束时或街上人群聚集的地方，维亚切斯拉夫·伊拉里奥诺维奇的仆人们既不大声喧闹，也不高声叫喊。在人群中为主人开出道路或牵着主人的马车时，仆人们会用柔和的男中音低声说："请让开，请让开，请让赫瓦伦斯基将军过去，"或是说，"请让赫瓦伦斯基将军的马车过去。"的确，赫瓦伦斯基的马车式样相当古怪，仆人们穿的

---

① 原文是法语。

制服十分破旧(不用说,衣服是灰色有红边的);那几匹马也已为他辛勤服务多年;只不过维亚切斯拉夫·伊拉里奥诺维奇不愿意过豪华气派的生活,他认为炫耀财富是不符合自己身份的。赫瓦伦斯基不善辞令,或许是没有机会表现自己的口才。他不仅十分厌恶参与辩论,而且也不愿与人交谈。他竭力避免与其他人,尤其是与年轻人作任何形式的长谈。对他来说,这样做无疑是明智的,因为和年轻人在一起,最糟糕的是,就是他们根本不会尊敬和服从身居高位的人。赫瓦伦斯基在身居高位的人面前常常沉默寡言,而对那些看上去地位卑贱的人则不屑一顾,尽管他常常与他们交往,说出的话却尖刻而唐突,他经常使用这样的字句:"您现在说的尽是蠢话,"或者"先生,我不得不警告您,"或者"您应该知道您是在跟谁打交道,"等等诸如此类的话。邮政局长、当地政府官员、驿站长们都十分怕他。他从不在家里招待客人。人们都说,他过着守财奴般的生活。尽管如此,他仍然是个不错的乡间绅士。"一个老军人,一个无私的、正直的人,一个爱发牢骚的人①。"邻居们都这样评论他。只有省里一个检察官,每当人们在他面前谈及赫瓦伦斯基将军卓越而出众的品行时,他却报以冷笑——不过,嫉妒这玩意儿让人什么都干得出来!

好了,现在让我们回过头来谈谈另外一个地主吧。

马尔达里·阿波洛内奇·斯捷古诺夫与赫瓦伦斯基毫无相似之处;他似乎未在任何政府部门中任过职,也根本算不上一个美男子。马尔达里·阿波洛内奇是个受人尊敬的矮胖秃顶小老头,他胖得长出了双下巴,有一双柔软的手。他非常好客,性情温和而快活;人们说,他过着舒适的生活;无论冬夏,他总是穿着一件皱巴巴的条纹上衣。只有一点,他很像赫瓦伦斯基将军:他也是个单身汉。他有五百个家奴。马尔达里·阿波洛内奇在管理自己的田产方面非常注重做表面文章:为了赶时髦,他曾经从莫斯科的布捷诺普公司那里订购过一台脱粒机,他把机器锁在谷仓里,而后就觉得心安理得了。在风和日丽的夏日,有时他也会坐上他那比赛用轻便马车,去地里转一转,看看庄稼,采些矢车菊。马尔达里·阿波洛内奇的生活方式完全是旧式的。他住的房子是旧式建筑;在厅堂里,自然也能闻到格瓦斯、牛脂蜡烛和皮革的气味;紧靠右边有一个餐具柜,里面放着毛巾,常

---

① 原文是法语。

有蟑螂；餐厅里挂着家里人的画像，到处飞着苍蝇，有一大盆天竺葵花，还有一架破旧的钢琴；客厅里摆放着三张沙发，三张桌子，两面镜子，一个喀嚓作响的旧座钟，青铜指针上有着雕刻装饰，钟面的珐琅已失去光泽，书房里放着一张书桌，上面堆满了文件，还有一个蓝色的屏风，上面贴满了从上世纪各种作品中剪下来的图片；一个书架塞满了散发霉味的书籍以及蜘蛛网和黑色灰尘；一把散架的扶手椅，一扇意大利式的窗户；通向花园的房门已被封死……总之，这里的一切都像通常那样恰到好处。马尔达里·阿波洛内奇有众多的仆人，他们都穿旧式制服：深蓝色的高领长外套，暗灰色长裤，以及浅黄色的短坎肩。他们把客人都称作"大人"。他的家产由管家掌管，那是一个胡须遮住整个皮袄前襟的农民。日常琐事则由一个吝啬的、头上裹着褐色头巾、满脸皱纹的老太婆来料理。马尔达里·阿波洛内奇的马厩里有三十匹各式各样的马，他乘自家制作的四轮大马车出行，那马车足有四吨重。他热诚地招待客人，用丰盛的饭菜款待他们；就是说，由于我们俄罗斯令人心醉的烹调艺术的魅力，使客人们饭后除了玩朴烈费兰斯①，无法再做其他任何事情。就他本人来说，也从来不做任何事情，甚至连《圆梦录》这样占梦的书也读不下去。但是像他这样的绅士在俄罗斯还多得很，也许有人会问我："出于什么目的要谈论他呢？"好，为了回答这个问题，就让我把对马尔达里·阿波洛内奇的一次造访讲给你们听吧。

一个夏日的晚上，七点钟我来到了他家。晚祷刚刚结束；那个牧师，一个年轻人，刚刚毕业于神学院，显得很胆怯，正坐在客厅离门很近的一张椅子边上。马尔达里·阿波洛内奇像往常一样热情地接待我；见到任何一位客人，他总是由衷地感到高兴，他确实是一个热心肠的好人。牧师站起身，拿起了帽子。

"等一等，等一等，神父，"马尔达里·阿波洛内奇说着，并没有放开我的手，"别走，我已经叫人为你去取伏特加酒了。"

"我从来不喝酒，先生。"牧师慌张地小声念叨着，脸一直红到耳根。

"别乱说！"马尔达里·阿波洛内奇回答道，"还是个神父呢，不喝酒，哼！尤什卡！尤什卡！给神父拿伏特加来！"

尤什卡，一个大约七十岁的瘦高老头儿走进来，手上托着一只深色斑

---

① 一种三人玩的纸牌游戏。

纹的珐琅盘子,上有一杯伏特加。

牧师推辞起来。

"来,喝吧,神父,别客气啦,你这样可不好,"地主用责备的口吻说道。

可怜的年轻人只得服从。

"好啦,神父,现在你可以走啦。"

牧师鞠躬后走了出去。

"真是个好人,"马尔达里·阿波洛内奇目送着他离去的背影说道,"我很喜欢他。只是有一点——他还年轻。他兢兢业业地布道,却没有学会喝酒。我说,您好吗,亲爱的先生?您近来在忙什么呢?您身体好吗?我们到阳台那儿坐坐吧——这是多美的夜景啊。"

我们走出去,来到阳台上坐下,开始聊天。马尔达里·阿波洛内奇朝下面瞥了一眼,突然间变得激动起来。

"这是谁家的母鸡?是谁家的鸡啊?"他喊叫起来,"是谁家的鸡在花园里乱跑?……谁家的鸡啊?我已经说过多少次了,不准鸡进来的,为这事我说过多少次了!"

尤什卡跑出门去。

"简直是乱了套!"马尔达里·阿波洛内奇大声嚷嚷着,"真是糟透了。"

这几只不走运的母鸡,我至今还记得,两只鸡长着花斑羽毛,一只鸡长着白色鸡冠,仍然安详地在苹果树下昂首阔步地踅来踅去,不时地连声发出咯咯的叫声,抒发着心满意足的情感。突然,没戴帽子,手持棍子的尤什卡,还有三个成年仆人出现在那儿,他们同时朝鸡群扑去,这下可真热闹了。母鸡咯咯地叫着,拍打着翅膀,蹦跶着,大声的咯咯叫声吵成一片。仆人们跌跌撞撞地跑着,主人在阳台上疯了似的大声叫唤:"抓住它们,抓住它们!抓住它们,抓住它们!抓住它们,抓住它们,抓住它们!这都是谁家的母鸡啊?"

最后总算有个仆人捉住了那只长着白色鸡冠的母鸡,把它按在地上,恰恰在这个时候,一个头发乱蓬蓬、大约十一岁的小姑娘,手拿一根干树枝,从村里街上跳过花园栅栏跑了进来。

"啊哈,现在我知道是谁家的鸡了!"地主得意地叫起来,"是车夫叶尔米尔家的鸡!他打发他的纳塔尔卡来赶鸡了!不过他没让帕拉莎来,"地主意味深长地悄悄笑着又低声咕哝了一句,"嘿,尤什卡!把鸡放了吧,把纳塔尔卡给我带来。"

可是,还没等气喘吁吁的尤什卡抓住那个吓坏了的小姑娘,女管家突然出现了,她抓住小姑娘的胳膊,在她后背上打了几下⋯⋯

"就这样!对,就这样!"地主高声嚷嚷着,"啧,啧,啧⋯⋯把鸡弄走吧,阿夫多季娅,"他又大声补充了一句,然后笑容满面地对我说,"喂,干得不错吧,亲爱的先生?瞧,我都出汗了。"

马尔达里·阿波洛内奇嘻嘻笑起来。

我们仍旧待在阳台上。夜晚的景色确实非常美。

有人给我们端茶来了。

"请问,"我开口道,"马尔达里·阿波洛内奇,山谷那边大道上,是您管辖的农夫的房子吗?"

"是的⋯⋯您问这干什么?"

"您是怎么搞的,马尔达里·阿波洛内奇,这样做真是罪过。分配给农夫住的房子既窄小又简陋,周围也看不到一棵树,更不用说养鱼池了,只有一口井,也是不够用的。您就真的找不到其他地方让他们住了吗?听说您把他们以前种的大麻田也划过来了?"

"新地界就是这样划的,有什么办法呢?"马尔达里·阿波洛内奇回答说,"您知道吗,我早知道地界会这样划分的,这种划分没有任何好处。至于说我把他们的大麻田划过来了,他们那儿没挖出养鱼池,或者没有其他的什么——这么说吧,先生,我知道该怎么做。我是个普通人——我按老规矩办事。依我看,主子——就是主子;地户吗就是地户。我看就是这么回事。"

对于这种如此明确而又令人信服的观点,自然谁都无言以对。

"再说,"他继续说道,"那些农夫是很坏的,他们真丢人。尤其有两户人家,噢,我过世的父亲——上帝祝福他安息——在世时就对他们没有好感,绝对对他们没好感。您知道我信奉的原则是:老子是贼,儿子也是强盗;随您怎么说⋯⋯血缘关系,血统——噢,这是极重要的现实!我干脆跟您说吧,我把那两户人家中还没有轮到当壮丁的,都送去当兵了,就这样把他们四下里充发走了,可是,有什么办法呢,这些该死的家伙,又绝不了,出生得这么快!"

此时四下里一片寂静,只是偶尔一阵清风拂过,直至吹到房子附近静止不动时,从马厩那边似乎传来连续而有节奏的敲打声。马尔达里·阿波洛内奇刚把盛满茶的茶碟①端到唇边,张大鼻孔闻着茶香——我们都知道,没有一个土生土长的俄罗斯人喝茶前不做这番准备活动的——可是他突然停下来,听了听,点了点头,呷了一口茶,把茶碟放在桌子上,以你能想象到的最温和的方式微笑着,一边伴随着敲打声不由自主地念叨着:

"嚓—嚓—嚓—!嚓—咂!"

"那是干什么?"我疑惑不解地问道。

"噢,他们在照我的吩咐,惩罚一个调皮捣蛋的家伙……您是否还记得瓦夏,那个在餐厅里干活的?"

"哪一个瓦夏?"

"呃,就是刚才照顾我们吃饭的那个人,他长着一脸络腮胡子。"

在马尔达里·阿波洛内奇明澈而温柔的目光注视下,最强烈的愤怒也无法发作。

"您怎么啦,年轻人,怎么回事?"他摇着头说道,"您以为我是个恶人吗?您怎么用这样的目光盯着我?'爱护谁就惩罚谁',您是知道这一点的。"

一刻钟以后,我跟马尔达里·阿波洛内奇告别。当我坐的马车经过村子时,我一眼看见了瓦夏。他正在村子的街上走着,咬着核桃吃,我吩咐车夫让马停住,叫瓦夏过来。

"怎么啦,小伙子,他们今天惩罚你啦?"我问他。

"您是怎么知道的?"瓦夏反问道。

"你的主人告诉我的。"

"老爷他自己说的吗?"

"为什么他要吩咐人惩罚你呢?"

"唉,我应该受罚,大人,我应该受罚。他们不会为一点小事惩罚我们,我们这儿对我们不这样——不,不这样,我们老爷不是这样的人,我们老爷……您在全省也找不到第二个像他这样的老爷。"

"上路吧!"我对车夫说道。"这就是旧俄罗斯!"在回家的路上我不禁这样想道。

---

① 旧时俄罗斯习俗,喝茶时把茶杯里的茶倒入茶碟,用茶碟喝。

列别迪扬集市

　　我的亲爱的读者们,打猎的一个主要的好处,是可以迫使你不断地从一个地方走到另一个地方,对于没有职业的人来说,这是极为令人愉快的事。不过,有时候,特别是雨天,漫无目的地徘徊在乡间道路上,确实并不惬意。往往是你穿过田间小路,叫住遇上的农夫,向他打听:"喂,好心的人,去莫尔多夫卡怎么走?"到了莫尔多夫卡,还得向头脑迟钝的农妇(所有壮劳力都下地干活去了)询问大路边上的小旅店还远不远,以及怎样走才能到达那儿,——然而当你走了十俄里远的路程之后,发现那里没有一个旅店,却是一个渺无人烟的胡多布勃诺夫村,你看到一大群猪正在齐耳深的村街中央的黑色泥沼中打滚,而它们极为惊异,丝毫没有料到会被人们惊扰。还有令人不快的事,是脚踏颤悠悠的木板桥,穿过山谷,趟过一片汪洋沼泽似的溪水;还有更不愉快的呢,那就是连续长途跋涉二十四小时穿越覆盖大路的丛林绿树的海洋,或者(那是上天不容的)被困在一侧标有数字"22",另一侧标有"23"的条纹路标牌前陷于泥浆之中,一直长达数小时之久;也还有极不愉快的,是一连几个星期靠吃鸡蛋、牛奶以及人们交口称赞的黑麦面包度日……但是,算了,所有这一切不便和不适,都能从另一类好处和愉悦中得到补偿,我们还是来说自己的正事吧。

　　了解了我前面讲过的事情,就无须再向读者解释五年以前,我是怎样来到列别迪扬那人喊马嘶的贩马集市的。我们这些猎人常常是在一个晴朗的早晨从多少算是世袭的领地出发,并且已经完全盘算好,当天晚上赶回去,可是因为不停地追猎鹬鸟,结果可能来到美丽的伯绍拉河边的最北部。再说,凡是喜欢猎枪和猎狗的人,也都是骏马的狂热崇拜者,那可是世界上最珍贵的动物了。我就是这样来到了列别迪扬,在旅店里住下,换了衣服,就到集市去了(旅店侍者,一个约莫二十岁的瘦高小伙子已经用他那悦耳的、略带鼻音的男高音告诉我,某公爵大人,即某团战马采购员正在他们旅店下榻;他还告诉我,许多别的绅士也来了,晚上通常有茨冈人演唱,剧院里要上演《特瓦尔多夫斯基老爷》①,他还说马的价钱很高,显而易见都是好马)。

在马市广场上,停放着一排排数不清的马车,马车后面,是各种用途的马:比赛用马,配种用马,运货马车用马,二轮马车用马,驿站出租用马,还有普通农夫用马。一些马,膘肥肉满,毛色油亮,按毛色不同,披着颜色各异的、有条纹的马披,被短缰绳拴在高高的架子上,它们向后偷偷看着极为熟悉的、它们的马贩子主人经常拿在手中的鞭子。那些私人豢养的马匹,是由俄罗斯大草原上的贵族们从一二百俄里以外的地方赶来的,交给一个年老体衰的车夫和两三个不服管束的小马倌照看着;它们不时地摇动着长长的脖子,百无聊赖地跺着蹄子,啃着木桩。红白相间的维亚特马紧紧地互相偎依在一起;那些赛马,有的毛色带灰色斑点,有的毛色乌亮,有的呈红褐色,个个臀部宽厚,尾巴甩动,马腿上长满粗毛,雄狮般高傲地站立着。识货的马匹鉴赏家们虔诚地站在它们面前。一排排大车摆成的一条条通道,那里挤满了身份不同、年龄不同和外貌不同的人们;身穿蓝色长外套,戴着高高帽子的贩马人狡黠地在寻视买主;眼睛凸出,头发卷曲的茨冈人像不安定的幽灵似的气急败坏地窜来窜去,他们查看马的牙口,抬起马蹄子或撩起马尾巴,大声吵嚷着,诅咒着,为别人做中介人,或是抓阄儿,或是纠缠着某个戴军用便帽、身着海狸皮领子军用大氅的军界购马人。一个健壮的哥萨克人骑在脖子像鹿颈般细的骟马上跑来跑去,要把它"整套处理掉,"就是要将马同马鞍,辔头一起卖掉。而所有的农夫们身穿腋下已磨破的羊皮袄,竭尽全力地挤过人群,或成群地挤上一辆拴着一匹供"试用"的马的大车上;或者待在一边某个地方,在狡诈的茨冈人的帮助下,讨价还价直到精疲力竭,互相击掌上百次,最后仍然坚持各自的报价,而双方讨价

---

① 俄罗斯作曲家韦尔斯托夫斯基(1799—1862)的歌剧(1828)。

还价的目标,是那匹可怜巴巴的驽马,它身上盖着一小片席子,只管眨着眼睛一动不动地站在那儿,好像事情与它无关似的……毕竟,以后谁来鞭打它,对它来说还不是一样!有些额头宽阔,留着染过的髭须的地主,脸上现出严肃的神情,头戴波兰式帽子,肩披棉大衣,正在和戴着毡帽及绿手套的肥胖商人态度谦和地谈着生意。来自各个团队的军官们也在这里游来荡去;一个极高极瘦的德国血统的胸甲骑兵正在不紧不慢地向一个跛脚马贩子打听"买那匹栗色马要多少钱?"一个淡黄头发,约莫十九岁的轻骑兵在为一匹瘦弱的溜蹄马选配一匹挽马;一个驿站车夫头戴周边装饰着孔雀羽毛的低顶帽子,身穿棕色外衣,胳膊缠着一条细窄的绿皮带,下面系着一副长长的皮手套,他正在寻找一匹辕马。车夫们给马编着马尾巴,他们把鬃毛弄湿,毕恭毕敬地为他们的主人提出善意的忠告。已经成交的人们,根据自己的情况,急急忙忙跑进旅馆或小酒店……拥挤的人群在涌动,在叫嚷,在奔忙,在争吵,继而又和解,又咒骂以及开怀大笑着,所有人腿上的泥浆都有平膝那么高。我想为那辆带篷的双轮轻便马车买三匹马;我这几匹马已经不中用了。我已经看中了两匹,但还未选中第三匹马。在旅店吃过饭后(对此我不想作任何描述,因为甚至埃涅阿斯①也早已明白了,纠缠过去的倒霉事是多么的痛苦),我来到一个称作咖啡馆的小店,那里是买马人、养马人和其他人夜晚经常聚会的地方。台球房里,弥漫着烟叶的灰色烟雾,里面聚拢着大约二十个人。他们当中有吊儿郎当身穿绣花夹克衫和灰色裤子的年轻地主,这些人,留着长长的连鬓胡子,唇上的胡须擦得油亮,正在神气地无所顾忌地环顾四周;另有一些身着哥萨克服装、脖颈极短、眼皮浮肿的贵族,在那里令人厌烦地哼着鼻子;几个商人静静地坐在一边;军官们在一起无拘无束地聊天儿。正在打台球的是某公爵,一个大约二十二岁的年轻人,有一张精力旺盛而傲慢的脸,他敞开外衣,露出里面的红色丝绸衬衣,穿一条宽松的丝绒马裤,正在和退伍的陆军中尉维克托·赫洛帕科夫打台球。

　　退伍陆军中尉维克托·赫洛帕科夫,一个三十岁左右皮肤黝黑、身材瘦削的矮个男子,长着一头黑发,一双棕色眼睛和一只肥厚的狮子鼻,他经

---

① 埃涅阿斯,希腊神话中的英雄。传说在特洛伊战争中,特洛伊沦陷后,他背父携子逃出火城,此后到达意大利,其后代在那里建立了罗马。

常光顾竞选会和马市。他走起路来连跳带颠,一边迈着欢快的步子,一边挥舞着那双滚圆的手臂;他歪戴帽子,卷起军上衣的袖子,露出里面蓝黑色的棉布衬里。赫洛帕科夫先生知道如何讨好彼得堡的纨绔子弟,跟他们在一起抽烟,喝酒,玩纸牌;亲昵地称呼他们"你"、"你",而这些人为什么赏识他,却很令人费解。他既不聪明,也无风趣;他甚至不会幽默。不错,他们待他友好而随意,但是却把他看作心地善良的傻瓜;往往他们与他交往两三个星期之后,却突然间在街上不再理他了,当然他也不再搭理他们。赫洛帕科夫中尉有一个突出特点,是他有时一年有时一连两年,不断地念叨着同一句话,也不管话说得是否得体,而且这句话毫无幽默感,然而不知是什么原因,他的话总是惹得人家发笑。八年前有一段时间,他无论在什么场合都说:"向您致敬,我很满意。"他的话总要使周围的人们哄堂大笑,人们让他重复着"向您致敬,我很满意";后来他又说一句更加颠三倒四的话:"不,这太那个了,这是什么①?"这句话同样使人们大笑不止;两年以后,他又想出一句新的俏皮话:"您不要太着急②,堕落的人,披上了羊皮。"还有其他类似的莫名其妙的话。但是,奇怪的是,这些蠢话却使他有吃有喝有穿有戴(他的财产早已在多年前挥霍尽,现在只靠朋友接济度日)。请注意,除了俏皮话,此人毫无引人注目之处;不错,他每天抽"茹科夫"牌烟丝,能抽上一百袋烟斗,打起台球来常常把右腿翘过头顶,对准目标,把台球杆用力捅出去……但是归根结底,他的这些技能并不是人人都欣赏的。他很能狂饮……不过在俄罗斯,当个酒鬼却很难出名……总而言之,他如此得宠,对我来说完全是个谜……或许,是因为他处事谨慎,不抖落别人的家丑,也不说别人的坏话的缘故吧。

"嗯,"见到赫洛帕科夫时我在想,"他现在的口头禅是什么呢?"

公爵击中了白球。

"三十比零。"一个面色灰暗,眼窝深陷,看上去像个肺病患者的记分员高声喊道。

公爵又用力把一只黄球击进最远的球袋里。

"哎呀!"房间角落里一张摇摇晃晃的独脚桌边,坐着一个健壮商人,

---

① 俄语原文均为法语译音。
② 俄语原文均为法语译音。

他攒足气力发出一声赞许,立刻又为自己的冒失行为感到忸怩不安。幸亏没有人注意到他。于是他捋了捋胡子,长出了一口气。

"三十六比零!"记分员又带着鼻音喊叫道。

"喂,对于这点你觉得怎么样,老弟?"公爵问赫洛帕科夫。

"当然!恶—恶—恶—棍,当然,就是个恶—恶—恶—棍!"

公爵大笑起来。

"什么?什么?你再说一遍。"

"恶—恶—恶—棍!"退役的陆军中尉得意地重复一遍。

"嗯,这就是他现在的口头禅了!"我想道。

公爵把红球击进球袋里。

"哦,不要这样,公爵,不要这样,"那里有一个红眼睛、小鼻子、长着一张娃娃脸、淡黄色头发、睡眼惺忪的青年军官,他口齿有点含混不清,在念叨着"您不该这样打……您应该……不是这样!"

"嗯?"公爵转过头去问他。

"您应该是这样击球……击撞球,连击三个球。"

"噢,真的?"公爵小声问道。

"您觉得怎么样,公爵?今晚我们去听茨冈人唱歌好吗?"慌乱的年轻人急忙接着说。"今晚斯齐乔什卡要唱歌的……还有伊柳什卡……"

公爵并没有回答他。

"恶—恶—恶—棍,老弟,"赫洛帕科夫狡黠地眨着左眼说道。

公爵大笑起来。

"三十九比零!"记分员高声喊道。

"零……瞧瞧,瞧我打这个黄球。"赫洛帕科夫烦躁不安地拿起台球杆,瞄准目标击球,却没有击中。

"嗳,恶—恶—恶—棍,"他烦躁地叫起来。

公爵又哈哈大笑起来。

"什么,什么,什么?"

但是赫洛帕科夫故意卖着关子,不回答他。

"阁下您又没击中,"记分员说道,"请让我给球杆涂些滑石粉……四十比零。"

"对啦,先生们,"公爵对大家说道,他并不在意专看某个人,"你们知道吗,韦尔任比茨卡娅今晚一定会出来谢幕的。"

"没错,没错,当然啦。"有好几个声音争先恐后地叫着,他们有幸能奉承一下公爵,得到回话的机会,所以感到非常惊喜,"韦尔任比茨卡娅一定得谢幕,没错……"

"韦尔任比茨卡娅是个优秀的女演员,比索普尼亚科娃强多了。"一个留着小胡子,戴着眼镜,长相丑陋的小个子在角落里尖声叫着说。这个倒霉的家伙!他心中暗暗地爱慕着索普尼亚科娃,但是公爵没有正眼看他一眼。

"伙一计,嘿,拿烟斗来!"一个相貌端正,气度不凡,系着领带的高个子绅士低声说道,事实上,无论从哪儿看上去,他都像一个扑克牌赌棍。

一个伙计跑过去取烟斗,回来的时候向公爵大人报告说,车夫巴克拉加要见他。

"噢,让他等一会儿,给他拿些伏特加酒喝。"

"是的,先生。"

后来有人告诉我,巴克拉加是个年轻、漂亮、特别受宠的驿站车夫;公爵十分喜欢他,送给他马匹作礼物,同他一起出去打猎,一连好几个夜晚整夜都和他待在一起……现在您或许还不知道,就是这个公爵,曾经是个放荡不羁的浪荡公子,流氓恶棍。瞧他现在浑身散发着香水味,衣冠楚楚的傲慢样子!瞧他多么恪尽职守——更主要的是,他是多么小心谨慎而又老于世故!

然而烟叶的烟雾已把我呛得难受,双眼刺痛。在最后一次听过赫洛帕科夫的喊叫和公爵的大笑之后,我便回到旅店自己的房间里。在那张靠背又高又弯、鬃毛坐垫早已塌陷的窄窄的长沙发上,我的仆人为我铺好了床。

第二天我到各个马厩去看马,我先从小有名气的马贩子西特尼科夫的马厩开始看起。我穿过大门走进铺着沙子的院子。在大门敞开的马厩前面站着马贩子本人——他已不年轻,人长得高大结实,穿着高翻领的兔皮袄。他一看见我,便慢慢地迎着我走来,双手托起头上的帽子,拖着长声说道:

"哈,您好,您大概是想看看马吧?"

"是的,我是来看马的。"

"那么请问,您到底想要什么样的马呢?"

"您有什么样的马,都让我看看。"

"请吧。"

我们走进马厩。干草堆上有几只白色哈巴狗霍地跳起来,摇着尾巴跑向我们,一只长胡子山羊很不满意地走开了;三个穿着油乎乎的厚实的羊皮袄的马夫沉默不语地向我们鞠躬。在左右两边高出地面的马棚里,养着大约三十匹马,刷洗得很干净。椽子上有几只鸽子,咕咕叫着飞来飞去。

"唉,我说,您买马用做什么?是拉车用呢,还是做种马?"西特尼科夫问我。

"嗯,既要拉车,又要做种马。"

"这好办,这好办。"马贩子一板一眼地说道,"彼佳,把'银鼠'牵出来给老爷看看。"

我们走出来到了院子里。

"要不要叫他们从屋里搬个条凳来给您坐坐?噢,您不想坐——那就请便吧。"

马蹄踩在木板上吧嗒吧嗒的声音传来了,伴着鞭子抽动的响声,彼佳,一个四十岁年纪、麻脸、皮肤黝黑的男子,牵着一匹灰色公马从马厩里跑出来,他让马后腿站直,牵着它围着院子跑了两圈,然后娴熟地把马恰到好处地停住。"银鼠"挺直身子,喷着响鼻,翘起尾巴,摇晃着脑袋,斜着眼睛看着我们。

"真是一匹好马。"我想道。

"把马头放开,把缰绳松开。"西特尼科夫目不转睛地盯着我说。

"您觉得这匹马怎么样?"最后他问道。

"这匹马是蛮不错的——可是这马的前腿不那么硬朗。"

"这马前腿是最上等的!"西特尼科夫以确信不疑的口吻反驳道。"还有它的臀部……先生,请再瞅瞅吧……宽得像个炕床——简直能在上面睡觉。"

"它的蹄腕骨长啊。"

"怎么能长呢!我的天哪!彼佳,赶它跑几步,带它小跑,对啦,蹓蹓……别让它快跑。"

彼佳又牵着"银鼠"在院子里绕起圈子来,我们俩有一阵子谁也没作声。

"行啦,把它带回去,"西特尼科夫说道,"再把'鹰'给我们牵过来。"

"鹰"的臀部浑圆,身躯瘦削健壮,是一匹像甲虫般乌黑的荷兰种公马,看上去比"银鼠"稍强些,它是养马行家们说的"它们能开道引路,会走小碎步,能蹦跳"的那种马,就是说,这种马走起路来,扬起蹄子左右踢腾,但是往前走不了多远。中年商人们尤其喜欢这种马,因为它们的表现令人想起聪明能干的客店伙计虚张声势的步态,饭后散步用这样的马匹拉车倒极适宜,它弯着脖子,迈着的碎步努力地拉着粗陋的轻便马车,车上坐着的不是酒足饭饱的车夫,就是神情沮丧心情阴郁的商人和他的披蓝色丝绸斗篷、戴淡紫色头巾的迟钝的妻子。同样,"鹰"也被我谢绝了。西特尼科夫又让我看了几匹马……最后我中了一匹带灰色斑纹的沃耶伊科夫公马。我感到十分的满意,情不自禁地拍了拍马背。西特尼科夫立刻装出一副极为冷漠的神情。

"我说,它拉车拉得好吗?"我问道。

"当然,拉得好。"马贩子漫不经心地回答道。

"我能看看它拉车吗?"

"您要看吗?当然可以。喂,库济亚,给这'追击者'套上车!"

库济亚是个真正的骑师,驯马行家,他赶着马车在街上来回跑着,好几次从我们面前驶过。这马抖直尾巴,步履稳健,灵活自如地拉着车,跑得很好。

"这马您要卖多少钱?"

西特尼科夫要价极高。于是我们就在街上讲起价钱来。忽然一辆装饰豪华的马车,由三匹驿马拉着,轰隆隆地飞快地绕过街角,在西特尼科夫家的院子门前猛然停住。在这辆狩猎人的小巧玲珑的马车上正坐着那位某公爵,他身旁坐着赫洛帕科夫,巴克拉赶着马车……瞧他那车赶的,简直像飞针走线、能穿过耳环!这老东西!两匹栗色的拉边套的马小巧机灵,它们黑亮的眼睛,乌黑的腿,全都急不可耐,前腿不时地举起——好像只要一听到哨令,它们便会撒开四蹄,急驰而去。那匹深栗色的辕马一动不动地挺立着,像天鹅般地弯曲着伸长脖子,挺起胸脯,四条腿箭一般笔直,摇晃着头,高傲地眨着眼睛……真是些极出色的好马!即使是伊凡·瓦西里耶维奇大帝乘车参加复活节游行时也不能找到比这更好的马车了!

"大人,欢迎驾到!"西特尼科夫叫道。

公爵从马车上跳下来,赫洛帕科夫从车的另一边慢腾腾地爬下来。

"早上好,老弟……有马吗?"

"公爵大人要马,我们怎么能没有呢!请进,彼佳,把'孔雀'牵过来!让他们把'宠儿'也准备好。至于您,先生,"他转身对我继续说道,"我们另找时间再谈吧……福姆卡,给公爵大人搬个凳子来。"

仆人从我原先未曾注意到的一个马厩里,牵出了"孔雀"。"孔雀",一匹深栗色的马,膘肥体壮,它四蹄腾空,飞一般地绕着院子奔跑。就连西特尼科夫也转过头去,眯起了眼睛。

"啊,恶—恶棍,"赫洛帕科夫尖声叫起来,"我喜欢这个①。"

公爵哈哈大笑。

勒住"孔雀"可真不容易;它拖着马夫满院子跑,最后总算被马夫抵到墙根勒住了。它喷着响鼻,蹦跳着扬起前蹄,跃跃欲试,西特尼科夫却还要逗弄它,向它挥动着鞭子。

"喂,你朝哪儿看哪?"马贩子带着抚爱假意威吓着马,情不自禁地流露出对它的爱赏。

"要多少钱?"公爵问道。

"公爵您要买,给五千块吧。"

"三千。"

"不行啊,大人,确实不行。"

"我说,就是三千,恶—恶棍。"赫洛帕科夫插话说。

我没等他们买卖成交就走开了。走到街道尽头拐角处,我注意到在一所灰色小房子的门上贴着一大张纸。纸的上端用钢笔画着一匹马,马尾巴像是烟囱,脖子画得极长,马蹄子下面,用旧体字写着下面几行字:

"此处出售的各种毛色马匹,均来自坦博夫省地主阿纳斯塔西·伊万内奇·切尔诺拜的著名草原养马场,并由他运到列别迪扬集市。马匹均系优良品种,最佳驯化,毫无恶癖。求购者请与阿纳斯塔西·伊万内奇本人接洽;倘若阿纳斯塔西·伊万内奇外出,请与马夫纳扎尔·库贝什金联系。敬请诸位求购者注意,老者优惠!"

我停住脚步。"那么,"我想道,"还是先看看切尔诺拜先生著名的草

---

① 原文为法语的音译。

167

原养马场的马吧。"

我正要朝门里走,却发现这门真是不同寻常,它是锁着的。我敲了敲门。

"是谁呀?是买主吗?"传来一个女人的尖叫声。

"是啊。"

"就来,先生,就来。"

门开了。我看见一个五十岁左右的农妇,她没戴头巾,穿着靴子,披着一件羊皮袄。

"好好先生,请进,我这就去告诉阿纳斯塔西·伊万内奇……纳扎尔,嘿,纳扎尔!"

"有事吗?"从马厩里传来一个老汉含糊不清的声音。

"把马备好,有买主来啦。"

老妇人跑进屋里。

"买主,买主,"纳扎尔不满地嘟囔着回答道,"我还没刷完那些马尾巴呢。"

"啊,真是个阿卡狄亚①!"我不禁想道。

"您好?先生,见到您很高兴。"我听到背后传来问候声,声音浑厚悦耳。我回过头去:我面前站着一位老人,他中等身材,穿一件蓝色长外衣,满头白发,一双漂亮的蓝眼睛,脸上露出和善的微笑。

"您要买马吗?当然,亲爱的先生,当然。不过您是不是先进来坐会儿,陪我喝杯茶?"

我婉言谢绝了他的好意。

"好,好啦,您随意吧。您应该原谅我,亲爱的先生,我是个老古板儿。"(切尔诺拜先生说话时小心翼翼,并且带着明显的乡土口音)"您看,在我这儿一切都很平常。纳扎尔,喂,纳扎尔!"他又喊道,他没有提高嗓门,却拖长了每一个音。

纳扎尔,一个长着鹰钩鼻,尖胡子,满脸皱纹的老头出现在马厩门口。

"您要什么样的马,亲爱的先生?"切尔诺拜先生又问道。

"要不太贵,能拉带篷的双轮马车的马。"

"当然,我们有这种马,保您满意,的确如此。纳扎尔,纳扎尔,把那匹

---

① 古希腊一山区,在今伯罗奔尼撒半岛中部,以其居民过着田园牧歌式的淳朴生活而著称。

灰的骟马给老爷牵过来看看,你知道,就拴在那头角落里,还有那匹身上带斑的枣红马,还有匹枣红马——'美丽'生的马驹也牵来。"

纳扎尔回到马厩里。

"牵着笼头出来就行啦,"切尔诺拜先生在他身后喊道。"我这里是无可挑剔的,我的老爷,"他继续说道,用清澈而温和的目光注视着我的脸,"我不会像那些马贩子那样耍花招,瞧他们干的那该死的把戏!他们给马喂各种药品,还喂盐和酒糟①,愿上帝能宽恕他们!而在我这儿,老爷您会

---

① 给马喂盐和酒糟,马能很快长膘。——作者原注

看到,所有的一切都光明正大,没有一点儿见不得人的花样。"

那些马牵来了,但没有使我满意的。

"好啦,好啦,牵回去吧,以上帝的名义。"阿纳斯塔西·伊万内奇说,"再牵几匹其他的马来给我们看看。"

又牵来了几匹马,最后我挑中了一匹便宜点的马,我们彼此开始讨价还价。切尔诺拜先生不慌不忙,说出话来是如此的不卑不亢,头头是道,通情达理,弄得我只得"优惠照顾"这位老者了,我向他付了定金。

"好,行啦,"阿纳斯塔西·伊万内奇说道,"还是让我按照老规矩办事,把这马缰绳亲自交到您手里。买了这匹马,您得感谢我——瞧它精神饱满,像核桃那样结实,一匹真正的草原养马场驯养出来的良马!什么样的马车都能拉得很好。"

他划了十字,撩起大衣的下摆盖在手上,拿过缰绳,把马交给我。

"上帝保佑,这马现在归您了。您还是不想喝杯茶吗?"

"不喝啦,我打心眼里感谢您,不过,我该回去了。"

"随您的便啦。要不叫车夫把马随您送去?"

"好吧,如果您方便,现在就送。"

"当然可以,亲爱的先生,当然可以。瓦西里,嘿,瓦西里!牵上马,跟这位老爷一道走吧,把钱带回来。好啦,再见,老爷,上帝保佑您。"

"再见,阿纳斯塔西·伊万内奇。"

车夫把马送到我的住处。第二天,我发现它是患有肺气肿病的马。我想给它套上车,这马却向后退;鞭子轻轻一挥,它就倒退着,踢腾着,最后干脆躺下不动了。我马上去找切尔诺拜先生。我问道:

"切尔诺拜先生在家吗?"

"在。"

"这是怎么回事?"我说,"您卖给我一匹患肺气肿的病马。"

"肺气肿?上帝啊,绝不可能有这种事!"

"没错,还是个瘸腿的,脾气也很坏。"

"瘸腿!我怎么一点儿也不知道,一定是您的车夫不知怎么地把它弄伤了。但是在上帝面前,我——"

"那么,阿纳斯塔西·伊万内奇,既然这样,您应该收回这匹马。"

"不行啊,我的老爷,您本人别生气,马一旦牵出了院子,买卖就算做完了。您本来应该事先看好的,老爷。"

我明白了这意味着什么,只能听天由命,笑着走了。侥幸的是,我没有为这个教训花费很多的钱。

两天以后我离开了这里。一星期以后在回家的路上,我再次经过列别迪扬集市。在那个咖啡馆里,我见到的几乎还是那几个人,并且又碰到那位公爵——在打台球。不过这期间赫洛帕科夫先生的命运像往常那样发生了变化:淡黄头发的年轻军官排挤掉了他,得到公爵先生的宠爱。这个可怜的退役陆军中尉见到我时再次念叨起他的口头禅,以为他还会像从前一样讨人喜欢;可是这一次公爵不但没有笑,反而厌恶地皱皱眉,耸了耸肩。赫洛帕科夫先生立刻显得垂头丧气,蜷缩在角落里,开始悄悄地往烟斗里装烟丝……

塔季扬娜·鲍里索夫娜和她的侄儿

亲爱的读者朋友,让我和您手挽手,咱们一块儿坐车到户外去走走。这是天高气爽的晴日,五月的天空显露出柔和的蓝色,垂柳上滑润的嫩叶闪烁着亮光,仿佛用水擦洗过似的,宽阔平坦的大道上,铺满了那种带有淡红色细小茎叶的鲜美嫩草,这恰恰是羊群最爱吃的;大道的左右两侧,在舒缓斜长的山坡上,翠绿的黑麦轻轻泛起波浪;天空一朵朵小片云彩慢悠悠地飘动,在麦田上投下稀疏斑驳的光影。远处有一片黝黯的森林,几个波光闪闪的池塘,现出几座黄色的村庄;无数的云雀在高空展翅飞翔,引吭高歌,忽而伸长脖子直冲下来,飞落在土堆上站住;乌鸦一动不动地停在大道上,看着人们,用嘴啄着泥土,直到人们赶着马车走近它们时,才懒洋洋地跳跃两步挪到一边。峡谷那边的小山上,一个农夫正在耕地,一匹身上有着黑白斑纹的小马驹,短短的尾巴,蓬松的鬃毛,跟在母马的后面摇摇晃晃地奔跑着;它那尖细的嘶叫声不时飘到我们耳边。我们驱车进入一片白桦林,陶醉于那浓烈、香甜而又新鲜的芳香空气之中。现在我们来到了村口。车夫下了车,那马儿打着响鼻,他挽马向四周张望着;辕马甩动着尾巴,抬起在车轭下的头;巨大的栅栏门吱呀一声打开了;车夫坐上车……继续赶路吧!村子就在我们的面前。经过四五个宅院,向右转弯,马车向下驶进一片低洼地,又沿着一个池塘边的堰堤往前走;在丁香树和苹果树的圆形树梢后面,露出了一个曾经是红色的木头屋顶,屋顶上耸着两个烟囱;车夫向左沿篱笆墙赶着车,随着三只哈巴狗间断且又懒惰的吠声,车夫驱车进入大敞四开的大门,马车在宽阔的院落中欢快地跑了一圈,经过马厩和粮仓,殷勤地向老管家致意;老管家此刻正在侧身跨过高门槛,向贮藏室敞开的门厅里走去。马车终于在一所窗口透出灯光的深色小房子台阶前停了下来……我们到了塔季扬娜·鲍里索夫娜家。这时她亲自推开窗户,朝着我们点头打招呼。

"您好,老太太!"

塔季扬娜·鲍里索夫娜是一位约莫五十岁的妇女,有着一双眼球突出的灰色大眼睛,鼻子有些扁平,粉红色的面颊,双下巴。她的脸庞总是洋溢着亲切友善的神情。她曾经嫁过人,但很快就成了寡妇。塔季扬娜·鲍里索夫娜是个异常出众的女性。她仅靠很少的一点儿田产维持生计,从不外出,也很少与邻居交往,只是喜欢年轻人,愿意与他们打交道。她出身于非常贫穷的地主家庭,没有受过教育,换句话说,她不会讲法语;也从未去过莫斯科——尽管她有这些缺陷,她仍然是如此的善良,举止得体,思想开通,富有同情心,丝毫没有出自小门小户的乡村女性所时常带有的偏见,这就使人不能不对她感到惊异。的确,一个长年累月地久居乡下的女人,不说长道短,不唉声叹气,不卑躬屈膝,不惊慌失措,不垂头丧气,也不因好奇心而浮躁,简直是个奇异女子!她经常穿着灰色府绸连衣裙,戴着一顶有着淡紫色飘带的白色帽子;她喜欢美味佳肴,但从不吃得过量;制作果酱、蜜饯、泡菜、腌菜这些事,她都交给管家去做。"她整天做什么呢?"您会问。"她看书吗?"不,她不看书,说句实话,书不是为她写的。冬天,如果家里没有客人来访,塔季扬娜·鲍里索夫娜自己坐在窗前织着袜子;夏天就在花园里种花浇水,和她养的猫玩上几个钟头,或者喂喂鸽子。她不过多地忙乎管理田产。可是如果有客人到她这儿来——某位她所喜欢的邻家年轻人——塔季扬娜·鲍里索夫娜立刻就来了全部的精神;她让年轻人落座,给他沏茶,倾听他的谈话,喜笑颜开,有时还拍拍他的面颊,但她本人却很少说话;如果年轻人遇上麻烦或伤心事,她就安慰他,出些好主意。不知有多少人向她吐露过家中的秘密和自己内心中的痛苦,不知有多少人伏在她的肩头哭泣过!往往在此时她就坐在来客对面,轻轻地支起胳膊肘,同情地看着对方的面孔,富有感情地微笑着,使来客不由地想道:"塔季扬娜·鲍里索夫娜,您是个多么亲切、善良的女人啊!让我把心里话都告诉您吧。"在她那温暖而舒适的小房间里,人们感到快乐和温馨,可以这样说,她的房子里总是温暖如春。塔季扬娜·鲍里索夫娜是位令人惊叹的女性,但是没有人觉得她不可思议;她那十分理智的头脑,宽阔的胸襟和坚毅的性格,她对别人的快乐与悲伤有着强烈的同感与共鸣,总之她的一切优秀品质都是与生俱来的;她并没有刻意去追求什么,却自然而然地就拥有了它们。人们想象不出她会是另外一种人,因此也就觉得无需感谢她。她特别喜欢看年轻人在一起玩耍嬉戏;她双手交叉抱在胸前,向后仰着头,眯缝起眼睛,坐在那儿,朝着他们微笑,然后她会突然叹口气,说:"啊,孩子们,我的孩子们!"有时人们真想靠近她,握紧她的手说,"告诉您吧,塔季扬娜·鲍里索夫娜,您并不知道自己的价值;尽管您质朴而缺少学识,但您是一位非凡的人物!"她的名字本身就有一种甜美而又亲切的音韵;人们乐于念叨她的名字;它能让人们立刻露出自然而亲切的微笑。例如,有好几次我向路上遇到的农夫问路,假如我问"喂,伙计,去格腊切夫卡怎么走?""这么着,先生,首先您到维亚佐沃耶,再从那儿到塔季扬娜·鲍里索夫娜家,待在她家里的任何人都会给您指路的。"说到塔季扬娜·鲍里索夫娜的名字时,这农夫以极为特殊的方式摆着脑袋。塔季扬娜·鲍里索夫娜家雇人不多,这很符合她的家境。她的住房、洗衣房、贮藏室和厨房全由管家阿加菲娅照管。阿加菲娅原先做过她的保姆,是个心肠很好,好哭哭啼啼,牙齿掉光了的老太婆,她手下有两个身体健壮的姑娘,健康的脸蛋儿像安东诺夫苹果①一样通红。担任仆从、管事和餐室服务职责的是波利卡尔普,一个约莫七十岁的怪癖老头儿,一个的确奇怪的人物,他满腹经纶,曾经当过小提琴手,是维奥蒂②的崇拜者,敌视拿破仑,或者,用他自己的话说,敌视波拿巴季什卡③,但却十分喜爱夜莺。他常常在自己房间里喂养着五六只夜莺;早春时节他会一连几天整天坐在鸟笼子跟前,等着倾听第一声夜莺的啼啭。当他一听到鸟啼,就用手捂住脸呻吟着"唔,可怜哪,好可怜!"接着便泪如泉涌,痛哭起来。帮着波利卡尔普干活的,是他的孙子瓦夏,一个头发卷曲、目光敏锐的约莫十二岁的男孩儿;波利卡尔普十分宠爱他,从早到晚跟他念念叨叨说个没完。他还很注意对瓦夏的教育。

---

① 一种晚熟的苹果,生长在俄罗斯境内的安东诺夫。
② 维奥蒂(1755—1824),意大利小提琴家,作曲家。
③ 波拿巴季什卡是对拿破仑的蔑称。

"瓦夏,"他说,"你说,波拿巴季什卡是个无赖。""我说了您给我什么,爷爷?""我给你什么……我什么也不给……怎么,你以为你是谁呀?你难道不是俄罗斯人吗?""我是安姆钦人,爷爷,我生在安姆钦斯克①。""唉,小傻瓜!安姆钦斯克在哪儿呢?""我怎么能知道呢?""安姆钦斯克在俄罗斯啊,傻瓜!""那么,即使在俄罗斯又怎么样?""怎么样?这么说吧,已故的斯摩棱斯克公爵米哈伊洛·伊拉里奥诺维奇·戈列尼谢夫——库图佐夫殿下靠上帝的帮助,豪迈地把波拿巴季什卡从俄罗斯领土上赶了出去。有一首歌写的就是这件事:'波拿巴季什卡没心思跳舞了,他把从法国带来的吊袜带丢了……'你懂了吗?是公爵殿下解放了你的祖国。""这跟我有什么关系呢?""唉,你这个傻孩子!你听着,假如米哈伊洛·伊拉里奥诺维奇公爵殿下没有赶跑波拿巴季什卡,这个时候就会有个麦歇②用棍子打你的脑袋。他就会这样凑近你说:'您好吗'③,然后给你一个耳光!""可我也会用拳头打他的肚子。""但是他还会说:'您好,您好,到我这儿来吧④,'再用拳头打你的头。""那我就打他的腿,打他的罗圈腿。""你说得很对,他们是长着罗圈腿……好啦,假如他把你的手捆起来怎么办?""我不会让他捆我的;我会叫车夫米海来帮助我的。""可是瓦夏,假如你和米海两个人也打不过那个法国人怎么办呢?""不会打不过的!您知道米海力气有多大!""那么,你们怎么整治那个法国人呢?""我们会痛打他的后背,我们一定会的。他就会叫着求饶,'饶了我吧,饶了我吧,求求你们⑤!'我们就说,'你求谁呀⑥,你这个法国佬!'""太棒啦,瓦夏……好,现在你喊,'波拿巴季什卡是个无赖!'""可是你一定得给我糖吃!""你这个小淘气!"

塔季扬娜·鲍里索夫娜不常与邻家的女主人们来往,她们也不愿意到她那儿去看她,她不知道怎样才能使她们高兴;她们喋喋不休的饶舌给她送来睡意;她强打精神,努力想睁大眼睛,但是随即又合上双眼。塔季扬

---

① 安姆钦斯克即人们所说的姆岑斯克城,城里居民为安姆钦人。安姆钦人机智勇敢,所以人们常这样诅咒仇人:"安姆钦人要到你家来了。"——作者原注
② 麦歇,法语"先生"的音译。
③ 原文为法语音译。
④ 原文均为法语音译。
⑤ 原文均为法语音译。
⑥ 原文均为法语音译。

娜·鲍里索夫娜一贯是不喜欢女人的。她的一个朋友,一个善良、性情温和的年轻人有一个姐姐,是个三十八岁的老处女,心眼儿倒还好,但是喜欢夸夸其谈,矫揉造作而且易于心醉神迷。她的弟弟常常向她说起自己的女邻居。于是在一个晴朗的早晨,这位老处女备好马,也没有对任何人说一声,就动身到塔季扬娜·鲍里索夫娜家去了。她穿着长裙,头戴帽子,罩着绿色面纱,披散着满头卷发,走进门厅里,从瓦夏身边走过,闯进客厅,把瓦夏吓得魂不附体,以为是遇上了疯狂的女巫。连塔季扬娜·鲍里索夫娜也吓了一跳,她想站起身,但是双腿发软,站不起来。"塔季扬娜·鲍里索夫娜,"老处女用恳求的口吻说道,"请原谅我的冒失,我是您的朋友阿列克斯·尼古拉耶维奇·克某某的姐姐,我已经从他那儿听到了许许多多关于您的事情,所以我决意要来跟您结识。""不胜荣幸,"惊愕不已的女主人低声说。女客人摘下帽子,甩了甩卷发,挨近塔季扬娜·鲍里索夫娜坐下,握着她的手。"原来这就是她,"老处女饱含感触,用沉郁的语气开口了,"这就是那个温柔、开朗、高贵、圣洁的人啊! 这就是她啊! 这个如此纯真而又如此深奥的女人啊! 我是多么高兴啊! 我是多么高兴啊! 我们一定会互相欣赏的! 我总算能松口气了。我想象中的她就是这样的。"她低声地补充说,双眼直盯着塔季扬娜·鲍里索夫娜的眼睛,"您不会生我的气,是吧,我的善良的亲爱的朋友?""真的不生气,我很高兴! 您不喝点茶吗?"女客人得意地笑了笑。"多么真诚,多么直率!"①她似乎在自言自语地轻声念叨着,"让我拥抱您吧,我亲爱的朋友!"

老处女在塔季扬娜·鲍里索夫娜家里待了三个小时,片刻不停地说了三个小时。她努力地向新相识的女主人解释她自己竟然是大自然对人类博爱的一种恩赐。这位不速之客刚刚离去,可怜的女主人立刻去洗浴,然后喝了些椴树花茶,就上床休息了。可是第二天老处女又来了,足足待了四个小时,而且离开时,还口口声声约定,她要每天都来看望塔季扬娜·鲍里索夫娜。如此看来,她是要开导培养这个天生具备多种优良品质的人,完成对她的教育。但是,要不是出现后来发生的事情,用她自己的话说,她很可能会把女主人折磨得够呛,首先,过了两个星期之后,老处女对她弟弟的这位女朋友大失所望,另外,她到邻家串门时,爱上了一个青年学生,随

---

① 原文为德语。

即迫不及待地热烈而又主动地与他通起信来;在她寄给他的信中,她无非是希望他过着高尚、圣洁的生活,并表示她自己甘愿做出全部牺牲,只要求对方把她称作姐姐,还无休无尽地倾诉对大自然的描述,在信中她还提及歌德、席勒、内蒂纳和德国哲学,终于迫使这个不幸的青年人陷入极端的绝望之中。但是青春最终还是显示出了自身强劲的力量;在一个晴朗的早晨,年轻人醒来时带着对这位"姐姐和最要好的朋友"的极度仇恨和狂怒,以至于盛怒之下,几乎揍死他的仆人。在这之后很长一段时间,只要听到别人稍稍谈及崇高而无私的爱情,他就显得十分暴躁。且说自从老处女来访之后,塔季扬娜·鲍里索夫娜比以前更加避免接触女性邻居的任何机会。

唉!这个世界上的事情就没有一成不变的。我这里所说的所有关于我这位好心肠的邻居的生活,都已经是过去的事情了;她家里曾经所具有的那种宁静气氛已经永远地被破坏了。起因是她的侄儿,一个来自彼得堡的画家,住在她家已经一年多了。事情是这样的:

八年前,在塔季扬娜·鲍里索夫娜家住着一个十二岁的男孩儿,他是个孤儿,是她已故哥哥的儿子。这个男孩名叫安德留沙,他有一双明亮的、水汪汪的大眼睛,一张小巧的嘴巴,鼻子很端正,漂亮的前额高高隆起。他说话时声音轻柔悦耳,对待客人既殷勤又乖巧,经常带着孤儿所特有的敏感去吻姑姑的手;往往客人刚刚迈进门槛,他就为客人搬来了椅子。他从来不淘气,也不吵闹;他总是一个人坐在角落里安静地看书,他坐得很端正,甚至从来不靠在椅背上。每当客人来到时,安德留沙就站起身,脸一红,礼貌地朝客人笑笑;客人走后,他又坐下,从口袋里掏出一把小刷子和一个镜子,梳理着头发。他从很小的时候,就显现出绘画方面的天赋。只要拿到一张纸,他就立刻找管家阿加菲娅要来剪刀,细心地把纸剪成正方形,再在四周画上一道边,然后便开始画起来;画一只瞳孔很大的眼睛,或者一个鼻梁笔直的鼻子,或者一座屋顶上有烟囱的房子,炊烟盘旋着袅袅升起;或者画一只"正脸儿"①的狗,那狗看上去像个长条凳;或者画一棵树,两只鸽子停在上面,然后写上字:"安德列·别洛夫佐罗夫,某年某月某日画于小勃罗勒基村。"他常常在塔季扬娜·鲍里索夫娜的生日到来之

---

① 原文为法语。

前的两星期,便开始辛勤地作画;他总是第一个呈上生日贺礼的人,在献给她的画卷上还系着粉红色的带子。每当这时,塔季扬娜·鲍里索夫娜就会吻她的侄儿,然后把捆扎画卷的绳结解开;画卷展开了,呈现在来客好奇的目光下的,是一座圆形的、用深褐色的粗线条勾勒出的神殿,神殿用圆柱支撑着,中央有着一个圣坛,圣坛上面画着一颗燃烧着的心和一个花冠,在那上方,在那卷曲的画卷上面,用字迹清晰的字体写着:"恭顺的小侄献给姑母和保护人塔季扬娜·鲍里索夫娜·波格丹诺娃,以表达最深切的感情。"塔季扬娜·鲍里索夫娜再次吻他,并给他一个银卢布。然而,她对这男孩儿并没有多深的感情;安德留沙的奉承方式也不十分合乎她的口味。同时,安德留沙正在长大;塔季扬娜·鲍里索夫娜开始为他的前途而担忧。一件意外发生的事情使她摆脱了困境。

八年前的一天,她接待了一位名叫彼得·米哈伊勒奇·别涅沃连斯基的先生,获得过勋章的市政府议员。别涅沃连斯基先生曾经一度在附近一个县里任过职,那会儿他经常到塔季扬娜·鲍里索夫娜家里做客;后来他搬到彼得堡,到一个部里工作,并谋得了相当重要的职位,他经常因公出差,有一次在途中他记起了这位老朋友,打算"在大自然宁静的怀抱里"休息两天,以缓解公务的劳顿,于是便又来拜访她。塔季扬娜·鲍里索夫娜以她平时常有的热诚接待了他,这位别涅沃连斯基先生……不过,在继续讲述这个故事的下面部分之前,亲爱的读者,还是让我把故事中这位新的人物介绍给您吧。

别涅沃连斯基先生身材肥胖,中等个头,相貌温和,有着两条短短的小腿和一双胖胖的小手。身穿一件肥肥大大十分整洁的燕尾服,高高地系着一条宽领带,雪白的衬衣,丝绸背心上挂着一条金链子,食指上戴着一枚宝石戒指,头戴浅黄色假发;说话小声细语,富有说服力;走起路来无声无息,常常面带和蔼可亲的微笑,眼睛里透出和蔼可亲的神情,连下巴贴近领带的动作也是和蔼可亲的;事实上,他完全是个和蔼可亲的人。上帝还赋予他一颗最善良的心;他很容易感动得流泪,或感动得欣喜若狂;此外,他对艺术充满公正无私的热爱:这热爱的确是公正无私的,因为说句实话,别涅沃连斯基对艺术完全一窍不通。人们会感到奇怪,究竟是从哪里,是靠什么神秘的不可思议的力量的功德,使他获得了这种对艺术的热爱呢?从外表上看,他是个只讲实际的人,甚至是平凡无奇的人……不过,在我们俄罗斯,有许许多多这样的人。

对美术和艺术的沉湎热衷,在这些人身上产生了一种难以形容的令人作呕的丑态;跟他们打交道,同他们说话,真令人扫兴、苦恼;他们俨然是外表涂着蜂蜜的木偶。例如,他们绝对不会把拉斐尔叫作拉斐尔,也不会把柯勒乔叫作柯勒乔;他们小声虔诚地念着"神明的桑齐奥,无与伦比的阿雷格里①,"并且总是带着最明显的元音。凡是狂妄、自命不凡的粗野庸人都被他们欢呼吹捧叫作天才;"意大利的蓝天","南国的柠檬","布伦塔河畔和煦的微风",这些都是他们常常挂在嘴边上的溢美之词。"啊,瓦尼亚,瓦尼亚②",或者"啊,萨沙,萨沙③"。他们常常装模作样深情地说:"我们必须到南方去……我们的灵魂是属于希腊人的——古代的希腊人。"人们也许会在展览馆里,某些俄罗斯画家的作品跟前看到他们(应该指出,这些先生们大部分是狂热的爱国者)。他们先是后退几步,仰起头来,然后再凑近绘画作品,眼睛熠熠闪光。"这是多么了不起,我的天啊!"他们终于激动得语无伦次地说道,"画得多么传神,多么传神啊!多么富有激情,富有激情!瞧他是怎样给绘画注入了灵魂!多么充满活力的作品!……瞧他是怎样构思的!简直是出自大师的构思!"可是,咳!看看他们挂在自家客厅里的绘画吧!对啦,再看看他们家里那些绘画大师吧:这般人常常晚上到他们家里做客,喝着茶,高谈阔论。这般艺术家展现的又是怎样的场景呢:一把笤帚立在最显著的地方,擦得光亮的地板上堆着一小堆垃圾,窗前桌子上放着黄色茶炊。房间主人自己呢,戴着顶无檐便帽,穿着晨衣,一道明亮的阳光映照在面颊上!咳,再看那些蓄着长发的被精心培育的缪斯女神④的弟子们,脸上浮出神经质和傲慢嘲讽的微笑,他们实际上却是一群乌合之众!瞧,那些面色苍白的年轻的女士们,一面弹钢琴一面声嘶力竭地尖叫着!因为在我们俄罗斯有着约定俗成的规矩,一个人不能仅仅只沉湎于一种艺术——却枉然染指种种艺术。如此看来,这些作为艺术家的绅士们如此强烈地热衷于俄罗斯文学,尤其是热衷于戏剧

---

① 拉斐尔·桑齐奥(1483—1520)和柯勒乔·德-阿雷格里(1494—1534)均为意大利文艺复兴时期画家。
② 瓦尼亚,伊万的昵称。
③ 萨沙,亚力山大的昵称。
④ 缪斯,希腊神话中司文艺和科学的九位女神。

文学,也就丝毫不足为奇了……《雅柯勒·萨纳扎尔》①就是为他们而写作的;那些未受赏识的天才们与整个世界所做的抗争,尽管已经上千次地描述过,但是依然能够深深地感动他们……

别涅沃连斯基先生来访的第二天,塔季扬娜·鲍里索夫娜在喝茶时叫侄儿把自己的绘画作品拿给客人看看。"怎么,他会画画吗?"别涅沃连斯基先生有些惊讶地问道,然后他饶有兴致地转向安德留沙。"是的,他会画画。"塔季扬娜·鲍里索夫娜说,"他可喜欢绘画了!而且他是自个画的画,没有名家指点。""噢!给我看看,给我看看。"别涅沃连斯基高声叫道。安德留沙红着脸,微微笑着,把自己的画本递给客人。别涅沃连斯基先生做出很内行的样子,开始翻阅着他的绘画作品。"画得好!年轻人,"他终于断言说,"好,很好。"他拍了拍安德留沙的头。安德留沙捧起他的手吻了一下。"真想不到啊,瞧,竟有这样的天才!我向您祝贺,塔季扬娜·鲍里索夫娜。""可是我该怎么办呢?彼得·米哈伊勒奇,我在这儿无法为他找到老师,从城里请老师又极为昂贵,邻居阿尔塔莫诺夫家有一位画家,据说他画得非常好,但是他的女主人不让他到外面教课——说那样会毁坏他的艺术风格。""嗯。"别涅沃连斯基先生嗯了一声;他瞟了一眼安德留沙,陷入沉思。"好吧,这件事我们可以商量。"他突然搓着手,冒出一句话来。当天,他请求塔季扬娜·鲍里索夫娜跟他单独谈一谈。于是他们俩关上门谈起来。半个钟头以后,他们叫来安德留沙——安德留沙走进房间。别涅沃连斯基先生站在窗前,面带微笑,神采奕奕,喜气洋洋。塔季扬娜·鲍里索夫娜坐在角落里擦着眼泪。

"来,安德留沙,"她终于开口说话了,"你得感谢彼得·米哈伊勒奇;他要把你置于他的保护之下,他要把你带到彼得堡去。"

安德留沙当时几乎昏过去。

"跟我说实话,"别涅沃连斯基开口了,以一种充满威严和恩人气派施恩的口气说道,"你想成为一个画家吗,年轻人?你感觉到你自身负有为艺术献身的神圣使命了吗?"

"我想当个画家,彼得·米哈伊勒奇。"安德留沙用颤抖的声音回答道。

---

① 《雅柯勒·萨纳扎尔》是俄罗斯作家库科利尼克(1809—1868)的剧作。

"既然是这样,我很高兴。当然,"别涅沃连斯基接着说道,"离开你可敬的姑妈,对于你来说是很痛苦的,想来你对她一定怀着最热烈的感激之情。"

"我敬重我的姑妈。"安德留沙眨着眼睛,打断他的话说。

"当然,当然,这很容易使人理解,你也应该为此受到赞扬,可是,试想一下,考虑到将来你的成就带来的欢乐……"

"吻我吧,安德留沙。"善良的女主人低声说道。安德留沙扑上去搂住她的脖子。"好啦,现在应该谢谢你的保护人。"

安德留沙拥抱着别涅沃连斯基的肚子,并且踮起脚尖,吻他的手,这位保护人并不急于把手收回去,所以在手上留下了吻痕。当然,他是在迁就着孩子,不过,毕竟他也应该接受孩子的感谢。两天以后,别涅沃连斯基先生带着他新收留的被保护人离开了。

在分别之后的头三年里,安德留沙常常写信来,有时还随信寄来他的绘画作品。有时别涅沃连斯基也在信中加上几句话,大多是些赞许之词;可是,后来,信件来得越来越少,最后干脆连一封信也没有了。整整一年过去了,侄儿毫无音信;塔季扬娜·鲍里索夫娜开始感到不安起来,这时她突然收到一封有下列内容的短信:

> 最亲爱的姑妈——我的保护人彼得·米哈伊勒奇于三天前逝世了。严重的中风夺走了我的唯一的靠山。当然,现在我已经二十岁了,在最近这七年中,我取得了长足的进步;我对自己的天赋有着最充分的信心,我能够以此谋生;我并不绝望,不过,当然如果可能的话,请您速寄二百五十卢布来。吻您的手,谨上……

塔季扬娜·鲍里索夫娜给侄儿寄去了二百五十卢布。两个月以后侄儿又写信来要钱;她凑上了自己所有的每一戈比,又给侄儿寄去一笔钱。第二笔钱寄出还不到六个星期,侄儿第三次写信求助,说是捷尔捷列舍涅娃公爵跟他预定一幅肖像画,他需要钱买颜料。塔季扬娜·鲍里索夫娜拒绝了他的要求。"如果这样,"他给她回信说,"我打算回到乡下您的家中,以便能够恢复健康。"就在这年的五月份,安德留沙果真回到了小勃罗勒基村。

塔季扬娜·鲍里索夫娜第一眼没有认出她的侄儿来。从来信中,她猜想侄儿是个身体孱弱的病秧子,但是她所看到的却是个肩宽体胖,大脸盘儿,面色红润,头发卷曲油亮的壮小伙子。那个苍白瘦弱的小安德留沙已经变成了健壮的安德烈·伊万诺夫·别洛夫佐罗夫。他不仅仅是在外表有所变化。当年那个男孩儿的羞涩,拘谨,整洁娴静已经不见了,代之以毫无顾忌的傲慢,吹牛和装模作样,令人无法容忍的邋邋遢遢;他走起路来左右摇晃着,或者懒洋洋地靠在安乐椅上,把胳膊肘支在桌子上,伸着懒腰,张开大口打着哈欠,对待姑妈和仆人态度粗鲁。"我是个画家,"他常常这样说,"一个自由的哥萨克,那是我们的个性!"他常常一连几天不摸画笔,一旦他所谓的灵感降临到他身上,他就像个醉鬼似的装模作样地摆起架子,他举止笨拙,粗制滥造,乱喊乱叫;他涨红着脸,目光呆滞;他开始滔滔不绝地述说着他的天赋,他的成功,他的进展,他的新成就……结果却说明事实上他竟然连画一张像样的肖像画的起码的本事都没有。他纯粹是个一窍不通的蠢人,他不学无术,没有读过一本书;的确,一个画家为什么要读书呢? 大自然,自由和诗歌是他的基本生活要素;但是实际上他仅仅是在甩着卷发,高谈阔论,没完没了地吸烟,什么正事也干不成! 俄罗斯式的粗犷与豪放值得赞赏,但是并不适于任何人;那个毫无天分的二等货波列查耶夫①简直令人无法容忍。安德烈·伊万诺夫继续住在他的姑妈家里;尽管人所共知吃白食的滋味并不好受,但是他似乎没有感觉到这一点。来访的客人都觉得他极为讨厌。他常常坐在钢琴旁(您一定知道,塔季扬娜·鲍里索夫娜家有一架钢琴),用一个手指弹奏着《飞奔的三套车》;有时他也敲着琴键弹出一些和弦,连续几个小时声嘶力竭地唱着瓦拉莫夫的《寂寞的松林》或者《不,医生,不,别来看我》,他极度悲哀地号叫着,双眼眯成一条缝,似乎消失不见;双颊像绷紧的鼓面那样高高地膨起着。有时他也会突然扯开嗓门唱起来:"平静下来吧,令人发狂的激愤的大风暴!"塔季扬娜·鲍里索夫娜总是被吓得浑身颤抖。

"真是怪事,"有一天她对我说,"现在他们创作歌曲总是有些悲观绝望的味道;我们那时的歌曲根本不是这样的。悲伤的歌也有,但是听起来

---

① 波列查耶夫(1804—1838),俄罗斯诗人,他作诗讽刺沙皇专制制度,触怒了尼古拉一世。

常常是挺好听的。比如：

> 来啊,请到草原来看我,
> 我正在这里把你期盼;
> 来啊,请到草原来看我,
> 我正在这里为你流泪……
> 啊,你终于来到草原上,
> 可是太迟了,我的心上人!

塔季扬娜诡诈地笑了笑。
"我苦——闷啊,我苦——闷!"她的侄儿在隔壁房间里喊叫着。
"安静点儿,安德留沙。"
"我的灵魂已经离开你而消亡!"不安分的歌唱家继续唱道。
塔季扬娜·鲍里索夫娜摇着头。
"唉,这些艺术家们！这些艺术家！……"
从那时起一年过去了。别洛夫佐罗夫依然住在他的姑妈家里,依然说着要返回彼得堡去。在乡下他已经胖得腰围和身高是一样的尺寸了。他姑妈——谁能想到呢——把他当作神仙一样供养着,邻近的姑娘们还爱上了他。

不过许许多多的老朋友,已经不轻易到塔季扬娜·鲍里索夫娜家里做客去了。

死亡琐记

我有一个邻居,是一位年轻的地主,也是一位猎手。七月里一个晴朗的早晨,我骑马到他家去,约他一起去打松鸡。他同意了。然后又说:"不过咱们还是到祖沙,我的那片小树林去吧;这样我可以趁这个机会顺便看看恰普雷吉诺树林;您知道我的那片橡树林,现在正在砍伐呢。""当然可以。"我说。他吩咐仆人给他的马备好马鞍,穿上一件有野猪头图案铜纽扣的绿色长礼服,背着用细绒线绣花的猎包和一支银质火药筒,再背上一支崭新的法国猎枪,接着他又走到穿衣镜前,得意地转着身子照了照镜子,然后叫来他的猎狗埃斯佩朗斯。这狗是他的表姐(一个心地极其善良,秃头的老处女)送给他的礼物。我们动身了。我的邻居还带上了两个人。一个是村里的甲长阿尔希普,他是个身板结实的矮胖农夫,高高的颧骨,四方脸盘儿。另一个是管家戈特利布·封-德尔-科克先生,是我的邻居新从波罗的海沿岸省份雇来的,一个十九岁左右的年轻人,瘦瘦的身材,淡黄色头发,眼睛近视,肩膀下垂,细长的脖子。我的邻居是不久前才接管这片田产的。这片田产是他从他的姑妈那里继承来的。他的姑妈是一个五等文官的遗孀卡尔东·卡塔耶娃夫人,一个胖得出奇的女人,甚至躺在床上也要愁眉苦脸地呻吟不止。我们进入了那片小树林。"你们在这片空地上等等我,"我的邻居阿尔达利翁·米哈伊雷奇对他的同伴说。那个德国人管家鞠躬答应着,跳下马来,从口袋里掏出一本书——好像是约翰娜·

叔本华①的小说——坐在一棵小树下读着;阿尔希普却在太阳底下一动也不动地待了一个小时。我们俩在灌木丛中转了几圈,连一窝鸟也没发现。阿尔达利翁·米哈伊雷奇说,他想到树林里去。我自己也觉得这一天打猎的运气有点儿不佳,也就跟在他身后溜溜达达去了。我们回到了空地上,那个德国人在书中做了记号,站起身来,把书放进口袋里,吃力地爬上他那匹糟透了的短尾巴骒马,这匹马稍感不适就嘶叫踢腿。阿尔希普自己打起了精神,立刻抖动着双缰,两腿一夹,总算让他那匹饱受惊吓、身负重压的驽马上路了。我们出发了。

我从小就非常熟悉阿尔达利翁·米哈伊雷奇的那片树林。那时我常常和我的法国家庭教师德西雷·弗勒里先生一起去恰普雷吉诺树林散步,他是个心地极其善良的人(不过他每天晚上让我服用列鲁阿合剂药水,差点儿毁了我一生的身体健康)。整片树林约有二三百棵参天高大的橡树和桦树。它们的树干粗壮整齐而坚实,威风凛凛地黑压压地耸立在榛树和山楂晶莹透着金光的绿叶之上,那些树干向上高高地升着,在晴朗的蓝天下勾勒出整齐的轮廓,像遮天蔽日的帷幕那样张开着多结节的伸展的枝杈;鹞子、青鹰和红隼,在纹丝不动的树梢下面嗖嗖作声地飞来飞去;色彩斑驳的啄木鸟用力地啄着厚厚的树皮;从茂密的树丛中忽然传来了黄鹂抑扬婉转的啼鸣,应和着黑鸫鸟嘹亮的歌声;知更鸟、黄雀和柳莺在低低的灌木丛中叽叽喳喳地鸣叫歌唱,燕雀沿着林间小路灵巧地跑着跳着;野兔怯生生地一拐一跳从树林边上悄悄地蹿过来,棕红色的松鼠活泼地从一棵树蹦到另一棵树上,然后又突然一动不动地坐定,把尾巴高高地翘过头顶。在草地中间那些高高的蚁冢周围,蕨类植物的叶子宛如雕刻的锯齿般的美丽,在那些叶子淡淡的影子下面,开放着紫罗兰和铃兰花,还有红茹、毛头乳菌、乳蘑、橡树牛肝菌以及红色的毒蝇蕈,在开阔的灌木丛中的片片草地上,还长着鲜红的草莓……啊,好一片树林口的阴凉地!在正午最令人窒息的暑热中,这树林中的绿荫就像夜色一样,有着无穷无尽的静谧、芬芳和清爽……我曾经在恰普雷吉诺树林中度过美好的时光,所以,说实话,现在我走进我如此熟悉的树林,一种忧愁之感不禁袭上心头。一八四〇年那个

---

① 约翰娜·叔本华(1766—1838),德国哲学家阿瑟·叔本华的母亲,她是个小说家,曾拥有很多读者。

颇具毁灭性的无雪的冬天①并没有饶过我的那些老朋友,那些橡树和梣树已经枯萎了,凋零了,几处树身覆盖着黯淡的残叶,它们悲哀地抗争着,挺立在"已经取而代之,但永远无法代替之"②的小树丛的上面……有些树木下部,还覆盖着树叶,朝上伸展着毫无生机、业已折断的树枝,似乎哀怨而又绝望,惨不忍睹;在其他一些树上,粗大而失去生机的干枯树杈从依然茂密的树叶中伸出来;尽管那树叶已经不像旧时那样铺天盖地,繁茂得密不透风;有些树已经脱掉了树皮,有些树干脆倒下了,像死尸那样躺在地上腐烂着。唉——在过去的时光里谁能想象到如此这般的景象——毫无绿荫——在恰普雷吉诺的任何一处竟然也找不到丁点儿的绿色树阴!"唉,"我望着那些枯败凋零的树木,想道:"你们难道不觉得耻辱与痛心吗?"……柯里佐夫③的诗句竟浮现在我的脑海中:

   你在哪里啊,
    那苍劲的轰鸣,
    威严的力量,
   还有那气度不凡的盛况?
   此刻你在哪里啊,
    那一片葱郁的景象?……

"这是怎么回事,阿尔达利翁·米哈伊雷奇,"我开口说道,"为什么不在去年砍伐这些树呢?你看,现在的价钱连过去的十分之一也卖不到了。"

他只是耸了耸肩。

"这你应该去问我的姑妈了,木材商们来过了,送来了钱,但总是纠缠不休。"

---

① 一八四〇年的冬天极其寒冷,一直到十二月也没下雪;所有的冬季作物都冻死了,许多非常好的橡树林都被那个无情的冬天毁灭了。恢复这些橡树林很难,土壤的生产能力已明显减弱。在那些未开垦的"禁地"上(人们手捧圣像列队绕行,因而禁止采伐),见不到昔日华贵的树种,全是自生自长的白桦树和杨树;的确,我们还根本不懂得怎样造林。——作者注
② 摘自普希金的《叶甫盖尼·奥涅金》第一章第十九节。
③ 柯里佐夫(1809—1842),俄罗斯诗人。诗句引自他的《森林》。

"我的天哪！我的天哪!①"封-德尔-科克一步一叹,"多么的可笑,多么的可笑!"

"什么可笑?"我的邻居微笑着问道。

"不是可笑,我的意思是说,多么可惜②。"(众所周知,凡是德国人,只要终于学会了我们的字母 Л 的发音,都不可思议地拼命加重这一字母的读音)

尤其令他怜惜不已的是横在地上的那些橡树——的确,本来许多磨坊主会出高价来买这些橡树的。但是甲长阿尔希普却不以为然,显得泰然自若,十分的平静,毫无悲切之感;相反,他甚至有些欢愉地跳过这些倒在地上的树干,还时不时用鞭子抽打它们。

我们走近了工人们伐木的地方,突然间传来了一棵大树轰然倒地的声音,紧接着又传来了呼叫声和嘈杂的说话声,过了一会儿,从密林中冲出一个面色苍白、头发蓬乱的年轻农夫,向着我们跑来。

"出了什么事？你要往哪儿跑?"阿尔达利翁·米哈伊雷奇急忙问他。

他陡然站住了。

"哎呀,阿尔达利翁·米哈伊雷奇老爷,可不得了啦!"

"出了什么事?"

"老爷,马克西姆被大树砸倒了。"

"这是怎么回事？……是那个包工头马克西姆吗?"

"是那个包工头,老爷。我们刚开始砍一棵梣树时,他站在一旁看着……他站着,站着,就走到井边打水去了——大概他是想喝水了——就在这时,那棵梣树突然嘎吱嘎吱地响起来,然后对着他一直砸过去。我们朝他喊,'跑开啊,跑开,快跑开！……'他如果往旁边跑就好了,可是他却一直往前跑。他大概是给吓慌了。梣树的树梢把他压在下面,可是这树为什么这么快就倒下了,只有上帝知道。也许是树心都烂空了。"

"这么说是树把马克西姆砸伤了?"

"是砸伤了,老爷。"

"死了吗?"

---

① 原文是德语。
② 德国人因为发音不准确,误把"可惜"说成"可笑"。

"没有,老爷,他还活着——可是他的手和腿都砸断了。我这么跑就是去找医生谢利维尔斯特奇的。"

阿尔达利翁·米哈伊雷奇让甲长骑上马赶快到村里去请谢利维尔斯特奇医生,而他自己则快马加鞭奔向那块伐木的空地。我紧紧跟在他的后面。

我们看到了不幸的马克西姆躺在地上。十几个农夫团团围着他站着。我们都下了马,走到跟前。他几乎已经没有了呻吟声,他不时地睁大着双眼,似乎惊魂未定地环顾四周,咬着已经发青的嘴唇。他的下巴抽搐着,头发粘在前额上,胸脯不均匀地起伏着:他快要断气了。一棵小椴树淡淡的影子轻轻地掠过他的面颊。

我们朝他蹲下了身子。他认出了阿尔达利翁·米哈伊雷奇。

"老爷,请您,"他对阿尔达利翁·米哈伊雷奇说,声音微弱得几乎听不见,"派人请牧师来……上帝惩罚我……我的手和腿,全都压断了……今天是……礼拜天……可是我……可是我……瞧……没有让弟兄们歇工。"

他上气不接下气地喘息着,沉默了片刻。

"我的钱……请交给……交给我的妻子……扣掉……瞧,这儿的奥尼西姆知道……我……欠谁的钱,欠多少钱。"

"我们已经派人去请医生了,马克西姆,"我的邻居说,"也许你还不会死的。"

他吃力地睁开眼睛,吃力地抬起眉毛和眼皮。

"不,我就要死了。瞧,走过来了……瞧,死神走近了……就在这儿……弟兄们,请原谅我,如果我有什么……"

"上帝会宽恕你的,马克西姆·安德列伊奇,"农夫们不约而同地用沙哑的声音说道,同时都摘下了帽子,"也请你原谅我们吧!"

突然他绝望地摇了摇头,胸部痛苦地一起一伏。

"可是我们总不能让他在这里等死,"阿尔达利翁·米哈伊雷奇急忙喊道,"弟兄们,快把那儿马车上的席子拿过来,咱们把他送到医院去。"

立刻有两三个人朝马车跑去。

"昨天……我买了一匹马,"这个气息奄奄的人断断续续地说,"是找叶菲姆……瑟乔夫村的……已经付了定金……所以这匹马算是我的了……把它……也给我的妻子……"

人们把他抬到了席子上。他像中了枪弹的鸟一样全身抽搐着,紧接着就挺直了身体……

"他死了,"农夫们喃喃地说着。

我们默默地骑上马离开了。

可怜的马克西姆的死使我陷入了沉思。俄罗斯农民死得确实是令人惊异!他在临终前的感情,既不淡漠,也不迟钝;好像是在履行一种仪式那样,他死得冷静而又简单。

几年以前,我在乡下的另一个邻居的村子那里,有个农夫在粮食烘干棚里烧伤了。(若不是一个过路商贩把烧得半死的他拖了出来,他就烧死在那儿了;这过路的商贩先用一桶水把自己浸湿,然后跑过去撞开房檐下熊熊燃烧的门)我到受伤农夫的家里去看他。屋子里黑乎乎的,烟熏火燎的令人透不过气来。我问道,"病人在哪儿?""在那儿,老爷,在炕上。"一个悲伤的农妇拉着长声回答我,我凑上前去,看到农夫盖着一件羊皮袄躺着,费力地喘着气。"嗯,您感觉怎么样?"病人在炕上动了动,他的全身都烧伤了,就要死了,他挣扎着想坐起来。"躺好吧,躺好吧……躺着别动了。怎么,你还好吗?""很难受,真的,"他说。"你疼吗?"他没有作声。"你需要什么吗?"他还是没有回答。"要不要我给你拿点茶来,或是别的什么东西?""不要了。"我从他身边走开,坐在长凳子上。我在那儿坐了一刻钟……坐了半点钟——屋里死一般的寂静。小屋旮旯里圣像下面的桌子旁边,蜷缩着一个五岁大小的小女孩,正在吃着面包。她的母亲不时地吓唬她。外屋有人来回地走动着,传来撞击声和说话声。农夫的弟媳妇正在切白菜。"唉,阿克西尼娅,"病人终于说话了。"什么事?""给我拿点格瓦斯来。"阿克西尼娅给他端来了格瓦斯。又是一阵子沉默。我低声问道,"给他做过圣餐礼了吗?""做过了。"嗯,由此看来,一切都有条不紊地准备好了,眼下他只是在等待死亡的降临。我越来越无法忍受,便夺门而去。

此时此刻,我又回忆起,有一天我去红山村医院看望我熟悉的一位医士卡皮通,他是一个着迷的猎手。

这座医院原来是一所地主宅第的厢房,是女地主亲自创建的;她不过就是吩咐人在厢房的门框上钉了块淡蓝色的木板,上面写上"红山医院"

四个白字,然后又亲手交给卡皮通一个精致的登记簿,用来登记就诊病人的名字。乐善好施的女地主的一个擅长奉承谄媚的仆人,在这本册子的扉页上,写了如下的诗句:

在这美妙的境所,快活的领地,
一个美人亲手建造了这所圣殿;
赞美你们主人的慷慨恩赐吧,
红山村善良的臣民!①

另有一位绅士在这诗句的后面添写了:

我也热爱大自然!

伊万·科贝利亚特尼科夫②

医士自己掏钱买了六张床,并获得了许可,开始工作,去救治上帝的子民了。除他之外,医院里还有两个人:一个是患精神病的雕刻工帕维尔,还有一个农妇梅利基特里萨,一只手萎缩了,是个厨子。他们俩负责配制药剂,浸泡并烘干草药;他们还照管出现意识障碍的病人。患有精神病的雕刻工外表忧郁,少言寡语;夜里总要唱起《美丽的维纳斯》的歌,而且拦住他遇到的每一个过路行人,要求人家允许他同早已死去的叫马拉尼亚的姑娘结婚。那个手萎缩的农妇常常打他,叫他去照看火鸡。

嗯,有一天我在卡皮通那里小坐。我们刚刚谈起新近我们打猎的事情,突然有一辆马车驶进了院子,驾辕的是一匹只有磨坊主才有的特别肥胖的马。马车上坐着一个敦敦实实的农夫,他胡须斑白,身穿一件厚厚的新上衣。

"喂,"卡皮通在窗口喊道,"欢迎,欢迎……"接着他悄悄对我说:"这是雷波夫希诺的磨坊主。"

那个农夫呻吟着下了马车,走进了医士的房间,先抬眼睛寻找圣像,划

---

① 诗句原文为法语。
② 题字原文为法语。

着十字。

"怎么,瓦西里·德米特里奇,有什么新闻吗……您大概是不舒服吧?看上去您的脸色不太好。"

"我是病了,卡皮通·季莫费伊奇,我有点儿不舒服。"

"您怎么不舒服了?"

"嗯,是这样,卡皮通·季莫费伊奇。前几天我在城里买了几块磨石,已经把它们运回家了。就在把这些石块搬下车的时候,大概是因为用力过猛,我感到肚子里一震,好像有什么东西撕裂了似的,从那时起我一直感到不舒服。今天更是觉得难受。"

"嗯,"卡皮通答应着,闻了闻鼻烟,"您这是疝气,您这病有多少天了?"

"到现在已经是第十天了。"

"第十天了?"(医士从牙缝中倒吸了一口气,摇了摇头)"让我给您检查检查。""嗯,瓦西里·德米特里奇,"检查之后他说道,"我很同情您,您真可怜,您的病情一点儿也不好啊;您的病绝不是开玩笑的;留下来住在我这儿吧;我一定会尽我的力量治病,不过,我不能保证治好这病。"

"有这么严重吗?"感到吃惊的磨坊主小声喃喃说道。

"是的,瓦西里·德米特里奇,这病很严重啊;要是您早两天到我这儿来就好了,就不会这么严重了,很快就能治好;可是现在已经开始发炎了,马上就要出现坏疽了。"

"这不可能吧,卡皮通·季莫费伊奇。"

"我跟您说的句句是实话。"

"怎么会是这样呢?"

(医士耸了耸肩膀)

"难道我就是因为这么丁点小事要死吗?"

"我可没有这么说……只是请您留下来。"

农夫左想右想,双眼直勾勾地盯着地面出神。后来又向我们望了望,挠了挠后脑勺,伸手拿起了帽子。

"您要去哪儿,瓦西里·德米特里奇?"

"去哪儿?我能去哪儿?当然是回家去,既然是病成这样,既然到了这种地步,我怎么也该回去安排安排。"

"那样您可就会害了自己,瓦西里·德米特里奇;您算了吧,我已经很奇怪了,您怎么还能赶着马车来到了这儿,您还是留下来吧。"

"不,老兄,卡皮通·季莫费伊奇,既然我一定会死,就要死在家里;死在这里怎么行?我有家呀,天知道我的家里会发生什么事。"

"事情结果怎么样还没有人能够说清楚,瓦西里·德米特里奇。你的病当然很危险,相当的危险;毫无疑问……所以您应当留下来。"

(农夫摇了摇头)"不,卡皮通·季莫费伊奇,我不能留下来……要不然,请您给我开个药方吧?"

"光吃药是没有用的。"

"我已经说过了,我不能留下。"

"那就随您的便吧……不过,以后可别埋怨我。"

医士从登记簿上撕下一张纸,开了个处方,并且叮嘱了其他还应该注意的事项。农夫拿了处方,给卡皮通半个卢布,便走出房门,坐上了马车。"再见了,卡皮通·季莫费伊奇,要是过去我有什么对不住的地方,请多加原谅。万一有什么三长两短,请别忘了我的孩子们……"

"唉,留下来吧,瓦西里!"

那农夫只是摇头,抖动着缰绳,抽打着马,车子驶出了院子。我走出院子,来到街上,目送着他离去。道路泥泞,坑洼不平;磨坊主小心翼翼地赶着车,不慌不忙灵敏地驾驭着马,还同碰到的熟人们打着招呼。第四天他就死去了。

俄罗斯人总是死得莫名其妙。现在我的记忆中又浮现出许许多多的死者。我忽然想起了你,我的老朋友,还没有修完学业的大学生阿韦尼尔·索罗科乌莫夫,一个优秀而高尚的人!现在仿佛我又一次看到了你那苍白的患着肺病的面容,你那稀疏淡褐色的头发,你那温和可亲的微笑,你那热情洋溢的眼神,你那修长的身体;我还能听到你那柔弱的、亲切的声音。你住在大俄罗斯的地主古尔·克鲁皮亚尼科夫的家里,教他的孩子福法和焦佳学习俄语、地理和历史,你耐心地忍受着主人古尔令人难以承受的戏弄,管家粗野的套近乎,以及顽童们庸俗的恶作剧。你接受着寂寞无聊的女主人那些刁钻古怪的要求,虽然不无苦笑,但却毫无怨言。然而每到晚餐之后,消停下来时,你是多么的逍遥自在啊,那时,你终于从一切的责任和事务中解脱了出来,静静地坐在窗前,若有所思地抽着烟斗,或者贪婪地翻看着一本油污的、残缺不全的厚杂志,那是一个土地测量员从城里捎给你的,他是一个同你一样穷困潦倒、一样寄人篱下的人!那时,你是多么爱好所有的诗歌和小说,你的眼睛是多么容易潸然泪下;你是多么愉快地笑着;你是多么真诚地挚爱着人们,对于一切美好事物的满腔热忱,浸透了你那纯洁质朴的心灵!应该说句实话:你并不十分机敏;你天生既没有过人的记忆力,也没有与生俱来的勤奋;在大学里你被看作是一个最糟糕的学生;上课时你在打瞌睡,考试时你却始终庄重地一言不发;可是,是谁会为了同学的成功和进步而高兴得双眼炯炯发光,激动得透不过气来呢?是阿韦尼尔!……是谁总是信任自己朋友的崇高使命,自豪地赞颂他们,拼命地保护他们?是谁既不嫉妒,又不虚荣?是谁慷慨大方地自我牺牲?是谁乐于服从那些不配为你解鞋带的人?……是你,都是你,我们的善良的阿韦尼尔!我记得为了履行"聘约"而离去时,你带着忧伤的心情与同学们道别,一种不祥的预感折磨着你……

　　果不其然,你到了乡村就运气不佳;在那里没有值得你洗耳恭听的人,没有值得你惊叹不已的人,也没有值得你倾心爱慕的人……邻居们——无论是目不识丁的草原居民,还是受过教育的地主,他们都像对待家庭教师那样对待你:有的粗暴蛮横,有的漫不经心,随随便便。此外,加上你本人貌不出众,语不惊人;动不动就胆怯,害羞,容易脸红,出虚汗;一着急就说话结巴……甚至乡间的空气也没有使你恢复健康:你像蜡烛那样熔化着,可怜的人!是的,尽管你的房间朝向花园;尽管稠李树、苹果树、菩提树把它们的轻柔的花瓣撒落在你的书桌上,墨水瓶上,书本上;尽管墙上挂着一个蓝绸子的座钟底垫,这是一位善良而多情善感的家庭女教师,长着金发碧眼的德国姑娘离别时送的;尽管有时候老朋友从莫斯科来看你,拿来了别人的或是他自己写的诗篇,使得你欣喜若狂。然而,孤独的生活,家庭教师身份的令人难堪的奴隶般的地位,无法获得自由的失望,无穷无尽的秋冬时节,疾病缠身的痛苦!……一切的一切,都无法摆脱,可怜啊,可怜的阿韦尼尔!

　　在阿韦尼尔去世前不久我去探望过他。那时他已经几乎不能行走了。地主古尔·克鲁皮亚尼科夫还没有把他赶出家门,只是不再给他发薪水,并且为焦佳另外雇了一个家庭教师……还把福法送到一所武备学校去读书。阿韦尼尔坐在窗前的一把陈旧的伏尔泰式的安乐椅上。那天天气十分美好。晴朗的秋日的天空,在一排深棕色的掉光了叶子的椴树上面,显露出令人愉快的蔚蓝色。那些树上有些地方,最后几片金光闪闪的树叶微微颤动,簌簌作响。在阳光的照耀下,寒霜笼罩的大地冒着湿气,渐渐地湿润了,解冻了。红色的阳光轻轻地斜射在浅白色的草地上;天空中传来轻微的噼啪声;花园里传来了十分清晰的雇工们的话语声。阿韦尼尔身穿一件破旧的布哈拉长袍;一条绿围巾在他极其憔悴的面颊上衬托出死灰般的色彩。我的到来使他非常的高兴,伸出手来,想要说话,刚刚开口,便猛烈地咳嗽起来。我让他安静下来,在他的身旁坐下……阿韦尼尔的膝头放着一本手抄本的柯里佐夫的诗集,那是仔细誊写的。他微笑着拍了拍诗集。"他真是个诗人。"他费力地憋住咳嗽,含混不清地说着;然后又用几乎听不见的声音朗读起来:

> 雄鹰的翅膀
> 难道已被束缚?
> 通往天堂的道路,
> 难道已被关闭?

我劝住了他;因为医生是禁止他说话的。我深深知道讲些什么会使他高兴。对于科学,索罗科乌莫夫从来没有所谓"追求"过;但是他总是喜欢打听,想要知道伟大的学者们目前已经进展到了何种的程度。他常常会把一个同学拉到屋子角落里,认真地问东问西;而他则倾听着,惊叹着,相信同学说的每一句话,过后还重复同学说的话。他对于德国哲学有着特别浓厚的兴趣。于是我就开始对他谈起黑格尔。(您完全可以想象,这是发生在很久以前的事了)阿韦尼尔首肯地点着头,扬着眉毛,微笑着,轻声地说着,"我明白了,我明白了!这太好了!太好了!……"他已经濒临死亡,孤苦伶仃,无家可归。可他那孩子般的求知欲使我备受感动,乃至使我热泪盈眶。必须说明,同一切肺病病人相反,对于自己的病情,阿韦尼尔丝毫也不自欺欺人。可是他是怎么样的呢——他既不叹息,也不悲伤;他甚至一次也没有念叨过他自己的病情……

他强打起精神来,开始谈论起莫斯科、老同学、普希金、戏剧以及俄罗斯文学;他回忆起我们在一起的聚餐,我们小组进行的热烈的辩论;他还不

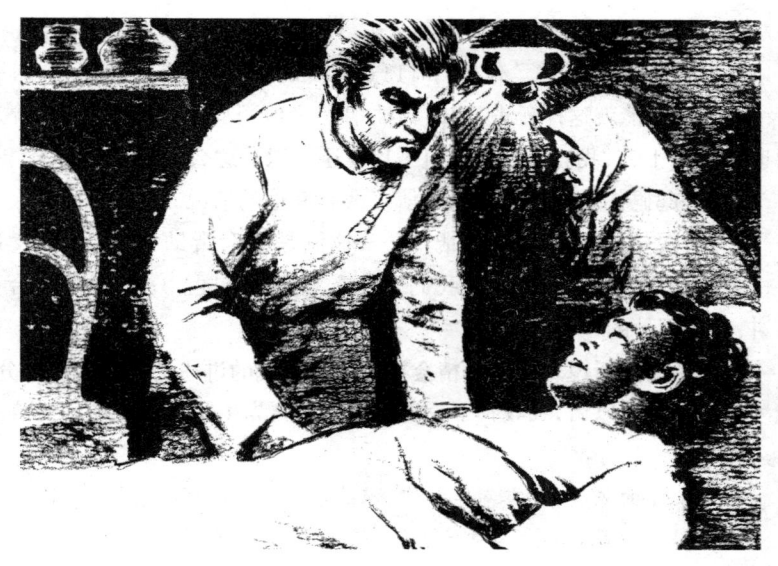

无惋惜地提起两三个已经故去的朋友……

"你还记得达沙吗?"最后他又说道,"啊,她真有黄金般的心灵!多么善良的心肠啊!她曾经是多么的爱我!……现在她怎么样了?大概这可怜的人已经憔悴消瘦,虚弱不堪了吧?"

我实在不忍心让病人失望——而实际上,又何必让他知道,他的达沙现在比以前已经胖得多了,正在跟商人孔达奇科夫兄弟勾勾搭搭,整天涂脂抹粉,说话尖声尖气,动不动还张口骂人。

"可是,难道我们就不能使他搬出这里吗?"望着他那疲惫不堪的面孔,我心里想道,"或许还有可能把他的病治好……"但是阿韦尼尔没有让我把我的建议说完。

"不,老兄,谢谢啦,"他冷静地说,"一个人死在哪儿都是一样。怎么我也熬不到这个冬天啦。我为什么还要徒劳无益地打扰别人呢?我已经在这间房子里住惯了。尽管这儿的主人……"

"他们都很苛刻,是吗?"我插话道。

"不,并不苛刻,不过都是些愚钝的木头人。无论如何,我不应该抱怨他们。有些邻居,有个地主卡萨特金先生的女儿,受过教育,心地善良,是个可爱的姑娘……也不傲气……"

195

索罗科乌莫夫又不停地咳嗽起来。

"我什么都无所谓，"他喘了口气继续说道，"只要允许我抽烟就行……我可不能就这样死去，我还要抽烟哪！"他顽皮地眨眨眼睛，接着又说道："感谢上帝，我已经活得够值了！我还认识了这么多的好人。"

"但是起码你应该给亲戚写封信，"我打断他的话说。

"何必要给他们写信呢？帮忙——他们是不会帮助我的；如果我死了，他们自然会知道。可是，我们为什么要谈这些呢。……你还是给我讲讲，你在国外的见闻吧。"

我开始向他诉说着。他聚精会神地倾听着我的讲述。直到傍晚时分，我才离去。十天以后，我收到了克鲁皮亚尼科夫先生寄来的这样一封信：

亲爱的先生，我有幸通知您，您的朋友，住在我家的大学生阿韦尼尔·索罗科乌莫夫先生，已于三日前的下午两点钟去世，并由我出资，于今日安葬于本教区的教堂中。他要我向您转交几本书及手抄本，现随信寄去。他留下二十二个半卢布，及其他遗物一起交与他的亲戚收存。您的朋友临终时神智清楚，可以说，即使在我全家向他诀别之时，他也全无遗憾之感。我妻子克列奥帕特拉·亚力山德罗夫娜托我向您问候。当然，您的朋友之死不可能不使她受些刺激，至于我自己，感谢上帝，身体尚佳。

您谦卑的仆人
古尔·克鲁皮亚尼科夫

除此之外，还有许多人的死浮现在我的脑海里，但是，我不能逐一叙述了。我只想再讲一个。

一个年老的女地主临终前，我正待在她的旁边；牧师已经开始为她做临终祈祷了，突然发现病人真的要断气了，赶忙递给她十字架。老妇人不满地躲开身子。"你忙乎什么，神父？"她用已经僵硬的舌头说，"还来得及……"她恭敬地吻过十字架，把手伸到枕头底下，就断了气。原来枕头下面有枚银卢布；这是她为自己的临终祈祷给牧师付的钱……

是的，俄罗斯人死得真是出奇啊。

歌　手

科洛托夫卡这个小村子，原本是一个女地主的家产，因为她性情泼辣、敢作敢为，在邻里中得了个绰号：悍婆娘。她的真名已经没人知道了。不过，这个小村子现在已归彼得堡的一个德国人所有了。这村子坐落在一个寸草不生的光秃山坡上，一条深谷把这个小山从上到下劈成两半，它如无底深渊一般张开大口，令人毛骨悚然。这条长年被雨雪冲刷的沟谷，蜿蜿蜒蜒穿越街道中心，把这个可怜的小村庄分成了两部分，它比一条大河更叫人伤心，因为，河上至少可以架桥。几株孱弱的衰柳，可怜兮兮地伏在沙砾覆盖的小山斜坡两侧；干涸、黄铜色的谷底，铺着一块块巨大的黏土石板。毋庸讳言，这里的景象令人感到压抑、不快，然而附近的居民却非常乐意常到这里来，因为这是一条他们熟悉的通往科洛托夫卡村的唯一道路。

山谷顶端，离山谷开头的狭窄裂缝几步远的地方，有一栋四四方方的小木屋。它远离其他村舍，孤零零地立在那里。这小屋用茅草葺顶，有一个烟囱；一扇窗户像一只敏锐的眼睛守望着山谷，冬天的晚上，每当窗子里燃亮灯火，人们就能透过朦胧的薄雾望见这小屋，那闪烁的灯光恰似为过路的农夫指路的明星。小木屋的门上钉着块蓝色木板；原来这是一家名叫"安乐居"的小酒店。这里出售的烈性酒并不比市价便宜，但是同邻近同类小酒店相比，生意要好得多。这全是因为店主尼古拉·伊万内奇的缘故。

尼古拉·伊万内奇——一个曾经身材匀称、头发卷曲、面色红润的年轻小伙子,现在已经变成了个异常肥胖的老头儿,他头发灰白,面容浮肿,一对小眼睛透着狡黠和温馨的眼神,前额油光发亮,上面布满线条般的皱纹——他已经在科洛托夫卡村生活了二十多年。尼古拉·伊万内奇像大多数酒店店主那样,是个精明而麻利的人,尽管他并不十分卖力地去取悦顾客,说话也不多,但却有办法吸引并留住顾客,他们坐在柜台前面,在这位不动声色的店主那虽然锐利但却平静而温和的目光注视下感到格外愉快。他头脑清醒,很有心计;他非常了解地主、农民和小镇居民的生活习俗。他可以就解决某些难题提出聪明的建议,但他又是个小心谨慎,一个自私自利的人,他更愿意冷眼旁观,最多——也仅仅是对他所喜欢的顾客——提出似乎漫不经心、模棱两可的暗示,引导他们做出正确的决定。凡是俄罗斯人感兴趣或重视的事情,他都在行:对于马匹牲畜,对于森林树木,对于砖瓦陶器,对于毛织皮革制品,对于歌舞,没有他不懂的。没有顾客光顾时,他常常像一只大口袋那样,盘着两条细腿坐在酒店门前的地上,跟每一个过路人友善地打着招呼。他一生见多识广,比许多来买酒喝的小地主都活得长;他知道在百里方圆所发生的一切事情,但是从来都守口如瓶,不露声色,他甚至知道连目光最敏锐的警察局局长也没有预料到的事。他胸有城府,藏而不露,有时微笑着挪一下酒杯。邻居们尊敬他;连谢列佩坚科,这位当地最高的文职长官每次坐车路过酒店时,也要屈尊向他点头致意。尼古拉·伊万内奇是个有影响的人物;他能让一个有坏名声的马贩子归还从朋友的马厩里偷来的马;他说服了邻村农民服从新来的执事。诸如此类的事很多,不一一赘述。不过,别以为他这样做是热衷于主持公道,为乡邻们尽力——不!他只是力图防止打扰他安逸和舒适生活的事情发生。尼古拉·伊万内奇已经结婚,而且有孩子。他妻子是个泼辣、尖鼻子、眼神活泛的城里人,近年来像她丈夫一样,已经有些发福,丈夫处处依赖她,钱财也由她保管。喝醉了的发酒疯的人都怕她,她也讨厌他们:酒店从他们身上挣不到什么钱,而他们却大声吵闹;那些喝得醉醺醺、一言不发的人倒很合她的胃口。尼古拉·伊万内奇的孩子们都还小;最初生的几个都死掉了,活下来的几个很像他们的父母;看着几个孩子机灵、健康的脸蛋,真是让人高兴。

七月里暑热难当的一天,我拖着缓慢的脚步,牵着狗,沿科洛托夫卡山谷向"安乐居"酒店走去。烈日当空,猛烈地发散着炽热的光芒,无情地烘烤着干燥的土地。空气中弥漫着令人窒息的灰尘。羽毛油亮的鹊鸦和乌鸦热得张大嘴巴眼盯着行人,似乎在企求他们的怜悯;只有麻雀毫不沮丧,拍打着羽毛,立在篱笆上,吵架一般叽叽喳喳地劲地叫着,或者一同飞离尘土覆盖的路面,乌云般盘旋在绿色大麻田上空。我口渴难耐。附近没有水:在科洛托夫卡,就像在其他许多草原村庄一样,既没有清泉,也没有水井,农民们都喝池塘里的脏水。谁也不会把这种令人恶心的水称作饮用水。我想到尼古拉·伊万内奇的酒店里去买一杯啤酒或者格瓦斯。

说老实话,在科洛托夫卡,一年四季也看不到令人赏心悦目的景色;而尤其令人感到压抑的是在七月,耀眼的炽热阳光无情地倾泻下来,直射到棕色的、摇摇欲坠的屋顶上,照到深谷,也照到已被烘焦的、满是尘土的牧场,只有干瘦的长腿鸡绝望地游荡,过去是地主宅邸的那片地方成了一片废墟,灰色的白杨木小屋上,有些地方原来是窗户,现在成了几个破洞,这里现在四周长着荨麻、苦艾和杂草。池塘里的水像是被炭火烧成了黑色,水面上浮着一层鹅毛;周围的泥巴已晒得半干,土堤也已经坍塌,旁边被踏过的灰暗土地上,几只羊垂头丧气地挤在一起,热得呼哧呼哧地喘着气,无精打采地耷拉着脑袋,似乎在耐心地等待难熬的夏天最终结束。我拖着疲惫的脚步走近尼古拉·伊万内奇的酒店,我的到来照例引起村里孩子们的好奇,他们茫然无措地盯着我,狗也愤怒地吼叫起来,叫得声音嘶哑,气喘吁吁,上气不接下气,好像撕裂了肚肠似的。突然,酒店门口出现了一个高个子农夫,他没有戴帽子,穿一件粗呢外套,腰里系一条蓝色腰带。他看上去像个家仆,憔悴而又布满皱纹的脸的上方,浓密的灰白头发乱蓬蓬地直立着,他正在焦急地挥动双臂,跟一个人打招呼。看得出来,他的两条胳膊不听使唤,显然他喝醉了。

"过,过来!"他结结巴巴地说着,吃力地扬起浓眉,"来,'眨巴眼',过来!唉,老弟,说实在话,你走得太慢了!这可不好,老弟,他们在里边等你哪,可你却在这儿慢慢腾腾挪着方步。快点儿呀。"

"好,我就来,就来!"传来一个颤抖的声音,从小木屋右边走出来一个矮胖的瘸腿男人。他披一件整洁的呢外套,只穿上了一只衣袖;高高的尖顶帽直压到眉毛上边,使他胖胖的圆脸现出狡黠而又滑稽的表情。他的一双黄色小眼睛不停地骨碌碌转,两片薄嘴唇上老是挂着勉强的微笑,而他长长的尖鼻子像个船舵俏皮地向上翘着。"我就来,亲爱的老兄,"他说着,蹒跚着朝小酒店走去。"你叫我干什么?谁在等我?"

"我叫你来干什么?"穿呢外套的人带着责怪的口吻说道。"'眨巴眼',你这人真怪:我们叫你到酒店去,你还要问干什么?这儿等你的都是些老好人:'土耳其人'雅科夫,'野老爷',还有从日兹德拉来的包工。雅科夫和那个包工打赌:赌一罐啤酒——谁赢了,就是说,谁唱得最好……你听懂了吗?"

"雅科夫要唱歌吗?"被叫作"眨巴眼"的那个人蛮有兴致地问道,"你不是在撒谎吧,'唠叨鬼'?"

"我没撒谎,""唠叨鬼"神气十足地回答说,"你才撒谎呢。我想他既然打了赌,就一定会唱的,你是个笨蛋,傻瓜,'眨巴眼'!"

"好啦;走吧,笨蛋!""眨巴眼"反驳道。

"那你至少得吻我一下,宝贝儿,""唠叨鬼"张开双臂,结结巴巴地说。

"走啊,你这个好样的伊索①,""眨巴眼"傲慢地说道,用胳膊肘顶了他一下,然后两人弯下腰,走进低矮的门洞里。

我偶然听到的这番对话,引起我强烈的好奇心。我曾不止一次听人说起过,"土耳其人"雅科夫是这一带最好的歌手,现在骤然得知,他与另一个歌手要赛歌,真是难得的机会。我加快脚步,走进酒店。

在我的读者中,有机会看到乡间小酒店的人大概为数不多;而我们猎手却哪儿都到过。这类小酒店的建筑结构极其简单:它们通常由一间昏暗的外间和一间带烟囱的内间组成,内间被一堵隔墙一分为二,隔墙后面任何一个顾客都不能进去。在隔墙上,靠近一张宽阔的橡木桌的上方,开了一个大大的豁口,酒就摆在这张桌子上,或是说,柜台上出售。不同规格的各种密封酒瓶陈列在售酒豁口对面的货架上。内间的前半部分空间由顾客享用,放着一些长条凳子,两三只空酒桶,一张方桌。大多数乡间酒店里面光线很暗,您几乎看不清张贴在板壁上的任何一幅廉价而又色彩艳丽的画儿,那是差不多所有乡村木屋里都有的。

当我走进"安乐居"酒店时,里面已经聚集了许多人。

尼古拉·伊万内奇照例站在柜台后面,他的身体几乎遮住了隔墙上的

---

① 伊索(公元前六世纪),古希腊寓言作家;但是在旧时俄罗斯,伊索这个名字是用来表示语言费解、行为古怪的人。

豁口,他穿一件条格衬衫,圆润的脸上挂着懒洋洋的微笑。他正用白胖胖的手为刚进门的"眨巴眼"和"唠叨鬼"倒两杯酒;在他身后,靠近窗户的墙角里,能看见他那目光犀利的妻子。房子中间站着"土耳其人"雅科夫——一个瘦瘦的、身材匀称的小伙子,约莫二十三岁,穿一件蓝色土布做的长裾外衣。他看上去像个能干的工匠,从外表上看,身体似乎比较弱,他凹陷的面颊,一双不安的灰色大眼睛,挺直的鼻子,微微颤动的两只鼻孔,白皙的前额略显突出,淡棕色的卷发向后梳着,厚厚的但很漂亮,极富表现力的双唇,整个面容显露出他热情而敏感的性格。他处于极度兴奋状态;他眨巴着眼睛,急促地呼吸着,手像发烧一样颤抖着,他真的在发热——一种由于兴奋而突然引发的狂热,那种在众人面前讲话或唱歌的人所熟知的狂热。靠近他站着一个约四十岁的男人,宽肩膀,高颧骨,低前额,细长的鞑靼人的眼睛,短短的扁平鼻子,鬃毛般粗硬的油亮黑发。他的面部表情——一张略带铅色的黝黑的脸——尤其是他那苍白的嘴唇,如若不是那样安静沉着,真可以说是野蛮的。他几乎一动不动,像只套在轭架上的公牛慢慢地朝四周张望。他穿着一件破旧的紧身长外衣,上面缀着光滑的铜纽扣;一条旧的黑绸围巾围住他的粗脖子。人们叫他"野老爷"。就在他的对面,在圣像下面,坐在一条长凳上的是雅科夫的对手,从日兹德拉来的包工;他是个矮矮的、身体结实的男人,大约三十岁,麻脸,卷发,扁平的翘鼻子,一双活泼的棕色眼睛,胡须稀疏。他把手垫在身子底下坐在那儿,机敏地向四周看看,不停地悠然自得地摇晃着双腿,用穿着时髦的彩色镶边高筒靴子的脚拍打着地面。他身着一件崭新的呢外衣,外衣的长毛绒领子鲜明地反衬出他胸前露出的紧系纽扣的紫色衬衫。对面墙角靠门右边,一个农夫坐在一张桌子旁边,穿件灰色的、破烂不堪的长袍,衣服肩上还破了个大洞。太阳光透过两扇积满灰尘的小窗玻璃,射进来一束狭长、略呈黄色的光带,可并不足以驱散房间里长年累月的黑暗,它映照在室内所有物品上,只留下斑驳微弱的光晕。不过,房间里还是很凉快,我一迈进门槛,就如释重负般地摆脱了闷热的感觉。

看得出来,我的到来,一开初使尼古拉·伊万内奇的顾客们略感不安;但是看到他本人对我像老朋友一般打招呼,他们就放下心来,不再注意我了。我要了些啤酒,在墙角那个穿破烂长袍的农夫身边坐下。

"好啦,好啦,""唠叨鬼"突然一口喝干了一杯酒,尖声叫嚷起来,他一边嚷嚷,一边打着奇怪的手势,似乎不打手势,连一句话也说不出来;"我们还等什么呀?要开始,干脆就开始吧。怎么样?雅科夫?"

"开始,开始。"尼古拉·伊万内奇赞同地附和着说。

"好吧,我们开始吧,"包工自信地微笑着,冷静地说道,"我准备好啦。"

"我也准备好啦,"雅科夫语气激动地说道。

"好,开始,伙计们,""眨巴眼"高声喊道。可是,尽管谁都希望开始,但是谁也没这样做;包工甚至没有从凳子上站起来——他们似乎全都在等待着什么。

"开始!""野老爷"突然尖声叫道。雅科夫准备唱了。包工解开腰带,清了清嗓子。

"可是谁先唱啊?"他稍稍变换口气问"野老爷","野老爷"仍旧一动不动地站在房间中央,两条肥胖的腿尽力叉开,两只强有力的手插进马裤的深长口袋里,几乎插到肘部。

"你来,你来,包工,""唠叨鬼"结结巴巴地说;"你先来,真格的,老兄。"

"野老爷"抬起眼皮看了看他。"唠叨鬼"含含糊糊地低声叫了一声,头朝天花板看着,耸耸肩,不吭声了。

"抓阄吧,""野老爷"加重语气说道,"把酒放到桌子上。"

尼古拉·伊万内奇弯下腰,吸足一口气从地上端起酒罐,把它放到桌子上。

"野老爷"瞥了雅科夫一眼,说道,"来呀!"

雅科夫在口袋里摸了摸,摸出一枚戈比,用牙齿在上面咬了牙印。包工从长衣裾下面掏出一只新皮钱包,小心翼翼地解开带子,倒出一些零钱在手上,从中挑出一枚新戈比。"唠叨鬼"拿出他那顶帽檐快要掉下来的又脏又破的帽子;雅科夫把自己那个戈比扔进帽子里,包工也把他的丢进去。

"你挑一个吧。""野老爷"对"眨巴眼"说。

"眨巴眼"得意地笑了笑,双手接过帽子,开始摇起来。

刹那间房间里出现一阵沉默;只听见钱币碰撞发出的轻微声响。我注意地朝四周看了看:每个人脸上都露出紧张期待的神情。"野老爷"本人表现出不安的神色,就连我旁边那个穿破长袍的农夫,也好奇地伸长了脖子。"眨巴眼"把手伸进帽子,拿出包工的钱币;人人都长出了一口气。雅科夫脸红了,包工用手揉揉头发。

"看,我早就说,你先开始,""唠叨鬼"嚷道,"我是不是这么说的?"

"好啦,好啦,别闹啦,""野老爷"轻蔑地说道。"开始吧,"他接着说道,朝包工点了点头。

"我该唱哪支歌呢?"包工问道,开始局促不安起来。

"你自己挑,""眨巴眼"回答说,"你喜欢唱哪个,就唱哪个吧。"

"你自己挑,真的,"尼古拉·伊万内奇双手交叉,慢慢地放在胸前,随声附和着,"唱什么完全是你的自由。唱你喜欢唱的歌;不过得好好唱;你唱完后我们会公平地裁判。"

"当然要公平裁判,""唠叨鬼"插话说,舔了舔空酒杯的边。

"我清清嗓子,伙计们,"包工说道,用手拉拉衣领。

"算啦,算啦,别磨蹭啦——开始!""野老爷"低着头大声抗议。

包工略一思索,晃晃头,往前跨了一步,雅科夫的眼睛盯住他。

不过,在我开始描写唱歌比赛之前,我想,把我的故事中的每个人物介绍几句,并不算多余。其中有几个人,我在"安乐居"酒店与他们相遇之前,就已经熟悉他们的生活状况;至于其他几个人的情况我是后来了解到的。

先说说"唠叨鬼",这个人的真实姓名叫叶夫格拉夫·伊凡诺夫;不过这一带所有的人只知道他叫"唠叨鬼",他本人也知道这个绰号是给他的,因为对他非常合适。的确,对于他长得其貌不扬、总是焦躁不安的外表来说,这个绰号再适合不过了。他是一个浪荡的家仆,没结过婚,他的主人们很早以前就不雇用他了,他没有任何职业,一戈比也不挣,居然能花别人的钱每天喝得酩酊大醉。他有许多熟人,他们请他喝酒、喝茶,尽管他们自己可能从未说过为什么要这样款待他,因为他不仅不能使同他在一起的人愉快,相反,他的无聊的饶舌,令人难耐的纠缠,痉挛般的动作和连连做作的大笑使人生厌。他既不会唱歌又不会跳舞;他不仅从来未说过一句聪明话,也未说过一句有用的话;他不停地唠叨,信口胡说——一个十足的"唠叨鬼"!然而,方圆三十俄里,没有一个酒会上不出现他那瘦高的身影,他周旋于客人之间;他们已经习惯了他,就像容忍一个不可或缺的灾难一样,容忍他的存在。确实，人们都看不起他；不过，知道如何制止他的愚蠢举动的，只有"野老爷"一个人。

"眨巴眼"一点也不像"唠叨鬼"。他的绰号也很适合他，尽管他不比其他人更爱"眨巴眼"；众所周知，俄罗斯农民在送人绰号方面颇具天赋。尽管我尽力去了解有关这个人过去生活的细节，他生活中的许多片断我还是一无所知，其他许多人也不知道；正如学者所说，被埋没在不可知的暗处。我只能打听到，他曾经是一个年老的无子女的女主人的马车夫，后来带着他照料的三匹马逃跑了；失踪了整整一年后，毫无疑问，他尝到了流浪生活的种种艰辛和不便，便回来，跪倒在昔日女主人脚下求饶，这时他已经变成了瘸子。在以后的几年中，他用出色的行为弥补了他的罪过，渐渐赢得了女主人的宽恕，最终完全取得了她的信任，被任命为管家，结果，女主人一死——不知怎么的——他获得了自由。他成了小商贩，租几块菜地种菜卖；慢慢富裕起来，现在过着舒适惬意的生活。他老于世故，精于算计，他处世既不像个善人，也不像个恶人，而是谨慎从事；他走南闯北，了解各种人，知道怎样利用他们。他处事谨慎，但同时又像狐狸一样敢于冒险：尽管他像个老妇人一样喜欢传播流言蜚语，但是绝不会把自己的事向外吐露，却善于把别人的话套出来。他并不像许多像他这样的老滑头那样装傻，假如他真的装傻，也很难骗过任何人。我还从来没有见过比他那对小眼睛更狡黠、更敏锐的眼睛，就像奥廖尔人那样，他们把那对眼睛叫"眼镜"。它们从来不只是简单地看，而总是上下左右地窥视。"眨巴眼"有时为显然是一件很简单的事反复思考几个星期，忽而又下决心采取一连串非常大胆的行动，似乎他要因此而倒霉了。但是结果总是一帆风顺，一切都顺顺当当。他是个幸运的人，相信自己的运气，相信预兆。总的说来，他非常迷信。人们不喜欢他，因为他不关心别人，但是他却受到人们的尊敬。他的全部家人只有一个小儿子，很受他溺爱，由他这样的父亲带大，这孩子肯定会飞黄腾达。夏天的傍晚，有几个老汉坐在土台上闲聊，小声议论他说："小'眨巴眼'将来会很像他父亲的，"谁都明白这话的含义，无须再多说什么了。

至于"土耳其人"雅科夫和包工的情况没有必要详谈。雅科夫之所以被叫作"土耳其人"，是因为他的确是一个土耳其女战俘的后裔，他天生是个艺术家，可谁都知道，他是个商人开的造纸厂里的汲水工，说到包工的经历,老实说,我一无所知;他给我留下最深刻的印象,就是他像个无孔不入的精明的小市民。但是关于"野老爷",就要详细谈谈了。

这个人给人留下的第一印象是粗犷,笨重,力大无比。他身体笨拙,"上下一般粗",人们都这样说。然而他周身洋溢着一种精力旺盛的气质——说来也怪——他那熊一般的身躯也并非毫无优雅之处,这种优雅或许是源于他对自身力量的十足的自信心。初次见面,很难判断这个赫拉克勒斯①是属于哪个阶层的;他看上去既不像个家仆,也不像个小市民;既不像个穷困潦倒的失业小吏,也不像个破产的小地主——就像猎犬师和打手;他实际上是个很个别的特殊人物。谁也不知道他从哪里来,或者他是怎样来到我们这县里的。据说,他出身于小地主家庭,曾经在政府部门供过职,关于这一点的确切情况,既没人知道,也的确无从打探——从他本人那里自然无法了解。没有比他更沉默、更郁郁寡欢的人了。因而没有任何人知道他靠什么为生;他既不从事任何职业,也不去拜访任何人,他几乎不与人交往;然而他却有钱花;钱虽然不多,但确实有钱花。他为人处事毫不谦让——谦让这个词不适合于他:他生活着,好像并不注意周围的人,也不关心任何人。"野老爷"(这是人们给他起的绰号,他的真名叫佩列夫列索夫)在这整个地区享有很高的声望;他说的话人们总是立即照办,尽管他无权对别人发号施令,他本人也从未表示过,要求他偶尔接触过的人服从他。他说话——人们就听从;他对人们永远有影响力。他几乎滴酒不沾,也不与女人来往,只是非常喜欢唱歌。这人身上有许多神秘之处;巨大的力量仿佛蕴藏在他体内,这力量仿佛知道,一旦升腾,爆发,注定要击垮他,要毁灭所触及的一切事物;在这个人的一生中,如果说这样的爆发未发生过,如果不是因为接受教训,不是因为九死一生,幸免于难,他才这样克制自己,那么我就大错特错了。尤其给我留下深刻印象的,是他身上那种天生的凶恶和同样天生的高贵融合一起的品质——这种混合气质我从未在别人身上看到过。

于是,包工走到前面,半闭起眼睛,开始用极高的假嗓子唱起来。他的嗓音十分甜美和悦耳,尽管有些沙哑;他的歌声云雀般婉转动听,灵活地不断变换着高低音,声音响亮流畅,他竭尽全力憋住劲唱完最高音。他的歌

---

① 赫拉克勒斯,即古希腊神话中的大力神。他力大无比,以完成十二项业绩闻名。

声中断了一下,忽然又接着以前的曲调,用一种豪迈、雄浑的气魄唱起来。他的声调有时奔放,有时滑稽;这种唱法会使内行人获得快感,却使德国人感到异常愤慨①。他是俄罗斯式的抒情男高音②,他唱的是一首轻快活泼的舞曲,我从歌曲的装饰音、高音和重复的曲调混杂在一起的声音中,只能听出下面几句:

> 这一小片田地啊,年轻的姑娘,
> 我将为你耕耘,
> 在这小片土地上啊,年轻的姑娘,
> 我将为你播下红艳艳的花种。

他唱着,所有的人都在凝神倾听。他似乎感觉到他是在为懂音乐的人表演,因此竭尽全力地演唱着。我们这一带的人们的确对唱歌都很在行;奥廖尔大路边的谢尔吉耶夫斯克村就以它音色和谐的合唱而闻名于全俄罗斯。包工唱了好一会儿,并没有引起听众多少兴致:因为他缺乏合唱团助阵;不过最后,他唱出一个奔放的装饰音,甚至把"野老爷"也逗笑了,"唠叨鬼"也情不自禁地喊叫起来。每个人都精神为之一振。"唠叨鬼"和"眨巴眼"开始低声附和着唱起来,并不时地喊道:"唱得好!……唱啊,好家伙!……唱啊,你这坏蛋!接着唱啊!再唱一段好听的,你这狗,狗啊!……凶神也要让你的魂儿下地狱!"他们嚷嚷着。尼古拉·伊万内奇站在柜台后面赞许地左右摇晃着脑袋。"唠叨鬼"最后晃着双腿,一面跺着脚打节拍,一面耸动肩膀。雅科夫呢,他的两眼火红,像燃烧的煤炭一样,而身子像片树叶般颤抖着,神经质地微笑着。只有"野老爷"的面部表情毫无变化,照例一动不动地站在那里;但是他那紧盯着包工的目光似乎显得柔和起来,尽管嘴角上还挂着轻蔑的微笑。包工为大家对他的歌表示欢迎感到鼓舞,又张口唱出一连串的装饰音,唱起颤音,他卷着舌头,放开喉咙疯狂地唱着,终于唱得面色苍白,筋疲力尽,全身热汗淋漓,最后他整个身体向后仰着,声嘶力竭地唱完最后一个音符,全体听众对他报以热烈

---

① 当时俄罗斯人认为德国人喜欢古典音乐,不喜欢这种华丽的唱法。
② 原文分别为意大利语和法语。

的喝彩声。"唠叨鬼"扑上去抱住他的脖子,用瘦骨嶙峋的长胳膊把他搂得透不过气来;尼古拉·伊万内奇油亮的脸上泛起一片红晕,他仿佛变年轻了;雅科夫发疯似的喊着:"好极了,好极了!"甚至坐在我旁边那个穿破长袍的农夫也禁不住一拳捶在桌子上喊了声:"哈!唱得好,真见鬼啦,哈!唱得好!"然后他狠狠地朝一边吐了口唾沫。

"啊,老兄,你可以让我们开心了!""唠叨鬼"高声叫喊道,并没有把精疲力竭的包工放开,"你可真让我们开心啦,没说的!你赢了,老兄,你赢了!祝贺你——这酒是你的啦!雅科夫哪里得过你啊……我说的是真话:差远啦……相信我好了。"(他又一次把包工抱在胸前。)

"好啦,放了他吧,放了他吧,别缠着他……""眨巴眼"恼火地说道,"让他坐在板凳上;你瞧,他累了。你是个傻瓜,老弟,你是个十足的傻瓜!你干吗要像片湿树叶子死缠住他呢?"

"好啦,那让他坐下吧,我要为他的健康干杯,""唠叨鬼"说道,向柜台走过去。"记在你的账上,老兄。"他又对包工说道。

包工点点头,在板凳上坐下,从帽子里取出一条毛巾,开始擦脸。"唠叨鬼"急忙贪婪地喝干了酒,像个酒鬼一样,喉咙里咕噜噜地响,装出一副忧心忡忡的表情。

"你唱得真好,老兄,唱得真好,"尼古拉·伊万内奇和善地说道,"现在该轮到你啦,雅科夫;当心,别害怕。我们要看谁会赢;我们要看看。包工唱得很好;说实在的,唱得好。"

"好极了。"尼古拉·伊万内奇的妻子说道,她笑了笑看看雅科夫。

"唱得好,哈!"坐在我身边那人低声重复道。

"啊,老林子里的野人!""唠叨鬼"突然大声叫着,走近肩上有破洞的农夫,用手指着他,蹦跳着发出一阵无礼的狂笑。"哈!哈!怎么样!老林子里的野人!这儿有一个树林子里来的穿破烂衣服的人!哪阵风把你给吹来啦?"他一边粗野地笑着,一边声嘶力竭地叫嚷着。

可怜的农夫显得局促不安,正要站起来急步走开,忽然听到"野老爷"高声喊道:

"你这讨厌的畜生想干什么?"他咬牙切齿,字字清晰地问道。

"我什么也不想干,""唠叨鬼"小声嘟囔着,"我不……我只要……"

"算了,好啦,住嘴!""野老爷"呵斥道,"雅科夫,开始!"

雅科夫用手摸了摸喉咙。

"嗯，真的，弟兄们……有点……嗯，我不知道，说实在的，这个……"

"算啦，够啦，别怕。真丢人！……干吗又缩回去啦？看在上帝分上，你就使劲唱吧。"

"野老爷"低下头等着他开口唱。雅科夫沉默了一会儿，向四周看看，用手捂住脸。所有人的眼睛都盯住雅科夫，尤其是包工，透过他惯有的自信和因成功而得意的表情，他的脸上显出一丝淡淡的、不由自主的不安。他把上身靠在墙上，又把两只手垫在身子底下坐着，只是不再像刚才那样摇晃着腿。最后雅科夫总算露出了脸，这张脸像死人一般苍白，眼睛在低垂的眉毛下面现出微光。他深吸一口气，开始唱起来。他唱出的第一个歌词微弱而又颤抖，歌声似乎不是从他的胸腔发出，而是从遥远的地方吹送过来，偶然飘进了房间里。这颤抖的、带着共鸣的歌声在我们所有听众身上产生了奇怪的效果；我们彼此面面相觑，尼古拉·伊万内奇的妻子竟然直挺挺地站了起来。第二个音符接着第一个音符唱出来，更加响亮，更加绵长，但是仍然明显地发着颤音，恰似一根竖琴琴弦突然被强有力的手指拨响了，发出长长的、越来越低的颤动声；第三个音符接着第二个，声音越来越洪亮、急促，紧张的节奏终于形成了哀婉动人的旋律。"通向田野的小路不只一条。"他唱道，我们听着，叫人感到那样甜美，那样悲伤。说实话，我很少听到这样的嗓音，它略微有些沙哑，音调不十分准确，起初甚至令人感到不快，但它却饱含人间真情、青春和芬芳的气息，又有一种迷人、快活和凄婉的忧郁情调。歌声中一种真实和火焰般的精神，一种俄罗斯精神在散发，在回荡，它仿佛沁人心脾，撩拨了所有听歌的俄罗斯人的心弦。歌声愈发响亮，回荡着。雅科夫显然情绪激动得难以自制，他不再恐惧；他完全沉醉于歌唱的狂喜之中；他的嗓音不再颤抖；它抖动着，但那是由激情引发的几乎不被察觉的内在抖动，它像一支利箭刺透每一位听众的心；他的歌声越来越洪亮、坚定、昂扬。我记得我曾经有一天在日落时分，站在海边平缓的沙滩上，潮水退去，海水涌来，从远处传来滚滚的浪涛声，沙滩上一只白色大海鸥一动不动地蹲在那里，丝绒般润滑的胸脯映着落日的红色余晖，它只是偶尔对着那熟悉的海，对着火红的落日，舒展开它那长长的翅膀：雅科夫的歌声使我想到了这种海鸥。他歌唱着，完全忘记了他的对手，忘记了他所有的听众。他仿佛像一个勇敢搏击的水手受到海浪的鼓舞那样,被我们的沉寂和充满热忱的同情所鼓舞。他歌唱着,在每一个音符中,我们仿佛都能感觉到亲切和熟悉的所在,那广袤的空间,那熟悉的大草原显现在我们眼前,伸向一望无际的远方。我感到泪水在我内心凝聚,涌出我的眼眶;突然间我被一阵轻轻的极力压抑着的抽泣声惊醒……我向周围看了看——酒店主人的妻子胸脯紧贴着窗台正嘤嘤哭泣。雅科夫快速瞥了她一眼,唱得比以前更加甜美,更加悦耳;尼古拉·伊万内奇低下了头,"眨巴眼"掉过脸去;"唠叨鬼"也被深深地感动了,他张大嘴巴,呆呆地傻在那儿了,那个低声下气的农夫在角落里也在轻声啜泣,他摇晃着头,悲切地低语;"野老爷"严峻的面孔上两道浓眉下面,慢慢滚动出大颗的泪珠;包工把攥紧的拳头支在额前,一动也不动。假如不是雅科夫以一个极高的、仿佛嗓音撕裂般的尖细音符突然终止他的歌声,我真不知道听众的感情如何恢复过来。没有一个人喊叫,也没有人挪动一下,大家似乎都在等待,看他是否继续唱下去;但是他睁开了眼睛,仿佛对我们的沉默感到迷惑不解,用询问的眼神向四周打量……他明白,他胜利了。

"雅科夫。""野老爷"把手放在他的肩膀上说道,而后便不再言语了。

我们愣在那里。包工慢慢站起身来,走到雅科夫跟前。

"你……你的歌……你赢了。"他终于费了很大劲儿才说了出来,然后冲到屋外。

他的迅速、果断的行动仿佛打破了大家如痴如醉的心态;于是,大家突然开始大声地、兴高采烈地谈论起来。"唠叨鬼"在房间里跳上跳下,嘴里咿咿唔唔地念叨着,胳膊像风车叶轮一般地挥舞着;"眨巴眼"跌跌撞撞地走到雅科夫跟前,亲吻他;尼古拉·伊万内奇站起身郑重宣布,他出钱再添上一罐酒。"野老爷"坦率地和蔼地笑着,我从未料到在他脸上看见这样的笑容;那个灰溜溜的农夫在角落里用袄袖擦抹着眼睛、脸颊、鼻子和胡须,不住地说:"啊,唱得真好,就算骂我是狗养的吧,唱得真好啊!"尼古拉·伊万内奇的妻子哭得脸都红了,急忙站起身来走出去。雅科夫像个孩子似的对自己的胜利满心欢喜;他的整个面容变了形状,尤其是那双眼睛闪烁着幸福的光芒。人们把他推到柜台前,他招手让正在哭泣的农夫过来,又让酒店老板的小儿子去照看包工,可却怎么也找不到他。大家开始喝起酒来。"你还得给我们唱啊,你得给我们唱到晚上,""唠叨鬼"大声说道,高高地举起双手,挥舞着。

我又看了雅科夫一眼,走了出去。我不想再待下去——我生怕破坏了这里留给我的印象。但是炎热依旧使人感到难挨。它就像一个厚厚的、沉重的空气层笼罩着大地;在深蓝色的天空中,微小、明亮的光点似乎透过最细微的、几乎是黑色的尘埃闪烁着微弱的光。一切都静止不动;这困乏的大自然深沉的阒寂,令人感到无望和压抑。我朝一个草棚走去,在一堆刚刚割下、但几乎已经晾干的草垛上躺下。我迟迟不能入睡;雅科夫那令人销魂的歌声在我耳畔久久地回响。终于炎热和疲倦又占了上风,我呼呼酣睡了。当我醒来时,四周一切都处在黑暗中;散开的干草略显潮湿,散发出浓烈的香气;黯淡的星星透过不严实的顶棚细细的橡木缝,闪烁着微光。我走出去,落日的余晖早已消失,它最后的踪迹是在地平线上散发一道微光;在刚刚降临的夜晚,人依然能感觉到空气中被太阳灼烧的炎热,人们渴望胸前能吹来一阵凉风。这时没有风,也没有云;整个天空显出清澈透明的幽暗,无数依稀可见的星星闪烁着柔弱的光,村子里到处点燃明亮的灯火;从附近灯火通明的小酒店传来乱哄哄的、人声嘈杂的喧闹,从中我听出了雅科夫的声音。从那里时不时地爆发出一阵阵大笑声。我走近那扇小窗户,把脸贴在窗玻璃上。我看到了虽然生动热烈却令人不快的场面:所有的人都喝醉了——雅科夫和其他人都醉了。他袒露着胸脯,坐在板凳上,一边懒洋洋地拨弄着吉他琴弦,胡乱演奏着,一边用粗嗓门哼着一支粗俗的舞曲。他那湿漉漉的头发一绺绺地贴在苍白可怕的脸上。在房间中央,"唠叨鬼"似乎已失去理智,他脱去上衣,在那个穿灰色破长袍的农夫跟前蹦来蹦去地跳着舞;农夫也费力地用脚蹭着地面,跺着脚扭着,胡须乱蓬蓬的,咧开嘴巴傻笑着;他时不时地挥动一只手,好像在说:"跳起来啊!"再没有比他的面容更滑稽可笑了:不管他怎样皱紧眉头,他那两道粗眉就好像趴在那对小得几乎看不见的、无神而又令人讨厌的眼睛上,不愿意抬起来。他正处在一个醉醺醺的人那种怡然自得的心情中,一个过路人,不管是谁,只要瞅他一眼,肯定会说:"咳,老兄,瞧你这副德性!""眨巴眼"的脸红得像只龙虾,鼻孔张大,他待在角落里不怀好意地笑着;只有尼古拉·伊万内奇像个地道的酒店老板,保持一贯的冷静。房间里挤满了新来的人,可是我却没有看到"野老爷"。

我转身急步走去,离开科洛托夫卡村所在的小山冈。这座小山下面展现一片开阔的平原;它在薄雾笼罩的朦胧夜色中,仿佛更加广袤,与黑暗的夜空融为一体。我沿着峡谷的路大步走着,忽然从平原深处传来一个男孩清晰的声音:"安特罗普卡!安特罗普卡—阿—阿!……"他竭尽全力带着哭腔拼命呼喊,最后一个字拖着长长的尾音。

他略停一下,又开始呼喊起来。他的声音在静寂的、令人昏昏欲睡的空气中响亮地传来,他喊安特罗普卡这个名字至少三十次,突然间从平原的尽头,好像从另一个世界上,飘过来一声几乎听不见的回答:

"什么—事—啊?"

男孩既高兴又生气的声音立刻传过来:

"到这儿来,该死的!你这鬼—东西!"

"干—什么—啊?"另一个过了一会儿回答道。

"因为爸爸要揍你!"第一个声音急忙回答。

第二个声音不再出声了,男孩又开始叫起安特罗普卡。他的喊叫声越来越微弱,越来越稀疏,天完全黑下来时,喊声还一个劲儿地传到我耳朵里来,这时我已经绕过我村子四周的、离科洛托夫卡村三俄里的一片树林……"安特罗普卡—阿—阿!"这声音依稀可辨,在夜空中回荡。

彼得·彼得罗维奇·卡拉塔耶夫

　　五年前的一个秋日,在从莫斯科到图拉的路上,因为没有马,我意外地在一个驿站待了差不多一整天。我从猎场打猎归来,由于粗心大意,竟然打发我自己的三驾马车先行离去。驿站站长、一个性格忧郁上年纪的人,头发很长,盖过眉毛,几乎垂到鼻子上,他有着睡眼惺忪的一对小眼睛,断断续续地嘟囔着,回答着我所有的抱怨和要求,他又愤愤不平地砰砰关门,好像是在诅咒他的差事,他走出门踏上台阶,辱骂那些马车夫们,那些人有的胳膊抱着沉重的木质车轭,迈着悠闲的步子懒散地在泥泞中磨蹭走着;有的坐在条凳上,打着哈欠,搔着痒,对他们上司的愤怒的咆哮并不怎么理睬。我已经有三次自己坐起来喝茶。好几次想睡都没睡着,我读遍了墙上和窗户上的所有的题字;我感到十分无聊。在极为冷清和孤立无援的绝望之中,我盯着我的四轮马车上翘的车辕,这时突然听到一阵铃响,一驾小双轮轻便马车,由三匹疲惫的马拉着,在台阶前停下了。新来的人跳下马车,大声叫着"快来换马!",然后走进了屋子。当他听到驿站主人回答说没有马时,便现出在这种情形下常见的冷漠和惊讶。我以一个百无聊赖的人所特有的极度好奇心,从头到脚仔仔细细地打量着这位新来的伙伴。看上去他差不多三十岁左右。天花在他的脸上留下了无法消除的痕迹,他的脸干瘦枯黄,呈现着令人不愉快的紫铜颜色,长长的深蓝色卷发成团地披在衣领上,曲曲弯弯盘绕着,连上前面的俏皮的连鬓胡子;一对小眼睛,眼皮浮肿,目光呆滞;上唇还长着几根胡须。他穿得像个经常光顾马市的挥霍无度的乡村地主,身着一件满是油污的高加索式的条纹上衣,系着一条褪色的淡紫色丝绸领带,穿一件缀着铜纽扣的背心,灰色的裤子样子像两只大烟囱,人们能明显地发现裤角下面露出的皮靴尖没有擦过,他身上散发出强烈的烟草和酒的气味,他的一双肥胖的红手几乎全藏进袖子里,只能看见手指上的银戒指和图拉戒指。在俄罗斯这样的人物你可以碰上不止几十位,而是数百位,说句真话,跟这类人物相识,不能使人产生一丝愉快;不过,尽管我带着偏见来看这位新来者,我还是注意到了他脸上那和善的、充满热心的表情。

"这位先生也在这里等了一个多钟头了。"驿站站长指着我说道。

"一个多钟头!"这家伙竟在嘲弄我。

"但是也许他不像我一样急着换马。"新来者回答道。

"这个我就不知道了。"驿站站长绷着脸不高兴地说。

"那么真的没法可想了吗?确实没有马吗?"

"是的,一匹马也没有了。"

"那好,让他们给我拿个茶炊来。我就等着呗,反正没有办法啦。"

新来的人坐在条凳上,把帽子扔到桌子上,用手撩着头发。

"您已经喝过茶了吗?"他向我问道。

"喝过了。"

"您过来陪我再喝一杯好吧?"

我同意了。粗大的红色茶炊第四次出现在桌子上。我拿出来一瓶甘蔗酒。我没有看错,我的新相识确是一个小有田产的乡村地主。他的名字叫作彼得·彼得罗维奇·卡拉塔耶夫。

我们开始聊起天来。他刚刚到达这里不到半小时,就以最真诚的方式敞开心扉对我讲述他的全部生活经历。

"我现在是要到莫斯科去,"他喝着第四杯茶,对我说道,"眼下我在乡间无事可做。"

"怎么会是这样呢?"

"是啊,就是这样的。我的田产一塌糊涂;我必须承认这一点,我让农民遭罪了;年景不好,庄稼歉收,还有各种各样的倒霉事,您知道——唉,就是这样。"他沮丧地掉过头去,补充道,"我哪有能耐管好家业啊!"

"为什么这样呢?"

"不对，"他打断我的话，"有些像我这样的人，家业管得很好！您瞧，"他接着说道，把头扭向一边，使劲地吸着烟斗，"看看我……我知道，您认为我没受多少……但是您瞧，必须承认，我接受过完善的中等教育；经济上我并不宽裕，请您原谅；我是个豁达的人，如果您也这样认为……"

他没有说完他的话，就挥了一下手停住不说了。我开始跟他解释，说他误会了，并且让他相信与他相识我非常的高兴，然后说我认为管理好田产不必非要接受十分高深的教育。

"的确，"他回答说，"我同意您的说法。不过，一些专门的管理知识还是必要的！有些人可以随心所欲地做事，反而平安无事！可是我……请问，您是彼得堡人，还是莫斯科人？"

"我是彼得堡人。"

他从鼻孔里喷出一串长长的烟圈。

"我要到莫斯科去谋职。"

"您打算进哪个部门工作呢？"

"我不知道，看情况再说吧。跟您说句实话吧，我不敢在政府部门做事，害怕承担责任。我一直住在乡下，习惯了那儿的生活，您知道……可是现在，没有办法……就因为穷啊！唉，贫穷，我是多么厌恶受穷啊！"

"这样一来您就要住在京城了。"

"住在京城……唉，我不知道京城里有什么令人高兴的东西。走着瞧吧，也许那儿的生活还惬意。不过我觉得，哪儿也比不上乡下好。"

"那么您真的不能再在乡下住下去了吗？"

他叹了一口气。

"真的不能了。干脆这么说吧，现在那儿的一切已经不属于我了。"

"为什么？怎么会是这样呢？"

"唉，那儿有个好心人，是个邻居，接管了……有一张票据。"

可怜的彼得·彼得罗维奇用手抹了抹脸，想了一会儿，摇了摇头。

"怎么？……我得说实话，"沉默了一会儿他又补充道，"我不抱怨任何人，那是我自己的错。过去我喜欢摆阔气，我爱胡闹，我真该死啊！"

"您在乡下日子过得快活吗？"我问他。

"快活呀，先生，"他加重语气回答说，眼睛直盯着我的脸，"我养了十二对猎狗——猎狗，跟您说，这种狗不是您能经常见到的。"（他语气重重

地拖着长音一字一顿地说出最后几个词)"它们追逐兔子不一会儿就能逮住,它们追起狐狸一类的珍贵野兽,简直像一条蛇那样,又凶又灵活。我的那些灵猩赛狗也值得夸夸。现在这些事情都已经过去了,我不必找理由撒谎。过去我也常常外出去打猎。我有一只狗叫孔捷斯卡,是一只十分精灵的赛特种的猎狗,它具有第一流的嗅觉——能辨出所有的气味。有时我去沼泽地,对它喊一声,'去找吧(法语)!'如果它不去,你即便再带上十几只狗去找,也是一无所获。要是它肯去找,它拼死拼活也心甘情愿!这狗在家里可是很温驯。如果你用左手喂它面包并且说,'犹太人已经尝过了,'它就不会动一下面包;但是如果你用右手给它面包说'年轻太太吃过了一点的,'它就会立刻接过面包吃掉。我还养着一只它生下的狗崽——那是一只最好的小狗,我原想带它去莫斯科,可是一个朋友问我要,连猎枪也要;他说:'在莫斯科你会有别的事要干,用不着这些玩意儿。'我把小狗和猎枪都给了他;所以您瞧,我把所有的东西都留在乡下了。"

"可是您到莫斯科也能够打猎啊。"

"不打了,打猎有什么用处呢?过去我做事不知道什么时候该停手,弄得现在不得不逆来顺受了。不过好啦,请您告诉我莫斯科的生活情况吧——生活费用高吗?"

"不,不太高。"

"不太高……请您告诉我,莫斯科有茨冈人吗?"

"哪一类的茨冈人?"

"嗯,就是那些聚集在市场附近的。"

"有的,莫斯科有……"

"哎呀,这太好了。我喜欢茨冈人,真是的!我喜欢他们。"

彼得·彼得罗维奇的眼睛里闪烁着快活而又粗犷的目光。但是突然间他在条凳上转过身去,好像陷入了沉思中,垂下了眼帘,把空杯子向我递过来。

"请给我倒一点您的甘蔗酒。"他说。

"可是茶全都喝光了。"

"没有关系,没有茶也一样。唉!"

卡拉塔耶夫把胳膊肘支在桌子上,双手抱着头。我看着他没有说话,我在等待着他会发出多愁善感的叹息,甚至还准备看到这个醉汉热泪盈眶,然而当他抬起头来时,我必须承认,他脸上现出极度的悲哀,这神情深深地打动了我。

"您怎么啦?"

"没有什么。我在回想过去的时光。一件罕见的往事……我想讲给您听,可是不好意思给您添麻烦……"

"哪儿的话!"

"是这样的,"他叹了口气接着说,"有些事……比如我自己的私事,如果您不厌烦,我就告诉您。不过我真的不知道……"

"快讲吧,亲爱的彼得·彼得罗维奇。"

"好吧,尽管这是个……唉,您瞧……"他开始说,"可是,真的,我不知道……"

"啊,得啦,亲爱的彼得·彼得罗维奇。"

"好吧,我遇上一桩这样的事。那时我住在乡下。突然间我爱上了一个姑娘。啊,那是多么好的一个姑娘啊!……美丽,聪明,又是那么善良,那么可爱!她名字叫马特廖娜。可她不是有身份的小姐——这一点您明白,她是个农奴,只是个女奴。她并不是我家的女奴,是别人家的——麻烦就出在这里。唉,就这样我爱上她了——这真是一个笑料,一桩奇闻……唉,同样,她也爱上了我。她叫马特廖娜,她央求我,把她从女主人那里赎出来;而且,的确,我的脑子里也闪过这个念头。但是她的女主人是个富有而厉害的老太太,住在离我家大约十五俄里远的地方。这样,按照老规矩,我选了一个好天,叫人给我套好一辆三匹马拉的轻便马车,中间套住一匹最棒的、精神非常饱满、被叫作兰普尔多斯的辕马——我穿上最好的衣服,坐车去马特廖娜的女主人家。我到了那儿,看到那是一座带有厢房和花园的大宅院。马特廖娜正在道路的转弯处等着我;她想跟我说话,但只是吻了我的手便转身离去。于是我走进了前厅,询问女主人是否在家。一个高个男仆问我:'敢问您尊姓大名?'我回答说:'伙计,你就说地主卡拉塔耶夫来访,有件事要谈谈。'男仆人便走开了;我自己在那里等候,想道:'不知道结局会是怎么样?我敢说这老太婆准会开出吓死人的大价钱,别看她这么富有。她就是索要五百卢布,我也不会感到惊讶。'最后那男仆总算回来了,说:'您请进吧。'我跟着他走进客厅。一个面色黄黄的小个子老太太正坐在扶手椅上眨巴着眼睛:'您有什么事吗?'起初,您知道,我觉得有必要说一些结识她十分高兴之类的话。'您弄错了,我不是这儿的女主人;我只是她的一个亲戚。您到底有什么事情?'我表达了我的意见:'我必须跟女主人本人谈。''玛利亚·伊利尼奇今天不会客,她不舒服。您有什么事吗?''看来没有别的办法,'我暗自想道,只好把我的想法向她说清楚。这老太婆听我说完,问道:'马特廖娜?哪个马特廖娜?'

'马特廖娜·费多罗娃,库利克的女儿。'

'费多尔·库利克的女儿……可是您怎么认识她的呢?''碰巧认识的。''她知道您的意图吗?''知道。'老太婆沉默了一会儿说,'好,我要让她知道知道,这个贱货!'说句实话,我大吃一惊:'究竟是为什么呀?我向您保证我是准备付一大笔钱的,如果您愿意,还是告诉我一下钱的数目吧。'

"老恶婆十分鄙夷地看着我:'亏您想得出这么个令人吃惊的主意,好像我们稀罕您的钱似的!我要教训教训她,我要让她走着瞧!我要把这个傻丫头打聪明了!'老太婆恶狠狠地叫骂着,气得透不过气来,'请问是她跟我们生活得不好吗?啊,她这个小妖精!上帝啊,请饶恕我的罪过!'说实在的,我也发火了:'您为什么要威胁这个可怜的姑娘?为什么要责怪她呢?'老太婆在身上划了个十字:'啊,主啊,对我发发慈悲吧,难道您认为我不能随意处罚我的家奴吗?''可是您要知道,她不是您的家奴!''好啦,这一点玛利亚·伊利尼奇娜最清楚啦;这不关您的事,亲爱的先生,但是我还是要给马特廖娜这个黄毛丫头一点颜色看,让她知道究竟是谁的家奴!'老实说,我差一点扑过去揍那该死的老刁婆,可是我想到了马特廖娜,就把手放了下来。我无法向您形容当时我是多么担心;我开始恳求老太婆。'您要什么都可以,'我说。'可是她对您有什么用处呢?''我喜欢她,好心的夫人;请您设身处地替我想想。请让我吻一下您的手吧。'我还确实吻了这个坏蛋的手!'好吧,'老刁婆低声嘟囔着,'我会告诉玛利亚·伊利尼奇娜的——这件事得由她来决定,您过几天再来吧。'我怀着极为惴惴不安的心情回到了家,开始猜想是否我把事情办糟了,我觉得我错在不该让老太婆注意到我的内心想法,但是我想到这一点已经太晚了。几天以后,我去见那位女主人。我被领进一间卧室。房间里有许多鲜花和精美的家具。女主人本人坐在一把精巧的安乐椅上,懒洋洋地把头倚靠在靠垫上,她的那个亲戚也坐在那里,还有一个年轻小姐,长着白眉毛,嘴巴整个歪到一边,穿一件绿色外衣——她极有可能是个女伴,女主人带着鼻音说道:'请坐。'我坐下了。她开始询问一些我多大年纪,在哪里谋过职,我打算做什么事等等问题,此时她的行为显得傲慢而庄重。我一一做了回答。女主人从桌子上拿起一块手帕,挥动着手帕扇着。'卡捷琳娜·卡尔波夫娜跟我说了你的打算,'她说,'她把事情都告诉我了,但是对这事我自有规矩,'她说,'我不准许我的家奴离开我这里。这是不应当的,在一个有着良好秩序的家庭里是非常不合适的,这样就会全乱了套。我已经说了我的规矩,'她说道,'那你就没有必要再自找麻烦了。''噢,不麻烦,真的。但是这可能吗,您就这么需要马特廖娜·费多罗娃?''不是,'她说,'我并不是那么需要她。''那么为什么您不让我带走她呢?''因为我不愿意这样做,我不愿意——就是这么回事。'她说,'我已经吩咐了:把她打发到草原上的一个村子里去干活。'我像遭了雷击一般。老妇人转身对穿绿色外衣的年轻女子说了几句法语,那年轻女子走了出去。她又说道,'我是一个严格按制度办事的人,我的身体欠佳;经不起别人来烦我。你还很年轻,我是个老年人,有资格对你提出忠告。你最好找个事情去做,安顿下来,找个跟你般配的姑娘结婚;有钱的姑娘不多,但是贫穷而品德高尚的姑娘还是能找到的。'您知道,我盯着这老太婆,不明白她的用意是在什么地方;我能听得出她正在谈论婚姻问题,可是草原上的村子这几个字一直在我耳畔回响。结婚……真是该死!……'

这时他突然停止诉说,用眼看着我。

"我想,您没结过婚吧?"

"没有结过婚。"

"嗯,当然,事情是明摆着的。我忍不住问道:'可是,说句实话,夫人,您现在到底在说些什么呢?怎么又扯上结婚啦?我只是想知道您是否愿意让女仆马特廖娜跟我走?'老太婆开始唉声叹气,叫起来:'哎哟,他把我烦死啦!快让他走!哎哟!'那亲戚急忙跑到她跟前,向我吼起来。可老太婆还在哼哼唧唧地呻吟着:'我做了什么事啊,受到这种报应?我难道不是我自己家里的主人吗?哎哟!唉!'我一把抓起帽子像疯子似的跑出门去。"

"可能,"他继续说道,"您会责备我为什么这样狂热地爱上一个地位卑微的姑娘;我也不想专为自己辩解……反正事情是这样碰巧了!您相信吗?那时我日夜不安,饱受煎熬!我还想,干吗我把这个可怜的姑娘给毁了!有时我一想到她穿着罩衫在赶鹅,因为女主人的吩咐而受到虐待,才干这粗活儿;还有那个管家,一个脚蹬肮脏皮靴的农夫,用下流的语言在辱骂她,我就气得全身直冒冷汗。啊,我简直受不了啦。当我打听到她被发配去的那个村子,就骑上马,朝那里奔去。直到第二天晚上,我才赶到那儿。女主人显然没有料到我会这么蛮干,所以没传下话来防备我。我装作是邻村人,直接去找管家;我走进院子朝四处张望;马特廖娜正支着胳膊肘用手托着脸坐在台阶上。她刚要大声喊叫,我唬住她,伸出手指朝外面屋后指了指。我走进小屋,跟管家聊起天来,我胡乱编造了一通谎话,然后瞅准机会,脱身去找马特廖娜。那可怜的姑娘一下子抱住了我的脖子。她显得苍白而瘦弱,可怜的心上人儿!您知道吗?我不断地对她说,'唔,好啦,马特廖娜,好啦,别哭了,'而我自己的眼泪却扑簌簌直往下掉。后来,我还是感到羞愧,就对她说:'马特廖娜,在困难中眼泪帮不了忙,而我们必须行动起来,像人们常说的那样,采取坚决的行动,你一定要跟我一起逃走;这就是我们必须采取的行动。'马特廖娜简直要晕过去。'这怎么能行呢?那我就要完啦,他们会把我完全置于死地的。''你这傻瓜!谁会找得到你呢?''他们会找到我的,他们一定会找到我的。谢谢您,彼得·彼得罗维奇——我永远不会忘记您的好心;可是现在您不要再关心我了,看起来,这是我命中注定的啊。''啊,马特廖娜,马特廖娜,我觉得你是个坚强的姑娘.'她的确是个意志非常坚强的姑娘。她那一颗心,是金子般的心!'你还待在这里干吗呢?这还不是一样的吗?事情不会比这里更糟糕。来,告诉我——你挨过管家的拳头吗,啊?'马特廖娜的脸完全红了,而且她嘴唇还颤抖着。'可是没有我,我家里人就没法活下去.''怎么,现在你的家里人——他们会流放你的家人吗?''是的;他们会把我哥哥流放出去.''你父亲呢?''嗯,他们不会流放我父亲,他是我们这一带唯一的好裁缝.'

"'好,你看,你的哥哥不会因为流放而完蛋.'您相信吗?我费了九牛二虎之力去说服她,她甚至想到我可能会因为这件事受到连累……'可是这不关你的事,'我说。不管怎样,我还是把她带走了……不过不是这一次,而是另外一次:有一天晚上我坐着轻便马车来把她接走了."

"您真的把她接走了?"

"是的……这样,她住在我的家里。我家的房子不大,仆人也不多。跟您说实话,我的仆人都尊敬我,他们不会为任何好处而背叛我。我开始过起十分快乐的日子。马特廖娜得到休息,恢复了健康,我越来越倾心于她,她是一个多么可爱的姑娘啊!她似乎天生就是这样!她能歌善舞,还会弹吉他!我不让邻居们看到她,生怕他们说走了嘴,传了出去!……可是有一个人,名叫戈尔诺斯塔耶夫·潘捷列伊——您不认识他吗?他简直迷上了她;像对高贵女士那样吻她的手,他真的这样做了。我还必须告诉您,戈尔诺斯塔耶夫并不像我;他是一个很有教养的先生,曾经读过普希金的全部作品;有时候,他与马特廖娜和我谈天,我俩对他只能洗耳恭听。他教马特廖娜写字;多么古怪的一个人!我是怎样打扮马特廖娜的呢——她真的穿得比省长太太还要体面;我给她定做了一件紫红色天鹅绒女式束腰皮领大衣,四周镶着毛皮滚边,啊,她穿上太合身了!这是莫斯科一位专做最新时装的女裁缝做的,马特廖娜是一个非常好的女性!有时她会一连几个小时坐在那里陷入沉思,一动不动地盯着地板;这时我也坐下来看着她,好像第一次见到她似的,怎么看也看不够。那时她微微一笑,我的心就扑通地一跳,好像有人在撩拨我似的。有时她会突然大笑起来,说着笑话,跳着舞;她会热烈地,充满激情地拥抱着我,随之我便晕头转向了。从早到晚,我除了想着怎样做使她快乐,其他什么也不想。不知您相信吗?我给她送礼物,只是想看到我的心肝那种高兴的神情,看到她兴奋得满面红光!

我还想看到她在身上试试我送给她的礼物,穿着她的新衣过来吻我!她的父亲库利克不知怎么的听到了风声;于是这老汉到这儿来了。看到我们,他哭得好伤心啊……就这样,我们在一起生活了五个月,我真的愿意和她永远生活在一起,可是我这倒霉的噩运来了!"

彼得·彼得罗维奇停下来不说了。

"到底发生了什么事?"我关切地问着他。他摆了摆手。

"所有的一切都见鬼去了。我也把她给毁了。我的小马特廖娜十分喜欢滑雪橇,她常常穿着大衣,戴上绣花的托尔若克手套,吆喝着马,一个人滑着雪橇玩。我们总是在晚上出去滑雪橇,您知道,这样就不会遇到任何人。有一次,天气很好,您知道,天寒地冻,晴空万里,没有一丝的风……我们出发了。马特廖娜抓着缰绳。我看着她把雪橇往哪儿赶。难道她要去库库耶夫卡,她原先的女主人的村子吗?是的,她是要到那里去。我对她说:'你这个疯丫头,你要去哪儿?'她回头看了我一眼,笑了起来。'让我去嘛,'她说,'怪好玩的。''好吧,'我想道,'不管怎样,随她去吧。'路过她女主人的家是件好玩儿的事,不是吗?我对自己说——这难道不好吗?于是我们继续前行。看来那辕马飞奔,而那两匹挽马,说真的,也像一阵旋风般地驰骋。我们已经看得见库库耶夫卡村了,这时我突然看见一辆绿色旧马车慢慢驶来,一个男仆站在马车后面的踏脚板上。这是女主人——女主人坐的车朝着我们驶过来了!我吓坏了;可是马特廖娜——她拉着缰绳抽打马匹,径直朝那辆马车冲过去!那个马车夫,这个您明白,他看到我们的雪橇飞快地朝他撞过去,您知道,就想躲到一边,可是他转弯太急,马车一下子翻倒在雪堆里。玻璃窗跌碎了;女主人失声尖叫起来:'哎哟!哎哟!哎哟!哎哟!哎哟!哎哟!'她那女伴也号啕大叫:'救命啊!救命啊!'此时我们的雪橇却以最快的速度逃走了。雪橇继续疾驰,我想道:'要大祸临头了。我不该让她到库库耶夫卡去。'您猜怎么样?自然,女主人认出了马特廖娜,也认出了我。这老巫婆,她告发了我。'我那逃跑的女奴,'她说,'住在卡拉塔耶夫先生家,'她还附上一份厚礼。嗨,您瞧!警长来找我了;这人我原来就认识,名叫斯捷潘·谢尔盖伊奇·库佐夫金,是个老好人,也就是说,实际是一个十足的坏蛋。这不,他来了,说东道西,问我:'彼得·彼得罗维奇,您怎么能做这样的事呢?这可不是开玩笑的事,有关方面的法律条文规定得清清楚楚。'我对他说:'是,关于这件事,我们当然要谈一谈的,不过,您跑了这么远的路,还是先吃点东西吧。'他答应要吃点东西,但还是说:'公事公办啊,彼得·彼得罗维奇,您自己想想吧。''当然是要公事公办啦,'我说,'……不过我听说您有一匹小黑马。您愿意拿它换我那匹兰普尔多斯吗?而那个叫马特廖娜·费多罗娃的姑娘并没有住在我的家里。''算啦,'他说道,'彼得·彼得罗维奇,那姑娘就住在您这儿,您要知道,我们不是住在瑞士……不过我的小黑马倒是可以和您的兰普多斯交换;我甚至可以把兰普尔多斯当作一件礼物来接受。'不管怎样,这一次我还是把他应付走了。但是那老太婆却比以往闹得更凶了。她扬言,为了这一场官司,她不惜耗资一万卢布。您瞧,我是后来才知道的,当初那老太婆见到我时,突然产生了一种念头,想要把她那身穿绿色外衣的年轻女伴嫁给我,难怪她如此这般怀恨在心。这些贵妇人脑袋里什么主意都想得出!我想,她们这样做大概是因为日子过得太寂寞了吧。情况逐渐变得对我很不利:我毫不吝惜钱财,又把马特廖娜藏了起来。他们把我搅得不得安宁,把我弄得一筹莫展;现在我债台高筑;大病一场。后来有一天晚上,我躺在床上,思索着:'上帝啊,为什么要我如此的遭罪呢?既然我没有办法不去爱她,那我该怎么办呢?啊?不能,这件事只能如此!'就在这时,马特廖娜突然走进我的房间。在这之前我早已经把她藏到了离我家两俄里远的一处农舍里。当时我吓坏了。'怎么啦,他们在那儿发现你啦?''没有,彼得·彼得罗维奇,'她说,'在布勃诺沃没有人来打搅我;但是这样能持续很久吗?'她又说,'我的心都被撕碎了,彼得·彼得罗维奇;我对不住您,我的亲爱的人;我永远不会忘记您的恩德,彼得·彼得罗维奇,不过现在我是来向您告别的。''你是什么意思,你这是什么意思,你疯了?告别,为什么要告别?''是告别。我打算去自首。''那我可要把你锁在顶楼上了,疯丫头!你是想要毁了我吗?你是想要我去死,还是怎么的?'姑娘一声不吭,眼睛盯着地板。'喂,说话呀,你说话呀!''我不忍心给您再添更多的麻烦了,彼得·彼得罗维奇。'唉,任你怎么说她也听不进去……'可是你知道吗,小傻瓜,你知道吗?你这个疯丫头……'"

彼得·彼得罗维奇痛苦地哽咽着。

"唉,您想到了吗?"他继续说道,他用拳头捶打着桌子,痛苦地皱起眉头,同时泪珠不断地顺着悲伤的面颊滚落下来,"她自首去了……她走了,去自首了……"

驿站主管走进屋子,得意扬扬地喊着:"马已经备好了。"

我们俩都站了起来。

"马特廖娜后来怎么样了?"我问道。

卡拉塔耶夫摆了摆手。

在我遇见卡拉塔耶夫一年之后,碰巧我也到了莫斯科。一天,午饭前,我不知不觉走进了猎人市场中的一家咖啡馆——一家地道的莫斯科风格的咖啡馆。在台球房里,透过浓云般的烟雾,隐隐约约现出人影:有的人脸涨得通红,有的人留着络腮胡子,有身穿旧式匈牙利外衣的人以及身着新奇的斯拉夫式装束的人。

几个身着朴素紧身长褂的瘦瘦小老头儿正在那里看俄文报纸。侍者们迈着轻轻的脚步踏在绿色地毯上,端着盘子,轻快地跑来跑去。有些商人正在愁眉不展地喝着茶。突然一个头发蓬乱,衣冠不整的男人趔趔趄趄地从台球房里出来。他把双手插进衣兜里,低着头,漫无目的地四下张望着。

"啊呀,啊呀,彼得·彼得罗维奇!……您好哇?"

彼得·彼得罗维奇摇摇晃晃地走过来,几乎扑到我身上,他把我拉进咖啡馆的一间雅座里。

"到这儿来,"他说,小心翼翼地让我落座于安乐椅上,"这儿您会舒服一些。伙计,啤酒!不,我是说拿香槟来!唉,说实话,我没想到,真的没想到……您来这里已经很久了吗?您还要再待上一段时间吗?嘿,正像人们常说的那样,是上帝又把我们聚到一起来了。"

"是啊,您还记得……"

"当然,我记得,我当然记得!"他连忙打断我的话,"都是过去的事啦……"

"那么,现在您在这儿做什么呢,我亲爱的彼得·彼得罗维奇?"

"我就这样生活着,就像您现在看到的这样。这儿的生活极好,这里人们都很快活。我已经在这里找到了安宁。"

说罢他叹了一口气,抬起眼睛望着天花板。

"您现在工作了吗?"

"不,我现在还没有工作,不过我想我应亥找点事去做。但是工作有什么意思呢?与人交往才是主要的正经事。我已经认识了这里的很多人啦!"

一个男孩用黑托盘端着香槟酒走了进来。

"这又是一个好小伙子。是真的吧,瓦夏,你是个好小伙子吧?祝你健康!"

那男孩站了一会儿,谦恭地摇摇头,笑了笑,便出去了。

"的确,这儿的人非常好,"彼得·彼得罗维奇接着说,"待人热情,富有同情心。您愿意我为您介绍一下吗?——这些有趣的小伙子。他们都会很高兴地与您相识。我跟您说……波勃罗夫死了,真是件不幸的事。"

"哪个波勃罗夫?"

"谢尔盖·波勃罗夫,他是个好人,他救济过我这个来自荒野的没见识的粗人。戈尔诺斯塔耶夫·潘捷列伊也死了。全都死了,都死了!"

"您就一直住在莫斯科吗?您没有回过乡下吗?"

"回过乡下!我在乡下的田产都卖了。"

"卖了?"

"是拍卖的。唉!真可惜您没有买。"

"那您现在靠什么为生呢,彼得·彼得罗维奇?"

"我不会饿死的,上帝保佑!没有钱,有朋友在!钱算什么?一堆泥巴罢了!黄金也是尘土!"

他眯缝起眼睛,用手在口袋里摸索着,摸出来两枚十五戈比、一枚十戈比的钱币来,放在掌心上让我看。

"这是什么?这难道不是尘土吗(钱掉落到地面上)?""不过您最好是告诉我,您读过波列扎耶夫①的诗吗?"

"读过。"

"您看过莫恰洛夫②扮演的哈姆莱特吗?"

"没有,我没看过。"

"您没有看过他的演出,居然没有看过……"(卡拉塔耶夫脸随之变得苍白起来,他的眼睛不安地四下张望着,他转过脸去,嘴唇微微抽动了一下)"啊,莫恰洛夫,莫恰洛夫!'生命完结——沉睡了!'"他用低沉的声音

---

① 波列扎耶夫(1805—1835),俄罗斯诗人。他在诗中透露出绝望、痛苦和孤独的情绪。
② 莫恰洛夫(1800—1848),俄罗斯优秀的悲剧演员。

诵道：

> 什么都完了；要是在这一种睡眠之中，
> 我们心头的创痛，以及其他无数血肉
> 之躯所不能避免的打击，都可以从此消失，
> 那正是我们求之不得的结局。死亡，沉睡了……①

"沉睡了——沉睡了。"他喃喃地一次又一次地低吟着。
"请告诉我。"我开口问道。但是他满怀激情地继续背诵着：

> 谁愿意忍受人世的鞭挞和讥嘲、压迫者的凌辱、
> 傲慢者的冷眼、被轻蔑的爱情的惨痛、法律的迁延、
> 官吏的横暴和费尽辛勤所换来的小人的鄙视，
> 要是他只要用一柄小小的刀子，
> 就可以清算他自己的一生？……
> 在你的祈祷之中，
> 不要忘记替我忏悔我的罪孽②

他把头垂在桌面上。他又开始结巴语无伦次地念叨起来。"过了一个月！"他又振作起精神念道：

> 短短的一个月以前，
> 她哭得像个泪人似的，
> 送我那可怜的父亲下葬；
> 她在送葬的时候所穿的那双鞋子还没有破旧，
> 她就，她就——上帝啊！一头没有理性的畜生
> 也要悲伤得长久一些③！

---

① 选自《哈姆莱特》第三幕第一场。引用朱生豪译文，略有改动。下同。
② 哈姆莱特的一段话。
③ 选自《哈姆莱特》第一幕第二场。

他端起一杯香槟酒送到唇边,但是并没有一饮而尽,而是继续念下去:

> 为了赫卡柏!
> 赫卡柏对他有什么相干,他对赫卡柏又有什么相干,
> 他却要为她流泪?……
> 可是我,一个糊涂颠颠的家伙
> 我是一个懦夫吗?谁骂我恶人?……
> 谁当面指斥我胡说?……
> 我应该忍受这样的侮辱,
> 因为我是一个没有心肝、
> 逆来顺受的怯汉……①

卡拉塔耶夫放下了酒杯,一把抱住自己的头。我似乎觉得我理解他了。

"算啦,算啦,"最后他说道,"人千万不能重提往事,难道不对吗?"(随后他大笑起来)"祝您健康!"

"您会继续住在莫斯科吗?"我问他。

"我是要死在莫斯科的!"

"卡拉塔耶夫!"从隔壁房间里穿来一声呼喊,"卡拉塔耶夫,您在哪儿?到这儿来,亲爱的小伙子!"

"他们在叫我呢,"他说,吃力地从椅子上站起身来,"再见,您有空就过来到我那儿去坐坐,我住在×××街区。"

可是第二天,由于意外的事情,我不得不离开莫斯科,从此以后我再也没见到彼得·彼得罗维奇·卡拉塔耶夫。

---

① 选自《哈姆莱特》第二幕第二场。

约 会

九月中旬,我坐在秋天的白桦树丛里。从一清早,就开始下起了一阵阵的蒙蒙细雨,时不时又停一停,露出温暖的阳光;真是变幻无常的天气!抬头望去,天空时而笼罩着轻柔的白云,时而忽然一下子从散开的云彩间隙中显露出一片片晴朗的青天,十分的蔚蓝、清澈与柔和,就像美丽的眼睛一样。我席地而坐,环顾四周,侧耳倾听着。树叶在我的头顶上轻轻地沙沙作响;仅仅听这种声响便可知晓现在是什么季节;这既不是春天的畅然欢笑,也不是夏日的低声细语和娓娓长谈,更不是暮秋冷峭羞涩的呼号,只是一阵让人无法听清的睡意蒙眬的喃喃低语。微风轻轻地抚弄着树梢,发出阵阵的簌簌响声。被雨淋得透湿的树林深处,阳光时而透过云层照耀着,时而又隐藏在云彩后面,因此树林的景色也随之不断变幻着:忽而明亮得光芒四射,忽而昏暗得四周万物都微微呈现出青色。光芒四射般的明亮时树林中的一切仿佛突然间都在微笑,稀疏的白桦树细细的树干上倏地披上一层白绸子似的柔和的光泽,落在地面上的小树叶也忽然现出了斑驳的赤色金光,体态优美的高高大大的卷叶蕨类植物的茎干,也已染上了熟透葡萄般的秋色,而且交相错落,参差掩映,无休无止地互相缠绕着呈现在你的眼前。可是四周万物忽然昏暗微微呈现青色时,耀眼的色彩迅即消退了;白桦树不再发出光泽,只留下了白茫茫的一片,就像刚刚飘落还未被冬日冷峻阳光照过的初雪那样地洁白;紧接着霏霏细雨透过树林飘洒着,狡黠地悄然而至。尽管白桦树叶子的颜色淡了许多,但仍能呈现出一片绿色;只是有的地方耸立着一棵孤零零的小白桦树,一片片的嫩叶完全是红色的或是金黄色的。人们可以看到,当阳光突然从云层中穿射出来的时候,一掠而过的耀眼的闪光穿过刚刚被雨水冲刷过的茂密的细枝,这棵白桦树在阳光下闪闪发光,何等的鲜艳夺目! 这里根本听不到一声鸟的啼鸣;鸟儿全都隐匿起来了,不再做声。四周都静悄悄的,只能偶尔听到山雀嘲笑似的啼叫,就像银铃那样。就在我驻足于这片白桦林之前,我曾经牵着猎犬穿过一片高高的白杨树林。说实话,我并不喜欢白杨树,既不喜欢它那淡紫色的树干,也不喜欢它那无拘无束地向上伸展的、像抖动的扇子那样在空中展开的金属般的灰绿叶子;我还不喜欢那些凌乱地垂挂在长枝上的圆圆的叶子笨拙地摇曳不停。只是夏季有些夜晚,白杨树孤傲地高耸于低矮的灌木丛之上,在落日的红霞的照耀下,闪闪发光,微微颤动,从上到下全都沐浴在同样耀眼的金光之中;或者在刮风的晴天,它的整个身躯在蓝天下哗哗地翻卷着,枝叶瑟瑟,轻声絮语,每一片树叶似乎都渴望挣脱枝干,飘舞而去,飞向远方。只有在这时,白杨树才显得可爱动人。但是,总而言之,我还是不喜欢白杨树,所以才没有在杨树林里逗留憩息,而是来到白桦树林,在枝条低得贴近地面从而能够避雨的一棵树底下安顿了下来。在我略略欣赏了四周的景色之后,便进入了梦乡,那是只有猎人才能体验到的静谧甜美的梦乡。

我不知道睡了多久,只是当我睁开眼睛的时候,树林里面到处洒满了阳光,透过四面八方欢快地喧闹着的树叶,一片片湛蓝耀眼的天空闪现着;云彩已经荡然无存——被咆哮的狂风驱散了。天气变得晴朗起来,空气中有一种特殊而干燥的凉爽,令人耳目一新,内心充溢着生机勃勃之感,这似乎预示着阴雨之后的晴天:出现一个晴朗宁静的傍晚。我正要起身,打算再去碰碰猎人的运气,突然间瞥见了一个纹丝不动的身影。我定睛细看,原来是一个年轻的农家姑娘。她坐在距我二十步远的地方,心事重重地低垂着头,双手放在膝上;在一只半张开的手心中捧着一大束繁茂的野花,随着少女的每一次呼吸,这束野花就慢慢滑向她的条格裙子。她穿着洁白的罩衫,领口和袖口扣得紧紧的,衬衣的短短的柔和的衣纹套在她的身上;两串大大的黄色珠子从脖子垂到胸前。她长得很漂亮。她那浓密的略带灰色的美丽的金发,精心地梳理成两个半圆形,系着窄窄的鲜红色发带,发带系得过低,几乎垂到她象牙般白皙的前额上。她的面颊被日光晒成只有细腻皮肤才会有的微显金黄的黝黑色。我无法看到她的眼睛——因为她没有抬起头来；但是我看到了她两条弯曲细长的高挑眉毛，还有那长长的睫毛；那睫毛湿漉漉的，在阳光下，她的一侧面颊上闪现着一行泪痕，这泪痕一直挂到苍白的唇边。她的整个头部都很迷人，即使她那稍稍大些的圆鼻子也未给她的容貌带来什么缺憾。我尤其喜欢她脸上的表情；那是多么的淳朴温柔，但又十分的忧伤，她对自己的忧伤充满着稚气天真的疑惑；显然她是在等候一个人。此时树林子里有个东西窸窣作响，她立刻抬起头来环顾四下，在纯净的阴影中，我的面前迅速闪现出她的眼睛：那是大大的，亮亮的，像受惊的幼鹿般的一双眼睛。她仔细倾听了好一会儿，睁大了双眼一动不动地盯着发出轻微声响的地方。她深深地叹了一口气，慢慢地又转回头去，头垂得更低了，慢慢地摩挲着花束。她的眼睑发红了，嘴唇痛苦地颤动着，泪珠又从她浓密的睫毛下滚落下来，停在面颊上，熠熠闪亮。就这样过了许久，可怜的姑娘一动不动，只是偶尔忧伤地摆动着双手——她还在倾听，一直在倾听着。忽然，树林里又传来了响声；姑娘为之一振。这声音没有消失，而是变得越来越清晰，越来越近了，终于能听出是急速而坚定的脚步声。她挺起了身子，又显得胆怯了。她那凝视的目光颤抖着，闪烁着期待的光芒。密林深处迅速地闪现出一个男子的身影。姑娘仔细端详着，脸儿突然变红了，欢快而幸福地笑着。她本想站起来，却又立刻重新坐好，面色一下子又苍白起来，不知所措地低下头去，直到那人走到她的身边站定，她才抬起头来，用颤抖而祈求的目光望着他。

  我从隐藏处好奇地打量着来人。说句实话，他没有给我留下任何的好感。种种迹象表明，他不过是个年轻地主阔佬的贴身宠仆。他的衣饰显露出他追求时髦、炫耀放荡的嗜好：身穿一件古铜色短大衣，纽扣一直扣到领口，显然是他的主子脱送他的，系着一条两端淡紫色的粉红色领带，一顶镶金边的黑色天鹅绒帽子，紧紧扣在眉毛上边。他的那件白色衬衣的僵硬圆领毫不留情地顶住他的耳朵，紧紧地卡着他的面颊；浆洗过的袖口遮住了整个手掌，仅仅露着红润弯曲的手指，手指上戴着几个金银戒指，上面镶有绿色玉石雕成的勿忘草花纹。他那绯红的面孔显得神气十足，厚颜无耻。据我所知，长着这种脸型的人，几乎总是为男人所厌恶，但不幸的是却频频为女性所着迷。显然他力图在自己粗俗的容貌上现出轻蔑与厌烦的表情；于是他不时地眯缝起他本来就很小的灰白色的眼睛；皱着眉头，撇着嘴角，装腔作势地打着哈欠,以漫不经心极不自然的玩世不恭的方式,时而捋着他那时髦神气的、卷曲的火红色鬈发,时而拨弄着长在厚厚的上嘴唇上边的黄髭须。总而言之,他那装模作样的做作姿态简直令人作呕。他一看到年轻的农家姑娘正在等他,就又开始装模作样起来。他慢慢吞吞摇摇晃晃地走到姑娘的身边,站了一会儿,耸了耸肩膀,把双手插进大衣口袋里,勉勉强强地向姑娘投去冷冷的一瞥,便坐在地上了。

"怎么,"他开口了,眼睛依然望着别处,抖动着一条腿,打着哈欠,"你在这儿等了很久了吗?"

姑娘没有立刻回答他。

"是的,很久了,维克托·亚历山德雷奇。"过了一会儿,她说,声音低得让人勉强能听见。

"噢!"(他摘下了帽子,煞有介事地用手捋着他那浓密的,几乎长到眉边的卷发,威风十足地环顾四周,然后又小心翼翼地用帽子遮在他那宝贝脑袋上)"我可差点儿把这事完全忘了。再说,你瞧,天还下雨了!"(他又打了一个哈欠)"我的事太多,要事事顾到是不可能的,那位老爷还要骂人。明天我们就要动身了……"

"明天?"姑娘问着,向他投去惊骇的目光。

"明天……唉,唉,唉,你别哭呀!"当看到姑娘全身颤抖,慢慢地低下头去,他烦躁地连忙说道,"别这样,阿库林娜,你别哭呀,你知道,我可受不了这个。(他皱起他那扁平鼻子)不然我现在就走……多愚蠢呀,哭哭啼啼的!"

"好,好,我不哭了,不哭了!"阿库林娜拼命止住泪水连忙说。"那么明天你们就要动身了?"沉默片刻后她又问道,"上帝什么时候再让我见到您呢,维克托·亚历山德雷奇?"

"我们会见面的,会见面的。不是明年——就是以后。老爷大概是要到彼得堡去上任,"他仍然漫不经心、瓮声瓮气地继续说道,"也许我们还要到国外去呢。"

"您准会忘掉我的,维克托·亚历山德雷奇。"阿库林娜伤心地说。

"不会的,怎么会呢?我不会忘记你的,只是你要学聪明些,别傻里傻气的,听你父亲的话……我是不会忘记你的——不—会—的。"(然后他神情自若地伸了个懒腰,又打了一个哈欠)

"千万别忘了我,维克托·亚历山德雷奇,"她用哀求的声调继续说道。"我觉得我非常爱您。我觉得,一切都应该为了您。可是您却说要我听父亲的话,维克托·亚历山德雷奇。但是,我该怎么听父亲的话呢?"

"怎么啦?"(他仰面朝天躺着,双手垫在脑后,他说的话好像是从肚子里蹦出来似的)

"可是我怎么能听呢,维克托·亚厉山德雷奇——您自己不是不知道。"

她不再出声了。维克托摆弄起他的钢表链子。

"你不是个傻姑娘,阿库林娜,"他终于开口了,"所以不要说傻话。我是希望你好——你明白我的意思吗? 当然,你并不傻——可以这样说,你不完全是个乡下女子,你的母亲也并不一直是个乡下女人。不过你终究没有受过教育——所以你应该听从别人对你说的话。"

"可这是多么的可怕啊,维克托·亚历山德雷奇。"

"啊,这真是胡说,亲爱的,这有什么可怕的! 你这儿是些什么呀?"他靠近点儿她,问道,"是花吗?"

"是花,"阿库林娜无精打采地答道。"这些是我自己采的野艾菊。"她稍稍打起精神接着说,"最好给小牛犊吃。这是金盏花的芽——能治瘰疬病。瞧,这是多么奇怪的花! 我还从来没有见过这种奇怪的花呢。这些是勿忘草,那是香堇……这都是我给您采的。"她说着,从黄色艾菊下面拿出一小束用细草扎好的淡蓝色矢车菊来,"您喜欢吗?"

维克托懒洋洋地伸出了手,接过了花,心不在焉地闻了闻,装着若有所思的傲慢神情,眼睛朝上望着,用手指转动起花束来。阿库林娜看着他。她那悲伤的目光中充满着温柔与虔诚、崇敬和顺从以及爱慕。她有些怕他,不敢哭泣,想与他道别,还要最后一次向他表示爱慕。而他呢,放肆地伸开四肢懒洋洋地躺着,像土耳其皇帝那样,以宽宏大量的耐心和迁就的态度忍受着她的崇拜。老实说,我是满怀愤怒地注视着他那张通红的面孔。透过他那装模作样的轻蔑与冷漠的表情,看得出他的虚荣心已经得到了充分的满足。就在此时阿库林娜显得非常可爱,她热烈而信赖地向他敞开了整个心扉,爱慕他,亲近他;而他呢……他把矢车菊扔在草地上,从大衣口袋里掏出一个镶铜边的圆玻璃片,把它嵌在眼眶上;可是尽管他怎样努力地皱眉,鼓腮,甚至耸起鼻子来夹住这个小玻璃片,仍然还是无济于事,玻璃片还是掉了下来,落到他手心上。

"这是什么呀?"阿库林娜终于好奇地问道。

"眼镜片。"他神气十足地回答道。

"干什么用的?"

"唔,戴上可以看得更清楚些。"

"给我看看。"

维克托皱起了眉头,尽管不情愿,但还是把镜片递给了她。

"小心,别打碎了。"

"放心吧,不会打碎的。(她小心翼翼地把镜片放到眼睛上)我什么也看不见呀,"她天真地说。

"你把眼睛眯起来才行。"他像不满意的老师那样说。(她把对着眼镜的那只眼睛眯了起来)

"不是这只眼睛,不是这只,傻瓜!是那一只眼睛!"维克托嚷嚷着,也不给她纠正的机会,就从她手中抢回了那片眼镜。

阿库林娜脸涨红了,她勉强笑笑,转过身去。

"看来,这眼镜不适合我们用。"她说道。

"当然啦,我也这么想!"

可怜的姑娘沉默了片刻,怅然地叹了一口气。

"唉,维克托·亚历山德雷奇,您不在这儿,我们可怎么过呢?"她突然说道。

维克托用衣服下摆擦擦镜片,把它放回衣服口袋里。

"是啊,是啊,"过了一会儿,他终于说话了,"最初,确实你会很难过的。"(他体贴地拍了拍姑娘的肩膀;她从自己肩上轻轻地拿起他的手,羞赧地吻了吻它)"呶,是的,是的,你确实是个好姑娘,"他得意地笑着,继续往下说道,"可是有什么办法呢?你自己想一想看!我和老爷绝不能留在这里。冬天快要到了,你自己知道的,在乡下,冬天简直令人讨厌!而在彼得堡就大不相同啦!在那儿,简直是妙不可言,像你这样的傻瓜蛋简直连做梦也想象不到哇!多么漂亮的房子,街道,还有社交场合,文明世界——简直是太了不起了!"(阿库林娜微微地张着嘴巴,像个孩子那样,贪婪地认真听着)"可是,"他在地上翻了一个身,又补充说道,"我又何必跟你讲这些呢?反正你是听不懂这些的!"

"为什么不讲呢?维克托·亚历山德雷奇!我懂,我什么都懂。"

"嗳唷,瞧你多能啊!"

阿库林娜垂下了头。

"以前您不是这样和我说话的,维克托·亚历山德雷奇。"她头也不抬地说。

"以前?以前!……嘿嘿!……以前!"他说话了,似乎是在发怒。

他们两人都沉默不语了。

"到时候了,我该走了。"过了一会儿,维克托说,他说着,已经用胳膊肘撑起了身子……

"再待一会儿吧。"阿库林娜用哀求的声音对他说。

"待什么呀?唉,我已经向你告别过了。"

"等一会儿嘛。"阿库林娜又哀求道。

于是,维克托又躺下了,吹起了口哨。阿库林娜的眼睛一直凝视着他。我看得出,她慢慢地激动起来,她的嘴唇抽搐不已,她那苍白的面孔微微地涨红起来。

"维克托·亚历山德雷奇,"最后,她终于抽抽噎噎地说道,"您太狠心……您太狠心了,维克托·亚历山德雷奇,天啊!"

"什么太狠心了?"他皱起眉头,微微抬起头来,转身向她问道。

"您太狠心了,维克托·亚历山德雷奇。您在分别时哪怕跟我说一句入耳的话也好啊,对我这可怜孤独的苦命人,您就说半句也好啊……"

"你要我对你说些什么呢?"

"我不知道。该说什么您最清楚,维克托·亚历山德雷奇。现在您就要走了,哪怕说一句半句也好……我做了什么事,要遭这样的报应?"

"你这个人真奇怪!我又能怎么样呢?"

"您哪怕说一句话也好啊。"

"瞧,总是重复这一句话。"他懊恼地说着,站起身来。

"您别生气,维克托·亚历山德雷奇。"她好不容易才强忍住眼泪,连忙又劝道。

"我不生气,只是你太愚蠢……你想要些什么呢?反正我不能跟你结婚,我怎么能呢?那么,你到底还想要求些什么呢,要求些什么呢?"(他扬起脸来,张开手掌,好像是在等待回答)

"我什么也不要求……什么也不要求，"她结结巴巴地回答说，壮着胆子向他伸出颤抖的双手，"在分别的时候说一句话也好。"

说完，她的泪水像清泉一样涌出。

"瞧，又来了，现在你又哭起来了。"维克托冷冷地说着，把帽子从后面拉到眼睛上。

"我什么也不要求，"姑娘抽泣着，用双手捂住脸继续说，"可是以后我在家里怎么过呀？以后我会怎么样呢？我会遭遇到什么呢？我这苦命人会遭遇到什么呢？他们会把我这孤苦伶仃的人嫁给一个我不喜欢的人……可怜我这……苦命的人啊！"

"你使劲地哭吧，哭吧！"维克托喃喃低语着，在原地双脚倒换着跺着脚。

"哪怕您就说一句话也行，就一句话……就说，'阿库林娜……我……'"突然迸发的撕心裂肺的号啕大哭使她说不下去了；她倒下身子，把脸贴在草地上，失声地痛哭起来。她全身痉挛般地抽搐着，后脑勺不时地起伏着……她那长年累月压抑的悲伤终于如同湍急的河流那样迸发了出来。维克托在她面前站了一会儿，耸了耸肩膀，转过身子，大步流星地扬长而去。

过了一会儿，她平静下来了。她抬起头，站起身，双手悲伤地绞扭着，四下张望着；她本想跑去追他，可是两腿发软——她跪倒了。我实在忍不住了，向她奔去；但是，她一看到我，不知从那里来的一股力气，使她轻轻地惊呼了一声，爬起身来，把散落的鲜花丢在地上，转眼间消失在树丛的后面。

我伫立了片刻，捡起那束矢车菊，走出树林，来到田野上。太阳在淡白清澈的天空中低垂着；太阳的光线也失去了热力，似乎变得暗淡了；阳光已不再耀眼，而是流泻成柔和均匀、近乎无色的光线。离傍晚不到半个小时了，晚霞已经十分的稀少，一阵阵秋风越过枯黄的已收割的麦地猛地向我吹来；一片片卷曲的小树叶被风吹得急速翻滚着，从我身边，穿过大道，沿着村边飘舞而去。田野边上像一堵墙的那片密林全都在颤抖着，闪烁着零碎的光影，轮廓分明，却并不耀眼。在红彤彤的草木上，草茎上，麦秸上，到处都闪烁和晃动着无数的秋天的蛛网。我停住了脚步，一股哀愁悲凉地袭上心头；透过万物凋零的大自然悲凉却又清新的微笑，即将来临的冬季凄凉的恐怖似乎悄悄地向我袭来。一只警觉的乌鸦猛烈地拍击着沉重的翅膀,划过天空,高高地从我头顶上掠过。它回过头来,睨视了我一眼,接着向上飞去,哇—哇—哇地叫着,消失在树丛后面。一大群鸽子灵活地从打谷场上飞起来,猛地盘旋一圈,急匆匆地散落在田野里。好一派秋日的景色!光秃秃的山丘后面,有人赶着大车驶过,空空的马车哐哐地作响……

我回到了家里;但是,可怜的阿库林娜的形象,久久地萦绕在我的脑海里,她的那束矢车菊,虽然早已枯萎,但至今仍存放在我的身边……

施格雷县的哈姆莱特

我在一次短途旅行途中,收到过一份请柬,地主阔佬、猎手亚历山大·米哈伊雷奇·格某某请我去他家赴宴。他的宅第与我当时住的小村庄相距约五俄里。我穿上了燕尾服——我主张,任何人出行即便是去打猎也必须穿这衣服——到亚历山大·米哈伊雷奇家去了。宴会订于晚上六点钟;当我在五点钟到达时,看到这时已经有许许多多身穿制服、便服和其他种种难以名状的服装的贵族抢先到了。主人热情地迎接了我,但随后又急忙跑到配膳室里去了。他正在恭候一位政界显贵人物,显得心情有些激动不安,这种情绪与他的财富和独立的社会地位极不相称。亚历山大·米哈伊雷奇从来没有结过婚,也不喜欢女人;他的家常常是独身男子交际的中心。他生活奢侈,大肆扩建并斥巨资重新装修了祖上留下的豪华宅第,他每年要花一万五千卢布从莫斯科订购酒,一向赢得众人的普遍的尊敬。很久以前,亚历山大·米哈伊雷奇就退了职,也没有得到过任何荣耀的头衔。……那么,究竟是什么原因促使他设法邀请这位高官显贵光临,并且在设宴的当天从清早起就激动不安呢?正像我认识的一位司法官员,每当他被问及是否收受别人心甘情愿送来的贿赂时,他的回答是:无可奉告。

同主人打过招呼后,我便开始在各个房间里走走。几乎我与所有的客人都素不相识;大约有二十位客人已经在牌桌旁就座。在这些朴烈费兰斯①的爱好者当中,有两个军人,满脸贵族气势却略显憔悴;还有几个文

---

① 一种纸牌游戏。

官,紧紧束着高高的领结,染过的髭须下垂着,这种装束是性格果断而且安分守己的人所特有的(这些安分守己的人整理纸牌时神气十足,高傲得从不转动脑袋;而只是用眼睛的余光斜视着走近身边的人);五六个县里当地的官吏,胖得肚皮滚圆,双手肥胖多汗,双脚一动不动谦恭地站着。(这些先生们讲话时嗓音柔和,朝四周温和地微笑着,手拿着纸牌紧贴在胸前,出纸牌时他们不拍桌子,而是相反,动作优雅地用起伏的手势把牌放到绿呢桌布上,收取赢牌时动作轻柔,发出谦逊而彬彬有礼的窸窣声)其余的贵族有的坐在长沙发上,有的三五成群地聚集在门口或窗前;一个年纪已经不算年轻、长相像女人的地主站在房间角落里,打着哆嗦,涨红着脸,局促不安地不停地摆弄着腰间的怀表表链,尽管并没有一个人注意到他;还有几位先生,身穿圆形燕尾服和方格裤子——衣服是出自莫斯科裁缝终身行会大师菲尔斯·克柳欣之手——他们在一起无所顾忌、兴致勃勃地高谈阔论,一边交谈一边随意地左右晃动着他们肥胖光秃的后脑勺;一个大约二十岁的年轻人,眼睛极为近视,头发浅黄色,从头到脚一身黑色装束,样子显然很腼腆,却在刻薄地微笑着……

  我开始慢慢地感到有些寂寞了。突然有一个年轻人来跟我打招呼,他名叫沃伊尼岑,是一个没有毕业的大学生,就住在主人亚历山大·米哈伊雷奇的家里,算是一个……很难确切地说究竟算是什么身份。他的枪法很准,还擅长驯狗。以前我还在莫斯科时就认识他。他属于这样一种年轻人,就是往往在每次考试时都装"木头人",也就是说,对于教授的提问,他绝对是一言不发。为求音节的押韵动听,这类学生也被人称作"长着络腮胡子的学生。"(您会想象到,这是发生在很久以前的事情了)那时,事情常常是这样的:例如,考官们叫到了沃伊尼岑的名字。在此之前,沃伊尼岑一直笔直地坐在他的座位上纹丝不动,全身上下热汗淋漓,双眼缓慢而茫然地朝四下张望。听到考官叫到了自己的名字,他站起身来,急急忙忙扣好学生制服的纽扣,侧着身子挪到考官的桌前。"请拿一份试题。"教授和颜悦色地对他说。沃伊尼岑伸出手,手指颤颤地翻弄着那沓试题。"请不要挑选。"一位外系的监考教授,是个容易激动的小老头,说道。他突然厌恶起这个不走运的"长着络腮胡子的学生。"沃伊尼岑只得听天由命,顺从地拿起一份试题,向考官出示了题号,便坐到窗户跟前,等待排在前面的考生回答提问。沃伊尼岑坐在窗前,两眼一直没有离开试题,顶多偶尔像刚才那样慢慢地朝四下张望张望,但身体仍一动不动。他前面那个考生终于回答完毕,教授们根据那考生的应答水平评判着:"好,你可以走了;"或者说"确实很好,好极了!"便让他离开了考场。然后轮到了沃伊尼岑。沃伊尼岑站起身,迈着坚定的步子走到桌前。"请念一遍你的试题。"教授要求说。沃伊尼岑用双手把试题举到鼻子跟前,慢慢地念了一遍,又慢慢地放下了双手。"好,现在请你回答问题。"还是那位教授懒洋洋地说着,身体后仰着,双臂交叉抱在胸前。一时考场上鸦雀无声,被死一般的静寂笼罩着。"你怎么不回答?"沃伊尼岑还是不开口。那位外来监考的小老头开始焦躁起来:"怎么,你多少得答一点儿呀!"沃伊尼岑仍旧一声不吭,好像麻木了一般。全班同学都好奇地盯着他那理过的、一动不动的后脑勺。那外系的小老头气得眼睛暴突,他真的把沃伊尼岑恨透了。"哎,这可真是奇怪,"另一位考官说道,"你怎么就像哑巴一样站着呢?怎么,你回答不出吗?如果不会,就实说嘛。""请让我另拿一份试题。"这个可怜的学生声音低沉地说道。教授们互相看了看。"好,再拿一份吧。"主考官挥了挥手回答道。沃伊尼岑重新又取了一份试题,重新走到窗前,重新回到桌边,重新又像死人那样一声不吭。外系的小老头真恨不得把他活吞了;最后,考官们把他轰走,给他记了零分。您会以为:至少,现在,他会走了吧。才不是呢!他又回到自己的座位上,照样纹丝不动地坐着,一直坐到考试结束。只是走出去时,他大声嚷嚷着:"简直是折磨人,我真倒霉啊!"然后整整一天他就在莫斯科的街上闲逛,不时地揪住自己的头发,恶狠狠地诅咒自己天生愚笨。书本嘛,当然他照样碰都不碰,所以第二天上午的考场上,又重复出现同样的情景。

　　来到我跟前的就是这个沃伊尼岑。我们聊起了莫斯科,聊起了打猎。

　　"您愿意不愿意,"他突然对我耳语道,"我来给您介绍这里最爱说俏皮话的一个人?"

　　"好啊,那就劳驾了。"

　　沃伊尼岑带我走到一个矮个子男人面前,他头发高耸,留着髭须,身穿咖啡色燕尾服,系着花领带。他那肝火旺且灵活好动的面容无疑地显现着刻薄与聪敏。飘然的讥讽的冷笑不断地扭曲着他的嘴唇。参差不齐的睫毛下有一对黑色小眼睛眯缝着,透着果敢的神情。他身边站着一个独眼的乡下地主,身宽体阔,为人和蔼可亲——一个十足的甜言蜜语的家伙。他没等矮个子男人说俏皮话就笑着,似乎高兴得全身要溶化似的。沃伊尼岑把我介绍给爱说俏皮话的人,叫彼得·彼得罗维奇·卢皮欣。我们相识后,就初次见面寒暄着,互致敬意。

"请允许我向您介绍我的好朋友。"卢皮欣突然抓住那个甜腻腻地主的胳膊,用刺耳的声音说道。"算啦,别再拗着啦,基里拉·谢利凡内奇,"他又说道,"不会吃了您的,我代他向您问好。"他接着说着,这时那尴尬的基里拉·谢利凡内奇动作笨拙地鞠个躬,好像他的肚子要掉下来似的,"来,我介绍一下,这是一位最高贵的贵族。他五十岁以前身体很健康,可是突然间他想要治眼睛,结果治没了一只眼睛。从那时起,他给自己的农奴治病,也获得同样的成功。那些农奴呢,自然也是用同样的忠诚来报答他。"

"您这个人真是。"基里拉·谢利凡内奇小声念叨着,笑了起来。

"说话呀,我的朋友,哎,说话呀!"卢皮欣接着说道。"喂,恐怕难免人们会选您当法官的;我想他们一定会选您的,您等着瞧吧。当然,到那时陪审官会替您出谋划策的,但是您要知道,不管怎样,您也得会说话呀,哪怕只是说说别人的见解也可以嘛。万一省长来了,一问'这位法官到底为什么说话结结巴巴的?'别人就会说:'是因为麻痹症。''那就给他放放血吧,'省长就会下令说。您得承认,以您那样高的地位,这就太不体面啦。"

甜腻腻的地主笑得前仰后合,不能自制。

"您瞧他笑的!"卢皮欣接着说,同时恶狠狠地瞥着基里拉·谢利凡内奇上下起伏的胖肚子。"他怎能不笑呢?"他转向我,又说道:"他吃得饱饱的,身体好好的,又没有孩子,农奴也没有抵押出去——真的,他还要给他们治病呢——他的老婆傻乎乎的。"(基里拉·谢利凡内奇稍稍扭过头去,装作没听见,可是还是在笑)"我也想笑,只是我的老婆跟一个土地勘测员私奔了。"(他咧开嘴笑了)"您不知道这件事吧?是这么回事,在一个晴朗的日子里,她终于拿定了主意溜之大吉了,给我留下了一封信。她在信上说:'亲爱的彼得·彼得罗维奇,请原谅我吧:我受爱情的吸引,跟着我的心上人一起离去了……'而这位土地勘测员让她着迷的原因竟是他不剪指甲,并且爱穿紧身裤。您感到奇怪吧。'嗯,'您会说,'这个人真是直来直去。'唉,我的天!我们草原上的人说话就是这样直来直去。不过我们还是躲开点吧。我们何必非要站在未来的法官身边呢?"

239

他拉住我的胳膊,走到一扇窗前。

"这儿的人都说我爱说俏皮话,"交谈中他说,"您可别相信。我顶多是个火爆性子的人,好大声骂人,说起话来总是无拘无束。可是,话又说回来,我为什么要拐弯抹角地说话呢;我认为,无论什么人的想法都一钱不值,我也不追求什么。我这人就是可恶——那又怎么样?可恶的人至少不需要动脑筋。您不会相信吧,这是多么的爽快……喂,现在,比如说,瞧瞧我们的男主人!瞧啊,天晓得他为什么这样地跑来跑去?唉,还时不时地看着表,满头大汗地微笑着,装出一副神气十足的样儿,却让我们饿着肚子吃不上饭!真是大惊小怪,有什么了不起的!不就是一个显贵人物吗!瞧,瞧,他又跑起来啦——还一瘸一拐的,真的,瞧啊!"

说完,卢皮欣尖声嘲笑起来。

"唯一的遗憾是没有女士们参加,"他长叹了一口气又说道。"这是个单身汉的聚会,不然我们这些人就该得意了。您瞧,您瞧,"他突然叫了起来,"科尔斯基公爵来了——就是那边那个大高个儿,留着胡子,戴着黄手套的那位。您一看就知道,他到外国去过……他总是这样迟到。我跟您说,他是个傻蛋,就像商人嘴里的'两匹马等于一对马'那么傻,您要是看见过就好了,他同我们这般人讲话是多么的谦虚,对着渴望见到他并向他献殷勤的太太和小姐们,他又是多么宽宏大量地微笑!有时他也说说俏皮话,虽然他只是顺路才到这儿来住住;唉,瞧,他那俏皮话说的!简直就像用钝刀子割缆线一样,不伦不类。他不喜欢我……让我先去跟他打个招呼吧。"

于是卢皮欣跑去迎接公爵了。

"我的死对头来了,"他突然回到我的身边,小声对我说道,"您看见了没有?那个棕色脸膛,头上长着硬头发的胖子,就是那边手里拿着帽子,贴着墙根走道,像只狼一样四处张望的那个人?我把一匹值一千卢布的马卖给了他,他却只给了我四百卢布,现在这个不爱吭声的家伙肯定有充分的权利来小看我了;其实他一直缺乏思考能力,尤其是早晨喝茶以前,或刚刚吃过早饭,如果你问他'早上好!'他便回答:'什么事啊?'喂,瞧,一个文官来了,"卢皮欣接着说道,"一位退职的文官,一贫如洗的文官。他有一个甜菜糖般的可爱的女儿,和一座产生瘰疬病的工厂——快倒闭的工厂……请原谅,我说颠倒了……可是,您是能明白的。啊!建筑师也到这儿来了!

那是个德国人,却留着胡子,并不懂自己的专业,真是不可思议!这也很自然!……他又何必懂自己的专业呢,只要他收取贿赂,为我们这些栋梁贵族①多建造些栋梁就行了!"

卢皮欣又放声大笑了。可是突然间整个大厅里传开一阵紧张兴奋的骚动。大人物到场了。男主人立刻奔往前厅。跟在他身后跑的是几个忠实的仆人和热心的客人。嘈杂的谈话声立刻变成了柔和愉快的低声絮语,如同春天的蜜蜂在自己的蜂箱里发出的嗡嗡叫声。其中只有一只不肯安分的黄蜂卢皮欣,还有那只神气十足的雄蜂科泽尔斯基没有降低嗓门……那位大人物进来了,蜂王进来了。人们欢呼雀跃地迎接他,坐着的都欠起身来,甚至那位低价向卢皮欣买马的地主也把下巴贴在胸前。这位大人物以一种无与伦比的姿态保持着自己的尊严:他把头向后仰了仰,似乎在点头致意;时而他说了几句赞许的词语,只是每一句话都以拖长鼻腔的"啊"音开头;他极度愤慨地看了一眼科泽尔斯基公爵的胡子,然后向那位既有工厂又有女儿的破产落魄的文官伸出左手的食指。过了几分钟——而在这期间,这位大人物把他没有迟到而十分高兴的话重复了两遍,然后大家随着大人物们步入餐厅。

无须向读者描述:大人物如何在上座就座,分坐两侧的是那位文官和省里的贵族首领,后者看上去表情自然而又威严,与他那浆硬的衬衫宽大的坎肩和装满法国烟末的圆形鼻烟盒十分相称;而主人又是如何地忙乎张罗着,跑前跑后,大呼小叫地招呼客人用餐,每每从大人物后面经过时冲着他们的后背微笑着,像小学生那样匆匆接过一盘汤或一块牛肉在角落里吃喝着;那管家又是如何端来一条一俄尺半长、嘴里插着一束花的大鱼;表情严肃身着制服的男仆如何阴沉着脸给每一位贵族硬是呈上玛拉加葡萄酒或乾马德拉葡萄酒;几乎所有的贵族,尤其是那些年长的贵族,如何像履行义务似的一杯接一杯地勉强把酒喝干;最后,他们又如何砰砰地开启香槟酒,开始干杯预祝健康;对于这所有的一切读者或许是太熟悉了。不过我觉得特别精彩的,是在大家一片愉快的安静气氛中大人物自己所讲的一席话。有个人——好像就是那位破落的文官,他很熟悉最新文学——提到了女性的一般影响,尤其是对青年男子的影响。"对,对,"大人物机械地重

---

① 指俄罗斯社会的世袭贵族阶层。

复道,"这是实实在在的,但对青年人应该严加管教,否则,他们恐怕一看见女人的裙子就要发疯。"(所有的客人都像孩童般欢快地微笑着;其中有一个地主的眼睛中竟然流露出感激之情)"因为年轻人的想法太愚蠢"(这位大人物可能是想给人留下更深刻印象,有时竟然改变单词通用的重音)。

"就拿我儿子伊万来说吧,"他接着又说,"这傻小子才刚刚二十岁——可是有一次他突然对我说:'爸爸,让我结婚吧。'我对他说,'傻小子,先立业,后成家,要结婚,首先要有个职业……'好啦,他就悲观失望啦——哭开啦……可是我呢……才不由着他呢。"(大人物说的"才不由着他呢"这几个字,似乎是从肚子里面发出的,而不是从嘴唇发出来的,他沉默片刻,威严地瞥了一眼邻座那位文官,眉毛出人意料地挑得高高的。那文官愉快地把头略微侧向一边,赞同地点点头,又向大人物飞快地眨了眨眼睛)"您知道结果怎么样?"那大人物又说道:"现在他自己给我写信,说,'爸爸,感谢你,开导了我这个傻瓜……'所以事情就应该这么办。"全场的客人当然都顺从地表示完全的赞同,又似乎因为从他那儿得到了满意和教诲而活跃起来。宴会结束后,大家都起身走进客厅,弄出好一阵较响的、仍然彬彬有礼的而且只有此时才特许的嘈杂声……然后,大家坐下来玩纸牌。

我好不容易才挨到了晚上,吩咐我的马车夫翌日早晨五点钟给我备好马车,便去休息了。但是,就在这同一天,我命中注定还要结识一位特殊人物。

由于来客多,很多客人要留宿,没有人能够享用单独的卧室。亚历山大·米哈伊雷奇的管家带我来到一间窄小、潮湿的绿色房间里,那儿已经住了另一位客人。他已脱掉衣服,一看见我,就迅速钻进被子里,把被子一直蒙到鼻子上,在柔软的绒毛褥垫的床上翻腾了好一阵子,才安静下来躺着,从他那棉布睡帽圆边底下,用锐利的目光仔细审视着我。我走到另一张床前(房间里只有两张床),脱掉衣服,钻进潮湿的被窝里躺下。我的同屋人在床上又开始翻来覆去……我向他道了晚安。

半个钟头过去了。无论我怎样努力,也无法入睡:一连串无用的模模糊糊的念头无穷无尽地涌现出来,像扬水机上的水桶似的,顽强单调地一个接一个地游移着。

"大概您是睡不着吧?"我的同屋人问道。

"是睡不着,"我回答说,"您也睡不着,是吗?"

"我从来就没想过要睡觉。"

"这是怎么回事?"

"嗯,就这么回事——我也不知道为什么要睡。我躺在床上,躺着,就这样睡着了。"

"既然您不想睡,为什么却要躺到床上云呢?"

"那么,您让我做什么呢?"

我没有回答他的问题。

"我感到奇怪,"略略沉吟之后,他又接着说道,"这里为什么没有跳蚤?这儿没有跳蚤哪里有呢,您说怪不怪?"

"您似乎很怜惜它们。"我说。

"不,我不是怜惜它们,不过我喜欢对一切事情都寻根问底。"

"瞧,"我想,"他竟这样措词。"

我的同屋再次陷入了沉吟之中。

"您肯跟我打赌吗?"他突然大声地说。

"赌什么呢?"

他开始使我觉得有些兴趣。

"嗯……赌什么呢?呃,就赌这个吧:我确信您一定把我当成个傻瓜了。"

"哪里有这种事?"我吃了一惊,含含糊糊小声说道。

"您把我当成一个目不识丁的大老粗,一个草原上的乡巴佬。您就实话实说吧……"

"我还没认识您呢,"我否认道,"您凭什么能够断定……"

"哼,凭什么!仅仅听您说话的音调就足够了,您是如此的漫不经心地回答我的问题。不过我根本不是您所想象的那种人。"

"请听我说……"

"不,还是请您听我说吧。首先,我的法语讲得根本不比您差,而德语甚至讲得比您还好;第二,我在国外待过三年——光在柏林一个地方我就住了八个月。我研读过黑格尔的哲学著作,尊敬的先生;我甚至能够背诵歌德的诗作;而且,我同一位德国教授的女儿恋爱过很长时间,回国后我娶了一个患有肺病的小姐为妻,尽管她没有头发,但是人品出众。因此我和您是同类人;我绝对不是您所想象的那种草原上的乡下粗人,我也曾认真地扪心自问,我绝没有丝毫的粗俗之处。"

我抬起头来,更加仔细地审视着这个奇怪的家伙。寝灯光线昏暗,使我勉勉强强才能看清他的容貌。

"噢,现在,您在看着我,"他一边继续说道,一边整了整睡帽,"您大概在自问'今天我怎么没有注意到他呢?'我这就告诉您,为什么当时您没有注意到我:因为我从不大声说话;因为我躲在其他人的后面,待在门后,没有和任何人说话;因为管家端着盘子从我身边走过时,早就把胳膊抬到我胸脯那么高。这一切究竟都是为了什么呢?这里有两个原因:第一,因为我穷;第二,因为我已经变得与世无争了。请您跟我说句实话,您原先注意到我了吗?"

"确实没有,我是没有机会……"

"哦,好啦,好啦,"他打断了我的话,"这我早就知道。"

他坐了起来,两臂交叉,他那睡帽长长的影子,从墙上一直折射到天花板上。

"现在请您坦率地说吧,"他突然斜瞟了我一眼,补充道,"您一定认为我是个十分古怪的家伙,一个所谓的反常的人,或者大概比这些更糟糕;或许您还认为我是假装怪人吧?"

"我必须再次向您重申,我对您毫无所知。"

他低头片刻又说:

"那么,为什么我和您,素昧平生,便这样冒失地开始说起话来呢?这只有天知道,只有天才知道啊!"(他叹了一口气)"这并不是因为我们的心灵天生就接近吧!您和我都是正正经经的人,就是说,是利己主义者,你我彼此毫无关系,是吧?但是,我们俩现在都睡不着觉……所以,为什么不聊聊天呢?现在我的心情很好,我难得这样。我很胆小,您看出来了吗?我胆小并不因为我是外省人,不因为我没有官阶,也不因为我穷,而是因为我自尊心太强。不过有时,我的胆怯就完全消失了,那是在我无法确定也无法预测的极其偶然的良好的情况下发生的,比如现在,就是这种情况。现在,即使您把达赖喇嘛叫来让我跟他面对面地待着我也不怕,可能我还会跟他要一点儿鼻烟闻闻呢。不过,也许现在您想睡觉了吧?"

"不,恰恰相反!"我连忙回答说,"我很想听您聊天。"

"这就是说,我让您高兴了,您是这个意思吧?那就更好了。这样吧,就让我告诉您吧,这儿的人把我叫作怪人;他们闲聊时偶然提到我时都这么叫我,绝没有一个人关心我的命运。他们是想要寒碜我。噢,天啊!他们哪里知道……我之所以走背字,完全就是因为我这个人一点儿也不怪——除了像现在跟您谈话时这样有点儿冒失以外,我自己一点儿也不怪;但是,就是这点儿冒失也不值一文,完全属于那种廉价低等的怪癖。"

他的脸转向我,双手挥了一下。

"尊敬的先生!"他提高声音喊道,"我认为平时只有怪人才能好好地在世上生活;只有他们才有生存的权利。'我的杯子不大,但我却用自己的杯子喝水'①,有人这样说过。您听听,"他小声提醒我道,"我的法语发音多么的纯正啊!我觉得,一个人即使大脑容量很大,装得下许多东西,能理解一切事物,知识渊博,能紧跟时代步伐,但是,如果不具备自己的独特的东西,等于一无所有!又有什么用呢?这只不过是为世界上增添了一个储存旧货的仓库而已;这能给谁带来快意呢?不,只要你有自己独特的处事方式,即使是个傻瓜,也比一个仓库强!一个人应该有自己的个性,自己独特的个性,这是非常重要的,就应当如此!不要以为我对这种个性要求过高。这绝不是苛刻!我说的这类的怪人多得是:您随便往哪儿看——就有怪人;每个活着的人都是怪人;只是我不是!"

"其实,"沉默片刻之后他继续说道,"我年轻时曾经怀有多少抱负啊!出国以前,和刚刚回国时,我是多么的自命不凡!唉,在国外时我小心谨慎,总是独来独往,不与任何人来往,像我们这样的人,应该这样做事:什么事都自己去理解,去领会,可是最终却连最基本的事情都没有弄懂!"

"真是个怪人,一个怪人!"他用责备的口吻摇头叹道,"他们把我叫作怪人。其实,世界上没有一个比我更正常的人了。我大概生来就是要模仿别人的。……真是的!似乎我的生活也就是在模仿我所研究过的各个作家;我含辛茹苦地过日子,我也曾经求过学,恋爱过,并且还结了婚。事实上,这些好像并不是出于我本人的意愿——好像不知是在履行某种义务呢,还是在完成一门课程——这谁能说得清呢?"

---

① 原文为法语。

他从头上摘下睡帽,把它扔到了床上。

"您想听听我讲我的生活经历吗?"他突然用断断续续的声音问我,"还是听听我讲我生活中的几个关键之处?"

"好吧,请说吧。"

"或者,不,我最好还是跟您说说我是怎样结婚的。您知道,结婚是人生中一件大事,是整个人生的试金石;结婚就像一面镜子,能反映出……但是这种说法听起来太陈旧了……请原谅,我要闻一闻鼻烟。"

他从枕头下面摸出一只鼻烟盒,把它打开,一边摇晃着鼻烟盒,一边又说起来。

"尊敬的先生,请您设身处地地为我想一想。请您来判断一下:我究竟能从黑格尔的百科全书中获得什么样的,什么样的益处,您说说,得到什么有用的东西呢?请告诉我,在这本百科全书和俄罗斯的生活之间,存在着什么共同点呢?再请问,我又怎样才能把它应用于我们的生活中去呢?而且不仅仅是这本百科全书,而是包括全部的德国哲学……再进一步说——乃至包括全部的科学。"

他从床上跳起来,恨得咬牙切齿,自言自语地喃喃道。

"啊,就是这样,原来就是这么回事!……那么你为什么要到国外去呢?为什么不待在家里,研究研究你周围人的生活呢?这样你可能会弄清楚生活的需求和它的未来,也可以完全弄清楚你自己的所谓使命了。可是,算了吧,"他又换了一种声调接着说道,好像是在胆怯地为自己辩解,"那种还没有被任何一位哲人写进书本里去的东西,叫人们怎么去研究呢!我的意思是说,我倒很乐于从它——俄罗斯的生活中去学习——可是这可怜的宝贝却是个哑巴。它的意思是,你就这样理解我吧。但是,我没有这种悟性,请您为我下一个结论,给我做一个判断吧。他们会说,一个判断吗?这不就是一个判断吗:你听听我们莫斯科人说话吧——他们不是像一群夜莺吗?那啼啭声值得人们去听,不是吗?可是,糟糕恰恰就在这里,他们是像库尔斯克夜莺那样啼啭不绝,而不是像人那样说话。嗯,我考虑再三——'科学,没错,'我想,'科学大概在哪里都是一样的,真理也都是一样的'——所以我就下定决心动身去了国外,以上帝的名义,到外国去了,到异教徒那里去了。我又有什么办法呢?年轻气盛,骄傲自负,让我忘乎所以。您知道吗,我不想不到时候就胖起来,尽管人们说,胖是健康的表现。不过,话又说回来,如果造物主不让你长肉,你就是想胖,也胖不了!"

"不过,"他略加思索后又说道,"好像我答应过要给您讲讲我结婚的情形——请您听着。第一,我必须告诉您,我的妻子已经不在人世了;第二……第二,我觉得我必须先跟您说说我年轻时的情况,否则您就怎么也不能理解我……您不想睡觉吗?"

"我不想睡,我不困。"

"那就太好了。听听!……隔壁房间的坎塔格留欣先生的呼噜打得多么欢腾热闹!生养我的父母并不富有——说到父母,是因为根据传闻,我除有母亲以外还有父亲。我已经记不得父亲;有人曾经告诉我,他是个头脑不开窍的人,长着一只大鼻子,脸上有雀斑,红红的头发;他总是用一个鼻孔闻鼻烟;他的肖像就挂在我母亲的卧室里,他身穿红色制服,黑色衣领挨着耳朵,模样非常难看,我挨鞭打时他们常常把我带到他的肖像跟前,每每这时,我的母亲总是指着肖像对我说'假如你父亲还在世,他就会对你更加严厉呢。'您可以想象,这是对我多么大的激励呀。我既没有兄弟,也没有姐妹——不过,确切地说,我曾经有过一个残废弟弟,脑袋上得了英国病①,没多久就痛苦地死去了。不过也真奇怪,为什么这种英国病会跑到库尔斯克省的施格雷县来呢?但是问题不在这里。我母亲以一个草原女地主的极大热忱负责我的教育:从我出生那个庄严的日子起,她就开始教育我,直到我年满十六岁为止。……您还在听我讲吗?"

"是的,请讲下去吧。"

"好吧。嗯,我刚满十六岁,我母亲毫不犹豫地辞退了我的法语家庭教师,一位来自涅仁的希腊居住区的德国人菲利波维奇;母亲带我到了莫斯科,在大学里为我注了册,把我托付给我的亲叔叔照顾,她的灵魂就见上帝去了。我叔叔科尔通巴布拉是一个司法稽查官,不仅在施格雷县一带出名,而且还在其他地方远近闻名。我叔叔,司法稽查官科尔通巴布拉,像所有的监护人一样,照例分文不剩地侵吞了我的全部财产。不过,问题还不在这里。我必须为我的母亲说句公道话,我进大学时已经具备了良好的素质;但是我缺乏创见的弱点那时也已经显露出来了。我的童年时代与其他人的童年时代相比毫无区别;好像是被裹在羽绒襁褓里那样,也是在愚蠢

---

① 英国病,即佝偻病。

和缺乏朝气中长大——同样也是很小就开始背诵诗篇,也借口喜欢幻想而消沉下去……幻想什么呢?对了,幻想美……还有其他,等等。在大学里我同样如此,没有走其他的道路;我很快参加了一个社团①,那时候可和现在不同……不过,您或许不知道,大学生的社团是个什么东西?我记得席勒在一首诗里这样说过:

> 叫醒狮子太危险,
> 老虎牙齿也可怕,
> 而世间最可怕的,
> 是精神错乱的人!②

"我可以向您保证,他要说的并不是这个意思;他是想说:'是莫斯科城里的社团③'!"

"可是,您认为社团中有什么可怕的呢?"我问道。

我的同屋人一把抓过睡帽,把它扣到了鼻子上面。

"我觉得有什么可怕的?"他提高了嗓门喊叫起来,"嗯,这就是社团毁灭了一切独创与发展;社团是社交,女性以及生活的丑陋的代用品;社团……呃,等一等,我来告诉你什么是社团!社团是懒散与萎靡生活的共同体,而且被冠以合理事业的名义与外表;社团用议论代替交谈,让你习惯于毫无意义的空谈,让你无法独立地从事有益的工作,让你身上长满文学的疥癣,让你失去灵魂的清新与纯真。社团——嗯,就是在亲密和友谊旗号下的庸俗与无聊!就是以坦诚和同情做借口,无休无止的争执和自命不凡的组合;在社团里——你可以凭借每个朋友的权利,无论何时,都可以把肮脏的手指戳进同伴的心灵深处——任何人的心灵深处,都没有一个纯洁的未被玷污的地方;在社团里,人们都拜倒在空话连篇、夸夸其谈、说漂亮大话的人和自命不凡的人面前,崇拜少年老成的人和毫无才赋、却有"隐

---

① 指在十九世纪三十年代出现于莫斯科的各种社团。这些社团有的崇尚德国唯心主义哲学,主张主观的自我完善;有的崇尚法国空想社会主义,否定俄罗斯现实。此人所加入的社团属于前者,他对于理想主义完全不同于俄罗斯的现实感到绝望。
② 原文均为德语。
③ 原文均为德语。

秘"思想的打油诗人;在社团里,十七八岁的年轻小伙子巧妙老练地谈论着女性,谈论着爱情,而在女性面前他们却是一言不发,要不就是像书本谈话那样跟她们交谈——他们能谈些什么呀?这种社团里流行着伶牙俐齿,能言善辩;在社团里尔虞我诈,你监视我,我监视你,丝毫不亚于警察。唉,这种社团!你根本不是个社团,简直就是个施展妖魔法术的圈子!这个圈子毁了多少正正派派的人啊!"

"唉,请允许我说句话,您是过于夸大其词了。"我插话道。

我的同屋人默默地看了我一眼:

"也许是,天知道,也许是吧。可是,您瞧,我们这种人只有这唯一的愉快的事了,那就是夸大事实——嗯,于是,我就是这样在莫斯科待了四年。亲爱的先生,我真的无法给你形容,那段时间过得多么的快,快得一晃而过;每每回忆起这段时光,便使我感到悲哀和懊恼。往往早晨起床后,就像乘上小雪橇向山下滑去一样……眨眼工夫,已经飞滑到山脚下了;转眼又到了黄昏时分,于是,那睡眼惺忪的仆人为你穿上紧绷绷的常礼服;你穿好衣服,不紧不慢地来到朋友家,抽几袋烟,喝几杯清茶,海阔天空地谈论着德国哲学、爱情、精神的永恒的源泉,以及其他不着边际的话题。不过,即使在那儿我也遇见过一些怪人,有独到见解的出类拔萃之辈:有些人无论怎样摧残自己,压抑自己,仍不失其固有的本性;只有我这个可怜的人,像捏软蜡那样塑造自己,而我那点儿可怜的本性却从未表示过丝毫的反抗!那时我已经二十一岁了。我开始接受我所继承的财产,或者,更准确地说,继承了我的财产中我的监护人认为可以留给我的那一部分。我把全部世袭领地委托给一个已经赎身的家奴瓦西里·库德里亚舍夫照管,便出国去了柏林。在国外,我已经和您说过,我待了三年。可那又怎么样呢?嗯,在那边,在国外,我仍然保持一个普普通通的人的本性。首先,对于欧洲本身和欧洲的生活,不用说,我是一无所知。我只不过是在德国教授和德国书籍的诞生地听听德国教授讲课,读读德国书籍而已。所有不同之处,仅此而已。我像修道士那样,孤独地生活着;我与一些退役的俄国陆军中尉很合得来,他们像我一样,整天为渴求知识而感到苦闷,但理解力又总是十分迟钝,而且笨嘴拙腮,不善辞令;后来我又结识了一些来自平扎和其他农业省份的头脑迟钝的人;我经常出入咖啡馆,时而读读报刊翻翻杂志;晚上有时到剧院去看看演出。我和当地人极少来往;同他们交谈使我感到拘束,当地人也没有任何人到我的住所来看望我,只有两三个纠缠不休的犹太血统的骗子,他们倒经常来打扰我,找我借钱——大概认为俄罗斯人①容易受骗。最后,一个极其巧妙的娱乐机会使我偶然来到了一位教授的家里。事情是这样的:我去找那位教授登记听课,他却忽然邀请我参加他家的晚会。这位教授有两个女儿,年龄都在二十七岁左右,都是矮墩墩的小个子——上帝保佑她们——鼻子都是那么大,卷曲的头发,淡蓝色的眼睛,白白的指甲,红润的手。一个名叫林亨,另一个名叫明亨。从此以后,我就常常到教授家里去。我应该告诉你,这位教授并不愚笨,但是似乎受过刺激;他在讲台前说得头头是道,可是回到家里却吞吞吐吐,而且总是把眼镜推到前额上——他还是个知识渊博的人。嗯,突然间我似乎觉得我爱上了林亨,而且这种感觉持续了整整六个月。说实在的,我并没有跟她多说什么话——我总是默默地看着她;不过我常常把各种动人的篇章高声朗诵给她听,还偷偷地拉着她的手,到了晚上就待在她的身边,目不转睛地盯着月亮,或者只是抬头仰望着夜空,一起沉浸在幻想之中。另外,她煮的咖啡味道好极了!我扪心自问——这么说,我还等候着什么呢?只有一件事在困扰着我:每当这种所谓的不可言喻的幸福时刻来临时,不知为什么,我的内心深处总有一种隐隐作痛之感,一阵忧郁的寒战掠过我的身躯。最终,我还是不能忍受这种幸福,便逃离了。此后,我又在国外度过了整整两年。我到过意大利,曾在罗马《基督变容》②的画像前驻足,也曾在佛罗伦萨的维纳斯③雕像前伫立;我突然像着了魔一样陷入了极度的兴奋之中,一种如痴如醉的感觉似乎向我袭来;晚上我写诗,并且开始写起日记来,总之,在那儿,我的举止言行跟别人一样。您瞧,当个怪人是多么的容易!比如说,我对绘画和雕塑一窍不通,但是我可以照样一味地公开评说……不,那怎么行!我还是找个导游,跑去看看壁画吧。"

他又低下了头,摘下了睡帽。

"嗯,最后,我还是回到了祖国,"他疲惫不堪地说道,"我来到了莫斯科。在莫斯科,我发生了奇妙的变化。在国外,我大多是沉默寡言的;可是

---

① 原文为德语。
② 意大利文艺复兴时期的画家拉斐尔(1483—1520)的作品。
③ 一位不知名雕塑家的作品,收藏陈列在意大利佛罗伦萨的乌飞齐美术馆。

现在在这儿,我却突然出乎意料地开始高谈阔论起来,同时,天晓得我怎么变得这么自命不凡了。我遇到了一些谦逊的人,对于他们来说,我似乎就是个天才;女士们颇有好感地听着我的高谈阔论;但是,我没有保持住我的声望。一个晴朗的早晨,我听到了对我的诽谤(是谁最先编造出来的,我不知道;一定是某个男性化的老处女——这样的老处女在莫斯科不计其数);诽谤之词出现之后,便像草莓发芽那样迅速生长,蔓延,扩散。我感到局促不安,打算摆脱它,冲破这缠绕着我的罗网——可是没有成效。我便离开了。嗯,这件事也说明我的荒唐可笑;其实,我本来应该像等待荨麻疹痊愈一样静静地等待这场风暴过去,这样那些谦逊的人还会再次张开他们的臂膀重新欢迎我的,那些女士们还会重新微笑着赞许地听我谈天说地。但是,错就错在这里:我不是一个怪人。您知道,我突然变了,我内心中对良心的自责已被突然唤醒,我觉得羞于再讲空话,滔滔不绝地夸夸其谈,什么也不做,只是空话连篇——昨天在阿尔巴特,今天在特鲁巴,明天在西弗采维·弗拉瑞克,讲的全是老一套。但是,如果人们想要听我讲这老一套又该怎么办呢?请看在这方面真正成功的勇士吧;他们满不在乎,不问这老一套的空谈的用处;相反,他们就需要这种空谈;有些人会这样二十年如一日,单靠三寸不烂之舌度日,而且谈论的总是这老一套……这完全来自于自信心和自尊心!我也有过这种自尊心——确实有过,即使到现在也还没有完全泯没。但是错就错在这里——我再说一遍,因为我不是一个怪人——我处于中庸之位。大自然要不然给我更多的自尊心,要不然干脆一点儿也不给我。不过在这种变化的最初,我确实感觉到了走投无路;再说,我长期旅居国外,也耗尽了我的财产;而且要我娶一个虽然年轻,但却像果冻般柔弱的商人之女为妻,我又不愿意;因此我想,我还是回到乡下的家里吧。"我的同屋人斜睨了我一眼又说道,"至于乡村生活的第一印象,大自然的美景,孤居生活的幽雅安静的魅力之类,我可以不再谈了吧。"

"可以,完全可以。"我插话道。

"而且,"他继续说道,"这些都毫无意义,至少我周围是这样的。我在乡下十分寂寞,就像一只被关起来的小狗那样。虽然,我承认,春天在回乡的路上,第一次途经我那十分熟悉的白桦林时,我头晕目眩起来,心儿在怦然跳动着,充满着朦胧的甜蜜的期待。但是,这些朦胧的期待,正如您所知道的那样,是永远也不会实现的;而且相反,确实发生了一些出乎意料的事情;例如牲畜生病啦,欠租啦,拍卖啦等等诸如此类的事。在我的管家雅科夫的帮助下,我一天一天地勉强度日;这个管家是接替以前管家的;结果,随着时间的推移,这位管家即使不比前任厉害,至少也是同样的掠夺者。尤其是他那双涂了焦油的长筒靴的气味,破坏了我的安静生活;有一天,我突然想起了邻近有一家老相识,住着一位退役陆军上校的遗孀和两个女儿,就差人备好轻便马车,坐车去拜访她们。这一天应该是我永生难忘的纪念日——因为六个月以后,我娶了这位陆军上校遗孀的第二个女儿……"

说话的人低下头,双手朝上高高举起。

"不过,"他有些激动地接着说,"我不愿意让您对我已故的妻子产生不好的看法。绝对不能! 她是一个最高尚,最善良的人,是一个慈爱无边忍耐无限的人,一个情愿奉献一切的人;尽管是在您和我之间,我还是应当说实话,假如我没有失去她的不幸,今天我大概也不可能跟您在这儿说话了,因为我家库房里的横梁至今还在,我曾经不止一次地下决心想要悬梁自尽!"

"有些梨,"他停顿片刻之后又开口了,"需要放进地窖里储存一段时间,它们所谓真正的滋味才能品尝出来;我那已故的妻子就是属于这一类的大自然的造化物。只有到了现在,我才能完全公道地为她说句话。比如说,只有现在,我回忆起结婚前同她一起度过的那些傍晚,不仅不会引起我的丝毫痛楚,反而只能使我感动得几乎落泪。她的家境并不富裕;她家的房子式样非常陈旧,是木头建造的,但是很舒适;房屋依山而建,一边是杂草丛生的庭院,另一边是荒芜的花园。山脚下有一条小河流过,只有透过繁茂的树叶,才能隐隐约约地望见河水。一个宽阔的大露台从房屋一直通向花园;露台前面有一个椭圆形的花坛,里面种满了蔷薇花,美不胜收;花坛的每一边都种着成对的相思树,已故的主人在它们幼小时就把它们的枝干盘绕成螺旋状。在稍远一些的荒芜的杂草和野生的马林果丛中,有一个凉亭,亭子里面装饰得极为精美,但是外表却是十分的破旧不堪,令人看上去感到抑郁。露台上有一扇玻璃门与客厅相通;客厅内的陈设令好奇的参观者目不暇接:每个角落都砌有荷兰瓷砖火炉;一架音色欠佳的钢琴立在右侧,上面堆放着一些手抄的乐谱;一张长沙发上罩着褪色的蓝底白花缎子;一张圆桌;两个玻璃橱柜,里面摆放着叶卡捷琳娜时代的瓷器玩具和玻璃玩具;墙上挂着一幅名画,画着一个淡黄头发少女,怀里抱着一只鸽子,眼睛看着上方;桌子上摆放着一只花瓶,里面插着新鲜的蔷薇花。您瞧,我描述得多么的详细。就在那个客厅里,就在那个露台上,演出了我的爱情的全部悲喜剧。这位陆军上校的遗孀本人十分凶恶,她说话的声音总是沙哑而凶狠——一个专横又唠叨不休的泼妇。两个女儿,一个叫薇拉,无论哪一方面,她跟县城里的普通小姐都没有什么两样;另一个叫索菲娅,我爱上的就是她。姐妹俩另有一个小房间,是她俩的共用卧室,里面有两张简朴的木床,还有泛黄的纪念册,有木樨草,有几张画得很糟糕的男女朋友们的铅笔肖像画(其中有一位先生的画像很特殊,他容光焕发,画上的签字雄浑有力,此人在青年时代时人们曾对他抱有过高的期望,但是结果呢,像我们一样,一事无成),有歌德和席勒的半身塑像,有德文书籍、干枯的花冠以及其他纪念品。可是这个房间我很少去,也并不愿意进去;在房间里不知怎么的我感到窒息。不过,说来也奇怪,我最喜欢索菲娅的时候,是在我背对着她坐着时;尤其是在夜晚,我待在露台上,那时是我思念着她而且更多的是向往着她的时候。每当此时,我常常凝神望着晚霞,望着树木,盯着已经暗淡、但在粉红色天空的映衬下仍然显得轮廓格外分明的细小的绿叶;在客厅里,索菲娅坐在钢琴前,反复不停地弹奏着贝多芬作品中的一个乐句,那乐句是她最喜欢的,充满着激情与深思;那凶恶的老夫人坐在长沙发上安然地打着鼾,在洒满火红的夕阳的餐厅里,薇拉正在忙着煮茶,茶炊发出愉快的呲呲声,好像有什么高兴事儿似的;脆饼掰断时发出悦耳清脆的响声,匙子碰击茶杯时叮当作响;金丝雀喋喋不休地啼啭了整整一天,现在突然默不作声,只是偶尔唧唧叫几声,似乎在打听着什么;云层轻薄透亮,偶尔洒落下几滴稀疏的雨滴……于是我就这么坐着,坐着;听着,听着;望着,我的心胸豁然开朗,我似乎觉得,我又坠入情网了。嗯,在这样的夜晚的感染下,有一天,我向老夫人提出请求,让我娶她的女儿,两个月以后,我就结婚了。我似乎觉得我是爱她的……的确,现在,我应该知道了,是时候了;可是,天哪,就是现在我也不知道我究竟是不是爱索菲娅。她是个温柔的女性,善良,聪明,少言寡语,可是,只有天知道是由于什么原因,是因为久居乡下呢,还是因为其他的缘故,在她的心灵深处(如果心灵有深处的话),有一个创伤隐藏着,或者,说得更确切一些,有一个伤口溃烂着,而且是一个无法治愈的伤口,而且无论是她还是我,都说不出它的名称到底是什么。至于这个伤口的存在,当然,我是在结婚之后才揣测到的。我绞尽脑汁与之抗争……却都无济于事!我小的时候养过一只黄雀,有一次它被猫抓住了,又被救了出来,伤口治好了,可是这可怜的黄雀却再也没有康复,它总是郁郁不乐,日渐憔悴,也不再唱歌了;结果有一天半夜里,一只老鼠钻进敞开门的鸟笼子,咬掉了它的嘴巴,它这时才决意去死。我不知道,是一只什么样的猫也抓伤了我的妻子,她也郁郁不乐了,憔悴起来了,就像我那只不幸的黄雀一样。有时她想努力振作起来,打起精神,沐浴在阳光下和清新的空气中,快活地享受着自由的天地;她尝试了一下,却又蜷缩到她自己的角落里去了。是的,本来她也是爱我的;她曾多少次向我保证,除了爱,她再也不会有其他的指望了——噢!见鬼了!她的目光黯然失色了。我想,该不会是她过去遇到过什么事吧。我详细打听的结果,却是一无所获。好啦,现在请您自己判断:如果是一个怪人或许会耸耸肩膀,叹两口气,然后照旧打发自己的日子;但是我,因为不是一个怪人,于是就想到要悬梁自尽。我的妻子是如此的深深沉浸在老处女的种种生活习惯之中——爱好贝多芬、夜游、木樨草、与朋友书信往来、翻阅纪念册,等等——因此,她根本无法使自己适应其他任何一种生活方式,尤其是无法适应家庭主妇的生活;然而,一个已婚女人沉湎于莫名其妙的苦闷之中,每天晚上都唱着《你不要在黎明时唤醒她》,似乎实在是可笑。

"于是,就这样我们过了三年幸福日子;第四年索菲娅在分娩时死去,说来也怪,我似乎早就有预感,她是不会给我生个一男半女的——她是不会给大地一个新居民的。人们埋葬她的情景我记得清清楚楚。那是在春天。我们教区的教堂不大而且破旧,圣幛都发黑了,墙壁光秃秃的,好几处砖地都磨损了,每个唱诗班席位上都挂着一幅老式的大圣像。棺材抬进来了,安放在圣幛正门前面中间处,上面盖着褪色的棺布,周围摆着三个蜡烛台。殡葬仪式开始了。一个苍老的教堂执事,后脑勺梳着一束小辫子,腰间低低地系着一条绿色腰带,在诵经台前悲伤地诵读经文;另外一个牧师,也是一个老人,慈眉善目、老眼昏花的,身披黄花紫色法衣,协助执事在做祷告。所有都敞开的窗户前,白桦垂枝的新鲜嫩叶在轻轻地摇曳着,喃喃低语着;院落外面飘来青草的气味;蜡烛红红的火苗在春天明媚阳光的映照下变得淡白了;整座教堂都听得见麻雀叽叽喳喳的叫声,燕子不时地飞进圆屋顶下,发出阵阵响亮的叫声。在金色阳光的照耀下,几个农夫棕色的头不停地上下起伏着,正在虔诚地为死者祈祷;一缕缕淡蓝色的烟从香炉口飘散开来。我看着我妻子的遗容……我的天啊!即使是死亡——就是死神降临——也没有使她解脱,也没有医治好她的创伤;她还是那副病态的、胆怯的、隐忍的表情;躺在棺木中,她似乎还是惴惴不安的。我的心头充满着哀痛。她是个多么善良、多么可爱的人,可是对于她自己来说,还是死了更好些!"讲话的人此时面颊通红,目光黯然失色。

"终于,"他又继续开口道,"我从妻子死去的过度悲伤中解脱出来后,我准备去从事所谓的事业。我到省城就了职,但是在政府机关的大办公室里,我感到头痛得厉害,视力也减退了;正好又出现了一些其他的意外变故;我就趁机辞了职。我想到莫斯科去走走,可是,首先,我没有足够的钱,其次……我已经对您讲过:我已经变得与世无争了。对于我来说,这种与世无争表面上显得过于突然,实际上并不突然,早就由来已久。在精神上,我早就已经与世无争,但是,我并不情愿低头认可。我认为,我质朴的思想感情是源于乡村生活和不幸遭遇的影响。另一方面,我早已经注意到,几乎我的所有邻居,无论长幼,最初都因为我有学问,在国外居住过,还有我有着良好的教养等因素,因此对我倍感惶然;而现在他们不但已经司空见惯了,而且对我开始粗暴无礼或轻蔑起来,谈话中他们不再听完我的见解,跟我说话时也不再使用尊称。我还忘了告诉您,我在婚后的第一年,由于寂寞难挨,曾经尝试写作文学作品,甚至还给一家杂志社投过稿——如果我没有记错的话,是一部中篇小说;但是没过多久,我便收到了编辑的一封回信,信上彬彬有礼地说道,他不否认我有才智,但是我缺乏天分;而在文学创作中,唯有天分是最为重要的。另外,我还得知,有一个年轻的过路人,他来自莫斯科,倒还十分善良——在省长的晚会上顺便提到了我,说我已经才尽无能,不值一提。但是我仍然半信半疑地固守着盲目沉醉的状态;您知道,我当然不愿意自打'耳光'。终于,在一个晴朗的早晨,我醒悟了。是这么回事:县警察局局长来找我,他是想要我注意我的领地里坍塌的那座桥,而我又是绝对没有财力来修桥的。就着鲟鱼干喝下了一杯伏特加酒之后,这位宽宏大量的秩序维持者以长辈的口吻责怪我的粗心大意,不过,他还算体谅我的境遇,建议我只要让农夫们在桥上堆些垃圾就行了;然后他点燃烟斗,又说起了即将举行的选举。那时有个叫奥尔巴萨诺夫的候选人正一心想得到省里贵族首领这个荣誉称号;他是个浅薄的空谈家,还接受贿赂。况且,他既非豪富,也无名望。我说了对他的看法,而且直截了当、极不客气;说老实话,我实在看不起奥尔巴萨诺夫先生。县警察局局长看着我,友好地拍拍我的肩膀,亲切地说,'算啦,算啦,瓦西里·瓦西里耶维奇,咱们是不应该议论这种人的——我们哪儿有资格这样做呢?还是安分守己做自己的事吧。''可是,说实话,'我生气地反驳道,'我和奥尔巴萨诺夫又有什么区别呢?'警察局局长从嘴里取出烟斗,眼睛瞪得大大的,突然哈哈大笑起来:'啊,你老兄可真好笑,'最后他笑得眼泪顺着面颊往下流,他说:'怎么竟说出这样的话来……啊!你怎么啦?'一直到他临走,他还在不停地嘲笑我,不时地用胳膊肘顶顶我的身体,甚至对我直呼其名。他总算走了,够了;这可太让我难堪了,简直令人无法忍受。我在房间里来来回回地踱着步,然后在穿衣镜前站定,久久地凝视着自己的窘相,慢慢地吐出了舌头,苦笑着摇摇头。蒙在我的眼睛上的云翳掉落下来了:我终于能看清楚了,比在镜子里看到我自己的脸还要清楚,我是一个多么浅薄、卑微、渺小而平庸无用的人啊!"

他沉默了下来。

"在伏尔泰的一部悲剧里,"他又继续悲凉地说道,"有一个贵族因为极度不幸而兴奋。尽管在我的命运中一点儿也没有发生悲剧,但是说实在的,我依然体会过这种心情。我感受过那种在冷酷绝望中痛苦至极的欣喜若狂。我也感受过整个清晨从从容容地躺在床上,诅咒自己的出生时辰,那是多么的甜蜜。而我还不能立刻就变得与世无争。的确,您想想看吧:是贫穷把我困在我所厌恶的乡村;至于什么产业啦,职务啦,文学啦——任何东西都与我无关;我与地主们也不再交往,书本也读烦了,至于那些身体虚胖令人作呕的、病态的神经质的小姐们,她们摇晃着卷发,狂热地喋喋不休地谈论着'人生'这个字眼,自从我不再夸夸其谈和滔滔不绝地高谈阔论,我对她们便不再有任何的魅力;我不善于而且也不可能离群索居、与世隔绝……我开始——您猜怎么着——我开始四处闲逛,到邻居家串门儿。我好像醉心于自轻自贱似的,存心去招惹种种鸡毛蒜皮的侮辱。甚至斟酒送饭到餐桌时,仆人常常漏掉我;人们傲慢而冷淡地对待我,最后竟全然不理睬我;甚至不准许我参加他们的谈论场合,于是,我就常常故意站在角落里,对一个最愚蠢的健谈的人随声附和,连声称是;其实在莫斯科时,这种人会乐于舔净我鞋上的灰尘的,甚至亲吻我的大衣边角的……我甚至不愿意相信我正在投身于讽刺所致的痛苦的快感之中……算了吧,孤身一人有什么可讽刺的!唉,我就是这样连续过了好几年,一直到现在,我还是这样……"

"喂,这可是太过分了,"隔壁房间的坎塔格留欣先生用睡意蒙眬的嗓音抱怨着:"是哪一个傻瓜在半夜里聊天?"

讲话的人立即缩进了被窝,胆怯地探出脑袋来看看,又竖起一根手指来警告我。

"嘘——嘘——"他小声示意着;紧接着,冲着隔壁房间的坎塔格留欣的方向好像是赔礼道歉,毕恭毕敬地说道:"遵命,先生,遵命;对不起……"然后他又小声念叨着:"应该让人家睡觉;他需要睡觉,他必须要恢复体力——嗯,这样明天早上吃饭时他仍然会有好胃口的。我们没有权利打扰他。再说,我想要说的好像都已经告诉您了;可能您也想睡觉了。祝您晚安。"

讲话的人极为迅速地转过脸去,把头埋在了枕头里。

"至少请您告诉我,"我问道,"我是不是可以知道您的尊姓大名……"

他急忙抬起了头。

"不,看在上帝的分上!"他打断了我的话,"请不要问我的姓名,也不要向别人打听。就让我在您心目中成为一个无名氏吧,一个被命运捉弄的瓦西里·瓦西里耶维奇吧。况且,作为一个平庸的不足为奇的人,我也不配有一个独自的名字。不过,如果您一定要送给我一个称呼,那就叫我……就称呼我为施格雷县的哈姆莱特吧。无论在哪个县里,都有许多这样的哈姆莱特。只是您大概还没有遇到过别的哈姆莱特……嗯,再见。"

他又钻进自己的羽绒被子里了。第二天早晨,别人来叫醒我的时候,他已经不在房间里了。他在天亮之前就离去了。

切尔托普哈诺夫和聂道比斯金

烈日炎炎的夏日,我们打猎归来。飞奔的轻便马车上,叶尔莫莱在我身边打着瞌睡。两条猎狗死狗一般睡在我们的脚边,随着马车颠簸着。马车夫不停地举起鞭子驱赶着马身上的牛虻。马车扬起的白茫茫的尘土像薄云轻烟一样追在车后。我们进入了一片灌木林。路面坑坑洼洼的越来越不平坦,车轮也时时挂带着树枝。叶尔莫莱猛然一激灵,朝四下里望了望。"唉!"他说,"这儿准有松鸡,咱们下车吧。"我们下了车,走进灌木丛中茂密的地方,我的猎狗发现了一窝鸟。我开了一枪,正在重新装填子弹,忽然身后传来一阵窸窸窣窣拨拉树枝的响声,一个骑马的人朝我走来。"先生……请问,"他趾高气扬地问道,"您有什么权利——在这儿打猎,先生?"这个陌生人说起话来带点儿鼻音,吐字极快,句子还断断续续的不连贯。我看了看他:有生以来我还从来没有见过这样的人。请想象一下吧,亲爱的读者,一个小矮个子,淡黄的头发,红红的狮子鼻,髭须长长的也是火红色的。一顶深红色尖顶呢绒波斯帽一直压到前额的眉际上。他身穿一件高加索式破旧的黄色短上衣,胸前挂着黑色棉绒子弹袋,所有的衣服接缝全都镶着褪色的银色边饰,他的肩上还背着一只号角,腰间别着一把匕首。他骑的那匹瘦骨嶙峋的凸鼻栗色马不安分地踢腾着;两只干瘦的钩爪的灵猩猎狗正在马腿边不停地打着转转。这个陌生人的面相,眼神,声音,一举一动,整个儿人,都表现出狂妄的勇猛和极其罕见、极度过分的傲慢;他那双淡蓝色玻璃球似的眼珠像醉汉一样滴溜溜地乱转,他向后仰着头,鼓着腮帮子,哼着鼻子,浑身上下抖动着,仿佛不可一世的威严似的——那样子活像一只火鸡。他又重复了一遍他的问话。

"我并不知道这里禁止打猎。"我回答说。

"可您是在这儿,先生,"他继续说道,"是在我的土地上啊。"

"那好吧,我这就离开。"

"不过请问,"他又问道,"您是贵族吗?"

我说出了自己的姓名。

"那么既然这样,请您就在这儿打猎吧。我本人也是贵族,很愿意为贵族效劳……我叫邦捷列·切尔托普哈诺夫。"他弯下了身子,大声吆喝一声,一鞭子抽在马脖子上,马甩着脑袋,后腿直立,向一边冲去,马蹄正巧踏在一条狗的爪子上。那条狗顿时尖声叫了起来。切尔托普哈诺夫勃然大怒;嘴里愤愤地嘟囔着,一拳打在马头上两耳中间的地方,他闪电般地跳到地上,细细察看了一下狗爪子,朝伤口吐了几口唾沫,又在狗肚子上踢了一脚,喝令它不要再叫唤,然后一把抓住了马的鬃毛,把一只脚伸进了马镫里。那马立刻昂起头,竖起尾巴侧着身子冲进密密的丛林中;陌生人一只脚跳着,紧跟着马跑了几步,然后终于跳上了马鞍。他发疯似的挥舞着鞭子,吹着号角,策马飞驰而去。我还没有来得及从切尔托普哈诺夫突然而至的惊愕之中清醒过来,一个骑小黑马的四十多岁的胖胖男子忽然悄无声息地从丛林中钻出来了。他停住马,摘下了绿色皮帽子,用细弱的声音问我,是不是看见过一个骑栗色马的人?我回答说,见过。

"那位先生往哪个方向走了?"他用同样细弱的声音接着问道,并没有重新戴上帽子。

"朝那边去了。"

"十分感谢您,先生。"

他的嘴唇发出着啧啧声,双腿一夹马肚子,马儿迈着小步子嘚嘚地朝我指的方向跑去。我一直目送着他,直到他那顶绿色的尖顶帽子消失在树丛后面。从外表上看,这一先一后两个陌生人截然相反。后者的脸像一只球那样又圆又胖,表情显得腼腆、和善与温顺;同样又圆又肥的鼻子上青筋暴露,表现出他是一个好色之徒。他已经谢顶了,只是脑后长着几绺稀疏的淡褐色头发;两只小眼睛眯成一条缝,像是用芦苇叶划出来的,亲切地眨动着,红润的嘴唇边上挂着甜蜜的微笑。他身穿一件竖领的系着铜扣的常礼服,虽然很旧却很干净;呢裤角高高提着,黄色镶边的靴子上,露出胖乎乎的腿肚子。

"这个人是谁?"我问叶尔莫莱。

"这个人吗?是吉洪·伊凡内奇·聂道比斯金。他住在切尔托普哈诺夫家。"

"那么,他是一个穷人啦?"

"反正他没有什么钱,不过,切尔托普哈诺夫也是穷得分文没有。"

"那么他为什么要住在切尔托普哈诺夫家呢?"

"哦,他们十分要好,好得形影不离,真的——这可真是,马蹄踩在哪儿,螃蟹就往哪儿伸爪①。"

我们走出了灌木丛;突然我们旁边两条猎狗狂吠起来,紧接着一只肥大的雪兔蹿进长着高高的燕麦的田地里。几条家犬,猎狗和灵猩猎狗尾随其后从密林中蹿了出来,在猎狗后面,切尔托普哈诺夫本人也追了出来。此时他既不喊叫,也不发号施令要猎狗去追;他只是上气不接下气地喘着粗气;时不时地从他那张大着的嘴巴里蹦出一些声音,断断续续,含含糊糊;他瞪着眼睛狂奔着,发狂地用皮鞭抽打着他那匹可怜的马。灵猩猎狗紧紧追着那只雪兔……雪兔蹲了一下,突然后转身,从叶尔莫莱身边跑过去,又钻进了灌木丛里。灵猩猎狗飞奔追去。"逮—住!逮—住!"发呆的猎人口齿不清地用力叫着,"逮—住,老兄!"叶尔莫莱放了一枪……中弹的雪兔栽倒在平坦的干草地上,而后又蹿跳起来,猎狗扑上来撕咬着它,雪兔悲惨地哀叫着,其他几条猎狗立刻一拥而上。切尔托普哈诺夫一个筋斗翻身下马,拔出匕首,叉着两腿,跑到猎狗跟前,怒气冲冲地咒骂着,夺过被猎狗撕咬着的兔子,整个脸抽搐着,把匕首几乎全刺进雪兔的喉咙里,仅仅露着匕首柄……刺进匕首之后,他就大喊大叫起来。这时吉洪·伊凡内奇也在树林边出现了。"哈—哈—哈—哈—哈—哈—哈—哈!"切尔托普哈诺夫又叫起来。"哈—哈—哈—哈。"他的伙伴也泰然自若地应和着。

"说真的,夏天是不应该打猎的。"我指着那片被踩坏的燕麦,对切尔托普哈诺夫说。

"这可是我的地呀。"切尔托普哈诺夫气喘吁吁地说。他割下兔子的

---

① 俄罗斯谚语,意即他走到哪儿,那就跟到哪儿。

爪子,分给那群猎狗吃,然后把兔身挂在马鞍后面的皮带上。

"朋友,是我破费您的子弹了。"他按照打猎的规矩对叶尔莫莱说。"还有您,先生,"他又用那种断断续续不连贯的生硬的声音对我说,"谢谢。"

他跨上了马背。

"请——允许我问一下……我忘记了,您的尊姓大名。"

我再次告诉他我的姓名。

"很高兴与您相识。希望您有机会到我家里来做客。"继而,他又气愤愤地说,"那个福姆卡,到哪儿去啦,吉洪·伊凡内奇?逮雪兔的时候他就不见了。"

"他骑的马栽倒了。"吉洪·伊凡内奇微微笑着回答说。

"栽倒了?奥尔巴桑①栽倒了?啊,呸!他现在人在哪儿?在哪儿?"

"在那边树林子的后面。"

切尔托普哈诺夫用鞭子抽在马面上,疾速地策马奔去。吉洪·伊凡内奇接连向我鞠了两次躬——一次为他自己,另一次显然是为他的同伴。然后又骑着马,迈着小碎步,缓缓地走向灌木丛深处。

这两位先生引起了我强烈的好奇心。是什么使这两个性格迥异的人结下了亲密无间的友情呢?于是,我就开始四下打听。下面就是我打听到的情况:

邦捷列·叶列美奇·切尔托普哈诺夫是这一带有名的危险而又狂妄自大的家伙,头号的傲慢莽汉,专好惹是生非。他曾经在军队里极短地服过役,由于"不愉快事件"而退役,退役时只是一个小小的准尉,有一个所谓"母鸡不是鸟"②的军衔。他出身于曾经极其富有的世家;按照草原地区的习俗,他的祖先们的生活十分阔绰——也就是说,他们款待所有的客人,不论是被邀请的,还是未被邀请的,都请他们大吃大喝,给客人们赶三套车的马车夫每人分发一俄石的燕麦;他们的家里还养着乐师,歌手,门客和家犬;在节庆时日总用葡萄酒和自酿啤酒款待众人;每到冬天,他们总是乘坐

---

① 栽倒的马的名字。
② 源自俄罗斯当时的谚语:"母鸡不是鸟,准尉不是官儿。"由此可知他是个准尉,一个极低的军衔。

自家笨重的大马车到莫斯科去。可是,有时却接连数月家中毫无分文,只得靠吃家禽度日。祖上的家业传到邦捷列·叶列美奇父亲手里时就已经败落了,再经过他父亲的一番肆意挥霍,到他父亲去世时,留给他,唯一的继承人潘捷列伊的,只有已经典当出去的贝松诺伏村,另外还有三十五个男农奴和七十六个女农奴,以及科洛勃罗多瓦亚荒原上的十四又四分之一俄亩的薄地,而在先人留下的契据中,根本找不到关于这片土地的任何记载。应当承认,这位先人事实上是以一种极为奇怪的方式破的产:正是"经济上的核算"毁灭了他。按照他的观点,贵族们不应该依靠商人、市民和诸如此类的所谓的"强盗"过活。于是,他在自己的领地里创办了各种各样的手艺作坊,"既体面又实惠,"他总是这样说,"这就是经济上的核算!"他到死也没有放弃这种把他置于死地的想法;而正是这种想法使得他破了产。然而当时他却因此博得了一时的欢快! 他从来没有放弃过实施任何一个古怪念头的机会。在他种种创新发明之中,有一次制造了一辆巨大的家用马车,这辆马车极其笨重巨大,尽管全村的马匹及其主人都来齐心协力地用力拉车,但是,马车在爬第一个斜坡时就翻了车,散了架子。叶列美奇·卢基奇(邦捷列的父亲)吩咐人在这山坡上建了一座纪念碑,他却并不为马车的事感到丝毫的难堪。他还曾经想要建造一座教堂——当然是自己设计——无需建筑师的帮助。他把整整一片树林的木材都用来烧砖,打下了极大的地基,竟然同省里大教堂的地基一样大,又垒起了墙壁,开始盖圆屋顶,结果圆屋顶却坍塌了,他又盖起来——屋顶又坍塌了,接着他第三次盖起来——而圆屋顶第三次坍塌了。我们的叶列美奇·卢基奇陷入了沉思:这事情不对啊,他想着……肯定是有可恶的巫术在捣乱……他突然下达命令:把村里所有的老太婆都鞭打一顿! 老太婆们都被鞭打过了,可是圆屋顶还是盖不起来。于是,他又依照"经济上的核算",按照新的计划,为农夫们改建农舍;他把每三户人家的房子按照三角形的布局连在一起。三座房子的中间竖起一根竿子,竿子上面挂着一只油漆过的鸟笼子和一面旗子。几乎他每天都要琢磨出一个新花样:有时用牛蒡叶来熬汤,有时把马尾剪下来给家仆做帽子;有时又盘算着用荨麻代替亚麻,有时又想用蘑菇来喂猪……然而,搞经济上的花样儿并不是他的唯一爱好;他也关心农夫们的福利。有一次,他在《莫斯科时报》上读到了哈尔科夫的地主赫里亚克——赫鲁皮奥斯基的一篇文章,谈到道德在农民日常生活中的作用,于是第二天,他就发布命令,要求所有的农民立即熟读吃透哈尔科夫地主的这篇文章,达到能背诵如流的程度。农民们熟读了这篇文章,主人问,他们懂不懂文章里所写的内容,管家回答说——怎么能不懂呢!大概就在那时候,为了维持秩序,便于实行经济上的核算,他吩咐给所有属下的农民编上号码,每个人的号码都缝在自己的衣领上。每每遇到主人时,每个农民都要这样大声叫着"某某号到!"主人便和颜悦色地回答"上帝保佑,你去吧!"。

然而,无论怎样地注重秩序和实行经济上的核算,叶列美奇·卢基奇还是逐渐陷入了极为困难的境地:起初,他把几个小村子抵押了出去,再到后来就不得不把它们卖掉了;最后的祖传的那片家园,就是那座没有建成大教堂的村子,是由政府拍卖的,所幸不是在叶列美奇·卢基奇在世时卖掉的——他一定经受不住这样的打击——而是在他死后的两个星期卖掉的。他总算还能在自己的家里、自己的床上寿终正寝,临死时,床前有自家人围绕着,由自家的医生照料着;可是留给可怜的邦捷列的却仅仅是一个贝松诺伏村了。

邦捷列得知父亲病危的消息时正在服役,正是前面提到过的"不愉快事件"最为热闹的时候。当时他只有十九岁,从孩提时代起他就没有离开过家,一直在他母亲的养育下长大。他母亲心地善良却又极端的愚蠢,名叫瓦西里萨·瓦西里耶夫娜,于是他长成了一个纨绔子弟。母亲一手包办他的教育,叶列美奇·卢基奇醉心于他的经济管理,无暇顾及儿子的教育。不错,也有一次他曾经亲手鞭打过自己的儿子,原因是儿子错把字母 рцы(尔则)读成 αрцы(阿尔则)。但是,事实上那天叶列美奇·卢基奇内心中怀着深深的隐痛:他最好的一只狗撞死在树上了。但是瓦西里萨·瓦西里耶夫娜对邦捷列教育的关心,也不过仅仅是一次艰难的努力:她想方设法费尽周折为他请来一位家庭教师,一个名叫比尔科普夫的阿尔萨斯退役军人。直到她临死之前,她一看见比尔科普夫就像树叶般地颤抖。"唉,"她想道,"如果他不干了——那就糟糕了,我可怎么办呢?我到哪儿才能找到别的家庭教师呢?唉,这一个还是我费尽九牛二虎之力才从邻居那儿挖来的!"比尔科普夫是个精明的人,很快便利用自己的优越地位,拼命喝酒,从早到晚整天地昏睡。邦捷列结束了"学科课程",立刻就去服兵役。当时,他的母亲瓦西里萨·瓦西里耶夫娜已经不在人世,她是在这一重大事件发生的半年之前死于惊吓的:她梦见了一个骑熊的白衣人,胸前别着一个标记,上面写着"反基督者"。不久,叶列美奇·卢基奇也随着他的老伴儿去了。

一听到父亲病危的消息,邦捷列骑着马,一路上马不停蹄地火速赶回家,但是还是没有来得及见父亲最后一面。他完全没有料到,他居然从一个富有的继承人一下子突然变成了一个穷光蛋,他这个孝子是多么的吃惊啊!没有几个人能经得起这样的剧变。于是,邦捷列变得粗野冷酷起来,由正直、慷慨、善良而稍稍暴躁任性,变得莽撞而又傲慢;他不再与邻里来往了——他过于自负,羞于见富人,而又鄙视穷人——他对待所有的人都极端粗暴傲慢,甚至对地方当局的长官也不例外。他经常的口头语是:"我出身于世袭贵族。"有一次警察局局长没摘帽子就走进了他的房间,差点儿没被他开枪打死。当然地方当局也要报复,不放过他,也利用一切机会让他知道当局的厉害;不过大家还是颇有些怕他,因为他的脾气过于暴躁,一言不合,便拔刀决斗。他人稍有一点儿不同看法,切尔托普哈诺夫的两眼就骨碌碌地乱转,声音断断续续地"啊—啊—啊—啊,"他不顾死活地大声嚷嚷起来:"我豁出去不活啦!"简直是发疯了,谁也劝不住他。除此之外,他还是很清白的,是个好人,从没做过丁点儿坏事。当然,没有任何人去拜访他……尽管如此,他还是个心地善良的好人,甚至还有他自身的伟大之处:他路见不平便拔刀相助,容不得欺负与压迫,他还尽力保护自己的农夫。"什么?"他总是狂叫着捶着自己的头,"想碰一碰我的人,欺负我的人,哼!除非我不叫切尔托普哈诺夫了……"

吉洪·伊凡内奇·聂道比斯金不像邦捷列·叶列美奇那样,有着值得骄傲的家世。他的父亲出身于独院小地主家庭,经过四十年服役,才跻身于贵族阶层。世上有那么一种人,灾难与不幸总是像冤家对头那样紧紧地追逐着他们,老聂道比斯金就属于这一类人。从出生到死去整整六十年,这个可怜的人一直在同小人物所特有的一切贫困、疾病和灾难做斗争;为了维持生计,他苦苦地挣扎,却还是吃不饱,睡不好——他向人哀求,奔走忙碌,忧愁苦闷,筋疲力尽,花掉每一个戈比都心疼得发抖;他确实是为了服兵役而"无辜地"受尽折磨,但最终也没有为自己或是孩子们挣到起码的一块糊口的面包,就不知是死在阁楼上还是死在地窖里了。厄运就像猎狗追逐野兔一般地追逐了他一生。他是一个心地善良而又诚实的人,尽管他利用职务之便的确接受过一点点贿赂——从十戈比到两个卢布不等。老聂道比斯金曾经有一个孱弱的患肺病的妻子；也有几个孩子，幸而大多不久就死去了，只剩下吉洪和一个女儿。女儿名叫米特罗多拉，人送绰号叫"商家一枝花"，经历了许多可悲而又可笑的风流轶事之后，嫁给了一个退职的律师。在临死前，老聂道比斯金先生总算为吉洪谋到了一个事务所编外职员的差事；可是父亲一死，吉洪就立刻辞了职。无穷无尽的忧虑，对饥寒交迫所做的心力交瘁的抗争，母亲的哀愁与悲伤，父亲的劳碌和绝望，雇主和店主残暴的欺压——所有的这些，日复一日的痛苦和折磨，使得吉洪变得难以言状地胆怯：一看到上司的身影，他就像一只被捉住的小鸟那样发抖和失魂落魄。于是，他辞了职。大自然总是以漫不经心的，或许是有意戏谑的方式塑造着人们，赋予人们与其财产和社会地位极不相称的种种的才能和爱好：大自然以它特有的关爱，把吉洪，这个穷官吏的儿子塑造成为一个多愁善感，好吃懒做，性情温顺，乐于奉承的人——一个特别喜爱享乐，具有极其灵敏的味觉和嗅觉的人……大自然塑造完他之后，又加以精雕细琢，再让他靠吃酸白菜和臭鱼长大成人。噢，看哪，他这个大自然的产物总算长大成人了，并且开始了所谓的"生活"，接着闹剧就开始了。噩运，这个无休无止地纠缠折磨过老聂道比斯金的无情东西，又照样来折磨起儿子来了；显然它很乐于这样做。不过，它用不同的方法对待吉洪：它并不是虐待他，而是戏耍他。它从来不使他陷入绝境，也从来不让他遭受令人羞辱的饥饿的痛苦，可是却迫使他在整个俄罗斯到处漂泊流浪，从大乌斯提尤格到察列沃－科克沙伊斯克，从一个低贱羞辱和荒唐可笑的职位到另一个类似的职位；时而关照他去当吵闹不休脾气暴躁的贵族夫人的管家；时而安排他在富有却吝啬的商人家里做食客；时而派他去为一个留着英国式头发、眼睛鼓鼓的贵族绅士当私人秘书；时而又让他到一个养犬人家充当家仆兼小丑的角色……总之，噩运迫使可怜的吉洪一滴一滴地尝尽寄人篱下的涩辣的苦酒。他终生都在为游手好闲的贵族老爷们服务，为那些老爷们令人难堪的奇思异想和睡意蒙眬恶毒的烦恼服务。有好多次，他被一群客人尽情地戏谑耍弄之后，终于被放回到自己的房间时，他羞愧得满脸通红，眼睛里噙着绝望的泪水，发誓明天一定要悄悄地逃跑，到城里去碰碰运气，哪怕为自己谋个抄写员的差事也好，要不然，干脆饿死在街上算了！然而，首先，上帝没有赋予他力量；其次，他生性胆怯；那么第三，他到底怎样才能替自己去谋一个职位,他能去找谁帮忙呢?"他们是不会要我的,"这个不幸的人常常悲伤地躺在床上辗转反侧,不住地低声自语着,"他们是不会要我的!"于是,第二天,他重新又干起那些令他羞辱的差事。他的处境越发痛苦,其原因是对他关怀备至的大自然根本不肯赋予他做称职小丑的最起码的能力和天分。例如,他不擅长反披熊皮大衣跳舞,跳得筋疲力尽;他不擅长在旁边鞭子抽得啪啪作响的地方插科打诨,大献殷勤;如果要他赤身裸体地待在零下二十度的严寒里,他会冻感冒的;他的胃既无法消化掺有墨水和其他污物的酒,也无法消化加有醋的切碎的毒蝇蕈和红菇。若不是他最后的恩人、一个发了财的专利商人一时心血来潮,在自己的遗嘱里增添了这么几句话,吉洪的命运可真是前途未卜。那遗嘱中写道:"将我自己购置的别谢连杰耶夫卡村及其一切属地交与焦礼(即吉洪·聂道比斯金)并永远世袭所有。"几天以后,这位恩人在喝鲟鱼汤时突然中风死去。随之一时骚动纷纷。法院突然来人查封了死者的遗产。

亲戚们都集合到场了,打开遗嘱宣读了,人们开始寻找聂道比斯金。聂道比斯金来了。在场的大多数人都知道聂道比斯金在这位恩人家里扮演着什么样的角色;因此人们用震耳欲聋的喧叫和嘲讽的祝辞向他祝福。"看新地主,看呀,这就是我们的新地主!"其他继承人喊叫着。"嗯,真是有点那个,"一个有名的爱说俏皮话的人接着挑逗说,"一点没错……确确实实,这么说——肯定地说……真的就是那个……继承人!"人们哄堂大笑。聂道比斯金久久不敢相信自己如此的走运。人们把遗嘱拿给他看;他的脸涨红了,眯起了眼睛,挥舞着双臂,号啕大哭起来。在场众人的笑声变成了一片乱哄哄的喧闹声。因为别谢连杰耶夫卡村总共只有二十二个农奴,谁也不大可惜他;因此为什么不借此机会开开心呢?只有一个来自彼得堡的继承人,是一个长着希腊式的鼻子,有着高贵的面孔,仪表堂堂的男子,名叫罗斯季斯拉夫·阿达梅奇·施托佩尔。他忍不住侧着身子向聂道比斯金走过去,转过头傲气十足地看着他,说,"尊敬的先生,就我所知,"他表情轻蔑,以漫不经心的口吻继续说道,"您在可敬的费多尔·费多罗维奇家里不是充当逗笑家奴的角色吗?"这位彼得堡绅士的语言清晰、口齿伶俐、措词确切但又令人极度难堪。忐忑不安的聂道比斯金并没有听清这位陌生的先生到底说了些什么,但是在场的其他人便立刻都不再做声了。那个有名的说话俏皮的人谦恭地笑了笑。施托佩尔先生搓了搓手,又重复了一遍他的问话,聂道比斯金这才惊恐万状地抬起眼睛,张口结舌。而施托佩尔却刻薄地眯缝起眼睛,继续挖苦他。"我恭喜您啦,亲爱的先生,恭喜您啦,"他接着说道,"当然可以说,并不是任何人都愿意用这种方式给自己挣糊口的饭吃的,但是 de qustibus non est disputandum①,也就是说,萝卜青菜,各有所爱……对吗?"

有人在后面迅速而文雅地发出一声惊喜的尖叫。

"请跟我们说说,"受到众人笑声的巨大鼓舞,施托佩尔先生继续奚落道,"您到底有什么绝活,享有这份财富?不要嘛,不要怕难为情,告诉我们吧,就是说,在我们这儿,可以说都是自家人,en famille②,对不对,先生们,这都是 en famille③?"

施托佩尔对那个继承人,偶然发出了这句问话,只可惜他不懂法语,因此也只能哼出一阵支支吾吾含糊不清的赞许声。但是,另外一个继承人,一个额头上长着几块黄斑的年轻人却连忙接着说:"是的,是的④,确实如此。"

"也许,"施托佩尔先生又开口了,"您会把双腿翘起,立大顶用手走路?"

聂道比斯金难堪地环顾四周:每一个人的脸上都挂着不怀好意的微笑,每个人的眼睛都笑出了眼泪。

"也许您会像公鸡那样打鸣?"

人群四周发出一阵哄堂大笑,但随即又安静了下来,人们等待着施托佩尔的下一次发问。

"或许您会在鼻子上……"

"住口!"一声响亮刺耳的吼叫突然打断了施托佩尔的话:"你欺负这个可怜的老实人,难道一点儿不觉得害臊吗?"

众人们都回过头去看。门口站着切尔托普哈诺夫。他是这个已故商人的远房侄儿,所以也收到了亲戚聚会的请柬。在宣读遗嘱时,他像往常一样,一直高傲地远离众人站着。

---

① 原文为法语,意即"各人有各人的口味。"
② 原文为法语,"自家人"。
③ 原文为法语,"自家人"。
④ 原文为法语语音。

"住口,"他高傲地挺胸昂头,又重复了一遍。

施托佩尔迅速地转过身子,看到一个衣着寒酸、其貌不扬的人,就低声地问旁边的人(小心不为过):

"这是谁?"

"切尔托普哈诺夫——没有什么了不起的。"那人附在他耳边作答道。

施托佩尔立刻做出一副高傲的姿态。

"您是谁,竟敢在这里发号施令?"他拖着鼻腔说道,轻蔑地眯起了眼睛,"请问,您算个什么东西?"

切尔托普哈诺夫的怒火像碰到冒火星的火药一般顿时爆发起来,他怒火冲天,透不过气来。

"嗐——嗐——嗐!"他仿佛喉咙被掐住般地叫着,接着突然雷鸣般地吼叫起来,"我是谁?我算是什么东西?我是邦捷列·切尔托普哈诺夫,出身于世袭贵族,我的祖辈曾为沙皇效劳过,而你又是谁?"

施托佩尔脸色煞白,向后退了一步。他根本没有料到会遭到这样的回击。

"我这个人,我这个,我……"

切尔托普哈诺夫逼向前去,施托佩尔大惊失色,狼狈地连连后退,其他客人都连忙拥向这个暴跳如雷的贵族。

"决斗,决斗,马上在一块手帕的距离间决斗!"怒气冲冲的邦捷列咆哮着,"否则向我道歉——对,也得向他道歉——"

"还是向他道歉吧,道歉吧!"惊慌失措的继承人们在施托佩尔周围嚷嚷着,"要知道他是个疯子,他会立刻动刀子把你杀死的!"

"请您原谅,请您原谅,怪我不知深浅,"施托佩尔连忙结结巴巴地道歉,"我是真的不知好歹……"

"也得向他道歉!"不肯罢休的邦捷列高声叫道。

"我也请您原谅,"施托佩尔又对聂道比斯金说,而聂道比斯金正像患疟疾一样浑身颤抖着。

切尔托普哈诺夫这才安静了下来,他迈着大步走向聂道比斯金,拉着他的手,勇敢地环顾四周,没有接触到任何敢于对视的目光,就在一片鸦雀无声的沉寂之中带着死者选定的别谢连杰耶夫卡村的新主人昂首阔步八面威风地走出了房间。

从那一天起,他俩再也没有分开过。(别谢连杰耶夫卡村距贝松诺伏村只有八俄里)聂道比斯金的满腔感激之情立刻变成了谦卑的仰慕。怯懦顺从且不十分纯洁的吉洪拜倒在勇敢无畏公正无私的邦捷列的脚下……"他可真了不起,"有时他暗自佩服着,"就那么直盯着省长的脸,跟他谈话……天啊,就敢那么看着他!"

他对邦捷列感到不可思议地惊奇,对他赞叹不已,把他看成极为出色、绝顶聪明、博学多识的人。不可否认,切尔托普哈诺夫受的教育尽管怎样少,但是比起吉洪所受的教育来,可以算是多得多了。的确,切尔托普哈诺夫没有读过几本俄文书,法语也是一知半解,错误百出——竟然糟糕到这样的程度:有一次一位瑞士家庭教师问他,"先生,您会讲法语吗①?"他回答道:"热②不会。"他想了一会儿,又补充说道:"巴③。"不过,他总算还知道世界上有一个非常聪明的作家伏尔泰,他还知道普鲁士国王腓特烈一世在军事上是一个出类拔萃的指挥官。在俄罗斯作家中,他崇拜诗人杰尔查文④,也喜欢作家马尔林斯基⑤的作品,他曾经给他最好的一条雄狗取名叫作阿马拉特·贝克⑥。

我与这两位朋友有了一面之交之后,过了几天,便到贝松诺伏村去拜访邦捷列·叶列美奇。他家的小房子坐落在离村庄半俄里的一片荒地上,也就是所谓的"空旷的地上",好像是一只鹞鹰立在耕地上,从很远的地方就看得见。切尔托普哈诺夫的整个庄园只有四间大小不同的破旧房屋,也就是厢房、马厩、库房和浴室。每间房屋互不相连,独自一体;周围既没有大门,也没有栅栏。我的马车夫犹豫再三,才在一口井边停住车子,那井已经淤塞,井栏的一半已经腐烂;库房附近有几条瘦瘦的毛发蓬乱的灵猩小狗正咬着一匹死马,大概就是叫作奥尔巴桑的那匹马;其中一条小狗扬起血糊糊的嘴巴,急匆匆地狂吠几声,又低头重新去啃吃死马那裸露的肋骨。死马的旁边站着一个年约十七岁的男孩子,饥黄的面孔浮肿着,穿着一件

---

① 原文为法语。
② 法语"我"的音译。
③ 法语否定的语助词,Je ne comprends pas,即"我不会",他想说"不会"却漏掉了"pas"。
④ 杰尔查文(1743—1816),俄罗斯古典主义诗人。
⑤ 马尔林斯基(1797—1837),俄罗斯浪漫派作家。
⑥ 阿拉马特·贝克是马尔林斯基代表作《阿拉马特·贝克》中的主角。

仆人衣服,赤着脚;他正恪尽职守地精心照看那些归他看管的狗,时不时地用鞭子抽打着那些最贪吃的狗。

"你家老爷在家吗?"我问道。

"谁知道呢!"那男孩子回答说,"您自己敲门去问吧。"

我从马车上跳了下来,走到厢房的台阶跟前。

切尔托普哈诺夫先生的住房看上去显得破败不堪:圆木已经发黑,"挺着肚子"似的向前凸出着;露出的烟囱也已坍塌;房屋的角落歪斜着,潮湿得发霉;屋顶上垂下木条,在低垂的屋顶下面,几扇小小的黑乎乎的窗户就像衰老的荡妇的眼睛,显得难以形容地萎靡。我敲了敲门,没有人应声。可是我明明听到门里面有刺耳的声音:"а、б、в;算了吧,真是笨蛋,"一个嘶哑的声音说:"а、б、в、г……不对! ……г、д、e! e! ……算了吧,笨蛋!"

我又敲了敲门。

还是那个嘶哑的声音喊道,"进来吧,是谁呀?"

我走进了狭小的空荡荡的前厅,通过敞开的门,看到了切尔托普哈诺夫本人。他身穿一件油乎乎的布哈拉长衫和一条宽大的灯笼裤,头戴一顶小小的红色圆便帽。他正坐在一把椅子上,一只手搂紧一条小狮子狗的脸,另一只手拿着块面包,伸在狗鼻子上面。

"啊!"他自负地招呼道,但仍然坐着,没有起身站起,"欢迎光临,见到您真高兴。请坐。瞧,我正忙着与文佐尔打交道……"接着,他又提高嗓门喊道,"吉洪·伊凡内奇,过来吧,有客人来了。"

"就来,就来,"吉洪·伊凡内奇在隔壁房间应声回答道,"玛霞,把领带递给我。"

切尔托普哈诺夫重新又转向文佐尔,把那块面包放在它的鼻子上。我环顾四周。除了一张有十三条桌腿长短不齐的、桌面高低不平的、能拉开的桌子,还有四把已经坐坍了的麦秸椅子,房间里再没有什么其他的家具了。多年没有粉刷的白墙上,现出一块块蓝色的星星点点,墙上好多地方的墙皮也已脱落。两扇窗子中间,挂着一面破镜子,木镜框漆成了红色,镜面已经模糊得照不清人影。墙角立着几支长管猎枪;天花板上垂挂着又粗又黑的蜘蛛网。

"а,б,в,г,д,"切尔托普哈诺夫慢条斯理地重复着这几个字母,突然狂怒地吼叫起来:"e! e! e! e! ……你这个笨畜生!"

但是这条倒霉的狗只是抖动着身子,却始终不打算张开嘴巴念出声来,它依旧坐在那里,痛苦地蜷着尾巴,歪扭着脸沮丧地眨巴着眼睛,又眯起眼睛,好像暗自在说:"当然,随您的便吧!"

"来,吃吧,快来!叼住!"喋喋不休的地主又说道。

"您已经把它吓坏了。"我说。

"嗯,那么,就让它走吧!"

他踢了狗一脚。这条可怜的生灵慢慢地站了起来,丢下鼻子上的面包,好像十分委屈似的,蹑手蹑脚地向前厅走去。的确是委屈它了:陌生的客人第一次造访,主人竟这样对待它!

隔壁的房门轻轻地打开了,聂道比斯金先生满面春风地鞠着躬走了出来。

我站起身来鞠了一躬。

"不敢当,不敢当。"他含含糊糊地客气道。

我们都落了座。切尔托普哈诺夫到隔壁房间去了。

"您到我们这里已经有很长时间了吧?"聂道比斯金用柔和的声音开始说话了。为了显得有礼貌,他把手指放在唇边按了一会儿,手遮住嘴巴小心地咳了几声。

"已经有一个多月了。"

"唔,是这样。"

我们静默了片刻。

"这些天,天气真好,"聂道比斯金接着又说道,他充满感激地看看我,仿佛天气好是由于我的缘故,"可以说,庄稼是长得好极了。"

我附和地点了点头,我们又沉默了一会儿。

"昨天邦捷列·叶列美奇用猎狗捉到两只野兔,他很高兴,"聂道比斯金没话找话地吃力地说,显然是想努力活跃谈话的气氛,"真的,先生,那兔子好大啊。"

"切尔托普哈诺夫先生的猎狗还好吧?"

"好极了!那是最棒的猎狗,先生,"聂道比斯金兴奋地回答说,"可以说,那简直是全省最好的,真的。"(他向我凑近了一些)"哎呀,邦捷列·叶列美奇是多么了不起的一个人啊!他只要希望得到什么——他只要脑子里想到什么,立刻就能做到什么;甭管做什么事,都是劲头十足。邦捷列·叶列美奇,我告诉您……"

这时,切尔托普哈诺夫走进了房间。聂道比斯金笑了笑,不再说下去,他用眼神向我示意,要我看着刚进屋的人,似乎在说:"人在这儿,您自己看看就知道了。"

很快,我们又聊起了打猎。

"要不要给您看看我的猎狗?"切尔托普哈诺夫问着我,还没等我回答,便喊来了卡尔普。

一个壮实的小伙子走进门来,他身穿一件浅蓝色衣领的绿色土布外衣,钉着仆人制服的纽扣。

"告诉福姆卡,"切尔托普哈诺夫断断续续地说道,"叫他把阿马拉特和萨伊加牵来,要收拾得干干净净的,听懂了吗?"

卡尔普满脸堆笑,含含糊糊地答应一声,走出门去。福姆卡露面了,他头发光滑地梳着,衣服紧紧地束着,足蹬长筒皮靴,牵着几条猎狗。出于礼貌,我违心地对这几条愚蠢的畜生大大赞美了一番(灵猩猎狗都是愚蠢透顶的)。切尔托普哈诺夫还朝阿马拉特的鼻子吐了几口唾沫,但他这样做根本没有引起这条狗的丝毫欢愉。聂道比斯金走上前来,也从后面抚摸着阿马拉特。我们又闲聊起来。不知不觉中,切尔托普哈诺夫的态度慢慢地变得随和了,他不再发脾气摆架子,也不再目中无人地哼着鼻子,他的面部表情变了。他一会儿瞥了瞥我,一会儿又瞧了瞧聂道比斯金。

"嗨,"他突然喊叫起来,"怎么要她一个人单独坐在那儿呢?玛霞!嗨,玛霞!过来吧!"

隔壁房间传来有人移动的声音,但是没有人回应。"玛霞,"切尔托普哈诺夫又亲昵地重复着,"到这儿来,没有关系,不用怕。"

门轻轻地推开了,一个大约二十岁的细高苗条的女子出现了,她长着一张茨冈人的黝黑的脸,一双棕黄色的眼睛,一条乌黑的发辫,一排又大又白的牙齿,在丰满红润的嘴唇里闪亮着。她身穿一件白色连衣裙,披着一条浅蓝色披肩,披肩用一枚金别针在领口处系住,半遮着她的纤秀、健美的手臂。只见她带着乡村女子常见的腼腆羞涩的神态朝前迈了两步,低着头,静静地站着。

"来,我来介绍一下……"邦捷列·叶列美奇说,"说她是我的妻子,又不能算是妻子,但是跟妻子没什么两样。"

玛霞微微地红了脸,局促不安地笑了笑。我向她深鞠一躬。我很喜欢她。她那小巧的鹰钩鼻,半透明的张开的鼻孔,高挑的眉毛,勾勒出刚毅的轮廓,苍白凹进的面颊——整个脸庞显现出奔放的激情和桀骜不驯的勇敢。在她盘好的发辫下面,细细的两缕发亮的头发垂在宽宽的脖子上——象征着她的血统和活力。

她走到窗前坐下了。我不愿意让她感到更加窘迫,就有意跟切尔托普哈诺夫聊起来。玛霞微微转过头来,皱眉蹙额,满怀羞涩地、偷偷地、迅速地朝我瞥了瞥。她的目光像蛇信子一般闪现着。聂道比斯金坐在她的身边,悄悄地在她耳畔说着些什么。她又微微地笑了。她微笑时,鼻子稍稍向上翘着,上嘴唇也翘了起来,那表情既像猫一样温柔,又像狮子那样刚强。

"啊,你就像一棵'含羞草'。"我想道,同时也暗暗打量着她那娇美灵巧的身材,凹凸不平的胸脯,还有她那生硬而快捷的动作。

"喂,玛霞,"切尔托普哈诺夫问道,"是不是应该拿点儿东西来招待客人,啊?"

"我们有蜜饯。"她回答说。

"好,就把蜜饯拿到这儿来,顺便再拿些伏特加酒来。还有,你听我说,玛霞,"他在玛霞背后喊道,"把吉他也拿过来。"

"拿吉他干什么?我不想唱歌。"

"为什么呢?"

"我不愿意唱。"

"嗯,哪会呢?你是会愿意唱的,只要……"

"什么?"玛霞皱起眉头,急忙问道。

"只要请你唱嘛。"切尔托普哈诺夫说完这句话,显得有些尴尬。

"噢!"

她走了出去,很快端来了蜜饯和伏特加酒,然后又在窗边坐下。看得出她的额头上仍然横着一条皱纹,两条眉毛时而高挑着,时而垂下来,好像黄蜂的触须。不知读者注意过吗,黄蜂那凶狠的面孔?"嗯,"我想到,"暴风雨就要来了。"我们的交谈几乎停止了。聂道比斯金强作笑脸,一声不吭;切尔托普哈诺夫喘着粗气,涨得面红耳赤,瞪大着眼睛;我已经打算离

273

去了……突然玛霞站起身来,猛地一下推开窗户,探头窗外,怒气冲冲地朝着一个过路的农妇大声喊着,"阿克西尼娅!"那农妇一惊,想转过身来,却滑了一跤,扑通一声重重地摔在地上。玛霞仰起身子,快活地哈哈大笑;切尔托普哈诺夫也笑起来;聂道比斯金兴奋地尖叫着;我们大家全都精神一振。一个闪电过后,暴风雨就停止了……天气又放晴了。

半个钟头以后,谁都认不出我们了;我们像孩子一样嬉笑打闹着。玛霞玩得最为尽兴;切尔托普哈诺夫贪婪的目光简直无法从她身上挪开。玛霞的脸色越发苍白,鼻孔张大,眼睛忽而熠熠闪光,忽而黯然失色。这个乡村女子玩得最为痴迷。聂道比斯金移动着他那短粗的两条腿,像公鸭追随母鸭那样跟在玛霞的后面蹒跚着。就连文佐尔也从前厅的板凳底下钻出来,站在门口,看着我们玩耍,倏然跳将起来,汪汪地吠叫着。玛霞飞奔到另一间屋子,拿来了吉他,一把从肩上扯下披肩,很快地坐定,抬起头,开始唱起茨冈歌曲来。她的歌声响亮而颤动,发出有裂纹的玻璃铃似的颤音,时而激扬,时而低婉。歌声使人内心中充满着甜蜜与恐怖的交织之感。"啊,燃烧吧,诉说吧!……"切尔托普哈诺夫也跳起舞来。聂道比斯金跺着脚,跳着细碎的舞步。玛霞宛如火中燃烧的桦树皮,全身扭动着;她那纤细的手指在吉他上灵巧地拨动着,她那黝黑的脖颈儿在两串琥珀项链下面微微地起伏着。有时她突然沉寂下来,疲惫不堪地坐着,好像不再愿意拨动琴弦了。随之切尔托普哈诺夫也站住了,只是在原地倒换着双脚,耸动着肩膀,而聂道比斯金则像中国瓷器人儿那样摇晃着脑袋;有时玛霞又像发狂一般站直身子,昂首挺胸,放声歌唱,而切尔托普哈诺夫又照样蹲下身去,然后朝天花板高高地纵身跳起,还像陀螺那样转动着身子,嘴里高喊着"跳啊!"……

"快跳啊,快跳啊,快,快!"聂道比斯金的声音像绕口令那样急切地随声叫着。

天色已经很晚了,我才离开贝松诺伏村。

切尔托普哈诺夫的最后日子

一

我到邦捷列·叶列美奇·切尔托普哈诺夫家拜访以后,大约过了两年光景,他就开始倒霉了——真正遭难了。在这以前,他也遇到过一连串不如意的事、挫折,甚至不幸,但他并不在意,照旧"我行我素,唯我独尊。"他遭到第一桩灾难,即,使他最痛苦的,就是玛霞离开了他。

她在这个家里,看来,相处已经惯熟了,到底是什么原因使她抛开这个家,这不好说。切尔托普哈诺夫直到临死,始终坚信,玛霞变节的原因,是受到一个年轻的邻居的勾引,他是一个退役的枪骑兵大尉,绰号叫亚富。照邦捷列·叶列美奇的话说,他所以博得玛霞的芳心,是因为他不住地拈胡须,用油膏把头发擦得锃光明亮,不时地嘘出意味深长的哼——嗯声。不过,说句公道话,玛霞的出走,倒不如说,是她血管里有流浪成性的茨冈人的血液。不管怎么说,总之,一个夏日黄昏,玛霞把她的一些小零碎儿收拾收拾,打成一个小包带上,出了切家的大门走了。

这之前,玛霞一连两三天,坐在屋子角落里,好像一只受伤的狐狸似的,哆哆嗦嗦,紧偎着墙;她不言不语,对谁也不搭理;只是不住骨碌碌转动眼珠儿,在沉思,在考虑;有时拧起眉毛,有时咧嘴微嗔,又徐徐扬起手臂,仿佛要挡住自己。这种"情绪",她以前也有过,但向来只是一阵儿便过去了。切尔托普哈诺夫对这一点是知道的,因此,他并不担心,也不去打扰她。有一天,他的猎犬师告诉他说,他最后剩下的两只猎狗死了,他去了狗棚一趟回来的时候,遇见女仆,那女人声音颤抖地说,玛利亚·阿金菲叶夫娜叫她向他问好,祝他幸福,她以后不会再回来了。切尔托普哈诺夫听了,在原地打了两个转,一阵嘶哑吼叫,立刻奔出,去追逃女,随手抓起手枪带在身边。

他在离他家两俄里的地方追上了她,那里靠近一片白桦林,是去县城的大路。夕阳西下,低悬天陲;骤然间,落霞把四周的树林、草地和原野映照得一片通红。

"你是去找亚富嘛! 找亚富!"切尔托普哈诺夫一看见玛霞,哼哼着大声说,"找亚富啊!"他反复说,几乎是一步一跌地向她跑去。

玛霞停住脚步,向他扭过脸来。她背着阳光站在那里——因此,黑影遮着她的全身,她变得仿佛是乌木雕成的似的。她的白眼珠特别分明,像银色扁桃仁一般,因而,瞳孔也显得更黑了。

她把小包撂在旁边,两手交叉胸前。

"你要去亚富那里,贱货!"切尔托普哈诺夫重复道,想要揪住她的肩膀,可他,一遇上她的目光,就六神无主了,犹犹疑疑地待在原地不敢动了。

"我不是去亚富先生那里,邦捷列·叶列美奇,"玛霞平静地小声回答,"可是,我不能跟您再住在一块了。"

"怎么不能? 这是为什么? 难道我有什么地方对不住你吗?"

玛霞摇了摇头。

"您没有什么地方对不住我,邦捷列·叶列美奇,只不过我在您家住腻了,心里苦闷……感谢您过去对我好,可再待下去——决然不能了!"

切尔托普哈诺夫悚然一惊,不禁用两手拍一下大腿,跳了起来。

"这从哪里说起? 好好地住着,住着,过着安乐、幸福的日子,现在突然间,苦闷起来,说,住腻了! 说,我离开他算了! 抓起头巾,头上一包——一走了之。你受到的尊敬和爱戴并不比女主人差呀……"

"我并不稀罕这些。"玛霞插口道。

"怎么不稀罕? 从一个浪荡的茨冈女人,变成了女主人、太太——不体面吗? 这哪里不好? 你这下贱野种! 这事咋能叫人相信? 这里面尽是背叛,变节!"

他又低声叱责道。

"我过去和现在,从来没有想到过对你变节,"玛霞声音响亮而又清晰地说,"我已经对你说过:我厌烦了。"

"玛霞!"切尔托普哈诺夫一面大声叫着,一面用拳头捶自己的胸脯,"唉,别这样了,得了吧,你折磨得我好苦啊……唉,够了!真是的!你想想:吉洪会说些什么,你至少得可怜可怜他吧!"

"请你代我问候吉洪·伊凡内奇,对他就说……"

切尔托普哈诺夫摆摆手。

"不,你撒谎——你走不了!一定是你的亚富等得你不耐烦了!"

"亚富先生,"玛霞正要说下去……

"什么亚富先生,"切尔托普哈诺夫学着她的腔调说着"先生"两个字,"他是一个地地道道的骗子,老奸巨猾的人,你看他那副长相,活像一只猴子!"

切尔托普哈诺夫跟玛霞纠缠了整整半个小时。他一会儿向她靠近,一会儿又跳了回来,一会儿抡起拳头想要打她,一会儿又向她弯腰鞠躬,哭哭啼啼,骂骂咧咧……

"我待不下去了,"玛霞反复申说着,"我苦闷极了……厌烦得要命。"她的脸上渐渐露出冷漠的几乎是昏昏欲睡的表情,使得切尔托普哈诺夫问起她:是不是有人给她喝了麻醉剂?

"苦闷啊。"她说了不下十次。

"那么,我来杀死你,好吗?"他突然一声叫喊,从口袋里掏出手枪来。

玛霞微微一笑,她的脸色活泛、明亮起来。

"也好,打死我吧,邦捷列·叶列美奇,随你的便。回?我是不回去了。"

"不回去吗?"切尔托普哈诺夫扣起了扳机。

"不回去了,亲爱的。这一辈子不回去了。我的话是不折不扣的。"

切尔托普哈诺夫突然把手枪塞进她手里,坐在地上。

"唉,还是你把我打死吧!没有你,我不想活了。我使你厌烦了——我对世上的一切都感到厌倦了。"

玛霞弯腰捡起自己的小包裹,把手枪搁在草地上,使枪口远离切尔托普哈诺夫,然后,靠近他身边坐下来。

"唉,亲爱的,你何苦这样伤心呢?难道你不了解我们这般茨冈女人吗？我们的脾气生来就是这样的,风俗习惯呗。只要'离别'这个苦闷的念头一来,灵魂马上被召唤到遥远的地方去了——哪里还能待得住呢？请你记住你的玛霞——这样的女友你再找不到第二个了,我也不会忘记你呀,亲爱的;可是,我们共同生活已经完结了。"

"我一直爱着你呀,玛霞。"他两手捂着脸,话语从手指头缝里,喃喃地说出来。

"我也爱你啊,我的心上人邦捷列·叶列美奇!"

"我一向爱着你,现在还疯狂地爱着你,爱得神魂颠倒。我这会儿想,你好端端地过着日子,忽然无缘无故地抛开我,四处去流浪——难免叫我觉得,如果我不是一个苦命的穷光蛋,你大概不会抛弃我吧。"

玛霞听了这话,只微微冷笑了一下。

"你以前,不是说我是不贪钱财的女人嘛!"她一面说,一面抬手在切尔托普哈诺夫的肩上拍了一下。

他从地上一跃而起。

"啊,至少你得从我这儿拿点钱呀——身上没有一文钱,怎么行呢?最好:你还是把我打死吧!我清清楚楚地告诉你:你干脆把我打死吧!"

玛霞又摇摇头。

"打死你? 亲爱的,干吗我要被流放到西伯利亚去呀?"

切尔托普哈诺夫浑身一阵哆嗦。

"原来你只为这个,为了怕服苦役呀……"

他又趴在草地上。

玛霞默默不语,站在他跟前。"我心疼你,邦捷列·叶列美奇,"她又叹口气说,"你是一个好人哪……可没法子啊! 别了,再见吧!"

她转过身去,向前迈了两步。夜幕降临了,到处是苍茫冥冥的阴影。切尔托普哈诺夫急忙站起来,从玛霞的身后抓住她的胳膊肘。

"你就这样走了吗,你这没良心的? 去找亚富吗?"

"再见啦!"玛霞意味深长地、语气坚决地重说一遍,挣脱身子,走了。

切尔托普哈诺夫望着她的背影,跑到放手枪的地方,一把抓着手枪,举手瞄准,开了一枪……可他在扣扳机之前,却事先把手朝上一举:那颗子弹从玛霞头顶上咝咝掠过。她一边照旧走着,一边回过头来望望他——慢慢腾腾、摇摇晃晃,好像嘲弄他似的,继续向前走了。

他捂着脸——拔腿跑开了……

可是,他还没有跑过五十步远,突然,像钉子钉在那里似的,站在那里,呆若木鸡。一阵耳熟的、十分熟悉的声音向他传来。玛霞在唱歌。"青春哟,美好的时光啊,"她唱道。每个音节清晰地四处飘散在暮色苍茫的天空中——辛酸、凄凉而又热烈激昂。切尔托普哈诺夫侧耳细听,歌声渐渐地远去;忽而像是消失了,忽而又飘过来,隐隐约约刚能听见,不过,缕缕情韵还是那么热烈……

"她这是故意气我呢,"切尔托普哈诺夫不禁想道,但他马上又痛哭失声,哼哼起来:"唉,不对,她是在向我永远诀别呀!"他的泪珠儿簌簌夺眶而出了。

第二天,他来到亚富先生家里。亚富先生是交际老手,他受不了乡村生活的孤独寂寞,所以住在县城里。照他自己说是:可以多多"接近小姐们"。切尔托普哈诺夫没有见到亚富,据他的仆人说,头一天,他去莫斯科了。

"这就对了!"切尔托普哈诺夫怒不可遏,大声叫道,"他们之间有密约;她跟他跑了……别忙,等着瞧吧!"

他不理会仆人拦阻,闯进了那位年轻骑兵大尉的书房里。书房里,沙发上头,悬挂着身穿军服的主人油画肖像。"嘿,原来你在这儿,你这秃尾巴猴儿!"切尔托普哈诺夫一阵咆哮,跳上沙发,举起手来在紧绷绷的画布上狠狠打了一拳,在上面戳了个大洞。

"告诉你那坏小子主人,"他对仆人说,"因为长着那副丑恶嘴脸的家伙不在跟前,贵族切尔托普哈诺夫这才毁了他的画像;如果他想找我决斗,他知道到哪里去找切尔托普哈诺夫!或者,我自己来会他!就是到天涯海角,我也会奉陪这个卑鄙下流的猴儿!"

切尔托普哈诺夫说完,从沙发上跳下来,大摇大摆出门去了。

但是,骑兵大尉并没向他寻衅,要求决斗——他甚至在任何地方再也没有碰见过他——而且切尔托普哈诺夫也无意去寻找自己的仇人了,所以,他们之间并没有出事。玛霞本人从此也下落不明,杳无音信。切尔托普哈诺夫开始酗酒,但是,不久,就"清醒"过来,戒了。然而,此时此际,他又遭到第二次不幸的打击。

二

  这次打击来自：他的最亲密的知心朋友——吉洪·伊凡内奇·聂道比斯金死了。在他去世前两年，他的身体就不好起来：他得上了喘病，总是昏昏沉睡，醒来后，好大一会儿神志还不清楚。县医生说：他患了"轻度中风"。在玛霞出走前的三天期间，也就是她感到"苦闷"的那几天里，聂道比斯金就病倒了，躺在自己贝塞林杰叶夫卡村子里，他得了重感冒。玛霞的这种行为，使他大吃一惊——简直失魂落魄了，这件事对他的打击，几乎比对切尔托普哈诺夫还重。他生性素来温和、胆小，除了对自己的好友同情、惋惜与过分担心外，表面上他没有显出什么，可他心里，肝胆俱裂，彻底垮了。"她这可把我的心挖掉了"——他坐在自己心爱的漆布小沙发上，掰着一个个手指头，嘴里咕哝着。甚至切尔托普哈诺夫心情恢复正常以后，他，聂道比斯金精神仍没有复原，他依然感到"心里闷得慌。""喏，就是这儿不好受，"他指着自己胃上部的胸口，不住地这样说。就这样，他好不容易挨到冬天。严寒初至，他的喘病却轻了一些，然而，紧接着他便患上了真正的中风，而不是"小中风"了。他并没有马上丧失知觉，他还能认出自己的好友——切尔托普哈诺夫，并且，能听明白他的朋友在绝望地喊叫："喂，吉洪，你怎能跟玛霞一样，不经我同意，丢下我要走？"听了这话，他还能用僵硬的舌头回答："我，邦……列·叶……奇，永远，听……你……的话。"虽然如此，他终于来不及等县里医生来到，就在这一天死了。这位医生看到他刚刚冷却的骸骨，满怀人世无常、浮生若梦的感叹嗟伤，要求弄些"烧酒就咸鱼干"，借以浇愁罢了。不出预料，吉洪·伊凡内奇把家产遗留给了他最尊敬的恩公和心胸宽宏的保护人"邦捷列·叶列美奇·切尔托普哈诺夫"，但他这份产业并没有使他最尊敬的恩人得到多大好处，因为，不久，就被拍卖了——一部分钱是用以清偿建筑墓碑的开支，那是一尊塑像，乃是切尔托普哈诺夫（此处，显而易见，充分表现了他以尊长自居的习性）自作主张，建立在他好友遗骸之上的。这座雕像，是从莫斯科订购运来的，本应凸现一个正在祈祷的天使的英姿；但是，人家介绍给他的那个经销商，猜到外地乡下对于雕塑很少有人识货，便没有给他天使雕塑，却给他运来一尊花神，这座仙女像一直待在莫斯科近郊、叶卡捷琳娜朝代的荒废花园——不过,这尊雕像倒是十分精美,是罗可科风格①的。女神的小手肥嘟嘟的,头发蓬蓬松松,身腰袅袅婷婷,裸露的胸脯上嵌着玫瑰花瓣;可这尊雕像是那个经销商没花一文钱,白白弄到手的。直到如今,这尊神话中的仙女还立在吉洪·伊凡内奇的陵墓上,婀娜多姿地伸出一只小腿,模仿着蓬巴杜夫人②西子捧心、装腔作势、忸忸怩怩的样子,眼睁睁地凝视着在她身边漫步的小牛和羊群——它们原本是我们乡下墓茔的常客。

三

切尔托普哈诺夫失掉自己的挚友以后,又开始酗酒了,而且这一回厉害得多。他的境遇每况愈下,潦倒不堪了。他没有钱出去打猎了,剩下的一点钱花光了,最后的几个仆人也各奔前程了。邦捷列·叶列美奇完全孤独了:连谈话的人也没有了,更谈不到找人谈心、诉说衷肠了。只有一点,就是他的傲气丝毫未减。他的处境越是不好,他反而越傲慢,越自高自大,越跟人处不来,叫人难以接近。结果,他的性情完全粗暴起来。他剩下的唯一的安慰,唯一的乐趣,就是他的那匹出色的骏马。这是一匹灰色的、顿河种走马,给它起了个叫马列克—阿杰尔的名字,这的确是一头出类拔萃的好马。

他得到这匹马的经过是这样的:

有一天,切尔托普哈诺夫骑马路过邻村,他听见酒馆门口有一群农民在那里喧哗叫喊。这堆人群当中,有几个粗壮的手臂在同一地方不停地一举一落。

"那边出了什么事?"他用一个官长特有的口吻问站在自家小屋门口的老妇人。

这老妇人仿佛有点瞌睡,靠在门框上,迷迷糊糊地朝着酒馆方向望去。一个穿花布衬衫的浅头发男孩,袒露着胸口,胸前挂个木十字架,叉开两脚,握着小拳头,坐在两只草鞋当中;一只小雏鸡正在那里啄食硬邦邦的黑麦面包皮。

---

① 罗可科风格——十八世纪在西欧流行的建筑风格和装饰模式。
② 蓬巴杜夫人,是法国国王路易十五得宠的情妇。

"谁知道呢？老爷，"那老妇人答道，说着便弯下腰，把一只皱皱巴巴的黑手搁在小孩头上，"听说，我们那里的小伙子们正在揍一个犹太人。"

"打犹太人？什么样的犹太人？"

"谁知道他，老爷。我们这里来了一个犹太人，谁知道他是哪里来的？瓦夏，小家伙，到妈妈跟前来；嘘，嘘，贪吃的小鸡！"

老妇人轰走了小鸡，瓦夏过来抓着这婆娘的裙子。

"他们正在打他呢，我的老爷。"

"打他？为什么要打他？"

"不知道，老爷。看来，出了什么事呗。嗨，怎么能不揍他？老爷，正是他们犹太人把耶稣钉在十字架上的啊！"

切尔托普哈诺夫一声呐喊，在马脖子上抽一鞭子，奔向人群。他冲进人群之后，用鞭子左右开弓，朝着那些农夫乱打一气，一边断断续续地大声吆喝："恶霸行为……！擅自……打人！应按法律办事，怎能私……自……动刑！法律！法律！法……律！"

不到两分钟，人群向四处散开了，于是，酒馆门口空地上，现出了一个皮肤黑黑的、孱弱的、骨瘦如柴的小人儿，身上穿一件土布褂子，披头散发，衣衫破碎……他脸色苍白，眼珠上翻，嘴巴张着……怎么回事？是吓得晕过去了呢，还是真个儿死了？

"你们为什么把这个犹太人打死了？"切尔托普哈诺夫厉声大吼道，一边威慑逼人地挥动起鞭子。

众人发出微弱的嗡嗡声作为回答。有的农夫抱着肩膀，有的叉着腰，还有的人捂着鼻子。

"打得够狠的！"后排有人说。

"用鞭子打的呀，个个都动手了啊！"又有一个声音说。

"为什么把那个犹太人打死了？我要问问你们，你们这些疯疯癫癫的野蛮人！"切尔托普哈诺夫又问。

这时候，在地上躺着的那个可怜虫，猛然从地上站起来，跑到切尔托普哈诺夫身边，哆哆嗦嗦地抓着他的马鞍子。

人群中迸发出一阵哄然大笑。

"像猫那样，轻易打不死的！"后排又听得有人这样说。

"老爷，可怜可怜我，救救我吧！"这个不幸的犹太人用发音不准的俄语嗫嚅道,一面说,一面用胸脯靠在切尔托普哈诺夫的腿上,"不然,他们会打死我的,一定要把我打死,老爷!"

"他们为着什么事打你?"切尔托普哈诺夫问。

"真的不知道为什么……他们的牲口死了……他们就疑心……可我……"他又用语音错讹的俄语说。

"好,这事以后会弄明白的!"切尔托普哈诺夫打断了他的话,"你现在抓着马鞍子,在后面跟着我走。喂,你们,"他转身对着众人又说道,"你们认得我吗?我是地主邦捷列·切尔托普哈诺夫,在贝松诺伏村住,倘若你们认为不怹儿,那就告我的状吧,还可以告那个犹太人!"

"告什么状?"一个体面的白胡子老农深深鞠了一躬说道,他的样子,颇像古代的族长(然而,他打犹太人时,并不比别人手软),"邦捷列·叶列美奇先生,我们早认识您阁下;您教训了我们,多亏阁下劳神,万分感谢。"

"告什么状?"大伙儿接口说道,"我们自有办法来对付那个反基督的家伙!他逃不脱我们的手心!我们收拾他,就像收拾野地里的兔子一般……"

切尔托普哈诺夫撇着他的小胡子,哼了一声——便骑着马,缓缓回到自己村子里,那个犹太人跟在身后。他就这样从迫害者手里救了那个犹太人一命,与以前他救吉洪·聂道比斯金的方式,没有什么两样。

四

没过几天,切尔托普哈诺夫家里剩下的唯一的小厮,向他报告说,外边来了一个骑马的人,想找他谈谈。切尔托普哈诺夫出来,走到门口,看见了他熟识的那个犹太人,骑着一匹出色的顿河良种马,那马纹丝不动、趾高气扬地站在当院。那个犹太人光着头:他把帽子夹在腋下,两只脚没有放进马镫子里,却镫在拴马蹬的皮条里,他的大褂破破烂烂的下摆,奋拉在马鞍子两边。他一眼瞅见切尔托普哈诺夫,便吧嗒吧嗒咂起嘴唇来,连连扯起胳膊肘,晃摇起两腿来。可是切尔托普哈诺夫不但对他表示的敬意没有理睬,反而生起气来,他突然全身火冒三丈:这个卑贱下作的犹太人,胆敢骑这等高级优良的骏马……简直不成体统!

"嘿,看你这蠢货的丑恶嘴脸!"他大声喊道,"赶快下来,如果你不想叫人拖下来,扔进污泥里!"

这犹太人立即服从,笨手笨脚地从马鞍上爬下来,一只手抓住缰绳,满脸堆笑,深深鞠躬,向切尔托普哈诺夫跟前走来。

"你有什么事?"邦捷列·叶列美奇倨傲地问道。

"老爷,请您看看,这匹马怎么样?"犹太人一面说,一面不住地弯腰行礼。

"嗯,是匹好马,你从哪儿弄来的?说不定是偷来的吧?"

"哪能呢?老爷!我是一个老实巴交的犹太人,我不是偷来的,我是为老爷您操办来的,千真万确!嗨,我可费了不少心思,费了不少力气啊!您瞧这马!这样的好马,在顿河这一带无论如何是找不到第二匹的。老爷,您瞧,这匹马怎么样?!到这里来!吁……吁……马呀,扭过头来,转过身来!让我们把马鞍子卸下来。怎么样?老爷?"

"是一匹好马。"切尔托普哈诺夫也说,装出一副漠不关心的样子,其实,他的心怦怦跳得很厉害,快跳出胸口了。因为,他爱马如命,并且是一个懂马的大行家。

"那您,老爷,请您摸摸它的毛色,摸摸它吧!再摸摸它的脖子,嘻,嘻,嘻!对了。"

那切尔托普哈诺夫装模作样不大情愿似的,一只手放在马脖上,接着拍了两三下,然后用手指从脖子长鬣毛的地方,顺着脊背一直摸到马背上方的一块肉,很内行地在这里轻轻一按压。那马立时拱起脊梁,用它骄傲的黑眼珠向切尔托普哈诺夫斜视一下,喷了一气,抬起两只前蹄子交替踏起步来。

犹太人笑起来,轻轻地鼓起掌来。

"它在认主人了,老爷,认主人了!"

"嗨,不要瞎说,"切尔托普哈诺夫懊丧地拦住了他的话,"要说买你这匹马嘛……可没有钱,叫你送吧,我不但没有收过犹太人的礼,就是上帝的赠品也没得过!"

"您说哪儿去啦,我哪里敢送您什么东西呢!"那犹太人大声说道,"您可以买呀……至于钱嘛,我候着,以后再给呗。"

切尔托普哈诺夫低头想了想。

"你要多少钱?"最后,他哼哼哈哈傲慢地问了句。

犹太人耸耸肩膀。

"就照我买的价钱给吧,两百卢布。"

这匹马的价钱,比这个数目要多值两倍——也许,三倍。

切尔托普哈诺夫扭过脸去,使劲地打了个哈欠。

"那,什么时候付钱?"他紧皱着眉头,也不看那犹太人,发问道。

"看老爷什么时候方便,再给吧。"

切尔托普哈诺夫把头朝后一仰,但并没有抬起眼皮。

"这不算回答。你要说清楚点,你这蛮子的后代!难道说,我要欠你的人情?"

"好,这么着吧,"犹太人慌忙说道,"过六个月……行吗?"

切尔托普哈诺夫一声不吭,没作回答。

犹太人用心瞅着他的眼色:"行吗?让我把马牵进马厩里去吧。"

"你的马鞍子我不要,"切尔托普哈诺夫一顿一顿地说,"把鞍子拿走,听见了吗?"

"好,好,我拿走,我拿走。"犹太人满心欢喜咕哝道,随手把鞍子扛到肩上。

"至于钱嘛,"切尔托普哈诺夫接着说,"过六个月就给。不是两百,而是给两百五十。不要再说什么。两百五十,我对你说,这是我欠你的。"

切尔托普哈诺夫一直没有勇气抬起眼睛。他的傲气从来还没受过这等挫伤。"明摆着的,这是他送的礼物,"他寻思着,"这家伙是为了报恩,才送来的!"他真想拥抱这个犹太人,又想把他打一顿……

"老爷,"犹太人鼓足勇气,咧开嘴笑了,"照俄罗斯的习惯,衣襟下摆底下比划,该手递手亲自交给你吧?"

"你是咋想起来的?犹太人!说出来了俄罗斯的风俗习惯!喂,谁在那里?把马牵走,拉到马厩里。给它喂点燕麦。我马上就过来看它。记住:给它起个名字,叫马列克·阿杰尔!"

切尔托普哈诺夫刚要想登上台阶,突然转过身来,跑到犹太人身边,紧紧地抓住了他的手。那犹太人弯下腰来,撅起嘴唇正要吻他的手,可是切尔托普哈诺夫向后一闪,小声嘱咐道:"不许告诉别人!"随即走进门洞里去了。

五

　　从这一天起,切尔托普哈诺夫生活中,要做的最重要的事情,操心的主要对象,那便是照应马列克·阿杰尔了,同时,这马也是他唯一的乐趣。他爱它,比爱玛霞有过之而无不及;他亲它,比亲聂道比斯金更甚。这马也真是好样的!它性如烈火——简直像火药筒;它雍容庄重,如贵族一般;它不知疲倦,刻苦耐劳;让它去哪里,它都俯首听命;喂养它又不要什么花费:要是没得吃的,它会啃脚底下的泥巴充饥。它慢步走的时候——像抱住你那样平稳;走起来快步——又好像在摇篮里摇晃你;它奔跑起来,风也追不上它!它向来没有气喘过,因为身上气孔多;它的腿——简直是铁打钢铸的!它从来也没有绊倒过。至于跳沟、穿越栅栏,轻而易举,不当回事儿;并且,它还十分聪明!你叫它一声,它立刻昂头跑来;你叫它站住,自己尽管走开——它纹丝不动地站在那里;等你刚一回来,它便微微低叫一声,意思是说:"我在这里呀。"它无所畏惧:无论是最黑暗的地方,无论是在暴风雪中,它都能找到路径;它不让陌生人接近它,它张口用牙来咬。狗莫想近身,它用前蹄子照着额头一踢——扑通一声,那狗就得一命归阴!这是一匹有自尊心的马,鞭子不过是装饰品,在它头顶上挥挥罢了——可是不能碰它一下子!无须多说,总之,这是一个宝,而不是马!

　　切尔托普哈诺夫要是夸奖起马列克·阿杰尔起来,真是有声有色,赞不绝口!他是多么的关心它,多么爱惜它啊!它身上的毛,银子一般,闪闪发光,不是陈旧白色,而且崭新的、有乌黑光泽的颜色;用手掌在它身上摸摸,哪里是毛啊,简直是天鹅绒!鞍子、鞍垫、笼头——所有的马具都很配套,整齐、洁净、拿笔即可入画!切尔托普哈诺夫对它爱护无微不至,亲手给他宠物的鬃毛编辫子,用啤酒洗它的鬣毛和尾巴,甚至多次拿润滑油来擦它的蹄子……

　　常有这样的事:他骑上马列克·阿杰尔出门,并不到邻人家去——他仍然不同他们来往——而是穿过他们的田地,越过他们的宅院……他说,叫这般傻瓜在远处观赏我的马吧!或者,他忽然听说,某某地方有猎场——那是一位富裕地主张罗着到远郊野外去打猎,他立刻动身到那里,在远处地平线上显示矫健的驰骋骑姿,他那马的优美身姿和迅捷神速,惊得观望的人目瞪口呆,但他不许任何人靠近。有一次,有一个猎人带着全班随从追赶他;眼看切尔托普哈诺夫躲着他远远走开,他快马加鞭赶上前去,向他大声疾呼:"喂,你好好听着!把马卖给我,要什么都行!成千上万块钱也在所不惜!我把老婆给你,连孩子都给你!把我的全部财产都拿走吧!"

切尔托普哈诺夫突然勒住马列克·阿杰尔,那猎人飞马奔到他跟前。"爷们!"他大声嚷着,"你说,你想要什么?我的亲爹!"

"即使你是国王,"切尔托普哈诺夫从容不迫地说(其实,他有生以来还从没有听说过莎士比亚的名字),"拿你的全部国土换我的马,我也不换!"说罢,一阵哈哈大笑,把马列克·阿杰尔向上一拽,使它直立起来,后脚着地,陀螺似的在半空中转一个圈儿,然后疾驰而去!他骑着那马,在收割后的庄稼地里一闪一闪地跑去。那猎人(听说,是一位极富有的公爵),把帽子扔到地上,扑通一声趴倒,把脸埋在帽子里!就这样他在地上躺了半个多钟头。

切尔托普哈诺夫怎么能不把自己的马当作宝贝来珍爱呢?不是全靠这匹马,他又怎能凌驾于邻里之上,重新抖起明显的、最后的威风呢?

六

光阴流逝,付款的期限临近了。切尔托普哈诺夫手里不但没有两百五十块钱,连五十卢布也没有。怎么办呢?有什么法子呢?"也好,"他最后打定主意,"要是那个犹太人不给面子,不肯再等,我就把房子和田地都给他,我骑上那马,去天涯海角!宁肯饿死,也不能把马列克·阿杰尔给别人!"他心烦意乱,甚至失魂落魄、胡思乱想起来,就在这个当口儿,命运之神突然可怜起他来——这是从来没有过的第一次,也是最后一次——向他喜笑颜开:他的一个远房姑母——切尔托普哈诺夫连她的名字也弄不清楚——在遗嘱中留给他一笔款子,在他看来数目极大,足有两千卢布!这笔钱,如常言说的,来得正是时候:恰好在犹太人要来的头一天。切尔托普

---

① 莎士比亚有一部诗剧,名叫"理查三世",其中有一句:"来一匹马,来一匹马,拿我的王国换一匹马吧!"

哈诺夫欢喜得几乎发狂,但并没有想起喝酒:自从得了马列克·阿杰尔那天起,他已是滴酒不沾了。他跑到马厩里,吻吻他好友的鼻孔上方、马面的两侧,也就是马皮极其柔软的地方。"从现在起,我们不会再分离了!"他拍着马列克·阿杰尔的鬃毛梳得匀整的脖子,大声叫道。他回到房子里,把钱数出两百五十卢布来,包在一个纸包里。然后,他躺在床上,抽着烟斗,考虑怎样使用余下的钱——就是说,他要去买什么样的猎狗:要买真正的科斯特罗木纯种狗,并且一定得是长有红斑的!他竟然还同彼尔菲希卡谈了一会儿,答应给他买一件衣边镶着黄色丝带的新褂子,然后,心情十分舒畅地躺下睡了。

他做了一个不祥的梦:梦见骑马打猎去了,但是,骑的不是马列克·阿杰尔,而是一只类似骆驼的奇特牲口;这时,有一只雪白的狐狸迎面向他扑来……他想挥动长鞭打它,又想唆使猎犬追逐它,一看,手里拿的不是鞭子,而是一把树皮,那狐狸跑到他跟前,伸出舌头嘲弄他。他从骆驼上跳下来,绊了一跤,跌倒了……可他径直跌到宪兵怀里,这宪兵把他领到总督那里,他抬头一瞧,认出来这总督却是亚富……

切尔托普哈诺夫吓醒了……卧房里一片漆黑;晨鸡刚刚叫了第二遍……

远远的什么地方,有一匹马在嘶鸣。

切尔托普哈诺夫昂起头来……又听见马的细细的嘶鸣声。

"这是马列克·阿杰尔在叫!"他不由地想道……"这正是它的嘶叫声!可是,为什么这么远呢?我的老天爷!……莫非?这不可能……"

切尔托普哈诺夫突然透心冰凉,霍地跳下床来,摸索着找到靴子和衣服,穿好之后,从枕头底下抓到马厩的钥匙,向院子里奔去。

七

马厩在院子的后头,一堵墙朝外,对着田野。切尔托普哈诺夫没能一下子把钥匙插进锁里——他的手发颤——也不能马上扭动钥匙……他屏着气,一动不动地站了一小会儿:门里面要是有点动静就好了!"马儿列克,马儿列克呀!"他低声唤着:一片死寂!切尔托普哈诺夫把钥匙抽了一下,门吱呀一声开了……原来,没有锁住。他迈进门槛,又唤了一声他的马，这回叫出它的全名："马列克·阿杰尔！"但是这个忠实的伙伴儿没有应声，只听见老鼠在草堆里窸窣作响。马厩里有三栏马槽。这时，切尔托普哈诺夫闯进马列克·阿杰尔所待的马栏里。虽然四面黑得伸手看不见五指，他却一直扑到这个马槽跟前……那马槽空空荡荡！切尔托普哈诺夫的头蒙了，只觉得天旋地转；仿佛有一只钟，在头皮底下轰轰响起来。他想要说点什么，但只能发出哼哼唧唧的声音，他两手上下、左右地摸索着，气喘吁吁，屈膝弯腰，从一个栏槽房摸到另一个栏……又摸到干草几乎堆到屋顶的第三栏槽房，撞到一堵墙上，又撞着另一面墙，跌了一跤，翻了一个跟头，爬起身来，从半开半掩的门洞里，突然狂奔到院中……

"失盗了！彼尔菲希卡！彼尔菲希卡！失盗了！"他拼命大声呼喊。

小厮彼尔菲希卡一骨碌爬起来，只穿一件单褂，从他睡的贮藏室里奔出来……

主人和他唯一的仆人——两人如喝醉酒一般，在院子正中央碰头了；他们发狂似的，急得面对面在院子里团团直转。主人一下子说不清到底出了什么事儿，仆人也不明白主人叫他干什么。"坏啦！糟啦！"切尔托普哈诺夫喊喊喳喳叫着。"坏啦！糟啦！"仆人也跟着叫喊。"拿灯来！去，点灯！弄火来，火！"切尔托普哈诺夫终于从吓呆、僵硬的胸口挤出这句话来。彼尔菲希卡飞也似的跑进屋里。

然而，点灯、弄火，并不容易：那年代，黄磷火柴在俄罗斯还是稀罕之物；而厨房里的最后的火烬也早已熄灭了。火镰、火石好容易才找到，但是又不好用。切尔托普哈诺夫急得牙咬得咯咯地响，把这些东西从惊慌失措的彼尔菲希卡手中夺过来，亲自打火：火星乱迸，但迸出更多的是咒骂声和呻吟声——尽管四个鼓起的腮帮子和突出的嘴唇同心协力，使劲地吹，那火绒还是点不着，有时点着了又灭！终于，过了大约五分钟，至少是五分钟，才点着了放在破旧灯台底子上的蜡烛头。切尔托普哈诺夫，拔腿就跑，直奔马厩，身后跟着彼尔菲希卡，于是，他把灯笼高高举在头顶，向四周察看……全都是空荡荡的！

他蹿到院子里，跑遍了院子的四面八方，哪里也没有马！邦捷列·叶列美奇宅院周围的篱笆早已破烂不堪，好多地方歪歪扭扭，趴倒在地上……连着马厩的那段篱笆，足足有一尺的地方倒塌了。彼尔菲希卡把这块地方指给切尔托普哈诺夫看。

"老爷,朝这边看:白天不是这个样子。那里的木桩从地下露出了许多,一定是有人把它们拔出来的。"

切尔托普哈诺夫提着灯笼跳过来,在地上照来照去……

"马蹄,马蹄,马蹄铁掌的印儿,是蹄铁印儿,新鲜的印儿!"他叽里咕噜说得很快,"马是从这里牵出去的,从这里,这里!"

一眨眼,他翻过篱笆,大声喊:"马列克·阿杰尔!马列克·阿杰尔!"他一径向野地里跑去。

彼尔菲希卡迷惑不解地待在篱笆旁边。灯笼的光环很快便在他的眼前消失了,被没有星光、没有月亮的漆黑之夜吞没了。

切尔托普哈诺夫绝望地呼叫声隐隐传来,越来越微弱了。

八

他回转家来,天已黎明。他已不成一个人样子,衣服沾满了污泥,面色粗野,凶得怕人,目光阴郁、迟钝。他用低低的嘎哑声把彼尔菲希卡赶了出去,独自闭上房门了。他累得站不住脚了,但他不想上床躺下,便坐在门口椅子上,抓住了自己的脑袋。

"失盗了!失盗了!"

可是,这小偷到底是用什么巧计,从锁得严严实实的马厩里深更半夜把马列克·阿杰尔偷走的呢?何况,马列克·阿杰尔白天都不让外人接近它——怎么会没有一点响声、没有一点动静,就把它偷走了呢?连一只看家狗都没有叫,这该怎么解释呢?不错,看家狗总共才有两只,还是两只小狗,它们因为又冷又饿,早早趴在地上了——可是,总不会没觉察吧!

"马列克·阿杰尔没了,我该怎么办呢?"切尔托普哈诺夫寻思道,"现在,我失去了最后的欢乐——该死的时候到了。好在有钱,再买一匹马吧?可是,上哪儿去找这样好的马啊?"

"邦捷列·叶列美奇,邦捷列·叶列美奇。"门外传来一声胆怯的喊叫。

切尔托普哈诺夫从床上一跃而起。

"谁呀?"他喊道,声音都变了。

"是我,您的小厮,彼尔菲希卡。"

"什么事?是不是马找到了?跑回家了?"

"不是,邦捷列·叶列美奇;是那个犹太人,卖它的那个人……"

"怎么?"

"他来了。"

"呵,呵,呵,呵,呵!"切尔托普哈诺夫大声叫着,霍地一下把门打开,"把他拉到这儿来!拉来!拉来!"

那个犹太人,站在彼尔菲希卡背后,当他看见突然出现面前的"恩人"头发披散、粗野凶狠的模样,吓得想要溜走;可是切尔托普哈诺夫一个箭步追上他,像老虎似的钳住了他的喉咙。

"啊,要钱来了!要钱来了!"他吼道,声音嘶哑,好像是别人掐住了他自己的喉咙,而不是他掐住了别人,"夜里偷了马,白天来要钱?是不是?嗯?"

"您说哪儿去啦,您……老爷……"犹太人哼哼道。

"你说,我的马在哪里?你把它藏到哪儿去了?卖给谁了?你说,你说,说呀?"

犹太人连呻吟也不能了,脸色紫青,恐怖的表情也不见了。他的两手放下,僵直地耷拉着。切尔托普哈诺夫猛烈地摇着这犹太人的身子,向前向后,摇来摇去,像摆弄一根芦苇一般。

"钱,我付给你,我如数给你,一文不少,"切尔托普哈诺夫大声嚷嚷着,"要是你不马上告诉我,我要掐死你,就像掐死一只最瘦的小鸡一样……"

"您已经把他掐死了,老爷。"小厮彼尔菲希卡恭敬小心地说。

到了这时,切尔托普哈诺夫才如大梦初醒明白过来。

他松开犹太人的脖颈,犹太人咕咚一声栽倒地上。切尔托普哈诺夫把他拉起来,扶他坐到凳子上,向他喉咙里灌了一杯烧酒——使他恢复知觉。等他苏醒之后,便跟他谈起话来。

原来,这犹太人对马列克·阿杰尔的被盗,一无所知。他又何苦把这匹马偷走呢——本来是他特意弄来给"最尊敬的邦捷列·叶列美奇"的。

于是,切尔托普哈诺夫领着他到马厩里去。

他们两人一块查看了马栏、牲口槽、门上的锁,翻开干草和麦秸堆,然后,出来到院子里;切尔托普哈诺夫指指篱笆旁边的马蹄印儿,叫犹太人看,突然把自己的大腿一拍。

"等等!"他大声叫道,"你在哪里买的这匹马?"

"在小阿尔汉格尔斯克县的费尔霍新斯克马市上买的。"犹太人答。

"向谁买的?"

"从一个哥萨克人那儿。"

"别忙,等等!这个哥萨克人是年轻的,还是年老的?"

"是个中年人,老实巴交的一个人。"

"是一个什么样的人?相貌怎么样?恐怕是一个滑头的骗子吧?"

"想必是一个骗子,老爷。"

"这个骗子对你是怎么说的——这马他养得很久了吗?"

"记得,他说,这马他养得很久了。"

"嗯,不会是旁人,就是他偷的!你琢磨琢磨,喂,站到这儿来,……你叫什么名字?"

这犹太人身子抖了一下,抬起他那黑眼珠盯住切尔托普哈诺夫。

"你问我,名字叫什么?"

"嗯,是的,你的大号叫什么?"

"莫歇尔·列伊拔。"

"嗯,列伊拔,我的好朋友,你是个聪明人,你想一想:除了旧主人以外,谁能制服马列克·阿杰尔呢?他还得给它套上鞍子、戴上嚼口,褪下马披哪,瞧,马披丢在干草堆里啦!……那人简直像在自个家里一样,干得那么顺手!如果不是它的旧主人,要是任何一个外人前来,马列克·阿杰尔会用蹄子把他踩死的!它会大声嘶鸣,闹得全村人心惶惶!你看,我说得对吗?"

"说得对,说得对,老爷……"

"这么说,首先得把这个哥萨克人找到!"

"怎么能找到他呢?老爷,我总共才见他一面——现在他在哪里,他叫什么名字,我一点也不知道,唉,呀,呀!"犹太人接着说,忧愁苦恼地抖动着他的长发。

"列伊拔!"切尔托普哈诺夫猛然吼叫起来,"列伊拔!你睁眼好好瞧瞧我!我已经失去理智,我控制不住自己了!……如果你不帮我的忙,我可要自杀了!"

"可我怎么才能……"

"跟我一块走,咱们去找那个贼!"

"我们上哪儿去找呢?"

"到各个集市上,到所有通衢大道,到小路边,到盗马贼那里,到城市中,到乡村去,到田庄——天涯海角,到处去找!至于钱,你不用操心:老弟,我得了一笔遗产!哪怕花完最后一文钱,也要找到我的贴心朋友!那个坏蛋,那个哥萨克人逃不出我们的手心!他到哪里,我们就追到哪里!他钻进地下,我们也钻地下!他去找魔鬼,我们就去找撒旦!"

"嗨,干吗要去找撒旦呢?"犹太人说,"不必和他打交道。"

"列伊拔!"切尔托普哈诺夫紧接着又说,"列伊拔,你虽然是个犹太人,你的信仰人所不齿,可是,你的心灵比有的基督徒还好得多!请你可怜可怜我吧,我一个人不能去,我一个人办不好这事儿!我是一个暴躁的人,可是你有头脑,脑子很聪明!你们那个种族就是这样:不学,自通!也许,你犯嘀咕:说,他哪儿来的钱?来,跟我到房间里去,我把我的钱都拿出来让你看看。把钱都拿去吧,连我脖子上的十字架也拿去吧——只要给我把马列克·阿杰尔找回来,找回来,找回来啊!"

切尔托普哈诺夫发疟疾似的哆嗦着,汗珠如雨一般从脸颊上流下来,和眼泪混在一起,流到胡须里不见了。他握着列伊拔的两只手,恳求他,差一点吻起他来……他简直癫狂了。犹太人本来想要拒绝他:告诉他,他绝不能离开这里,他还有事呢……怎么能行呢!切尔托普哈诺夫连听也不想听他的。没有法子,可怜的列伊拔只好答应了。

第二天,切尔托普哈诺夫和列伊拔坐上一辆农家大车,从贝松诺伏村上路了。犹太人的样子显得有点难堪,一只手扶着车栏,他那孱弱的身体在颠簸的车座上一上一下地跳动;另一只手按着胸怀——那里揣着一沓用报纸包着的钞票;切尔托普哈诺夫像木偶似的坐在那里,只管不停地转动眼珠,胸脯一起一伏深深喘着气;他腰里插着一把短剑。

"哼,你这拆散我们的坏蛋,现在你小心点儿!"当大车上了大道的时候,他喃喃地咕哝道。

他把家,托付给小厮彼尔菲希卡和一个厨娘,这厨娘是个耳聋的老妇人,是他出于怜悯,发善心把她收养过来的。

"我一定要骑上马列克·阿杰尔才回来见你们,"告别的时候,他对他们大声说,"否则,我就永远不回来了!"

"最好你还是嫁给我吧,好吗?"彼尔菲希卡用胳膊肘顶顶厨娘的身腰,开玩笑说:"反正我们不见得能等到老爷回来了,不然,真要苦闷死了!"

九

一年过去了……整整一年:邦捷列·叶列美奇杳无音信。厨娘死了;彼尔菲希卡也打算丢下这个家,动身到城里去。他有一个堂兄弟在一个理发师那里当学徒,招引他去。忽然传来一个信儿,说主人要回来了!乡下教区的执事收到了邦捷列·叶列美奇本人一封亲笔信,信上说,他准备不久就回到贝松诺伏村来,托收信人先关照他的仆人一声,叫他们料理好接待工作。彼尔菲希卡认为这些话,是让他把家里灰尘稍稍打扫一下罢了,并不十分相信这消息是正确的;及至过了几天,邦捷列·叶列美奇本人骑着马列克·阿杰尔大摇大摆来到自己宅院里,他才终于相信执事的话是一点儿不假了。

彼尔菲希卡急忙跑到主人跟前,拢住鞍镫,想帮主人下马;但主人自己纵身跳下,神色飞扬地向四周一瞥,得意地大声叫道:"我不是说过,我一定要找回来马列克·阿杰尔吗?我终于找到了,让仇人气死吧,让命运服我吧。"彼尔菲希卡向他走来去吻他的手,可是切尔托普哈诺夫对他的热情好意没有理睬。他拉着缰绳,大踏步把马列克·阿杰尔牵进马厩里。彼尔菲希卡留心仔细看了看主人——暗自惊慌道:"这一年当中,他瘦多了,老多了,脸色显得那么吓人、严厉!"邦捷列·叶列美奇似乎应当高兴起来,因为,照他的话说,他终于如愿以偿;是啊,他的确很高兴……不过,彼尔菲希卡总觉得胆怯,甚至感到害怕。切尔托普哈诺夫把马拴在从前的老槽栏里,轻轻地拍一下马的后背,说道:"啊,你又回到家里了!以后要小心点啊!……"当天,他从没有纳税义务的孤身贫苦农民中,雇了一个可靠的看守人,重新在家里安顿下来,照旧过着从前的生活……

然而,和过去的生活并不完全照旧……容在后面加以说明。

邦捷列·叶列美奇回来后的第二天,把彼尔菲希卡叫到跟前,把寻找马列克·阿杰尔的过程讲给他听(因为,家里再没有别的可谈的人),当然,仍然不失自己的尊严,而且说话的声音低沉缓慢。切尔托普哈诺夫讲的时候,脸朝窗口坐着,托着长烟管吸旱烟;彼尔菲希卡站在门口,两手放在身背后,毕恭毕敬地望着主人的后脑勺,听主人一五一十地讲:邦捷列·叶列美奇如何在多次白费力气和四处奔走之后,终于来到罗姆内的马市上,这时候,只剩下他独自一人了;那犹太人生性怯懦,忍受不住,逃跑了。挨到第五天,他准备离开了,他最后一次来到一排排的大车中间,忽然发现三匹马里面,有一匹拴在燕麦草料袋上的马,正是马列克·阿杰尔!他立刻认出了它,那马也认出了他,开始嘶鸣,跳腾,并且用马蹄子刨地。

"可这马,并不是在哥萨克人手里,"切尔托普哈诺夫继续说,仍然对着窗口没有扭过头来,照旧低声絮说着,"而是在一个茨冈人马贩子那里;当然,我立刻要讨回自己的马,并且想用暴力把它夺回来;可是,那鬼头茨冈人,像烫着了似的,大喊大叫起来,闹得整个市场上都听得见,他对天发誓,说这匹马是从另一个茨冈人那儿买来的,并且要找人来对证……我不睬他,把钱照付给他:去他的吧!对我最重要的是,我找到了我的好朋友,精神上得到安慰,心定了下来。要知道,在卡拉契夫县里,还出了这么一回事儿:我听信犹太人的话,认错了一个哥萨克人,把他当成小偷了,我打了他几个嘴巴;谁知这个哥萨克人原来是个牧师的儿子,这家伙要我赔偿名誉损失,硬勒索走一百二十卢布。没关系,钱还可以挣来,重要的是,马列克·阿杰尔重新又回到我身边了。我现在幸福了,可以安安稳稳地过日子了。你呀,彼尔菲希卡,我交给你一个任务:万一你在附近周边看见那个哥萨克人,你一分钟也不要耽搁,一句话也别说,马上跑过来给我拿枪,我知道,怎么来对付他。"

这是邦捷列·叶列美奇如此这般跟彼尔菲希卡说的一番话;尽管他嘴里这样说,可他心里,并不像他说的那样的踏实。

呜呼哀哉!他内心深处,并不完全相信他领回来的马,千真万确正是马列克·阿杰尔!

十

邦捷列·叶列美奇艰难的日子来到了。就是说,他很少有安宁快乐的时候。固然,确有美好的日子:那时候,他觉得心里疑神疑鬼是荒唐可笑的,他像驱赶那烦人的苍蝇一样,把这种怪诞的想法丢开,他不禁自嘲,感到这样的念头很可笑。然而,不好过的日子同样有:顽固的念头又悄悄地出来折磨、搅扰他的心灵,像地板下面的老鼠那样烦人,于是他心里暗暗地痛苦不堪。只有在找到马列克·阿杰尔之际难忘的那一天,切尔托普哈诺夫才感到独一无二的幸福和快乐……可是,当他在失而复得的宝马身边过了一夜,第二天一大早在小院里低矮的屋檐下替它上鞍子的时候,第一次有件什么东西刺痛了他的心……他只不过摇了一下头——然而种子已经栽下了。回家途中(这一路他走了将近一个星期),这种怀疑的杂念出现得并不多;然而,他一回到自己的贝松诺伐村,一来到他从前的、不容置疑的马列克·阿杰尔的住处,这种疑虑便强烈起来,明显起来……回家路上,他骑着马,多半是一步一步地、摇摇晃晃地缓行,一路上四处眺望,口含短烟管吸着旱烟,什么也不想;除非,偶尔他心里想道:"切尔托普哈诺夫这号人,说到,就做得到! 不信吗?"想到这里,脸上现出得意的笑容;啊,一到家里,情况就不同了。这一切,他当然是瞒在自己心里;单单是自尊心,就不容许他露出一点恐慌的神色。不管是谁,即使拐弯抹角地暗示出:新的马列克·阿杰尔看起来不像原来的那匹,他就会把那个人"撕成两半截";有时,他碰巧遇见不多的几个熟人,会向他祝贺"找回失物,吉祥如意",他接受他们的好意;但他尽量地、比从前更加避免同外人接触——这不是好兆头! 他几乎经常不断地在考查检验(如果能用这类字眼来表达的话),这一个马列克·阿杰尔;他骑着这马到很远的野外去试它;或者偷偷地来到马厩,关上门,站在马头前面,直盯盯地望着它的眼,悄悄问道:"你是我的马吗? 你是吗? 你是吗?"或者一声不响地瞅着它,一连几个钟头目不转睛地望着,有时心花怒放,自言自语喃喃道:"对! 是它! 当然就是它!"有时,又迷糊了,甚至惶惶不可终日。

这个马列克·阿杰尔和原来那匹体形上的不同,并不太使切尔托普哈诺夫感到烦恼,尽管稍微有点差异:那匹马的尾巴和马鬃的毛显得稀疏些,耳朵尖些,蹄腕骨短点,眼睛亮点——但这只是表面看来如此。使切尔托普哈诺夫惶遽不安的是,这两匹马所谓精神气质上的差异:那匹马的生活习惯不是这样的,癖性完全不同。例如,只要切尔托普哈诺夫一进马厩,那匹马列克·阿杰尔总是抬起头来,四下张望,并且轻轻嘶鸣,而这匹只管若无其事地嚼自己的草,或者垂头欲睡。当主人跳下鞍子下马的时候,不错,两匹都站住不动;但是,主人一叫,那匹立刻应声而来;而这一匹像木桩一般,依然呆呆地站在那里。那匹跑得同样地快,但是跳得更高更远;这匹慢走的时候,还算悠然自如,可是一快跑,就浑身摇晃,有时蹄铁"松动"——就是说,后蹄碰撞前蹄,嘭嘭价响;那匹向来没有这种丑态——千真万确!切尔托普哈诺夫似乎觉得,这匹马老是竖起耳朵动弹,一副蠢相;而那匹完全不是那个样子:把一只耳朵向后一拧,用这样的姿势观察主人!那匹,一旦发现它身边不洁净,马上用后蹄子撞槽房的隔栅;而这匹却毫不在乎,哪怕在它肚子上倒粪也无所谓,那匹,如果叫它顶风站着,它立刻用肺部深深吸气,全身扑棱棱地抖动,而这匹只不过打打响鼻而已;那匹碰到下雨潮湿天气就心烦气躁;而这匹满不在乎……这匹蠢笨好多,蠢得很!就连风度也不如那匹,驾驭起来不大顺手——唉,不必说啦!那匹马很讨人喜爱——而这匹呢……

这就是切尔托普哈诺夫心里有时的想头。这些想法使他深感苦恼。然而,其他时候,他在刚刚开垦的田野里纵马狂奔,或者放它跳进冲毁的深谷,然后让它从最陡的地方跳上来,这时候他高兴得心醉神迷,嘴里不禁大声呐喊,此时此刻,他认为,他的确认为,他身下的坐骑是真正的、不容置疑的马列克·阿杰尔,因为别的马怎么能够完成这匹马所做的动作呢?

然而,这当中也难免有罪过和倒霉。费了很长的时间,去寻找马列克·阿杰尔,切尔托普哈诺夫用去了很多钱;至于要买科斯特罗木良种猎犬的事儿,他已不再想望,他只好和从前一样,孤身一人骑着马在附近晃来晃去。一天早晨,切尔托普哈诺夫在离开贝松诺伏村约五俄里的地方,又遇上了公爵打猎的大队人马——就是一年半前他在人家跟前抖过威风的猎队。碰巧,又出现了那种情况:这天和那天一样,一只灰兔从山坡上田间窄道底下,连蹦带跳蹿到猎狗脸面前!"捉住它!捉住!"猎队大队人马飞奔过去,切尔托普哈诺夫也飞跑过来,不过没同他们一起,而是向一边,离他们二百步之遥,和以前那时候一样。一条巨大的水沟斜着将山坡切断,越到高处,渐渐越窄,挡住了切尔托普哈诺夫的去路。他必须跳过这条水沟,才能过去——一年半之前,他确曾骑那匹马跳了过去——这里约有八步宽,两俄尺深浅。切尔托普哈诺夫预感到他会取胜——妙不可言的再次胜利,他挥动马鞭,得意扬扬地大声欢笑——猎队的猎人一边狂奔,一边注视着这个勇猛的骑士。他的马箭一般地飞去,水沟就在眼前了——来,来,一跃而过,和那时一样……

可是,马列克·阿杰尔猛然急急收步,向左一闪,尽管切尔托普哈诺夫扭着它的头转向水沟,它却置之不理,管自沿着陡岸飞奔而去。

它胆怯了,看来,对自己失去信心了!

这时候,切尔托普哈诺夫怒羞满面,差一点哭了出来,他放开缰绳,驱马向前,把马赶到远处山上,离开那帮猎人远远的,但求不至听到他们的嘲笑声,但求快点躲开他们可憎的目光!

马列克·阿杰尔两肋带着鞭伤,口中吐着白沫,跑回家来,切尔托普哈诺夫把自己关进房里,不露面了。

"不对,这不是那匹马,不是我的好友!那匹马即使摔死,也不会出卖我,叫我丢人!"

十一

下面一件事,使切尔托普哈诺夫忍无可忍,陷入所谓"绝境"。有一天,他骑上马列克·阿杰尔,穿过贝松诺伏村教区的礼拜堂外围僧侣村的后院。他把羊毛高筒皮帽子拉到眼边,弯着腰,两手垂在鞍桥上,慢慢地驱马前行,他心里很不痛快,情绪恍惚不安。忽然,有人叫他。

他把马勒住,抬头一看,只见和他通信的那个教堂执事正在那儿。这位祭坛执事褐色的头发编成了辫子,头上戴着一顶褐色风帽,身上穿一件浅黄色土布褂子,腰底下扎着一条天青色的带子,他出门来是为了查看他的"柴火垛"的。他一看见邦捷列·叶列美奇,认为理当向他表示敬意,同时,顺便可以向他打听点什么消息。众所周知,要是没有这种存心用意,宗教界的神职人员是不肯同凡人讲话的。

可是切尔托普哈诺夫没有心思去应付执事,他似理不理地向他回了一礼,喃喃地哼了一声,就要挥动鞭子一走了之……

"您的马是多么高贵呀!"教堂执事急忙接着说道,"确实值得引以为荣。真的,您是一位绝顶聪明的大丈夫,简直是一头狮子!"教堂执事善于花言巧语,使得没有口才的神父相形见绌(连烧酒也浇不开他的舌头),十分苦恼。"一头好端端的牲口,被恶人使用奸计失掉了,"教堂执事继续说,"可您一点也不泄气,反而更加相信神的旨意,又弄一匹马来,一点也不比以前的那匹差,甚至要更好些……因为……"

"你胡说些什么?"切尔托普哈诺夫阴沉着脸打断了他的话,"哪里来的另一匹马?明明正是原来那一匹;就是这匹马列克·阿杰尔,我把它找回来了。胡乱多嘴些什么……"

"嘿,嘿,嘿,嘿!"教堂执事拉长腔调慢吞吞地说,一面用指头捻着胡子,一面用明亮贪婪的眼睛瞪着切尔托普哈诺夫,"您说到哪儿去了,先生?我记得,您的马,是去年圣母节后约两周时候,被人偷走的,现在是十一月底了吧。"

"嗯,那又怎么样?"

教堂执事仍然只管用指头捻弄胡子。

"说起来,打那时起,到这会儿,过去一年多了,你的马那时候的毛色是苍灰带有圆圆斑点的,现在仍然是这样,甚至颜色好像深了一些。这是怎么一回事?灰色的马匹,过了一年,毛色往往要淡许多呀。"

切尔托普哈诺夫浑身一颤……仿佛有人用长矛朝他的心口刺了一下。对呀,马匹的灰颜色的毛色是要变浅的!这么简单的一个概念,他以前怎么没有想到呢?

"该死的长辫子!走开!"他猛然大喝一声,两眼愤怒地炯炯闪光,倏地从惊呆的教堂执事眼前迅速消失了。

"唉,一切都完了!"

确实,现在一切都完了,一切都垮了,最后的一张牌,出来也打输了!"毛色要变淡"这句话,一下子使得一切破灭了!

灰色的马的毛色是要变淡的!

蹦吧,跳吧,可恶的东西!你跳不出这句话的含义!

切尔托普哈诺夫飞奔到家,又锁上门,关在房中了。

十二

这匹孬种驽马并不是马列克·阿杰尔,它和马列克·阿杰尔没有一点共同的地方,任何一个稍有头脑的人一眼就能看出这一点,可他,邦捷列·切尔托普哈诺夫,却用最下作的方法欺骗了自己——不是的!是他故意存心欺骗自己,制造云雾,蒙蔽自己,不过,现在一切都毫无疑义了!切尔托普哈诺夫在房间里踱来踱去,走到每堵墙前,便用同样的姿势旋转脚跟,真像笼子里的野兽一般。自尊心使他痛苦不堪,然而,不仅是受伤的自尊心的疼痛在折磨他:而是他内心充满绝望,愤恨填膺,复仇的渴望在胸中燃烧。然而,要反对谁呢?找谁复仇呢?向犹太人复仇,向亚富,向玛霞,向教堂执事,向偷马的哥萨克人,向所有的邻居,向全世界,乃至向自己?他脑子乱了,糊涂了。最后一张牌也打输了!(他喜欢用这个比喻。)他又成了一个最渺小的、最下贱的人,大众的笑柄,滑稽小丑,要命的傻瓜,教堂执事嘲笑的对象!!他设想着,他清楚地设想:这个蓄辫子的可恶家伙如何对别人讲起这匹灰色马,讲起它的愚笨的主人……唉,该死!切尔托普哈诺夫虽想控制满腔怒火,也是枉然;他也曾想说服自己,这匹……马虽然不是马列克·阿杰尔,可还是一匹不错的好马,可以为他效力多年,更是白费:他怒不可遏地打消这个念头,似乎这种想法对那个马列克·阿杰尔含有新的侮辱,何况他早已认为自己对不住那匹马……可不是吗!他真是瞎了眼,糊涂透顶,才把这匹瘦老的驽马和马列克·阿杰尔同等看待!至于说,这匹驽马还可以为他效力,……难道他有朝一日还想屈尊骑它吗?绝不,永远不!……倒不如把它给了鞑靼人,喂狗吃了——没有别的用处了……是啊,这才是最好的办法!

切尔托普哈诺夫在自己的房间里踱了两个多钟头。

"彼尔菲希卡!"他突然大声吩咐道,"马上去酒馆,弄半桶烧酒来!听见了没有?半桶,快些!马上把烧酒摆到我桌子上。"

烧酒顷刻之间便摆上邦捷列·叶列美奇的桌面上了,于是,他喝起酒来。

十三

那时,如果有谁看看切尔托普哈诺夫,如果亲眼见着他那阴郁恶狠的样子——一杯接连一杯地喝酒,那人一定会不由自主吓得毛骨悚然。夜色朦胧,桌上的蜡烛发出暗淡的光。切尔托普哈诺夫不再从房间的这角走到那角,他坐在那里,满脸通红,目光昏暗,时而望着地板,时而一个劲地凝视着黑洞洞的窗口;他站起来,给自己倒上酒,一饮而尽,又坐下去,依然把眼睛盯住一个地方,一动也不动了。只是呼吸紧促起来,脸色更红了。似乎,他已胸有成竹了,这决心起初使他着慌,心神不安,但是,渐渐地习惯了;同一个念头义无反顾地、不停地迫近眉睫,同一个形象越来越清晰地出现在眼前,而他心里,在醉醺醺的酒力强劲压迫下,愤怒已转变成兽性的残忍,一种凶兆的冷笑浮现在他嘴唇上……

"嗯,时候到了!"他用一种认真的、几乎不耐烦的语调说,"事不宜迟!"

他喝完最后一杯酒,从床头拿出来手枪——就是他向玛霞射击过的那支手枪,装好子弹,又把几个弹筒放进口袋里——"以防万一",便到马厩去了。

他正要开门的当儿,那个看守人赶快向他跑来,但他向他喝道:"是我!难道你没看见?走开!"看守人闪到一边。"睡你的觉去吧!"切尔托普哈诺夫又向他吼了一声,"这里用不着看守了!看什么稀罕物、宝贝!"他走进了马厩。马列克·阿杰尔……冒牌的马列克·阿杰尔正卧在干草铺垫上。切尔托普哈诺夫上来就踢它一脚,说:"起来,没用的东西!"然后从牲口槽上解开马笼头,把马衣脱下,扔在地上。粗暴地把这匹温驯的马从马栏里掉过头来,牵它到院子里,从院里又牵到野外,弄得那个看守人不胜惊讶,怎么也不明白,主人三更半夜牵着不戴口铁的马到哪儿去呀?问他吧,又不敢问,只好睁大两眼目送他,直到他在通往附近树林的大路拐弯处看不见了身影。

十四

切尔托普哈诺夫大踏步向前走去,一路不停,也不回头;马列克·阿杰尔(让我们沿用这个名字,称呼它到头)顺从地跟随着他。夜色明朗;切尔托普哈诺夫能够分辨前面一片黑压压密林的齿形轮廓。他喝了很多的酒,受到夜晚寒气一吹,很可能会醉意昏沉,如果不是……另外一种更强烈的沉醉迷了他的心窍的话。他的头发沉,喉咙里和耳朵里的血轰轰地向上冲,但他仍然稳步前进,心里清楚该朝哪里走。

他决心把马列克·阿杰尔打死;他整整一天一直在琢磨这桩事儿……现在,他下了最后的决心!

他去做这事,不但泰然自若,而且心安理得,义无反顾,就像某某人要去尽自己的一份责任似的。这个"把戏",在他看来,很"简单",毁掉这个冒牌马儿,他就一下子清算——了断"一切"了,也可以惩罚自己的愚蠢行为,同时又能对自己的真正的老友谢罪,还可以向整个社会上表明(切尔托普哈诺夫非常在乎"整个社会"),戏弄他是不成的……但,最关键的是:他要同这个冒牌家伙同归于尽,因为,他再没有什么精神寄托可继续活下去了!这件事如何在他脑中谋划形成,为什么在他看来这件事很简单——想要解说清楚是不大容易的,尽管并非完全不可能:他备受委屈,孤身一人,形影相吊,没有亲人,并且身无分文,加之,喝醉了酒,热血沸腾,他已处于精神错乱的边缘;毫无疑问:在精神失常人的眼里,连最荒唐的行径,也有他们那种逻辑,甚至根据。切尔托普哈诺夫完全相信自己有充分的理由;他毫不犹豫,匆忙去对罪人执行判决,然而并不十分清楚:他所称的罪人到底是谁?……老实讲,他对自己要做的事,很少仔细考虑过。"必定要结果它,结果它,"他只是冥顽地、狠心地对自己不住地说这句话,"必定得结果它!"

而那个无罪的所谓罪犯,顺从地迈着小碎步跟在他身后……然而,切尔托普哈诺夫心灵深处,并没有一点怜悯同情之感。

十五

他把那马牵到树林边缘附近,那里横斜着一条不大的溪谷,谷里半边长满小橡树丛。切尔托普哈诺夫下了溪谷……马列克·阿杰尔绊了一跤,差一点跌在他身上。

"你想压死我呀,该死的!"切尔托普哈诺夫大声喊道,仿佛想自卫,从口袋里掏出手枪来。他的感情已不是残酷,而是麻木,据说,一个人在犯罪之前往往被这种麻木感情所控制。这时连他自己的声音也使他恐怖——在黑黝黝的树丛枝叶覆盖下,在林中溪谷的腐败、窒闷的潮气中,这声音听起来多么野,多么怪啊!更何况,还有一只庞然大鸟,在他头顶树梢上振翅乱跳起来,意在回应他的喊叫……切尔托普哈诺夫身子一颤。他仿佛惊动了他要犯事的见证人——那人在哪里呢?在这样一个偏僻的荒郊野外,他不可能碰见任何一个有生命的活物……

"去吧,畜生,随你到哪里去吧!"他放开马列克·阿杰尔的缰绳,嘴里含糊地喃喃着,用枪托使劲地打了一下马背。马列克·阿杰尔立即后转,从山谷里爬上来……迈腿跑了。它的蹄声,不久,就听不见了。风刮起来了,搅混了并淹没了一切声音。

切尔托普哈诺夫自个儿也慢悠悠地从谷底攀登上来,走到林边,沿着大路缓缓走去。他对自己很不满意;他头脑中,心里,都有一种沉重感,并且,扩展到四肢上来;他走着,怒火中烧,阴沉着脸,愤懑不满,饥肠辘辘,好似有人侮辱了他,夺去了他的东西,食物……

被人妨碍、计划未遂的自杀者,是懂得这样的感觉的。

突然,有件什么东西,在他两肩中间后背上撞了一下。他回头一看……原来是马列克·阿杰尔站在大路中央。它是跟在主人身后走来的,它用嘴碰了碰他……报告他来了……

"哈!"切尔托普哈诺夫喊叫起来,"你,你自己来找死啦!我成全你!"一眨眼工夫,他拔出了手枪,扳动枪机,把枪口对准马列克·阿杰尔的额头,开了枪……

那可怜的马儿,急急向旁边一歪,用后腿像人一般直立起来,又跳出十来步之外,猛然扑通一声笨重地倒下,在地上抽搐地打滚,发出嘶哑的叫声……

切尔托普哈诺夫用两手捂住耳朵跑开了。他的两腿发软了。他的昏醉、仇恨、愚笨的自信——一下子飞到九天云外了。剩下的只有羞辱和丑恶的感觉——还有一种认识,这认识明白无误,这一次他使自己也完蛋了。

十六

差不多过了六个星期,一天,区警察局局长路过贝松诺伏村的地主宅院,小厮彼尔菲希卡认为他有责任必须拦住他。

"你有什么事?"这个治安警察问道。

"大人,劳您驾请到我们家来一趟,"小厮深鞠一躬答道,"邦捷列·叶列美奇快要死了,我很担心。"

"怎么?快死了?"警察局局长反问。

"是啊。起初他天天喝酒,这会儿已卧床不起了,瘦得很厉害。我觉得,他现在已不大懂人事了。完全不会讲话了。"

警察局局长下了马车。

"那么,起码你得去请神甫吧?你的主人忏悔过了没有?行过圣餐礼了吗?"

"没有。"

警察局局长皱起眉头。

"老弟,你是怎么搞的?怎么能这样,嗯?也许你不知道,为这个……责任很大呀,明白吗?"

"可我,昨天和前天都问过他,"胆怯的小厮接口说,"我说,'邦捷列·叶列美奇,要不要请神甫来?'他说:'闭嘴,傻瓜。不关你的事,你别管。'可是我今天跟他说话,他只是向我看看,微微动动胡子。"

"他烧酒喝得很多吗?"警察局局长问。

"多极啦! 劳您的驾,大人,请到房里看看他吧。"

"好,带路!"警察局局长带着抱怨的口吻说,跟着彼尔菲希卡进来。

呈现在他眼前的景象,令人吃惊。

房中潮湿、阴暗的里间,在铺着马衣的极简陋寒碜的床榻上,切尔托普哈诺夫躺在蓬松的毡斗篷上(用以代替枕头),他的脸色已不是苍白,而是死人那般黄里透绿,一双眼睛深深凹进尚有光泽的眼睑下面,蓬乱的胡子上有一个尖尖的、仍然稍稍发红的鼻子。他躺着,照旧穿着那件从来不更换的、胸前缀着弹药袋的褂子,和蓝色的契尔克斯式的长筒裤。红顶的毛皮高帽压在他的额上,直到眉毛边。切尔托普哈诺夫一只手里捏着打猎用的马鞭子,另一只手里拿着绣花荷包——那是玛霞送给他的最后纪念品。床边的桌子上放着一个空酒瓶;床头墙上钉着两张水彩画:一张,还可以勉强辨得出,画的是一个手拿六弦琴的大胖子——可能是聂道比斯金;另一张画着一个狂奔中的骑马人……那匹马画成了如同孩子们涂在墙上、或板壁上的神话动物;但是,马毛上细心涂染的圆斑点,骑手胸口的弹药袋,他的尖头长筒靴,浓厚的大胡子,这一切,毫无疑问地表明:这张画肯定是邦捷列·叶列美奇骑着马列克·阿杰尔的画面。

仓皇失措的警察局局长不知道如何是好。死一般的沉静,笼罩着这间屋子。"他已经死了吧,"他心里猜想,然后,提高嗓门叫道:"邦捷列·叶列美奇! 喂,邦捷列·叶列美奇!"

这时候,出现了不寻常的情景。切尔托普哈诺夫的两眼慢慢睁开来,黯淡的瞳孔开始转动,先从右向左,又从左向右,停在访问者身上,看见了他……在昏暗的白眼珠里,有点什么闪闪发亮,仿佛是视线,发青的嘴唇徐徐张开,发出了嘎哑的、死人般的声音:

"世袭贵族邦捷列·切尔托普哈诺夫就要死了,谁能拦住他呢?他不欠任何人的,也不求什么……你们,别管他,走开!"

捏着鞭子的那只手使劲想举起来……徒劳无益!嘴唇又合上了,眼睛闭上了——切尔托普哈诺夫身子直挺挺的、两脚并在一起,照旧躺在他那硬邦邦的床上,不动了。

"死了,通知我一声,"警察局局长从房间里出来时,小声对彼尔菲希卡说,"我看,现在就该去请神甫了。必须按照惯例,给他涂上圣油。"

彼尔菲希卡当天就去请神甫来;第二天早晨通知了警察局局长:邦捷列·叶列美奇于昨夜去世了。

殡埋的时候,有两个人扶棺送葬:那是小厮彼尔菲希卡和莫歇尔·列伊拔。这个犹太人不知从哪里得知切尔托普哈诺夫逝世的消息,他没有忘记对他的恩人,特地前来尽最后的义务。

活尸首

> 长久忍受苦难的祖国——
> 俄罗斯人民的国度!
>
> 费·丘特切夫①

  法国有句谚语:"渔夫干爽爽,猎人湿漉漉,就得狼狈不堪。"我从未有过捕鱼的爱好,因而无法断定在晴朗的天气中渔人能有什么感受,还有那在阴雨天气中捕鱼颇丰带来的兴致所能抵消的些许被雨淋湿的不快。但是我敢断言,对于猎人来说,遇雨确是一场灾难。有一次,我同叶尔莫莱到别列夫县去打松鸡,正巧遇上这种灾难。从清晨天亮时分起就大雨滂沱,一直下个不停。我们绞尽脑汁,用尽各种方法来避雨,却难以奏效!我们把橡胶斗篷几乎盖过了头顶,再站到大树下面,想少淋点雨……这种防雨斗篷妨碍举枪打猎已不必说了,可它还是毫不客气地漏进雨来;而站在大树底下,最初的确似乎淋不到什么雨,可是后来,聚积在树叶上的雨水突然溃决,使每一根树枝都向我们浇水,如同从水龙头流下来的似的;一股冷冰冰的水柱钻进我的领带里,顺着脊梁骨流下去。……正如叶尔莫莱所说,这是最倒霉的事情了。

  "不行,彼得·彼得罗维奇,"他终于忍耐不住大叫起来,"这可不行!

---

① 费·丘特切夫(1803—1873),俄罗斯诗人。

今天不能再打猎了。一淋湿,猎狗的鼻子嗅觉就不灵了,而且猎枪也打不响了……呸!这运气!"

"这可怎么办呢?"我问道。

"那就这样吧,咱们到阿列克谢耶夫卡村去。您大概还不知道,距离这儿大约八俄里,有这个小村庄,是属于您家老太太的。咱们就在那里过夜,明天……"

"明天还回这里吗?"

"不,不回到这儿了……阿列克谢耶夫卡那一带地方我很熟悉,打起松鸡来比起这儿可强得多了!"

我并没有询问我那忠实的旅伴为什么一开始不把我带到那里去。当天,我们就来到了我母亲的小村庄上。说句实话,在此之前,我根本不知道有这么一个小村庄。村庄里有一间厢房,已经极其破旧,因为无人居住,倒也还算干净。就在这间厢房里,我度过了十分宁静的一夜。

第二天,我早早地醒来了。太阳刚刚升起,天空中没有一丝云彩;四周万物都闪烁着强烈的双倍光辉:朝阳清新的光辉和昨天倾盆大雨后的光辉。在仆人为我套马车的时候,我到小花园里去散散步。这个小花园从前是一个果园,眼下已经荒芜,芬芳滋润的树丛枝叶簇拥着我住的小厢房。晴朗的天空,空旷自由的气息分外美好畅快:云雀在歌唱,它们嘹亮的歌声仿佛众多的银珠在抛撒!它们的飞翅上一定挂着露珠,闪闪发光,它们的歌声也似乎被露水所湿润,婉转动人。我干脆摘下了帽子,愉快地尽情地呼吸着。前边不远处有一个浅浅的峡谷。峡谷的斜坡上,篱笆的旁边,有一个养蜂场。一条羊肠小道弯弯曲曲地通向那里,小道两边长满了密密麻麻的杂草和荨麻。在杂草和荨麻上面,伸出着不知来自何处的大麻的暗绿色的尖茎。

沿着这条羊肠小道,我来到了养蜂场。养蜂场旁边有一间用篱笆栅建成的棚屋,那就是人们所说的冬季蜂房,冬天用于贮存蜂箱。门半敞开着,我向里面望了一望,里面黑黑的,静静的,干干的,散发着一阵阵薄荷和蜜蜂花的香味。屋子角落里搭着一副铺板,铺板上有一个小小的人体,盖着一床被子躺在那里……我正打算离去……

"老爷,喂,老爷!彼得·彼得罗维奇!"我听到一个微弱缓慢而又嘶哑的声音,仿佛是沼泽地里植物发出的沙沙声。

我站住了。

"彼得·彼得罗维奇！请走进来！"那声音又传过来——它恰恰来自屋子角落里我刚才看见的那副铺板之上。

我走过去一看，立刻被吓得目瞪口呆：我的面前躺着一个活生生的人体，但这究竟是什么东西呀？

这人体的脑袋完全干瘪，脸上一色的青铜色，只有眼睛和牙齿是白色的，活脱脱一个古画中的圣像；鼻子很窄，像刀刃那样；嘴唇几乎辨认不出，头巾下面的额头上露着几绺稀疏的黄头发。下巴边上，被子的褶皱上，两只也是青铜色的小手在移动，像小细棍似的手指在抖动着。我定睛细看：那容貌不仅不丑，反而十分漂亮——然而看了感到恐惧，总是觉得异乎寻常。在这张金属般的脸颊上，我看到一种竭力做出……竭力做出难以显现的微笑，这使我越发感到这张脸的可怕了。

"老爷？您不认识我了吗？"这声音又轻轻地说出；仿佛是从那颤巍巍的嘴唇中发出的。"这也难怪，您怎么能认得出呢！我是露克丽亚……您还记得吗？在斯帕斯科耶村，您的老太太那儿，跳轮舞的领舞人……记得吗，我还是领唱的呢。"

"露克丽亚！"我失声叫起来，"原来是你？真的是你吗？"

"是的，老爷，就是我。我就是露克丽亚。"

我一时竟不知说什么好，目瞪口呆地看着这张黑黝黝的毫无表情的脸，而脸上那对明亮的眼睛也毫无生气地盯着我。眼前的一切都是真的吗？这个木乃伊竟然是露克丽亚，竟然是我家全体仆人中最漂亮的美人！她身材修长而丰满，面色白皙而红润，笑声不断，能歌善舞！露克丽亚，聪明美丽的露克丽亚，我们那里所有的年轻小伙子都倾慕着她；而我，当时仅仅是一个十六岁的孩子，也曾经悄悄地为她萌发深沉的爱慕之心！

"天哪，露克丽亚，"我终于说出话来，"你怎么变成了这个样子？"

"我遭了大难！请您不要厌恶我，老爷，不要因为我的不幸而嫌弃我，请坐在那儿的小木桶上，靠近些，不然您就听不清我的话……瞧，我的声音已经变得这样小了。……啊，见到您我真高兴。您是怎么来到这儿的？"

她说起话来声音十分微弱，但是并没有停顿。

"是猎人叶尔莫莱带我来的。还是请你告诉我……"

"是讲讲我的灾难吗？好吧，老爷。这是很久以前的事情了，大概发生在六七年前。那时我刚被许配给瓦西里·波利亚科夫——就是那个相貌周正,头发卷曲的小伙子,他还为您的老太太当过餐室主管呢,您还记得吗?那时您已经不在乡下了,到莫斯科念书去了。我和瓦西里十分相爱,我永远也忘不了他。事情发生在春天,有一天夜里……已经快要天亮了……但是我睡不着。夜莺在花园里叫得是多么的美妙动听啊!……我情不自禁地起床走到台阶上去听。它叫着,叫着……这时忽然我好像听见有人在叫我,像是瓦西里的声音,叫得很轻:'露莎①……'我转身去看,可能是因为半睡半醒的缘故,我踩空了,从高高的台阶上一直摔下去,砰的一声摔到了地上!好像我当时伤得并不厉害,因为我马上就爬了起来,回到了自己的房间里。只是我觉得我的身体里面——内脏里——好像有什么东西断裂了……让我先喘一口气……歇一会儿……老爷。"

露克丽亚不再说话了,我惊讶地望着她。尤其令我惊讶的是,在讲述自己的往事时她几乎是愉快的,既不叹息也不呻吟,没有丝毫的抱怨,也不想乞求别人的同情。

"从那时起,"露克丽亚接着说,"我开始越来越瘦,并且衰弱下去,皮肤变黑了,行走困难了,后来双腿竟完全不听使唤了,既不能站,也不能坐,只好长时间躺着。我不想喝水,也不想吃东西,身体越来越差。您的老太太大发慈悲,给我请来医生看病;后来又把我送到医院里。可是,我的病怎么也治不好,甚至没有一个医生能说出我究竟得的是什么病。他们用尽了各种方法为我治病。他们甚至用烧热的铁烫我的后背,还把我放在冰块上,但是都没有效果。我的身体终于僵硬了……于是那些先生们断言,我的病再也无法医治了;然而主人家不可能收留残疾人……就把我送到这里来了,因为这儿有我的亲戚。我也就这样生活着。"

露克丽亚又沉默了,又在竭力做出着微笑。

"唉,你的处境真是太不幸了!"我感叹着我竟然不知道再说些什么好,居然问了一句最蠢的问话:"那么瓦西里·波利亚科夫现在怎么样了?"

露克丽亚把眼睛稍稍移向一边。

"波利亚科夫怎么样了?他确实伤心了一阵,伤心了一阵子就娶了另

---

① 露莎是露克丽亚的爱称。

外一个人,格林诺耶村一个叫阿格拉费娜的姑娘。您知道格林诺耶村吗?离我们这个村子不远。波利亚科夫本来是很爱我的,可是他毕竟年纪还轻,总不能老是独身。而我现在哪里还能再做他的伴侣呢?他的妻子很好,十分善良,他们已经有了孩子。他也住在这儿,在一个邻居家里当管家;是您家老太太给他的身份证,准许他去的。感谢上帝,现在他的日子过得很好。"

"你一直就是这样躺着吗?"我又问道。

"是的,老爷,我这样躺着已经是第七个年头了。夏天,我就躺在这儿,就在这间小屋子里;天气变冷时,他们把我搬到澡堂的更衣室里。我就在那儿躺着。"

"有没有人来服侍你,照料你呢?"

"这里有一些好心人,他们不嫌弃我,没有扔下我不管。而且我也需要不了什么东西。吃的东西,我几乎什么也吃不下;水呢,那个杯子里常常存着干净的泉水,我有一只手还能动弹,我自己还能拿得到那个杯子。这儿有个小姑娘,是个孤儿,她时不时来看看我,真要感谢她,她刚刚来过……您没有遇见她吗?这个小姑娘长得漂亮可爱,白白嫩嫩。她常常给我带来鲜花,我非常喜欢她。我们这儿没有花园里种的花儿——以前有过,只是现在没有了,可是野花也很好啊,发出的香味比花园种的花还要香。就像铃兰花……没有比它更可爱的了!"

"你不觉得寂寞,不觉得苦闷吗,我的可怜的露克丽亚?"

"怎么不觉得,可是有什么办法呢?不瞒您说,起初我还是很痛苦的,可是后来慢慢地习惯了;一旦忍受过来,也就没有什么大不了的了;而且有些人处境还不如我呢。"

"你这话怎么讲?"

"有的人无家可归,连安身之处都没有!还有的人不是眼睛瞎了就是聋了,可是我,托上帝的福,眼神很好,而且耳朵什么都能听得见。就连田鼠在地底下打洞,我都能听见。无论什么气味,即使是最微弱的气味,我都能闻出来。不论是荞麦在地里开花了,还是椴树在花园里开花了,用不着对我讲,我总是第一个先闻到。只要有一点点风从花开的地方飘过来就行了。我不会抱怨上帝的,为什么要抱怨呢?世界上比我苦的人多得是呢!再说,有些健康的人,是很容易犯下罪孽的,可是我,却谈不上犯什么罪孽了。前几天牧师阿列克谢神父来给我授圣餐,他就对我说过:'你用不着忏悔了:像你这种样子难道还会犯下罪孽吗?'而我却回答他说,'那么思想中的罪孽呢,神父?''哦,'他笑着说,'这可算不上什么大的罪孽。'"

"可是也许我连这种思想中的罪孽也不可能有了,"露克丽亚接着说,"因为我已经养成了习惯:不想事情,尤其是不想过去的事情。这样时间就会过得快一些。"

听了这话,我倍感惊奇。

"露克丽亚,你总是孤单单一个人在这里,你的脑子里怎么能不产生种种念头呢?难道你总是在整天睡觉吗?"

"啊,不会的,老爷。我不可能总在睡觉。虽然我没有多大的痛苦,可是我的内脏里总是在疼痛,骨头里面也发痛,不让我好好地睡觉。不……我就只是这样自己躺着,躺呀躺,什么也不去想;我只是感觉到,我还活着,我还在呼吸,我的全部生活也仅此而已,我用眼睛看着,用耳朵倾听。蜜蜂在蜂房里嗡嗡地飞着;鸽子在屋顶上咕咕地叫着;母鸡带着小鸡来啄面包屑;有时飞来一只麻雀或飞来一只蝴蝶,这些都使我觉得十分的高兴。前年竟还有燕子在那边的屋子角落里做窝,还孵出了小燕子。这情景是多么的有趣啊!一只燕子飞进来,停在窝边,喂了小燕子,就飞出去了。一转眼,另一只燕子已经飞进来接替喂小燕子了。有时候大燕子不飞进来,只是从敞开的门边一晃而过,那些小燕子就立刻张大嘴巴,叽叽喳喳地叫起来……第二年我一直在等它们回来,可是听说附近有一个猎人用枪把它们打死了。这个猎人怎么这样的贪心?一只小小的燕子,比甲虫大不了多少……你们这些猎人是多么的狠心啊!"

"我是从来不打燕子的。"我连忙表白道。

"还有一回,"露克丽亚又开始说了,"真是滑稽!有一只兔子跑进来了,真的!大概是有狗在追它,它就一直蹿进门里来了!它就坐在我的旁边,而且时间很久,它一直坐在那儿吸鼻子,翘胡子,活像一个军官!它望着我,它知道,我是不会伤害它的。后来它站起身来,一蹦一跳地出去了,在门槛上它还回头望了一望,就立刻跑掉了。真是一个滑稽的东西!"

露克丽亚看着我……好像在说,"这不是很有趣的吗?"为了不让她失望,我就笑了一笑。她舔了舔干燥的嘴唇。

"到了冬天,我就觉得更加的不舒服了,因为光线太暗了,点蜡烛又舍不得,而且点了蜡烛又有什么用处呢?虽然我识字,确实也喜欢看书,可是看什么书呢?这里什么书也没有。再说,就是有,我又怎么拿书呢?有一次阿列克谢神父为了给我解闷儿,拿来了一本历书,可是他发现我没法看书,就又拿了回去。不过尽管天很暗,我常常还能听见一些声音:比如蟋蟀的鸣叫声还有老鼠在什么地方的抓挠声。而且每到这种时候就非常好:脑子可以不去想什么!"

"有时候我也做做祷告,"露克丽亚稍稍休息了一下,又接着说起来,"只是我知道的祈祷词不多。而且,我为什么要去打扰上帝呢?我又能向他要求些什么东西呢?我究竟需要什么,上帝比我知道得更加清楚。他让我背十字架,那就说明他是在爱我。这些我们早就已经懂得了。当我念完了《我们的主》、《圣母颂》、《对一切受难者的赞美》,就又无忧无虑照旧躺着,脑子里一点点杂念也没有了!"

两分钟的时间过去了。我仍然沉默着,并且坐在狭窄的小木桶"凳子"上一动不动,好像我也瘫痪了:在我面前躺着的这个不幸的生命体,已经把她那令人痛苦的岩石般的僵硬传染给了我!

"露克丽亚,你听听我的看法,"最后,我终于开口说话了,"你听听我为你出的主意吧。我请人把你送医院里去,送到城里的一所好医院去,你愿意吗?谁知道呀,你的病也许还能治好呢!无论如何,你不应该是孤零零的一个人……"

露克丽亚的眉毛稍稍动了一动。

"唉,不要这样,老爷,"她担心地小声说,"请不要把我搬到医院去,不要碰我。到了医院我只能更加的痛苦。到了现在,哪儿也治不好我的病……有一次,有个医生到这儿来,他要检查一下我的病。我请求他:'看在基督的面子上,请不要打扰我。'但他根本不听。他把我翻过来覆过去地拖来拖去检查,还揉搓弯曲我的手脚;他还说:'我是为了科学才这样做的;我是为科学服务的人,是一个科学工作者!'他说:'你不应该和我对立,拒绝我的检查。正是因为我的功劳,为我带来了挂在脖子上的勋章。而现在,我正是在为你们这些傻蛋而劳累。'他折腾了我半天,总算说出了我的病名——一长串十分奇怪的名称——然后就这样一走了之。可是后来我全身的骨头却疼痛了整整一个星期。您说我总是一个人,经常孤零零的。不,并不总是这样的。经常有人到这儿来看我。我很安静,从不妨碍他们。时不时有几个农家姑娘走进来聊一会儿天,有时还进来一个过路的朝圣妇女,给我讲耶路撒冷、基辅和圣城的故事。况且我本身并不害怕孤独。真的;这样反而更好些!……老爷,请不要动我,不要把我送到医院去……您是好心人,我十分感谢您,只是请您不要碰我,我的好老爷。"

"好吧,就随你的心愿吧,随你的心愿吧,露克丽亚。只是我的本意是为了你好……"

"我知道,老爷是为了我好。可是,亲爱的老爷,谁人能够真正帮成别人呢?谁人能够真正进入他人的心灵世界呢?人全要靠自己帮助自己!您也许不会相信:有时我独自一人这样躺着……好像觉得世界上除我之外再也没有一个人存在。好像只有我一个人活着!看起来好像有什么东西在保佑着我……我就沉思起来,这的确是奇怪的事情!"

"那个时候你在想些什么呢,露克丽亚?"

"老爷,这也是说不出来的,说不清楚的。而且想过之后也就忘记了。这种想法来临的时候,就像浮云飘来的时候那样舒展,十分清新,十分美好,但是究竟是什么呢,却无从知晓。我只是知道,如果我身边有其他的人,这种想法就根本不会出现,那时除了自己的不幸,我不会有其他任何的感受。"

露克丽亚吃力地喘了一口气。她的胸脯就像身体的其他肢体一样不受她的支配。

"老爷,我看得出,"她又开口说道,"您是为我十分的难过。可是请您千万不要过于难过,真的!我告诉您吧,比如说,现在有时候我还……您该记得吧,过去我是一个多么快活的人,那时真是一个活蹦乱跳的姑娘!……您知道吗?现在,我还唱歌呢!"

"唱歌?……是你唱吗?"

"是的,是我唱歌。唱古老的歌曲,轮舞曲,圣诞占卜曲,圣诞节曲,各种各样的歌曲!您知道从前我会唱许许多多的歌曲,到现在还没有忘记。只是我不唱舞曲。就我现在这个样子,唱舞曲是不适宜的。"

"那你怎么唱呢?……是默默地唱吗?"

"也默默地唱,也出声地唱。我无法高声唱,但唱得总还能让人听得懂。我跟您说过,有一个小姑娘常常到我这儿来照料我,她是个孤儿,十分聪明伶俐。我就教过她唱歌;已经教会她四首歌了,您不相信吧?请稍稍等一会儿,我马上就唱给您听……"

露克丽亚吸了一口气……这个半死不活的人就要唱歌了,这个念头使我不由自主地在心中产生了恐怖之感。但是还没等我说出话来,一个悠长微弱而字正腔圆的旋律在我的耳畔颤抖着响起,随之而来的是又一个旋律和第三个旋律。她唱的歌是《在草原上》。在她唱歌的时候,她那石雕般的面部表情竟毫无变化,甚至她那双眼睛也呆滞不动。然而她那可怜的吃力的小小的嗓音,如袅袅轻烟,十分动人地唱着;她是极力想倾诉出自己的全部心声。……此时此刻我的感觉已经不再是恐怖了,而是一种难以名状的紧紧压在我的心头上的怜悯之情。

"唉,我唱不下去了!"露克丽亚突然说道,"我换不过气来……我见到了您就非常的高兴。"

她疲乏地闭上了眼睛。

我伸出一只手抚摸她那细小冰凉的手指……她睁开眼睛看了看我,又重新闭上了她那古代雕像般像是镶有金色睫毛的深色眼睑。过了一会儿,她那眼睑竟在昏暗的光线下闪亮起来……是泪水把眼睑润湿了。

我仍然一动不动。

"我这人真是的!"露克丽亚突然用出人意料的力量说着,她睁大眼睛,用力眨着,想把眼泪挤出去。"真的不好意思!我怎么这样呢?有很长时间我没有这样了……去年春天瓦西里·波利亚科夫来看我的那一天之后我再没有这样过。他坐着和我说话时,我倒好好的,可是当他一走,我就哭了起来,自己一个人痛哭一场!真是不知道哪里来的这么多的眼泪!……只是我们女性的眼泪原本是不值钱的。老爷,"露克丽亚又接着说,"您一定有手绢吧……请您不要嫌弃,给我擦擦眼泪。"

按照她的愿望,我用手绢为她擦了眼泪,并把手绢留给她。起初,她不肯接受……说:"我要这样的礼物有什么用处呢?"这手绢极为普通,却十分洁白。后来,她不再推辞了,用自己瘦弱的手指抓住了手绢,就不再松开手指了。这时,由于我已经适应了我们俩所在的黑暗环境,我能够清晰地辨明她的容貌,甚至能够看到她脸上在青铜色下面显现出来的微微的红晕,能够在她脸上发现(至少我认为如此)昔日美貌的痕迹。

"老爷,"露克丽亚又开始说起话来,"您刚才问我,是不是总在睡觉。的确,我很少睡觉,不过每次睡觉我都做梦,而且是十分美好的梦!我从来没有梦见过自己正在生病,在梦境中我永远是十分的健康和年轻……只有一件事令人痛苦:每当我醒过来,打算好好伸一伸身体时,我立刻感到全身像被锁链锁住似的。有一次,我做了一个十分奇妙的好梦!是不是讲给您听听?好吧,您听着吧。我梦见我好像站在田野里,周边都是黑麦,是那样的高,而且全都熟透了,金灿灿的!好像我还带着一条黄狗,那狗凶恶得很,总是想咬我。好像我手里还有一把镰刀,那不是普通的镰刀,简直就像是月亮,就是外形变成镰刀样子时的月牙。我必须用这个月牙割完那些黑麦。可是酷热使我十分疲乏,月牙又照得我头晕眼花,我觉得全身懒洋洋的。四周到处都是矢车菊,全都是那么大的矢车菊,它们都转过头来冲着我。在梦中我就想:我应该先采些矢车菊,瓦西里说好了要来的,我先给自己编一个花冠吧,割麦子还是来得及的。我就开始采集矢车菊,可是它们全都从我的手指缝中间消失了,无论怎样抓也抓不住!我不能给自己编花冠了。就在这时,我听见有人向我走来,走得如此的近,而且还叫着我:'露莎!露莎!……''唉,'我想,'糟了,来不及了!'没关系,我就把月亮戴在头上,代替花冠。我就像戴头饰那样戴上了月亮,立刻我的全身光芒四射,把满天遍野照得通亮。我仔细一看,麦穗顶上有个人向我飞快地滑过来,不过不是瓦西里,而是基督本人!至于我为什么认定这就是基督本人呢,那我可就说不清楚了。人们画的基督像并不是这个样子的,不过我知道这就是基督!他身材高高的,年纪轻轻的,没有留胡子,穿着一身白色衣服,扎着一根金黄色腰带。他向我伸出手来,说:'不要怕,我的盛装翩然的新娘,请跟我来;我要带你到我的天国去,你去领跳轮舞,去唱天堂的歌曲。'于是我就紧紧地抓住他的手!我的狗马上跟到我的脚边……但是就在此时,我们开始腾飞起来!他在前边带着我……他的翅膀整个展开,铺天盖地的像海鸥的翅膀那样长,而我紧紧地跟着他。那只狗只好远远地留在后面。直到这时候我才恍然大悟:这只狗实际上就是我的病,而在天国中实际上是没有它的位置的。"

露克丽亚停顿了一会儿。

"我还做过一个梦,"她又开始说道,"不过也许这是我的幻觉——我可真的分不清楚。好像我觉得我就是躺在这间小屋里,我那已经过世的父母双亲来到我这儿,向我深深地鞠躬,可是却一言不发。于是我就问他们:'爸爸,妈妈,你们为什么向我鞠躬呢?'他们说:'因为你在这个世界里受了许许多多的罪,所以你不但解救了自己的灵魂,而且还解除了我们极大的重担。我们在那个世界里也就安定多了。你已经消除了你自己的罪孽,现在正在赎我们的罪过。'他们说完之后,又向我鞠了一躬,就消失不见了,我眼前只能看到墙壁了。事后我十分疑虑,我遇到的到底是怎么回事。在忏悔的时候,我便把这件事讲给神父听了。只是他认为这不是幻觉,因为往往只有牧师们才有幻觉。"

"我还做过这样一个梦,"露克丽亚继续说,"我梦见好像我坐在大路边上的柳树下,手里拿着一根刨好的手杖,肩上背着行囊,头上蒙着头巾,活脱脱一个女朝圣者!我要到很远很远的地方去朝圣。朝圣者们接连不断地从我身边走过;他们慢慢腾腾地走着,好像不情愿似的;都是往同一个方向走着,都是愁眉苦脸的,而且他们的相貌全都十分相像。我还梦见,在他们中间,有一个女人穿来穿去,到处乱钻。她比其他人整整高出一头,她的衣着也很特别,好像不是我们俄罗斯的服饰。她的相貌也很特别,而且面色阴沉,一脸的严肃。所有的人好像都在回避她。可是她却突然转身,径直向我走来。她在我身边站定了,仔细地打量着我,她那双眼睛,像鹰眼一样,又黄又大,非常的明亮。我只好问她:'你是谁呀?'她却对我说:'我是你的死神。'按理说,我应该害怕了,可是相反,我却高兴极了,还画着十字。这个女人——也就是我的死神——却对我说:'我很可怜你呀,露克丽亚,只是我还不能把你带走。再见!'天哪!当时我是多么的伤心!……'带上我走吧,'我说,'亲爱的好妈妈,带我走吧!'于是她把脸转向我,对我说起话来……我知道她是在指明我的死期,但是我却听不明白,听不清楚……好像说是'在圣彼得节①之后'……就在这时,我就醒了。我总是做这些奇奇怪怪的梦!"

露克丽亚抬起了眼睛……陷入了沉思……

"只有一件事让我痛苦:就是有时候整整一个星期我一次也没有睡着过。去年有一位夫人路过这里,看了看我,送我一小瓶治疗失眠的药,告诉我每次吃十滴。这种药对我十分有效,吃了药我就能睡着觉了。只是到现在那一小瓶药早已吃完了……您知道这是什么药吗,怎样才能弄到它?"

那位过路夫人给露克丽亚的药显然是鸦片。我答应照原样给她送来

---

① 圣彼得节在旧俄历六月二十九日。

一瓶药,并且再次情不自禁地对她的忍耐力发出了惊叹!

"哎呀,老爷!"她回答说,"您为什么这么说呢?我这么丁点忍耐力算得了什么呢?那个圣西蒙的忍耐力才算是真伟大呢!他在柱头上就站了整整三十年!还有一个圣徒叫别人把自己埋在泥土里,一直埋到胸口,蚂蚁还咬他的脸……还有,一个饱读经书的人告诉我说:从前有一个国家,被阿拉伯人征服了,阿拉伯人残杀所有的居民;人民用尽所有的办法,也不能获得解放。就在这时,人民中间出现了一位圣洁的处女,她身穿两普特重的甲胄,手持一把巨大的宝剑,去抵御阿拉伯人,把他们全都赶到了大海的那一边。当她赶走阿拉伯人后,就对他们说:'现在你们烧死我吧,因为我曾经许下过这样的诺言,我要为自己的人民死于火刑。'于是,阿拉伯人把她抓去烧死了。可是从那时起,人民永远获得了解放!这才真是功德无量啊!而我算得了什么呢!"

这时,我心中暗暗地惊奇:关于贞德①的传说,竟然以这种方式传到了这里。在沉默了片刻之后,我问露克丽亚,她多大年纪了。

"二十八……也许是二十九……不到三十岁。可是算算年岁有什么用处!我还有些话要告诉您……"

突然露克丽亚用低哑的声音咳嗽了一下,又叹了一口气……

"你说的话太多了,"我对她说,"这对你的身体是有害的。"

"是的,"她用几乎听不见的声音低声说,"我们的谈话是该结束了。不过这没有什么!等您走了以后,我就尽量地不再说话了。至少,现在我已经敞开了我的心扉……"

于是我向她告别,又重新提到我给她送药的承诺,并叫她再好好想想,告诉我:她还有没有什么需要我帮助的?

"我没有什么需要了,一切都很知足,感谢上帝!"她十分吃力地而又非常感人地说:"上帝保佑大家健康!另外,老爷,最好您能劝劝您的母亲,这里的农民都很穷,请她减轻农民的代役租,哪怕减轻一点点也行!他们的土地不够,没有树林,而且都没有什么出息……他们会祈求上帝保佑您的……而我却什么都不需要,一切都满足了。"

我向露克丽亚保证,一定要实现她的愿望。我已经走到门口了,她又

---

① 贞德(1412—1431),抗击英军入侵法国的民族女英雄。

把我叫了回去。

"老爷,您还记得吗?"她说着,在她的眼睛里和嘴唇上闪过一种奇妙的表情,"我从前的发辫是什么样的?您记得吗?一直垂到膝盖边!有好长时间我都下不了决心……像这么长的头发!……可是在我这种状况下,怎么去梳它呢?……所以我就把它剪去了……是的……好啦,再见吧,老爷!我不能再多说话了……"

就在那一天,出发打猎之前,我和负责田庄的甲长谈起了露克丽亚。我从他那里得知,村里的人们把她叫作"活尸首",可是没有人看见过她有什么烦恼,也从来听不到她诉苦或抱怨什么。"她自己一无所求,相反,她对一切都感激不尽。应该这样说,她是一个不爱说话的人,实在是一个不爱说话的人。大概是上帝为了她的罪孽才这样惩罚她的,"甲长这样推断说,"但是我们并不过问这件事。至于指责她呢,不,我们没人去指责她。随她去吧!"

几个星期之后,我听说露克丽亚死了。死神真的来找她了……而且恰恰是在"圣彼得节之后"。据说,在她死的那天,她总是听到钟声,尽管从阿列克谢耶夫卡到教堂算来足有五俄里多的路程,而且这一天也不是做礼拜的日子。然而露克丽亚说,钟声不是从教堂那儿传来的,而是"从上面"来的。大概她不敢说,是从天堂来的。

轮声轧轧

七月中旬,天气酷热,那天出去打松鸡,收获甚丰,但十分疲劳;刚吃过午饭,我便躺在行军床上,想休息一会儿,这时,叶尔莫莱走进农家小屋,对我说:"我向您报告,咱们打猎的霰弹可用完了。"

我猛地从行军床上坐起来。

"霰弹用完了?怎么会呢?我们不是从村子里带来了三十俄磅吗?有满满的一袋子啊!"

"可不,是一大袋子:原本够用两个礼拜的。不知道咋搞的!怕是袋子上有漏洞了,不过,霰弹确实没有了……顶多还剩下十发。"

"那,咱们怎么办呢?打猎的最好去处——还在前边:明天有希望要打六窝鸟呢。……"

"派我去图拉吧。那里离这儿不远,总共才有四十五俄里。只要您答应,我快马加鞭,很快弄回一普特霰弹来。"

"那你什么时候动身?"

"马上就去,迟延什么? 不过,得先雇几匹马。"

"雇什么马!自家的马儿干吗不用?"

"自家的马不顶用了。辕马腿瘸了……瘸得很厉害!"

"从什么时候瘸的?"

"前几天——马车夫牵它去钉铁掌。铁掌是钉了。大概,碰上那个铁匠不大高明,弄得那匹马的腿,现在一步也不敢迈了,而且是前蹄子。可怜它,把前腿蜷起来,像只狗似的。"

"怎么搞的? 至少该把铁掌取下来啊?"

"没有,还没取下来,是得给它取下来。十有八九,钉子钉进它肉里边去了。"

我把车夫叫来。看来,叶尔莫莱没有说谎:辕马的前蹄不敢着地了。我立即命人把马的铁掌取下来,让马站在潮湿的泥巴地上。

"怎么?派我雇马到图拉去吗?"叶尔莫莱向我追问道。

"在这样的荒郊野外,能雇到马吗?"我大声说,心里有点不耐烦。

我们去的这个小村子,是个僻静、荒凉的地方;所有的村民,个个穷得要命;我们好不容易才找到这间农舍,虽然不够干净,但还算宽敞。

"能雇到马,"叶尔莫莱仍然像平时那样,沉着冷静地答道。"您对这个村子的情况,说得很对;不过,这里却有一家农户。那个当家的,能极了,很有钱! 家里养着九匹大马。他本人已经死了,眼下他的大儿子管家。这家伙是个地地道道的傻瓜,可是,老子留下的家财,倒还没有挥霍光。我们可以跟他要马。您吩咐一声,我就把他领来。听说,他的两个弟弟,倒是挺机灵的……不过,他总归是家里的头头儿,他说了算数。"

"这为什么?"

"因为他是老大呗! 当弟弟的,理所当然得听他的!"说到这里,叶尔莫莱狠狠骂了一通做弟弟的不是,话极难听,这里不好写出来啊。"我这就去把他叫来。他是个老实人。跟他,没有谈不妥的。"

叶尔莫莱去叫那个"老实人"的时候,我一转念:不如我亲自去一趟图拉的好。因为,第一,根据经验教训,这个叶尔莫莱有点叫人不放心,信他不过;有一次我打发他进城买东西,他答应得蛮好:一天之内把事办妥,可他,一个礼拜不见人影儿,把钱喝个精光;原来坐马车去的,来家时靠两条腿踅回来。第二,在图拉有一个我认识的熟人——是个马贩子;我可以向他买一匹马,来替换那瘸了腿的辕马。

"就这么办!"我心里打定主意,"就自己去一趟;路上满可以睡一觉——好在,这四轮马车还平稳。"

"把他叫来了!"一刻钟之后,叶尔莫莱大声嚷嚷着,闯进小屋。他后面,跟着一个庄稼大汉,身上穿着白布衫,蓝裤子,脚上蹬着草鞋,淡黄色头发,目光混浊,瞎乎乎的,留着一把尖胡子,黄里透红,长长的鼻子,鼓鼓囊囊的,咧着嘴巴。看样子,他的确像个"老实人"。

"嗯,老爷,"叶尔莫莱说,"他有马,愿意雇给人家。"

"这个,就是说,我……"这庄稼汉,哑着嗓子,结结巴巴地说,边说边摇晃着稀稀拉拉的头发,还不住地摸弄着拿在手里的帽子帽檐。"我,喏……"

"你叫什么名字?"我问。

这汉子耷拉下脑袋,好像在寻思什么。

"我叫什么名字?"

"是啊,你叫什么?"

"我的名字嘛,叫废了废。"

"喂,废了废老弟,我听说,你家里有马。你给我弄三匹马来,套在我的四轮马车上,我的马车很轻,拉到图拉去一趟吧。这时节正好有月亮,夜里明晃晃的,赶车也凉快。你们这儿的路怎么样?"

"路吗? 路——没什么。到大道上,总共不过二十俄里。有一个小地方……不大顺当,也不咋的。"

"那个小地方,怎么不顺当?"

"得走浅滩,趟水过去。"

"真个儿的,您自己要去图拉吗?"叶尔莫莱用探询的口气问道。

"对,我自己要去。"

"噢!"我那忠实的仆人叫了一声,摇晃一下脑袋。"噢……哟……"他又重复了一下,啐口唾沫,走了出去。

显而易见,图拉之行,已对他没有任何吸引力,在他看来,这件事没有什么意思和想头了。

"你对路熟不熟?"我回头问废了废。

"咋能对路不熟呢? 不过,我,就是说,照您老人家的意思,我总不能……因为一下子会突然……"

原来是这样的:叶尔莫莱喊废了废的时候,曾经对他说过,叫他别担心,会付钱给他这个傻瓜的……只说了这些! 废了废虽然——照叶尔莫莱的说法——是个傻瓜,但对这一句空口白话是信不过的,不满足的。他向我讨价很高,硬要五十卢布;我还了个很低的价——只给十卢布。于是,我们两个讨价还价起来；废了废起初坚持他的价钱，到后来，让了价，但很不痛快。这会儿，叶尔莫莱进来一下，一口咬定对我说："这个傻瓜（废了废听见后小声叽咕道，"瞧，他总爱这么叫人家！"）压根儿不会算账。"他顺便还跟我提到一件往事，大约二十年以前，我母亲在两条大路汇合的热闹地段，开了一个客栈，它之所以生意萧条，就是因为派到那里管事的老仆人，不会算账，只知道个数多便值钱，例如，拿一枚值二十五戈比的银币，当作几个只值五戈比的铜钱付给人家，还把人家大骂一通。

"嗨，你呀你，废了废，倔巴废了废！"末后，叶尔莫莱走的时候，这样嚷嚷着，他一肚子气，扑通把门碰上，出去了。

废了废连一句回驳的话也没说，大概他自己心里明白，废了废这个名字的确不雅，一个人有了这种名字，活该受气；尽管这是神甫的不是，因为洗礼之际，该送礼没给他送。

后来，我们总算讲好了价钱：给他二十卢布。他回去牵马，过了一个钟头，他弄来五匹马，让我们挑选。马匹看起来不错，虽然鬃毛乱七八糟，肚子大大的，紧紧绷绷的，像鼓似的。他的两个弟弟也跟他来了，长相一点也不像哥哥废了废。他们俩，个头短小，眼珠乌黑，尖鼻子，确实给人一个"机灵"的印象，他们讲话滔滔不绝，正像叶尔莫莱说的，他们的话，又多又快，像筛豆子一般听不大清。不过，他们俩却听从大哥的话。

他们把四轮马车从棚子下面推出来，套车，备马，忙活了一个多钟头；一会儿把边套的绳索放得松松的，一会儿又扎得紧紧的。俩弟弟一心想把"灰斑马"套上驾辕，因为"这马下坡稳当"，可废了废决意使唤"粗毛马"；于是，他们只得把粗毛马套上当辕马了。

他们几个在马车里铺上一层又一层的干草，把那匹瘸马脖子上的轭套拿下来，塞到座位底下，以便在图拉买到新马时派上用场……这中间，废了废还抽空跑回家中一趟，回来时，只见他身上裹着老父亲当年穿的白色长袍，头戴高顶毡帽，脚穿擦了油的皮靴，神气活现地爬上驾驶台。我上车坐下来，看看表：十点一刻。叶尔莫莱竟然没过来同我告别，而去打他的狗瓦列特卡撒气去了；废了废扯起缰绳，尖着嗓子吆喝那马儿："嘿，你们这班小家伙！"——他的两个弟弟从两旁跑过来，拍打着那拉边套的马的肚子，马车启动了，出了大门，上了街，那匹粗毛马本想直奔自己家里去，可是，废了废抽了它几鞭子——那马这才醒悟过来，于是，我们从村里驶出去，踏上榛树林繁茂枝叶覆盖下的平坦大道。

夜色美好,更深人静,正好夜行。风,时而掠过树丛,摇动枝梢,飒飒作响,时而戛然而止,悄然无声;天上有几处银白色的薄云,凝然不动地悬浮着;月儿高高挂在空中,皎洁的光晕,照得四野明晃晃的。我伸腰躺在干草堆上,正要打个盹儿……可是,一转念想到那个"不顺当"的地方,不由得浑身一颤。

"废了废呀,我问你,离浅滩还有多远?"

"离浅滩吗?还有八俄里。"

"八里地,"我心里琢磨着,"一个钟头还走不到呢。蛮可以睡一会儿。"

"废了废,你路很熟吗?"我又问。

"怎么会不熟呢,这路?又不是头一趟走啊……"

他又絮絮地说了几句,可我没有听清,迷迷糊糊睡着了。

正好睡了一个钟头,我醒过来了,这并不是想睡多久就睡多久——那种常见的现象;促使我醒来的,是那一片奇怪的、微弱的涉水扑哧扑哧声和咕嘟咕嘟声,这声音隐隐传进了我的耳鼓。我抬起头来。

真是怪事!我照旧躺在马车里——可马车四边,离马车至多有半俄尺的地方,有一大片水面,在月光照耀下,闪动着细小、清晰的粼粼涟漪。我向前一看:废了废低着头,弓着腰,像尊木雕似的,坐在驾驶台上;在他前边,越过淙淙流淌的水面,可以望见弯弯的轭木、马头和马背。周边的一切,寂然不动,悄然无声,仿佛坠入妖魔怪异的国度,沉沉入睡——进入童话般的梦境……多么的奇怪呀!?这是怎么啦?我从车篷下面朝后一看……哎哟,我们正待在河心当中……离岸边大约还有三十步远!

"喂,废了废呀!"我喊叫他一声。

"干吗?"他问。

"还问'干吗'!你得了吧!我们现在在哪儿呀?"

"正在河当中。"

"我知道是在河当中。可我们马上会淹死的。你这是在趟过浅滩吗?是不是?你是睡着了怎么的?废了废,回答我呀!"

"稍微出了点差错,"我的车夫说,"大概朝一边偏了点儿,老实说,是走错了路,得等一会儿瞧瞧。"

"怎么说要等等!我们等个什么呀?"

"让这匹马认认方向:它把身子转向哪儿,说明我们就该朝那里走。"

我从干草上坐起身来。辕马的脑袋,伸在水面上,一动不动。只能看见,它的一只耳朵在明亮的月光下微微地前后抖动。

"可你这匹粗毛马,也睡着了呀!"

"没有,"废了废答道,"它正在用鼻子闻水呢。"

一切又都沉寂下来,只有流水,还照旧淙淙地响着。我也发愣了。

那月色,那夜景,那河水呀,可我们正在河当中啊……

"这吱吱呀呀的声音,是从哪里来的?"我问废了废。

"这声音吗?是芦苇里的小鸭群……也兴许是蛇。"

忽然,辕马摇晃一下脑袋,竖起耳朵,打起响鼻,动了动身子。

"嘀——嘀——嘀——嘀!"废了废突然扯开嗓门大声吆喝着,他直起身子,挥动马鞭。那马车立刻离开原地,劈水破浪,向前一冲——马车摇摇摆摆,开动了。……起初,我感觉,我们要沉下去似的,是要沉到水底深处啊,可是,那车颠了两三颠,水面好像忽然一下子降低了许多。……而且,越来越低,呀,马车从水里冒出来了——车轮子和马尾巴也露出来了。于是,那马儿趟着水,溅起强劲、大片大片的水花,在朦胧的月光下,闪闪发亮,有点像金刚石的光,不,并不像金刚石,而是蓝宝石的光彩;那马儿齐心协力,一阵撒欢儿把我们拉上了沙碛滩头,抢先踢开它们滑溜溜、湿漉漉的马腿,沿着河岸大路,奔上山了。

我心里嘀咕:废了废现在会说,"瞧,我说对了吧?"或者,说别的什么这一类的话。可是他什么也没说。故而,我不必再怪他疏忽大意了,我在干草铺上躺下,想再睡一会儿。

但是,我无法入睡。倒不是因为今个儿不曾过多地打猎,身子不乏;也不是因为刚才经受这一阵惊慌,驱走了我的睡意;而是因为,我们路过的这个地方,风景真是美丽极了。这是一片广袤无垠的草原沃野,那里点缀着数不清的小块草地、小水泊,还有周边长满柳树和灌木丛的小港汊,这地方充满俄罗斯风情,也是俄罗斯人心爱的去处;这里正是我们古代传说中的英雄武士们骑着高头大马、引弓猎射白天鹅和灰野鸭的地方!那条大路,被过往的车辆轧得平平整整,像一条黄澄澄的丝带似的,蜿蜿蜒蜒向前延伸着,因而,马儿跑得十分轻快。——我尽情欣赏着这良辰美景,舍不得闭上眼帘!这一切,在这妩媚可爱的月光下,显得如此轻柔、匀称,简直飘飘然要荡漾起来。废了废的情绪,也被打动了。

"这一片草地,我们那里的人,管它叫作圣耶格尔草原,"他转身对我说。"再往前去,就是大公爵草原了;这样的草原,在俄罗斯全国找不到第二处……多美啊!"这当儿,那辕马打个响鼻,身子抖动一下。"天哪!"废了废不禁肃然起敬,悚然小声说,"多美啊!"他又重复一句,舒了口气,然后,引吭悠然长叹一声。"打草的季节快来了,这地方割完干草,堆集起来该有多少啊——多得不得了!河汊里的鱼也多得很。鳊鱼也真够样儿!"他拉长声调说,"一句话说到底,人可不能轻易就死啊。"

他忽然把一只手举起来。

"嘿,瞧啊!那湖上面……是不是有一只苍鹭?真个儿,苍鹭夜晚也捕鱼是吧?哎哟,是树枝呀,不是苍鹭啊。错了,弄错了!月色灰蒙蒙的,老是骗人。"

我们的马车就这样走着,走着……渐渐地,走到了草原尽头,前面出现了一片一片小树林,一块一块开垦的田垄;附近的村落里,闪现出两三点灯火——上大路,只剩下五俄里之遥了。我睡着了。

这回又不是我自己醒来的。而是废了废把我喊醒的。

"老爷……喂,老爷!"

我坐起身来。此时,马车正停在大路中央的平地上;废了废坐在驾驶台上,向我扭过脸来,眼睛睁得大大的(我不禁大吃一惊,万万没想到,他竟然有一对这么大的眼睛),意味深长地、神神秘秘地小声说:

"听,车轮子的声音!……轧轧响呢!"

"你说什么?"

"我说,有车轮子的声音!您弯下腰听听,听见了吗?"

我从马车里探出头来,屏着气一听——果然听见我们后边远处,传来了微弱、断续的轧轧声,很像车轮滚动的声音。

"嗯,是啊,"我答道,"是有一辆轻便马车过来了。"

"听见没有?……嘿!铃铛的声音……还有口哨声……听清没有?您把帽子摘下来,会听得更清楚些。"

我没有脱帽,但却支着耳朵细听。

"嗯,是啊……兴许是的。可是,这有什么值得大惊小怪的?"

废了废把头扭过来,看着马儿。

"有一辆大车过来了……没载货的轻装车,还是铁箍轮子的,"他说着,抖起了缰绳,"老爷,来的是一伙强人。他们就在这儿,图拉附近,拦路抢劫……这种事多着呢。"

"净是瞎说!你怎么知道,他们一定是一伙强盗?"

"我说的一点不假。车上挂着铃铛……而且坐的是空车……不是他们,那会是谁呢?"

"那,到图拉还有多远?"

"约莫有十五俄里,这里没有一户人家。"

"那么,快走,不要耽搁了。"

废了废扬起鞭子一挥,那马车又滚滚前进了。

尽管,我不大相信废了废的话,可是,我再也睡不着了。要是真的,如何是好呢?一阵懊丧不快的情绪,涌上心头。我坐了起来——在这以前,我一直在车上躺着——开始向四下张望。在我睡的当儿,蒙蒙的薄雾,飘然而来,它没有笼罩在地面上,而是弥漫在空中,这雾高高地腾起,月儿挂在雾里,形成白茫茫的斑点,好像罩在烟霭中。一切黯淡无光,昏昏沉沉,只有地面上还略微清晰些,四边,地势平坦,一片凄清:田野,尽是田野,一片接连一片,有的地方,出现了些灌木丛和溪谷——过后,又是无边无际的田野,而且大部分是撂荒休耕地,稀稀拉拉地长着些杂草。真荒凉啊……死寂沉闷哟! 要是能听到一声鹌鹑的鸣叫,该多好啊!

我们的马车又走了半个钟头。废了废不停地挥动鞭子,吧唧吧唧发出咂嘴声。我们俩,不论是谁,都不吭声。后来,我们的车子爬上了一座小山冈……废了废勒马停了车,立刻对我说:

"车轮子响……车轮响哪,老爷!"

我又从车里探出头来,其实,待在车篷里照样听得见。现在,声音是那样地清晰,虽然离得还远,可那轧轧轮声,人的嘁哨声,铃铛叮咚声,还有嘚嘚马蹄声,频频传到耳边。我甚至,似乎隐约听见了歌声和笑声。不错,风是从那儿吹来的,顺风,但,毫无疑问,陌生的过客离我们越来越近了,相距不过一俄里,至多两俄里的样子。

我和废了废交换了一下眼色。他把帽子从后脑勺拉到额头上,匆忙俯下身去,抖动缰绳,打起马来。那马儿飞奔前去,但是没有多久,又跑起轻快小步来。废了废不住地用鞭子抽打它们。我们必须逃脱呀!

起初,我本来不赞同废了废的担心,现在我自己也莫名其妙,怎么会突然认定,后面跟踪我们的人,肯定是一伙强盗呢。……不过,其他新声音倒没有听见,听到的仍然是那些铃铛声、轻装马车的轮子声、口哨声、嘈杂的喧嚣声……可是,此时此刻,我不再怀疑废了废的话。废了废不会弄错的!

如此这般,又过了二十来分钟……在这二十分钟的最后时刻,除了自己车轮滚动的声音之外,我们又听到了别的马车的轧轧声和辚辚声……

"停车吧,废了废,"我说,"反正一样——总之完了!"

废了废胆怯地"吁"了一声,喝住了马。马儿倏地站住了,好像感到欣悦,总算可以休息一下了。

我的老天爷!那铃儿简直就在我们身背后,叮叮当当直响,大马车的轮声咯吱咯吱,哐啷哐啷,人们吹着口哨,大声呼叫,唱着歌儿,马儿打着响鼻,马蹄着地嘚嘚价响……

他们追上来了!

"糟——了,"废了废长声咕哝道,无可奈何地吧嗒一下嘴唇,准备赶马快逃。可是,正在这个当口儿,好像有一样什么东西,突然倒塌下来,只听见一阵呐喊,一声轰隆巨响——眼见得一辆庞大马车,套着三匹健壮劣马,摇摇摆摆,旋风似的,向我们疾驰追来,赶上后,又跑到前面,立刻换成慢步,挡住了去路。

"这正是强盗的行径。"废了废小声喃喃着。

说老实话,我吓得发怔了……在雾气弥漫的朦胧月影下,我心情紧张地举目观察。我们前面的大车里,有五六条汉子,不像坐着,也不像躺着;他们身穿粗呢裣子,敞开怀,露出里边的衬衣;其中有两个人没戴帽子,他们穿着长靴的大脚板耷拉在马车的横木下,摇摇晃晃,手一会儿举起来,又胡乱放下……身子东倒西歪,前仰后合……显而易见:他们是一群醉汉。有几个人在大喊大叫;而有一个人吹起口哨来,那声音尖细而又清晰,还有一个人骂骂咧咧;驾驶台上坐着一个彪形大汉,穿着半截皮袄,正在赶车。他们的马车缓缓前进,好像并不理睬我们。

怎么办呢?我们只好跟在他们后边,磨磨蹭蹭走着……身不由己呀!

我们就这样,慢腾腾地跟着,走了四分之一俄里。等待——是很痛苦难挨的呀……逃命,防卫……没门儿!他们有六个人,而我却赤手空拳!灰溜溜地掉头向后转吧?他们转眼会追上来。这当儿,我猛然记起了茹科夫斯基的诗句(他咏叹加明斯基元帅被杀的诗句):

　　强盗的刀斧
　　——可耻、卑污……

不然的话,就是用肮脏的绳索,勒住喉咙……扔进壕沟里……随你在那里呻吟嘶哑,拼命挣扎,像兔子陷入套索里一般……

唉,恶心极了!

可是,他们坐着车依旧缓缓行进,不理会我们。

"废了废呀,"我悄悄地说,"试试看,把车向右赶,假装从旁边过去。"

废了废试着,把马拉往右边……可是,他们马上也向右转……没法通过。

废了废又试试向左赶……然而,他们又不让他超越大马车。并且,纵声大笑起来。就是说,他们不放我们过去。

"这正是强盗的伎俩。"废了废扭过头,小声对我说。

"他们等会儿要干什么呢?"我也小声悄悄地问他。

"前面是一片凹地,有条小河,上面有座小桥……他们就在那里收拾我们!他们总是这么干……是,就在桥旁边。老爷,这事是明摆着的,"他叹口气,接着说,"不会放我们活着回去;他们总是这样:杀人灭口,不留痕迹。老爷,只有一桩我觉得怪可惜的:我这三匹马糟践了,我的两个弟弟落不着了。"

我不禁感到奇怪,在这种时候,废了废还操心他的几匹马儿,老实说,这当儿,我连他也顾不上了……"难道说,他们真要杀人?"我心里不停地念叨着。"为什么? 我把身上所有的钱物都给他们,还不行吗?"

小桥越发近了,看得越来越清楚了。

突然,传来一阵刺耳的呐喊声——前面的大车仿佛腾空而起,直奔小桥,然后一下子刹住,稳稳地停在路边。我的心蓦地沉了下去。

"唉,废了废兄弟,"我说,"我跟你只有死路一条了。是我害了你,原谅我吧。"

"这哪里是您的错呢,老爷!命该如此,是逃不过的! 喂,粗毛马,我那忠实可靠的粗毛马啊,"他转身对辕马说道,"伙计,向前走吧! 帮我最后一把吧! 反正就是这样了……老天爷保佑!"

他赶着车,纵马快走。

我们渐渐走到桥边,接近停在那里不动的、让人胆战心惊的大车……车上,好像故意似的,变得安安静静。一点声息也没有。正像梭鱼、鹞鹰、一切猛兽,在捕获猎物之际那样沉静。眼看着,我们和那辆大车并齐了……突然,身穿半截皮袄的大汉腾地跳下车来——直奔我们!

他并没有对废了废说什么,但废了废立即勒住缰绳……马车停下来。

那大汉两手扶着车门,向前伸过来毛发茸茸的脑袋,龇着牙,用平稳的口气,像是工厂里工友们的话语慢慢发话道:

"尊敬的先生,我们刚参加了隆重的宴会回来,是参加了一个婚礼,给我们的小伙子成婚,已经安排得妥妥当当,我们这帮人,都是胆大包天的哥儿们——喝多了,没办法醒酒,您阁下肯不肯赏光,给一点点钱——再让弟兄们喝几口解解醉?我们会为您的健康干杯,不会忘记您这位好好先生;要是您不肯赏脸——可甭怪我们无礼了!"

"这是什么意思,"我不由地胡乱猜想……"是开玩笑?……还是挖苦人?"

那大汉耷拉着脑袋,仍然站着不动。刹那间,月儿从雾里现出来,照亮了他的脸。那张脸笑眯眯的,眼眉和嘴边也露出笑容。脸面上显不出一点吓人的样子……只不过看见似乎有一种警觉的表情……他的牙齿又白又大……

"我很乐意……拿去吧……"我连忙从口袋里掏出钱包,取出两个银卢布,那年头银币在俄罗斯还流通呢。慌慌张张说,"给,只要不嫌少。"

"多谢了!"大汉像当兵的架势,高声喊道,他那粗大的手指霎时从我手里夺走了——不是整个钱包,而只是两个银卢布。"多谢!"他抖动着头发,跑回他们大车跟前。

"伙计们,"他喊了一声,"这位过路的先生赏了我们两个卢布!"他们那帮人忽然哈哈一阵大笑……那大汉爬上了驾驶台……

"一路平安!"

我们可算亲眼见着他们了!他们的马儿整齐地踢开步子,向前奔去,大车轰隆隆地冲上山。在分隔天空和地面的黑暗边界上,那大车又闪现一下,倏然下了山坡,无影无踪了。

于是,辚辚声、呼叫声、铃铛声都从耳边消失了……

四下里,死一般的寂静。

我和废了废没有马上清醒过来。

"嘿,你呀,这个滑稽鬼!"愣了一阵儿,他这才说话,脱掉帽子,划起十字来。"是的,他是个会开玩笑的家伙。"废了废喜上心头,转身对着我补充说,"真的,他这个人一定是个好人。嗬——嗬——嗬,小畜生,麻利点,快走!没事了!大家都平安无事了!正是他不让我们过去呀,因为他驾着马车呢。这小子真滑稽!嗬——嗬——嗬——嗬!上帝保佑,走吧!"

我没做声,但我心里也很畅快。"平安无事!"我躺在草堆上,小声重复说着。"可算便宜摆脱了!"

我觉得有点难为情,为什么我会想起了茹科夫斯基的诗句。

这时,忽然我又想起一件事。

"废了废!"

"什么?"

"你结婚了吗?"

"结了。"

"有孩子吗?"

"有啊。"

"那刚才你怎么没有想到他们呢?你只心疼你的马儿,怎么不可怜你的妻子、孩子们呢?"

"为什么要可怜他们?他们又不会落到强盗手里。不过,我心里一直惦记着他们,现在还在想他们……一点不假。"废了废不再言语了。"也许……正是为了他们,上帝才宽恕了我们。"

"如果,他们不是强盗呢?"

"那怎么会知道?难道能钻到人家肚子里去看个究竟吗?常言道:知人知面不知心。相信上帝,就会得好。啊,我心里总是惦记着家里的人呀……嗬——嗬——嗬,小东西,走呀!"

我们赶车走近图拉,差不多快天亮了。我似睡非睡地迷迷糊糊躺在车上……

"老爷,"废了废忽然对我说,"您瞧,他们这会儿在酒馆里呢……那是他们的大车。"

我抬头一看……正是他们,是他们的大车,是他们的马儿。那个熟识的、穿短皮袄的彪形大汉,突然出现在酒店门口。

"先生!"他挥动帽子,大声打着招呼,"您给的钱,我们正用来喝酒呢!喂,车夫,"他向废了废点点头,接着说,"恐怕,刚才受惊了吧?"

"真是个快活的家伙。"废了废把车赶过酒店几十米的样子,评价说。

我们终于到了图拉。我买好了霰弹,捎带着买了些茶、酒,还从马贩子那里买了一匹马。到中午,我们便动身往回赶。废了废在图拉喝了点酒,话明显多起来了(他甚至给我讲起故事来)。当我们路过第一次听见车轮轧轧响的地方时,废了废忽然笑起来。

"老爷,你记得吧,我那会儿一个劲儿跟你说:车轮子响……车轮子在响,我说,车轮在响啊!"

他使劲挥动几下手臂……他觉得,"车轮子响"这句话太有意思了。

当天晚间,我们就回到他村子里。

我把我们遇见的事,告诉了叶尔莫莱。他是个冷静的人,对这事不置可否,只是在鼻子里哼了一声——是褒,是贬,我看,他自己也弄不清。不过,两天后,他兴致勃勃煞有介事地跑来告诉我,在我和废了废去图拉的那天夜里,就是在那条大路上,有个商人遭到抢劫,被杀死了。起初,我不信这个消息,后来,不得不信了:一个警官骑马匆匆跑来调查此事,证明这个消息确凿无疑。那帮好汉说是参加"婚礼"回来,莫非就指此事?那滑稽鬼大汉说"一个小伙子"被安顿妥当了,莫非就是那个商人?我在废了废的村子里又待了五六天。我每次碰见他,便跟他说:"嗨,是车轮子在响吗?"

"您这人也挺逗趣儿。"他总是这么回答,随后,便嘻嘻笑起来。

树林与草原

……他被渐渐引向回归:
回到乡村去,回到绿荫中幽暗的花园去,
那儿菩提树高耸云霄,浓荫成片,
那儿铃兰花散发出少女般贞洁的芬芳,
那儿有行行圆冠的杨柳,
从堤岸上垂挂到水面上,
那儿茂盛的橡树耸立在肥美的田野里,
那儿到处散发着大麻和荨麻芳香的气息……
回到那儿,回到那儿,回到辽阔的原野上,
那儿黑油油的土地像天鹅绒一般,
举目四望,那儿的黑麦处处可见,
无声无息地荡漾着轻柔的波涛。
从那一团团晶莹透明的白云中间,
照射出浓浓的万道金光。
那儿是多么的美好……

(引自待焚诗篇)

或许,读者对我的随笔已有厌烦之感。我要立刻安慰他:承诺我的随笔仅仅限于已经发表的几篇为止。不过,在当与读者告别之际,我不能不再稍稍谈上几句关于打猎的话。

身背猎枪,带着猎狗去打猎,就其本身而言——也就是旧时所说的 für sich①——就是一件极其美妙的事情。即使您天生并不是猎人,但是您总该会热爱大自然与自由吧;所以您也就不能不羡慕我们这些猎人……请听我细细道来。

比如,在春天的黎明之前乘车出游的舒心畅意,您知道吗?您走上门首台阶……灰暗暗的天空中尚有几个星星在闪烁;湿润的微风时不时轻柔地飘来,你可以听见含混不清的春夜的低低私语以及笼罩在阴影中的树木发出的轻微的飒飒声。仆人在马车上铺上毡毯,把装茶炊的小箱子放在脚边。拉边套的马儿在寒夜中瑟缩着身体,喷着响鼻,潇洒地倒换着蹄子,两只刚刚醒来的白鹅默默地蹒跚着穿过道路。在篱笆后面的花园里,看门人安然地打着鼾。每一个声音都仿佛固定在凝结的空气之中,停滞不散,而您现在坐进马车,马儿顿时一同起步,马车隆隆作响……您乘着马车,经过教堂,下了山冈转向右边,穿过堤坝……池塘上刚刚升起晨霭。您略略感到了丝丝寒意,翻起大衣领子遮住了脸颊;您不觉睡意蒙眬蒙眬。马蹄吧嗒吧嗒地踏过水洼,发出清脆响亮的声音,马车夫轻轻地吹着口哨,而到此时您已经走了四俄里左右……天边渐渐地泛起红霞;寒鸦在白桦林中醒来了,笨拙地飞来飞去;麻雀在黑乎乎的草垛四周叽叽喳喳地叫着。雾气散去,空气清新起来,道路也变得清晰可辨。天色逐渐变亮了,云彩慢慢发白了,田野也随之现出了一片葱绿。农舍里点起松明,射出红色的火光,大门里传出乍醒时睡意蒙眬的人语声。而此时此刻,朝霞像大火一样燃烧起来,在天空中抛洒出一道道金色彩带,一团团雾气在峡谷中缭绕升起,云雀高声鸣啭,黎明前的阵风吹来——一轮红日随之冉冉升起。阳光喷薄直射,您的心儿像鸟儿一样飞翔着。所有的一切,都是那样的新鲜、欢快与美好。举目四望,视野辽阔清晰可辨。瞧,丛林后面有个村子;瞧,再远些还有一个村子,村子里还有一座白色的教堂;瞧,山上有一片白桦树林;而树林后面的沼泽地,那正是您要去的目的地……快点儿跑,马儿,快快跑!迈着大步向前奔!……只剩下三俄里的路程了,不会再多了。太阳很快地升起来了;天空清澈明净。……今天的天气肯定很好。从村子里走出一群牲

---

① 德语:就本身而论。

口,向我们迎面而来。您的马车登上了山顶……好一幅美妙的风景画!一条河流蜿蜒而去,绵延长达十俄里左右,它透过雾霭闪现着黯淡的碧波;河彼岸是一片翠绿欲滴的草地,穿过草地,是几座坡势平缓的丘陵;远处的沼泽地上空,有几只凤头麦鸡正在鸣叫盘旋。空气中洒满了阳光,透过湿润的空气,远处的景物历历在目……此时真的与夏天大不相同。胸襟寥廓,呼吸舒畅,举手投足,清爽自如,全身心沐浴于春天的清新气息之中,周身顿觉精力是十分的充沛。

然而到了夏天,那七月里的早晨!除去猎人,还有谁能体验到黎明时分在灌木丛中流连的乐趣?在沾满露水白茫茫的草地上,您的脚印留下了绿色的痕迹。您用手拨开湿漉漉的灌木枝,一股蕴蓄了一夜的温暖的气息,立刻向您迎面袭来;空气中到处充溢着艾蒿清新的苦味以及荞麦和三叶草的甘甜香味;举目望去,可以见到远方一片茂密的橡树林,正在阳光下闪耀着红光。尽管天气还算凉爽,但是已能感觉到炎热的逼近。过于浓郁的芳香使得您头晕目眩。灌木丛漫无边际……只是远处有一片片黄澄澄的快要熟了的黑麦,还有一条条狭长的粉红色的荞麦田。此时一辆马车隆隆驶过,一个农夫慢步走来,先把马儿牵到阴凉处……您同他打过招呼,仍然往前走;后面,传来了铿锵有力的镰刀声。太阳越升越高,地上湿润的青草很快晒干了。瞧,现在已经开始热起来了。时间一小时一小时地过去了……天边变得暗下来;令人窒息的空气散发着阵阵热浪。

"老兄,这里哪儿能找到点水喝?"您在问一个割草的人。

"往那边走,山谷里有一眼井。"

越过茂密的杂草丛生的榛树林,您来到山谷底。在悬崖下面,果然隐藏着一泓泉水。橡树的掌形叶子毫无顾忌地铺在水面上;一串串银白色的大水泡摇摇晃晃地从布满细嫩青苔的水底冒上来。您急忙俯身到地上,喝足了水,不过您已经懒得再动弹了:现在您躺在阴凉里,呼吸着湿润的芳香空气,您觉得舒服极了;可是就在您的对面,烈日炎炎下的灌木丛,却连颜色都仿佛烤黄了。咦,这是什么?风儿突然刮来,又骤然而去。四周的空气都在颤动着:那不是雷声吗?您赶紧从山谷里走了出来……天边上一片铅灰色是什么东西?是暑气浓重起来了还是乌云涌过来了?……但见此时电光微微一闪……啊,暴风雨马上就要来了!尽管四周依然阳光明媚,尽管您依然可以打猎。但是乌云很快地膨大起来,它最前面的边缘像衣袖似的展开,又像穹隆那样笼罩着大地:突然间,草地,树林,一切的一切都立刻变暗……快跑!瞧,前边好像有一座干草棚……快跑!……您奔到那里,跑了进去……大雨滂沱,电闪雷鸣。草棚顶有几处漏雨,雨水渗进来滴落在芳香的干草上……现在,瞧,暴风雨已经过去,太阳又出来了。您从草棚里走出来了。我的天啊,四周的一切闪现出多么欢愉的光彩,空气像刚刚滤过似的,极为清新透彻,草莓和蘑菇都散发着格外芬芳的气息!……

但是,黄昏已经临近,晚霞满天,像大火一样炙烤着半个天空。太阳就要落下去了。周围的空气像水晶一般显得特别清澈。远处笼罩着一片柔和的雾气,显得十分温暖。不久前还沐浴在淡金色阳光下的林中旷地上,鲜红的霞光和露水一起降临;树木,丛林和高高的干草垛,都投下了长长的影子。……太阳完全落下去了;一颗星昰在落日的火海中燃烧颤抖;瞧,这火海渐渐变淡,天空逐渐变蓝,一个个影子也逐渐消失,空气中弥漫着雾霭。是回去的时候了,回到村子里,回到过夜的农舍中。您背上猎枪,不顾疲倦,快步地行走着……这时夜幕已经降临,视力所及,仅在二十步之内。在黑暗中,猎狗显出白色,依稀可见。在那边黑乎乎的丛林上方,远处的天际又朦朦胧胧地明亮起来……这是什么?是火光吗?……哦,不,这是月亮升起来了。下面右前方,村子里的灯火闪亮起来……瞧,终于到达了您的农舍。透过窗户,您看到了铺着白桌布的餐桌、点亮的蜡烛以及餐桌上的晚餐……

有时候您吩咐仆人套上轻便马车,到树林里去打松鸡。在两边长着高高密密的黑麦的小路上驰去,是件十分惬意的事。麦穗轻轻扑打着您的脸,矢车菊绊着您的腿,四下里鹌鹑在鸣叫,马儿懒洋洋地奔跑着。瞧,树林子到了。这里充满着阴影和寂静。在您头顶上,挺拔的白杨树高高在上,簌簌作响;白桦树长长的垂枝微微颤动;强壮魁梧的橡树,像战士那样挺立在婀娜的菩提树旁边。您的马车行驶在树影斑驳长满绿草的小路上;黄色大苍蝇在金黄色的空气中停顿着,忽又倏地飞去;一群群的小蚊蚋飞舞盘旋着,在阴暗处闪着亮光,在阳光下却又显出黑影儿。鸟儿安闲地歌唱着。知更鸟的金嗓子欢快地发出天真烂漫无休无止的鸣叫声,正与铃兰花的芳香相应——恰是鸟语花香!再往前走,再往前走。来到树林的深处……树丛变得密起来了,一片寂静……心头袭上一种难以言状的静谧;四周充满着睡意,万籁无声。忽然吹来阵阵清风,引得树梢哗哗作响,宛如波涛翻滚一般。这里那里,高高的青草从去岁的褐色落叶中拱出,迎风摇曳;一个个蘑菇分别顶着自己的彩帽,在地上站着。一只雪兔突然蹿出,猎狗高声吠叫着,紧紧追去⋯⋯

就在这座树林里,深秋季节当山鹬飞来的时候,景色是何等的迷人!山鹬还在密林深处逗留,必须到树林边上才能找到它们。这里没有风,也没有太阳;没有亮光,也没有阴影;没有动静,也没有声音;轻柔的空气中弥漫着秋天特有的葡萄酒般的芳香;一层薄雾笼罩在远处黄澄澄的四野上。在脱尽树叶光秃秃的褐色树枝中间,露出平和宁静洁白的天空。菩提树上零星散挂着几片最后的金黄色叶子,双脚踩上湿润的土地,感到富有弹性。在潮湿的土地上,高高的干草纹丝不动;在褪色的干草上,长长的蛛丝闪闪发光。呼吸舒畅自然,心头却涌上一种异样的惊悸:您在林边空地上漫步,眼睛注视着您的猎狗,就在此时此刻,那些已经故去的或者仍然健在的可爱的形象,那些可爱的面孔,竟然来到了您的记忆之中。那些脑海中久已沉睡的印象也蓦然苏醒过来;清晰地浮现在您的眼前。遐想如同飞鸟一般展翅翱翔,所有的一切都明晰地在眼前浮动。您的心儿忽而颤抖悸动,热切地奔向未来;忽而不可挽回地完全深陷于过去的回忆之中。整个人生宛如画卷一般轻快地展开,此时此刻您一个人掌握着自己的一切往事,一切感情,一切力量和自己的心灵。四周的一切,不论太阳,不论风儿,也不论声音⋯⋯什么也不能妨碍您⋯⋯

秋天,在那稍有凉意而清晨严寒的晴日里,白桦如同仙境中的树木一般浑身金光闪闪,在淡蓝色的天空衬托下,呈现着优美的身影;此时西下的阳光已不炎热,但比夏日的太阳显得更加光辉灿烂,把小小的白杨树林照得透彻通亮,仿佛它脱尽了叶子更加感到轻松愉快;山谷底白霜闪烁;清风微微吹动,追逐着蜷缩的落叶,小河上欢快地奔腾着蓝色的波涛,有节奏地起伏着,托载着逍遥自在的鹅鸭。一座柳树掩映的磨坊在远处轧轧作响,在磨坊上空,鸽群在明亮的天空中闪闪发光,快速地盘旋着⋯⋯

夏天迷迷蒙蒙的雾日也很美妙,只是猎人并不喜欢这样的日子,因为在这种日子里无法开枪:鸟儿一旦从您脚边拍翅腾起,立刻就消失在一片白茫茫的凝滞的雾霭之中。不过周围却是极其的寂静,一种难以形容的寂静。虽然万物都已苏醒,然而一切都沉寂无声。您从一棵树边经过,它却一动不动,悠闲自得。透过弥漫在空气中的雾气,您可以见到前面有一片长长的黑影。起初,您把它当作是附近的树林;可是走过去一看,树林却变成了田坎上一排高高的艾草。在您的上空,在您的周围,处处都弥漫着白雾……可是阵风轻轻吹来,透过薄如烟云的雾气,一片淡蓝色的天空显露了出来,一缕金黄色的阳光突然闯了进来,照射出一条长长的光柱,照耀着田野,钻进了树林——随后,白雾又占领了原来的空隙。一切一切又都处于云苫雾罩之中。双方的较量持续了很久,但是,阳光最终取得了胜利。被太阳晒暖的最后一团团雾气时而凝聚起来,铺展开,时而盘旋缭绕,逐渐消失在阳光和煦的蔚蓝色高空之中,于是这一天的天气变得无比的晴朗迷人。

现在,您要打点行装,远离庄园,到旷野,到草原去打猎。马车在乡间土路上颠簸了大约十俄里,瞧,您终于来到了大道上。您从长长的一望无际的货车群旁边穿过;您越过一些客栈,那些客栈屋檐下摆着咝咝作响的即将沸腾的茶炊;您越过那些四敞大开的门洞儿和一口水井;您跑过一个又一个村庄,您穿过无边无际的田野,您沿着绿莹莹的大麻田,您的马儿走啊,走啊,久久地行进着。喜鹊在几棵爆竹柳上飞来飞去,农妇们手持长长的草耙,在田野里缓缓而行。一个赶路人身穿破旧的土布外套,肩背行囊,步履维艰地行走着;六匹疲惫不堪的高头大马拉着一辆地主家笨重的轿形马车迎面而来,车窗里露出坐垫的一角,身穿大衣的仆人拉着绳子,侧身坐在马车后脚凳上的蒲包上,满身泥污,直溅到眉毛上。现在您已经来到一座小小的县城,这里有小小的歪歪斜斜的木头房子,有长长的无穷无尽的栅栏,有商家久不住人的石头建筑,有深谷上年代久远的古桥……再往前走,再往前走!……现在您进入了草原地带。举目从山上远眺,景色多么美好!一个个圆圆的低矮丘陵,宛如巨浪起伏,已经从下而上全部耕种过了;在丘陵之间,灌木丛里的峡谷蜿蜒着;一片片小丛林像椭圆小岛那样散落着;一条条窄窄的小路连接着一个又一个村庄;一座座教堂显露着白墙。一条小河在柳丛中闪闪发光,已被四座堤坝所截断。一行野雁正在远处田野里并排站着;一个小池塘边儿上,建有一所古老的地主宅第,还有些附设房屋、果园和打谷场。可是,您的马车仍然要继续前进。丘陵越来越小,树木已经几乎看不到了。瞧,您终于来到了,展现在您眼前的是一望无际的辽阔的大草原。

而在冬天的日子里,您在高高的雪堆上追猎着兔子,呼吸着严寒刺骨的空气,柔软的雪地上晶莹耀眼的闪光刺得您睁不开眼,只有不由自主地眯缝起眼睛,才能欣赏到微微发红的树林子上面碧蓝的晴空!……而在初春的日子里,四周万物闪闪发光融化解冻之时,透过融雪产生的浓重水气,您已经闻到了大地温暖的气息;在积雪融化的地方,阳光斜射着,云雀天真烂漫地歌唱着,雪水汇成的条条溪流欢笑着,喧闹着,咆哮着,从一个峡谷奔向另一个峡谷……

不过,现在应该结束了。因为我恰好又讲到了春天:春天,人们容易离别,春天也召唤着幸福的人奔向远方……再见了,读者,祝愿您永远称心如意。

后　记

本书作者伊凡·谢尔盖耶维奇·屠格涅夫(1818—1883)生于俄罗斯一个贵族家庭。童年时代是在奥廖尔省岑斯克县斯巴斯科——卢托维诺沃村度过的。一八二七年,全家迁往莫斯科后,少年屠格涅夫入寄宿学校读书。一八三三年,十五岁时,进莫斯科大学语文系学习,翌年转入彼得堡大学,于一八三六年毕业于该校哲学系语文科。一八三八年,屠格涅夫到德国柏林大学,进修哲学、历史学和希腊、拉丁古典语言文字。一八四二年结识别林斯基,在西欧派思想的影响下,开始文学活动。

《猎人笔记》(1847—1852)是屠格涅夫的早期著作,也是他的成名之作。这部著作的出版,奠定了他文学事业的基础。

大约在一八四六年十一月,《现代人》杂志复刊时,因为《杂记》栏目缺少稿件,发行人巴纳耶夫向屠格涅夫约稿。屠氏随即交上一篇特写,题名《霍尔和卡里内奇》(于一八四七年发表于《现代人》第一期,发表时,巴纳耶夫加了一个副题:摘自"猎人笔记")。

这篇特写获得了极大的成功。别林斯基看到后,向作者欢呼道:"你简直想象不到,《霍尔和卡里内奇》多么了不起……这不仅是我的看法,而是公众的结论。"之后,一八四七年至一八五一年间,《现代人》陆续刊登了作者的二十一篇特写,一八五二年,《猎人笔记》单行本问世。

《猎人笔记》的出版,成了当时文坛上的一件大事。官方人士担心,此书会对读者产生不利影响。检查官利沃夫因为批准出版此书被撤了职。同时,《猎人笔记》的出版,也给作者带来了巨大的声誉和光荣。"我真高兴,这本书出版了,"屠格涅夫自己说,"我觉得,它将是我对俄罗斯文学宝库所作的一点贡献。"

《猎人笔记》并不介绍打猎经验与知识,而着眼于刻划人物,描写环境。书中各篇,只是题目或篇首有时提到打猎,而内容纪事大多与狩猎无关。

在《猎人笔记》中,作者以诗意盎然的俄罗斯大自然为背景,用深情厚谊的人道主义热忱,歌颂了俄罗斯农民的高尚品质和卓越才智,表现了俄罗斯普通人民天赋的民族特征。这本书充分体现了屠格涅夫的艺术天才。作者以充满诗意的笔触,揭示平淡的日常生活现象,用浓郁的抒情笔调,感染、打动读者。

具体说来,《猎人笔记》的巨大成功,不仅在于作品描写了农民备受压迫的苦况,而且还展示了他们丰富的内心世界,也就是说,作者认真地从俄罗斯人民优良的本质上来肯定农民。这是一方面。另一方面,这本书的成功,还在于作者才华横溢的写作技巧。作者在塑造人物时,并没有用浓重的笔墨着意刻画,而是别具匠心地用白描手法把社会现象的实际情况反映出来,因此,给予读者的印象尤为强烈。诗人丘特切夫说:"这本书里,竟有如此丰富的生活和优异的才思……作者把艺术家的感情和怅触,与对人类的至上关爱巧妙地结合在一起了……人类现实生活的含蓄内在和对大自然诗意一般的深透理解,也同样出色地结合在一起了。"是的,在这本书的各个篇章里,作者并没有表露反对农奴制暴虐的激愤言词,但是,作品中,自然而然地、舒徐有致地描绘的每个细节,却促使读者明显地感受到——农民被奴役的悲惨处境以及他们道德上的优秀品质。

《猎人笔记》创作上的另一绝妙手法,是把"猎人"(目击者)的视野和诗人的目光统一起来——形成两位一体,并用杂记的形式进行写作,从而构成此书的优雅文体。我们看到,书中纪事完全是猎人的自身经历——亲闻亲见,这样,叙事不流于浮泛,同时,借助诗人的眼光,来观察事物,又使叙述不至于呆板、生涩。如此这般,文章显得生动、活泼,笔意柔和、婉约。难怪托尔斯泰读了此书,在日记中写道:"不知怎的,读了这作品之后,很难再动笔写作了。"

屠格涅夫是举世闻名的美文学大师,杰出的语言艺术家。他的创作,蕴含着形象美、色彩美和音律美。在《猎人笔记》中,他的这种超绝的艺术才能表现得最为淋漓尽致。他善于用散文家的写实手法,把人物的内心世界惟妙惟肖地凸现出来;他又常常以诗人的抒情笔触,将俄罗斯的自然风光描摹得栩栩如生。总之,《猎人笔记》的每一章节,在在充满丰富的诗意。屠格涅夫的这种抒情之笔,柔婉而又细腻,和谐而又自然;徐徐写来,如行云流水,令人悠然神远。不管哪一种抒情描写——形象美、色彩美或是音律美,绝非可有可无的闲笔;他运用这种抒情笔调,来渲染环境气氛,烘托人物性格。他擅长于平淡中见波澜;在叙事行文和风景描写里,尤其是在刻划人物形象中,不时流露出一个"情"字。作者总是着意做到:融景于情,借景抒情,以情叙事,情景并茂。这样一来,读者情不自禁地步入静穆悠远的意境,并深深思索。

这个新译本,是二人合译的。第二篇(《霍尔和卡里内奇》)至第十篇(《村长》),以及第二十二篇(《切尔托普哈诺夫的最后日子》)和第二十四篇(《轮声轧轧》)是臧传真翻译的。第十一篇(《账房》)至第二十一篇(《切尔托普哈诺夫和聂道比斯金》),还有第二十三篇(《活尸首》)和最后一篇(《树林与草原》),是梁家敏翻译的。梁译曾得到臧隽的校阅与文字上的修订。最后,由臧传真通校全书,进行润饰。在动笔翻译之前,译者做了认真、充分的准备工作,大量阅读了关于此书的多方面评论(包括俄文、英文及中文),并仔细参阅了以往的各种译本(几种英译本及中译本)。翻译过程中,又多次对此书的翻译原则、技巧手法、其他细节,进行过讨论。尽管如此,限于水平,译文中舛误、疏漏之处,仍在所难免,殷切希望专家和读者批评指正。

这里,需要特别提到的是:南开大学外文系谷羽(谷恒东)教授慨允为本书撰序,使这个译本增色不少。谷羽教授系国内著名诗歌翻译家,南开大学"俄罗斯文学"专业研究生导师,著译甚丰。这篇序,对译文多有溢美之词——奖饰过情,使译者深感愧怍。不过,对读者也有一定的启迪作用,译者于此深表谢意。

臧传真
天津南开园北村

图书在版编目(CIP)数据

猎人笔记/(俄)屠格涅夫著;臧传真,梁家敏译.
－北京:北京燕山出版社,2005.9(2018.2 重印)
ISBN 978-7-5402-1080-9

Ⅰ．猎… Ⅱ．①屠… ②臧… ③梁… Ⅲ．①中篇小说-作品集-俄罗斯-近代
②短篇小说-作品集-俄罗斯-近代 Ⅳ．I512.44

中国版本图书馆 CIP 数据核字(2005)第 108759 号

猎人笔记

[俄]屠格涅夫 著
臧传真 梁家敏 译
责任编辑／张红梅
装帧设计／小 贾

北京燕山出版社出版发行
北京市西城区陶然亭路 53 号　邮编 100054
全国新华书店经销
三河市北燕印装有限公司印刷

开本 915×1220　1/32　印张 11　字数 300,000
2017 年 8 月第 5 版　2018 年 2 月第 8 次印刷

定价:26.00 元

版权所有　盗版必究